TEMPO DE PARTIR

Também de Jodi Picoult

A GUARDIÃ DA MINHA IRMÃ
A MENINA DE VIDRO
DEZENOVE MINUTOS
UM MUNDO À PARTE
AS VOZES DO CORAÇÃO
CORAÇÃO DE MÃE
A MENINA QUE CONTAVA HISTÓRIAS

JODI PICOULT

TEMPO DE PARTIR

Tradução
Cecília Camargo Bartalotti

1ª edição
Rio de Janeiro-RJ / Campinas-SP, 2018

VERUS
EDITORA

Editora
Raïssa Castro

Coordenadora editorial
Ana Paula Gomes

Copidesque
Lígia Alves

Revisão
Raquel de Sena Rodrigues Tersi

Capa, projeto gráfico e diagramação
André S. Tavares da Silva

Foto da capa
© Deniss Grigorjevs/Shutterstock

Título original
Leaving Time

ISBN: 978-85-7686-431-8

Copyright © Jodi Picoult, 2014
Todos os direitos reservados.
Edição publicada mediante acordo com Ballantine Books, selo da Random House,
divisão da Penguin Random House LLC.

Tradução © Verus Editora, 2018
Direitos reservados em língua portuguesa, no Brasil, por Verus Editora. Nenhuma parte desta obra pode ser
reproduzida ou transmitida por qualquer forma e/ou quaisquer meios (eletrônico ou mecânico, incluindo
fotocópia e gravação) ou arquivada em qualquer sistema ou banco de dados sem permissão escrita da editora.

Verus Editora Ltda.
Rua Benedicto Aristides Ribeiro, 41, Jd. Santa Genebra II, Campinas/SP, 13084-753
Fone/Fax: (19) 3249-0001 | www.veruseditora.com.br

**CIP-BRASIL. CATALOGAÇÃO NA FONTE
SINDICATO NACIONAL DOS EDITORES DE LIVROS, RJ**

P666t

Picoult, Jodi, 1966-
    Tempo de partir / Jodi Picoult ; tradução Cecília Camargo
Bartalotti. - 1. ed. - Campinas, SP : Verus, 2018.
    23 cm.

    Tradução de: Leaving Time
    ISBN 978-85-7686-431-8

    1. Romance americano. I. Bartalotti, Cecília Camargo. II. Título.

18-48094   CDD: 813
                                                   CDU: 821.111(73)-3

Revisado conforme o novo acordo ortográfico

Seja um leitor preferencial Record.
Cadastre-se no site www.record.com.br e receba
informações sobre nossos lançamentos e nossas promoções.

Atendimento e venda direta ao leitor:
mdireto@record.com.br ou (21) 2585-2002

Para Joan Collison
Um amigo de verdade caminhará centenas de quilômetros com você,
debaixo de chuva, neve e granizo.

PRÓLOGO

JENNA

Algumas pessoas acreditavam que existia um cemitério de elefantes —
um lugar para onde elefantes velhos e doentes viajavam para morrer.
Eles se afastavam da manada e se arrastavam pela paisagem poeirenta,
como os titãs sobre os quais lemos em mitologia grega no sétimo ano.
A lenda dizia que esse lugar ficava na Arábia Saudita; que era a fonte
de uma força sobrenatural; que continha um livro de encantamentos
para produzir a paz mundial.

Exploradores que saíam em busca do cemitério seguiam elefantes
moribundos por semanas e então se davam conta de que haviam andado em círculos. Alguns desses viajantes simplesmente desapareciam.
Outros não conseguiam lembrar o que tinham visto, e nem um único
explorador que afirmou ter encontrado o cemitério conseguiu localizá-
-lo outra vez.

E a razão é esta: o cemitério de elefantes é um mito.

É verdade que pesquisadores encontraram grupos de elefantes que
morreram na mesma área, muitos em um curto intervalo de tempo. Minha mãe, Alice, teria dito que há uma razão perfeitamente lógica para
um local onde existem mortes em massa: um grupo de elefantes que
morreram todos ao mesmo tempo por falta de alimento ou água; uma
matança por caçadores atrás de marfim. É até possível que os fortes ventos da África tivessem soprado ossos espalhados para formar uma pilha
concentrada. *Jenna*, ela teria dito, *existe uma explicação para tudo que
você vê.*

Há muitas informações sobre elefantes e morte que não são fábulas, mas ciência pura e objetiva. Minha mãe poderia ter dito isso também. Nós nos sentaríamos lado a lado embaixo do enorme carvalho em cuja sombra Maura gostava de ficar, observando a elefanta pegar as bolotas com a tromba e arremessá-las. Minha mãe avaliaria cada arremesso como uma juíza olímpica. 8,5... 7,9. *Ah! Um 10 perfeito.*

Talvez eu tivesse ouvido. Mas talvez apenas fechasse os olhos. Talvez tentasse memorizar o cheiro do repelente de insetos na pele de minha mãe, ou o modo como ela trançava distraidamente meu cabelo, amarrando-o na ponta com um talo de grama verde.

Talvez, o tempo todo, eu ficasse desejando que *existisse* mesmo um cemitério de elefantes, só que não apenas para elefantes. Porque, assim, eu teria como encontrá-la.

ALICE

Quando eu tinha nove anos, antes de crescer e me tornar cientista, eu achava que sabia tudo, ou pelo menos queria saber tudo, e, em minha cabeça, não havia diferença entre as duas coisas. Nessa idade, eu era obcecada por animais. Sabia que um grupo de tigres se chama alcateia. Sabia que os golfinhos são carnívoros. Sabia que girafas têm quatro estômagos e que os músculos das pernas de um gafanhoto são mil vezes mais potentes que o mesmo peso de músculo humano. Sabia que os ursos-polares brancos têm a pele preta por baixo dos pelos e que as águas-vivas não têm cérebro. Sabia todos esses fatos pela coleção mensal de cartões com curiosidades sobre animais da Time-Life que ganhei de aniversário de meu pseudopadrasto, que tinha se mudado havia um ano e agora morava em San Francisco com seu melhor amigo, Frank, que minha mãe chamava de "a outra mulher" quando achava que eu não estava ouvindo.

A cada mês, novos cartões chegavam pelo correio, e então um dia, em outubro de 1977, chegou o melhor de todos: o que falava de elefantes. Não sei dizer por que eles eram meus animais favoritos. Talvez fosse o meu quarto, com o tapete verde felpudo como uma floresta e a borda do papel de parede com desenhos de paquidermes dançando. Talvez fosse o fato de que o primeiro filme que vi na vida, quando ainda era quase um bebê, foi *Dumbo*. Talvez fosse porque o forro de seda do casaco de pele de minha mãe, que ela herdara da própria mãe, era feito de um sári indiano com estampas de elefantes.

Nesse cartão da Time-Life, eu aprendi o básico sobre esses bichos. Eles são os maiores animais terrestres do planeta, chegando às vezes a pesar mais de seis toneladas. Comem de cento e cinquenta a cento e oitenta quilos por dia. Têm a gravidez mais longa de todos os mamíferos terrestres: vinte e dois meses. Vivem em manadas, lideradas por uma matriarca, geralmente a mais velha do grupo. Ela é quem decide o rumo da manada, quando parar para descansar, onde comer e beber. Os filhotes são criados e protegidos por todas as parentes fêmeas da manada e viajam com elas, mas, quando os machos chegam a uns treze anos de idade, vão embora — às vezes preferindo andar sozinhos e às vezes se unindo a pequenas manadas de machos.

Mas esses eram fatos que *todo mundo* sabia. Eu, em contrapartida, fiquei obcecada e quis ir mais a fundo, tentando descobrir o que fosse possível na biblioteca da escola e com meus professores e livros. Assim, também podia contar a você que os elefantes sofrem queimaduras de sol e por isso jogam terra nas próprias costas e rolam na lama. Seu parente vivo mais próximo é o damão-do-cabo, uma coisinha peluda parecida com um porquinho-da-índia. Eu sabia que, assim como o bebê humano suga o polegar para se acalmar, o filhote de elefante às vezes suga a tromba. Sabia que, em 1916, em Erwin, Tennessee, uma elefanta chamada Mary foi julgada e enforcada por homicídio.

Pensando agora, tenho certeza de que minha mãe enjoou de ouvir sobre elefantes. Talvez tenha sido por isso que, num sábado de manhã, ela me acordou antes do nascer do sol e me disse que nós íamos sair em uma aventura. Não havia zoológicos perto de onde morávamos, em Connecticut, mas o Forest Park Zoo, em Springfield, Massachusetts, tinha uma elefanta de verdade — e ela ia me levar para vê-la.

Dizer que fiquei empolgada seria muito pouco. Eu enchi minha mãe com piadas sobre elefantes por horas a fio:

O que é bonito, cinza e usa sapatinhos de cristal? A Cinderelefante.

Por que os elefantes são enrugados? Porque não cabem na tábua de passar.

Como um elefante sai de dentro da água? Molhado.

O que são três elefantes em cima de uma árvore? Uma árvore a menos na face da Terra.

Quando chegamos ao zoológico, eu corri pelas alamedas até me ver diante de Morganetta, a elefanta.

Que não era nem um pouquinho como eu imaginava.

Aquele não era o animal majestoso do meu cartão da Time-Life, ou dos livros que eu havia estudado. Para começar, ela estava acorrentada a um enorme bloco de concreto no centro do cercado, por isso não podia andar muito em nenhuma direção. Havia ferimentos em suas patas traseiras por causa das correntes. Faltava-lhe um dos olhos e ela não olhava para mim com o outro. Eu era apenas mais uma pessoa que tinha ido vê-la em sua prisão.

Minha mãe também ficou horrorizada com as condições do animal. Chamou um funcionário, que lhe contou que Morganetta já participara de desfiles e fizera truques como competir com estudantes em um cabo de guerra em uma escola da região, mas havia se tornado imprevisível e violenta ao envelhecer. Ela atacava os visitantes com a tromba caso se aproximassem demais. Quebrou o pulso de um tratador.

Eu comecei a chorar.

Minha mãe me puxou depressa para o carro e nós iniciamos a viagem de quatro horas de volta para casa, embora não tivéssemos passado mais que dez minutos no zoológico.

— A gente pode ajudar ela? — perguntei.

E foi assim que, aos nove anos de idade, eu me tornei uma defensora dos elefantes. Depois de uma visita à biblioteca, sentei à mesa da cozinha e escrevi ao prefeito de Springfield, Massachusetts, pedindo-lhe mais espaço e mais liberdade para Morganetta.

Ele não só me respondeu como também enviou sua resposta ao *The Boston Globe*, que a publicou, e então um repórter telefonou para fazer uma reportagem sobre a menina de nove anos que convencera o prefeito a transferir Morganetta para uma área muito mais ampla no zoológico. Recebi um prêmio especial de Cidadã Responsável em minha escola de ensino fundamental. Fui convidada a voltar ao zoológico para a grande inauguração, para cortar a fita vermelha com o prefeito. Lâmpadas de flash piscavam em meu rosto, me cegando, enquanto Morganetta andava atrás de nós. Dessa vez ela olhou para mim com seu olho bom. E eu soube, eu simplesmente *soube*, que ela ainda estava sofrendo. As coisas que haviam acontecido com ela — os aros de ferro e as correntes, a jaula e os espancamentos, talvez até a lembrança do momento em que foi tirada da África —, tudo isso continuava com ela naquela área maior e ocupava todo o espaço extra.

É preciso dizer que o prefeito Dimauro continuou tentando dar uma vida melhor para aquela elefanta. Em 1979, depois da morte do urso-polar do Forest Park, o estabelecimento fechou e Morganetta foi transferida para o Zoológico de Los Angeles. Seu lar ali era muito maior. Tinha uma piscina, brinquedos e dois elefantes mais velhos.

Se naquele tempo eu soubesse o que sei agora, poderia ter dito ao prefeito que apenas colocar elefantes perto de outros não significa que eles vão fazer amizade. Elefantes têm personalidades únicas, assim como os humanos, e, do mesmo modo como não se pode pressupor que dois humanos aleatórios se tornarão amigos íntimos, não se deve presumir que dois elefantes criarão um vínculo pelo simples fato de ambos serem elefantes. Morganetta seguiu cada vez mais deprimida, perdeu peso e sua saúde se deteriorou. Mais ou menos um ano depois de ter chegado a Los Angeles, ela foi encontrada morta no fundo da piscina de sua jaula.

A moral dessa história é que às vezes a gente pode querer fazer toda a diferença no mundo e ainda assim isso ser como tentar segurar a maré com uma peneira.

A moral dessa história é que, por mais que tentemos, por mais que desejemos... algumas histórias simplesmente não têm final feliz.

PARTE I

Como explicar minha heroica cortesia? Sinto
    que meu corpo foi inflado por um menino travesso.
Antes eu era do tamanho de um falcão, do tamanho de um leão,
    Antes eu não era o elefante que sou hoje.
Meu couro cede, e meu dono me repreende por um truque
    que errei. Ensaiei a noite toda em minha tenda, por isso estava
um pouco sonolento. As pessoas me associam à tristeza
    e, às vezes, à racionalidade. Randall Jarrell me comparou
com Wallace Stevens, o poeta americano. Percebo-o
    nos tercetos pesados, mas, em minha mente,
sou mais como Eliot, um homem da Europa, um homem
    de cultura. Qualquer um tão cerimonioso sofre
panes. Não gosto das experiências espetaculares
    de equilíbrio, da corda bamba e dos cones.
Nós, elefantes, somos imagens da humildade, como quando
    fazemos nossas melancólicas migrações para morrer.
Sabia, porém, que houve elefantes que aprenderam
    a escrever o alfabeto grego com os cascos?
Exaustos do sofrimento, deitamos sobre nossas grandes costas,
    lançando grama para o céu — é distração, não uma prece.
Não é humildade o que se vê em nossa longa viagem final:
    é procrastinação. Meu pesado corpo dói quando me deito.

— DAN CHIASSON, "O elefante"

JENNA

No que se refere à memória, sou uma espécie de profissional. Posso ter só treze anos, mas estudei sobre ela do jeito que outras meninas da minha idade devoram revistas de moda. Há uma espécie de memória que se tem sobre o mundo, como saber que os fogões são quentes e que, se não usarmos sapatos fora de casa no inverno, os dedos dos pés vão congelar. Há o tipo que se obtém dos sentidos: que encarar o sol faz a gente estreitar os olhos e que minhocas não são a melhor opção de refeição. Há as datas que se pode lembrar das aulas de história e despejar no exame final, porque elas importam (ou pelo menos foi o que me disseram) no esquema maior do universo. E há detalhes pessoais que a gente recorda, como os picos em um gráfico de nossa própria vida, que não interessam a mais ninguém além de nós mesmos. No ano passado na escola, minha professora de ciências me deixou fazer um estudo independente sobre a memória. A maioria dos meus professores me deixa fazer estudos independentes, porque sabem que eu fico entediada nas aulas e, sinceramente, acho que têm um pouco de medo de que eu saiba mais que eles e não querem ter que admitir isso.

Minha primeira lembrança é esbranquiçada nas bordas, como uma foto tirada com um flash brilhante demais. Minha mãe está segurando fios de açúcar em um cone, algodão-doce. Ela ergue o dedo diante dos lábios — *Este é o nosso segredo* — e parte um pedacinho bem pequeno. Quando ela o encosta em minha boca, o açúcar se dissolve. Minha língua enrola no dedo dela e suga com força. *Iswidi*, ela me diz. *Doce*. Essa não é minha mamadeira; não é um gosto conhecido, mas é bom. Então ela se inclina e beija minha testa. *Uswidi*, diz. *Meu docinho.*

Não devo ter mais que nove meses.

Isso é muito impressionante, de verdade, porque a primeira lembrança da maioria das crianças é de uma idade entre dois e cinco anos. O que não significa que os bebês sejam amnésicos — eles têm lembranças muito antes de ter linguagem, mas, estranhamente, não conseguem acessá-las depois que começam a falar. Talvez a razão de eu me lembrar do episódio do algodão-doce seja que minha mãe estava falando xhosa, que não é a nossa língua, mas uma que ela aprendeu quando estava fazendo doutorado na África do Sul. Ou talvez a razão de eu ter essa lembrança aleatória seja uma compensação feita pelo meu cérebro — já que eu *não* consigo lembrar o que mais desesperadamente desejo: detalhes da noite em que minha mãe desapareceu.

Minha mãe era cientista e, durante um tempo, também estudou a memória. Era parte de seu trabalho sobre estresse pós-traumático e elefantes. Sabe aquele velho provérbio de que os elefantes nunca esquecem? Pois é, é verdade. Eu poderia apresentar todos os dados de minha mãe como prova. Tenho tudo praticamente memorizado, com o perdão do trocadilho. Suas descobertas oficiais publicadas relatam que a memória está ligada a fortes emoções e que momentos negativos são como escrever com tinta permanente na parede do cérebro. Mas há uma linha fina entre um momento negativo e um momento traumático. Momentos negativos são lembrados. Momentos traumáticos são esquecidos, ou ficam tão deformados que são irreconhecíveis, ou se transformam no branco, grande e vazio *nada* que me vem à mente quando tento me concentrar naquela noite.

Isto é o que eu sei:

1. Eu tinha três anos.
2. Minha mãe foi encontrada no santuário, inconsciente, cerca de um quilômetro e meio ao sul de um cadáver. Isso estava no relatório da polícia. Ela foi levada para o hospital.
3. Eu não sou mencionada nos relatórios da polícia. Depois disso, minha avó me levou para ficar com ela em sua casa, porque meu

pai estava freneticamente ocupado lidando com uma tratadora de elefantes morta e uma esposa que havia sido nocauteada.

4. Em algum momento antes do amanhecer, minha mãe recuperou a consciência e desapareceu do hospital sem que ninguém a tivesse visto sair.

5. Eu nunca mais a vi.

Às vezes penso em minha vida como dois vagões de trem engatados um no outro no momento do desaparecimento de minha mãe — mas, quando tento ver como eles estão ligados, um solavanco nos trilhos joga minha cabeça para trás. Sei que eu era uma criança de cabelo loiro-avermelhado, que corria como um animalzinho selvagem enquanto minha mãe fazia intermináveis anotações sobre os elefantes. Agora, sou séria demais para a minha idade e inteligente demais para meu próprio bem. E, por mais que eu impressione com as estatísticas científicas, fracasso terrivelmente quando se trata de fatos da vida real, como saber que Wanelo é um site e não uma nova banda de sucesso. Se o oitavo ano for um microcosmo da hierarquia social do adolescente humano (e, para minha mãe, certamente teria sido), dizer o nome de cinquenta manadas de elefantes da reserva de Tuli Block em Botswana não pode competir com identificar todos os membros do One Direction.

Não é que eu não me encaixe na escola porque sou a única menina sem mãe. Há muitas crianças sem um dos pais, ou que não falam sobre os pais, ou cujos pais estão agora morando com novos cônjuges e novos filhos. Mesmo assim, não tenho realmente amigos na escola. Eu me sento na ponta mais distante da mesa do almoço, comendo o que quer que minha avó tenha preparado para mim, enquanto as meninas populares — que, juro por Deus, chamam a si mesmas de Pingentes de Gelo — falam que vão crescer e trabalhar na OPI e inventar nomes de cores de esmalte baseados em filmes famosos: Magent-e Como a Gente; A Fúcsia do Destino. Talvez eu tenha tentado entrar na conversa uma ou duas vezes, mas, quando faço isso, elas geralmente me olham como se tivessem sentido um cheiro ruim vindo da minha direção, com os narizinhos torcidos, e continuam o que estavam conversando. Não posso dizer que fico arrasada pelo jeito como sou ignorada. Acho que tenho coisas mais importantes para pensar.

As lembranças do outro lado do desaparecimento de minha mãe são igualmente fragmentadas. Posso falar sobre meu quarto novo na casa de minha avó, que tinha uma cama de menina grande, a minha primeira. Havia um cestinho de palha na mesa de cabeceira, inexplicavelmente cheio de envelopes cor-de-rosa de adoçante Sweet'N Low, embora não houvesse nenhuma cafeteira por perto. Todas as noites, mesmo antes de saber contar, eu olhava lá dentro para ter certeza de que estavam ali. Ainda faço isso.

Posso contar sobre as visitas ao meu pai, no começo. Os corredores da Casa Hartwick cheiravam a amoníaco e xixi e, mesmo quando minha avó insistia para eu falar com ele e eu subia na cama, trêmula só pela ideia de estar tão perto de alguém que eu reconhecia, mas não conhecia, ele não falava nem se movia. Posso descrever como as lágrimas vazavam de seus olhos como se fosse um fenômeno natural e esperado, do mesmo jeito que uma lata gelada de refrigerante transpira em um dia de verão.

Lembro-me dos pesadelos que eu tinha, que não eram pesadelos de fato, mas apenas eu sendo acordada de um sono profundo pelo bramido alto de Maura. Mesmo depois de minha avó vir correndo ao meu quarto e me explicar que a elefanta matriarca vivia agora a centenas de quilômetros de distância, em um novo santuário no Tennessee, eu tinha sempre a sensação de que Maura estava tentando me contar alguma coisa e que, se eu pudesse falar a língua dela tão bem como minha mãe podia, iria entender.

Tudo o que me restou de minha mãe foram suas pesquisas. Estudo atentamente seus diários, porque sei que, um dia, as palavras vão se rearranjar em uma página e me direcionar a ela. Ela me ensinou, mesmo na ausência, que toda boa ciência começa com uma hipótese, que é apenas um palpite vestido com um vocabulário chique. E meu palpite é este: ela nunca teria me deixado por vontade própria.

E eu vou provar isso, nem que seja a última coisa que eu faça.

* * *

Quando acordo, Gertie está enrolada em meus pés como um tapete de cachorro gigante. Ela se mexe, correndo atrás de algo que só pode ver em seus sonhos.

Eu sei como é essa sensação.

Tento sair da cama sem acordá-la, mas ela dá um pulo e late para a porta fechada do quarto.

— Calma — digo, mergulhando os dedos no pelo espesso de seu pescoço. Ela lambe meu rosto, mas não se acalma. Continua com os olhos fixos na porta, como se pudesse ver o que está do outro lado.

O que, tendo em vista o que planejei para o dia, é bem irônico.

Gertie pula da cama e seu rabinho se agita e fica batendo na parede. Abro a porta e ela desce correndo para o piso inferior, onde minha avó vai deixá-la sair, lhe dar comida e começar a preparar meu café da manhã.

Gertie veio para a casa da minha avó um ano depois de mim. Antes disso, ela morava no santuário e era a melhor amiga de uma elefanta chamada Syrah. Passava o dia todo ao lado de Syrah; quando Gertie ficava doente, Syrah se mantinha de guarda junto dela, acariciando-a gentilmente com a tromba. Não foi a primeira história de vínculo entre um cachorro e um elefante, mas se tornou lendária, contada em livros infantis e exibida nos telejornais. Um fotógrafo famoso até fez um calendário de amizades inusitadas entre animais, e Gertie foi a Senhorita Julho. Então, quando Syrah foi transferida depois que o santuário fechou, Gertie ficou tão abandonada quanto eu. Durante meses, ninguém sabia o que havia acontecido com ela. Até que um dia, quando minha avó atendeu à campainha, era um agente de resgate de animais querendo saber se conhecíamos aquele cachorro, que tinha sido encontrado no bairro. Ela ainda usava a coleira com seu nome bordado. Gertie estava pele e osso e cheia de pulgas, mas começou a lamber meu rosto. Minha avó deixou Gertie ficar, provavelmente porque achou que isso ajudaria na minha adaptação.

Sinceramente, tenho que dizer que não funcionou. Sempre fui solitária e nunca senti de fato que este fosse o meu lugar. Sou como uma daquelas mulheres que leem Jane Austen obsessivamente e ainda esperam que o sr. Darcy possa aparecer à sua porta. Ou aquelas pessoas que reencenam a Guerra Civil e grunhem umas para as outras em campos de batalha que agora abrigam campos de beisebol e bancos de parque. Sou a princesa na torre de marfim, exceto pelo fato de cada tijolo ser feito de história e de eu mesma ter construído a prisão.

Uma vez eu tive *uma* amiga na escola que meio que compreendia. Chatham Clarke foi a única pessoa para quem eu contei sobre minha mãe e sobre como ia encontrá-la. Chatham morava com a tia, porque sua mãe era viciada em drogas e estava presa, e ela nunca conhecera o pai. "É nobre", Chatham me disse, "quanto você quer ver sua mãe." Quando perguntei o que ela queria dizer, ela me contou que uma vez sua tia a levara à prisão onde sua mãe estava cumprindo pena; que ela tinha se arrumado, com uma saia de babados e sapatos que pareciam espelhos pretos. Mas sua mãe estava pálida e sem vida, os olhos mortos e os dentes podres por causa da metanfetamina, e Chatham disse que, embora sua mãe tenha dito que gostaria de poder lhe dar um abraço, ela nunca se sentiu tão feliz por algo quanto pela parede de plástico entre elas na cabine de visitas. Ela nunca mais voltou lá.

Chatham foi útil de muitas maneiras: ela me levou para comprar meu primeiro sutiã, porque minha avó nem havia pensado em cobrir um peito inexistente e (como disse Chatham) ninguém com mais de dez anos que tenha que se trocar em um vestiário de escola deve deixar as tetinhas de fora. Ela me passava bilhetinhos na aula de inglês, desenhos rabiscados de nossa professora, que usava autobronzeador em excesso e cheirava a gato. Andava de braço dado comigo pelos corredores, e todos os pesquisadores da vida selvagem vão lhe dizer que, quando se trata de sobreviver em um ambiente hostil, um bando de dois é infinitamente mais seguro que um bando de um.

Uma manhã, Chatham não foi à escola. Quando liguei para a casa dela, ninguém atendeu. Fui até lá de bicicleta e vi uma placa de vende--se. Eu não podia acreditar que ela ia embora sem me dizer nada, especialmente porque ela sabia que era isso que me perturbava tanto no desaparecimento da minha mãe, mas foi ficando cada vez mais difícil defendê-la quando uma semana se passou, depois duas. Comecei a não entregar tarefas de casa e a ir mal em provas, o que não era de forma alguma o meu estilo, e fui chamada à sala da coordenação. A sra. Sugarman tinha mil anos e havia vários fantoches em sua sala, para que crianças traumatizadas demais para dizer a palavra "vagina" pudessem, acredito eu, encenar um teatro de bonecas e mostrar onde haviam sido inadequadamente tocadas. De qualquer modo, não acho que a sra. Sugarman conseguiria me guiar nem para fora de um saco de papel, quanto mais de uma amizade desfeita. Quando ela me perguntou o que eu achava que tinha acontecido com Chatham, eu disse que imaginava que ela havia sido arrebatada para os céus. E que eu havia sido um dos Deixados para Trás.

Não seria a primeira vez.

A sra. Sugarman não me chamou mais à sua sala, e, se antes eu já era considerada a esquisita da escola, passei a ser anormal em nível máster agora.

Minha avó ficou intrigada com o sumiço de Chatham. "Sem contar para você?", ela me disse no jantar. "Isso não é jeito de tratar uma amiga." Eu não sabia como explicar a ela que, durante todo o tempo em que Chatham fora minha parceira no crime, eu já previa isso. Quando alguém te deixa uma vez, você espera que aconteça de novo. Até que começa a não se aproximar muito das pessoas para que elas não se tornem importantes, porque assim você não vai notar quando elas saírem do seu mundo. Eu sei que isso parece incrivelmente deprimente para uma menina de treze anos, mas é melhor que ser forçada a aceitar que o denominador comum deve ser *você*.

Posso não ser capaz de mudar o meu futuro, mas juro por tudo que vou tentar descobrir o meu passado.

Então, eu tenho um ritual matinal. Algumas pessoas tomam café e leem o jornal; algumas olham o Facebook; outras fazem chapinha no cabelo ou cem abdominais. Eu visto uma roupa e vou para o computador. Passo muito tempo na internet, principalmente no www.NamUs.gov, o site oficial do Departamento de Justiça dos Estados Unidos para procurar pessoas desaparecidas e não identificadas. Dou uma conferida rápida no banco de dados de Pessoas Não Identificadas para me certificar de que nenhum médico-legista tenha inserido novas informações sobre uma mulher morta sem identificação. Depois consulto o banco de dados de Pessoas Não Reclamadas, examinando todos os acréscimos à lista dos que morreram sem ter nenhum parente próximo. Por fim, registro o banco de dados de Pessoas Desaparecidas e vou direto para o registro da minha mãe.

Situação: Desaparecida
Nome: Alice
Sobrenome: Kingston Metcalf
Apelido/Codinome: Nenhum
Data do último contato: 16 de julho de 2004, 23h45
Idade no desaparecimento: 36
Idade atual: 46
Raça: Branca
Sexo: Feminino
Altura: 1,65 metro
Peso: 56 kg
Cidade: Boone
Estado: NH
Circunstâncias: Alice Metcalf era naturalista e pesquisadora no Santuário de Elefantes de New England. Foi encontrada inconsciente na noite de 16 de julho de 2004, aproximadamente às 22h, um quilômetro e meio ao sul do corpo de uma funcionária do santuário que havia sido pisoteada por um elefante. Depois de ser internada no Hospital Mercy United em Boone Heights, New Hampshire, Alice recuperou a consciência aproximadamente às 23h. Foi vista pela última vez por uma enfermeira que checou seus sinais vitais às 23h45.

Nada mudou no perfil. Eu sei porque fui eu quem escrevi.

Há outra aba para a cor do cabelo (ruivo) e a cor dos olhos (verdes) da minha mãe; sobre alguma cicatriz, ou deformidade, ou tatuagem, ou membros artificiais que pudessem ser usados para identificá-la (não). Há uma aba para a roupa que ela estava usando quando desapareceu, mas tive que deixar essa em branco, porque eu não sei. Há uma aba vazia sobre possíveis meios de transporte e outra sobre registros odontológicos e uma para sua amostra de DNA. Há uma fotografia dela também, que eu escaneei da única foto na casa que minha avó não enfiou no sótão: um close de minha mãe me segurando no colo, na frente de Maura, a elefanta.

Depois tem uma aba com contatos policiais. Um deles, Donny Boylan, se aposentou, mudou para a Flórida e está com Alzheimer (dá para se surpreender com o tanto de coisas que é possível descobrir no Google). O outro, Virgil Stanhope, apareceu pela última vez em um informativo da polícia por ter sido promovido a detetive em uma cerimônia em 13 de outubro de 2004. Eu sei, pelas minhas investigações na internet, que ele não está mais no quadro de funcionários do Departamento de Polícia de Boone. Tirando isso, parece que desapareceu da face da Terra.

O que não é de forma alguma tão incomum quanto você pensa.

Há famílias inteiras que abandonaram a casa com a televisão ligada, a chaleira no fogo e brinquedos espalhados pelo chão; famílias cujo carro foi encontrado em um estacionamento vazio ou no fundo de um lago, e nenhum corpo jamais foi localizado. Há universitárias que desapareceram depois de escrever seu número de telefone em um guardanapo para homens em bares. Há avôs que entraram na floresta e de quem nunca mais se ouviu falar. Há bebês que receberam um beijo de boa-noite no berço e não estavam mais lá ao amanhecer. Há mães que escreveram listas de supermercado, entraram no carro e nunca voltaram para casa.

— Jenna! — a voz de minha avó me interrompe. — Isto aqui não é um restaurante!

Fecho o computador e me dirijo à porta do quarto. No último instante, resolvo abrir a gaveta de lingerie e pegar um lenço azul delicado do fundo dela. Não combina de jeito nenhum com meu short jeans e regata, mas eu o enrolo no pescoço mesmo assim, desço a escada correndo e me sento em um dos banquinhos no balcão da cozinha.

— Tenho coisas melhores para fazer do que ficar servindo você — diz minha avó, de costas para mim, enquanto vira uma panqueca na frigideira.

Minha avó não é a avó da TV, um anjinho meigo de cabelo branco. Ela trabalha como agente de fiscalização de parquímetros para o Departamento de Trânsito da cidade, e posso contar nos dedos de uma das mãos o número de vezes que já a vi sorrir.

Gostaria de poder conversar com ela sobre a minha mãe. Quer dizer, ela tem todas as lembranças que eu não tenho, porque viveu com minha mãe por dezoito anos, enquanto eu só tive míseros três. Gostaria de ter o tipo de avó que me mostrasse fotografias de minha mãe desaparecida quando eu era pequena, ou que fizesse um bolo no aniversário dela, em vez de apenas me incentivar a trancar meus sentimentos dentro de uma caixinha.

Não me entenda mal: eu amo minha avó. Ela vai me ouvir cantar nas apresentações do coral da escola e faz comida vegetariana para mim apesar de gostar de carne; ela me deixa ver filmes proibidos para menores porque (como ela diz) não há nada neles que eu não vá ver nos corredores nos intervalos das aulas. Eu amo minha avó. Ela só não é minha mãe.

A mentira que contei para minha avó hoje é que vou tomar conta do filho de um de meus professores favoritos, o sr. Allen, que me deu aula de matemática no sétimo ano. O nome do menino é Carter, mas eu o chamo de Controle de Natalidade, porque ele é o melhor argumento que poderia haver contra a procriação. É o bebê menos bonito que já vi. Sua cabeça é enorme e, quando olha para mim, tenho certeza de que pode ler minha mente.

Minha avó se vira com a panqueca equilibrada sobre uma espátula e para de repente ao ver o lenço em meu pescoço. É verdade que ele não combina, mas não é por isso que ela comprime os lábios. Ela sacode a cabeça em um julgamento silencioso e bate a espátula em meu prato quando me serve a comida.

— Eu fiquei com vontade de usar um acessório — minto.

Minha avó não fala sobre minha mãe. Se eu estou vazia por dentro por ela ter desaparecido, minha avó está cheia de raiva, a ponto de explodir. Ela não consegue perdoar a filha por ter ido embora — se é que foi isso que aconteceu — e não consegue aceitar a alternativa: de que ela pode não voltar porque está morta.

— Carter — diz minha avó, voltando habilmente um passo para trás na nossa conversa. — É o bebê que parece uma berinjela?

— Não ele inteiro. Só a testa — esclareço. — Da última vez em que fui cuidar dele, ele gritou por três horas seguidas.

— Leve protetores de ouvido — minha avó sugere. — Você vem para o jantar?

— Não sei. Mas a gente se vê mais tarde.

Eu digo isso toda vez que ela sai. Digo isso porque é o que nós duas precisamos ouvir. Minha avó põe a frigideira na pia e pega a bolsa.

— Não se esqueça de deixar a Gertie sair antes de ir — ela instrui e tem o cuidado de não olhar para mim ou para o lenço de minha mãe na passagem.

* * *

Comecei a procurar minha mãe ativamente quando tinha onze anos. Antes disso, eu sentia falta dela, mas não sabia o que fazer. Minha avó não queria falar no assunto, e meu pai, até onde eu sabia, nunca dera parte do desaparecimento de minha mãe porque estava catatônico em um hospital psiquiátrico quando tudo aconteceu. Insisti com ele sobre isso algumas vezes, mas, como era uma conversa que geralmente desencadeava novas recaídas, parei de tocar no assunto.

Então, um dia, no consultório do dentista, li um artigo na revista *People* sobre um garoto de dezesseis anos que tinha reaberto o caso de assassinato não solucionado de sua mãe e o assassino havia sido preso. Comecei a pensar que o que me faltava em dinheiro e recursos poderia ser compensado com determinação e, naquela mesma tarde, decidi tentar. É verdade que poderia não dar em nada, mas ninguém mais tinha conseguido encontrar a minha mãe. Só que ninguém procurara com tanto empenho quanto eu planejava fazer.

Quase sempre, as pessoas que eu procurava não me davam atenção ou sentiam pena de mim. A polícia de Boone se recusou a me ajudar porque (a) eu era menor de idade e estava lá sem o consentimento do meu responsável; (b) as pistas de minha mãe já haviam se perdido depois de dez anos; e (c) para eles, o caso de homicídio relacionado já estava resolvido: fora arquivado como morte acidental. O Santuário de Elefantes de New England, claro, foi desativado, e a única pessoa que poderia me contar mais sobre o que havia acontecido com a tratadora que morreu — ou seja, meu pai — não era capaz nem de falar o próprio nome ou o dia da semana, quanto mais detalhes sobre o incidente que causou seu surto psicótico.

Então, decidi assumir o caso com minhas próprias mãos. Tentei contratar um detetive particular, mas logo descobri que eles não trabalham de graça, como alguns advogados. Foi aí que comecei a fazer bico como babá para os professores, com a ideia de juntar dinheiro suficiente até o fim do verão para pelo menos tentar fazer com que alguém se interesse. Depois iniciei o processo de me tornar minha própria melhor investigadora.

Quase todos os mecanismos de busca online para pesquisar pessoas desaparecidas são pagos e requerem um cartão de crédito, e eu não tinha nem cartão nem dinheiro. Mas consegui encontrar um manual de instruções, *Então você quer ser um detetive particular?*, em um bazar da igreja e passei vários dias memorizando as informações do capítulo "Como encontrar pessoas perdidas".

De acordo com o livro, há três tipos de pessoas desaparecidas:

1. Pessoas que não estão realmente desaparecidas, mas têm vida e amigos que não incluem você. Antigos namorados e o colega de quarto da faculdade com quem você perdeu contato — eles estão nesta categoria.
2. Pessoas que não estão realmente desaparecidas, mas não querem ser encontradas. Pais fugindo de pagar pensão e testemunhas do crime organizado, por exemplo.
3. Todos os outros. Como os que fogem de casa e as crianças com fotos nas embalagens de leite que foram sequestradas por psicopatas em vans brancas sem janelas.

Os detetives particulares conseguem encontrar alguém porque muita gente sabe exatamente onde a pessoa desaparecida está. Você, dizia o livro, não é uma dessas pessoas. Então precisa encontrar alguém que *seja*.

Pessoas que desaparecem têm seus motivos. Elas podem ter cometido algum tipo de fraude contra uma seguradora ou estar se escondendo da polícia. Podem ter decidido tentar uma vida nova. Podem estar com dívidas até o pescoço. Podem ter um segredo que não querem que ninguém descubra. De acordo com o *Então você quer ser um detetive particular?*, a primeira pergunta a fazer é: Essa pessoa quer ser encontrada?

Tenho que admitir que não sei se quero ouvir a resposta para isso. Se minha mãe tiver ido embora por livre e espontânea vontade, talvez só fosse preciso saber que eu estou procurando — saber que, depois de uma década, eu não a esqueci — para fazê-la voltar para mim. Às vezes penso que seria mais fácil descobrir que minha mãe morreu dez anos atrás do que ficar sabendo que ela estava viva e escolheu não voltar.

O livro dizia que encontrar pessoas perdidas é como fazer um jogo de letras misturadas. Você tem todas as pistas e está tentando organizá-las para formar um endereço. A coleta de dados é a arma do detetive particular, e os fatos são seus amigos. Nome, data de nascimento, número de seguridade social. Escolas frequentadas. Datas de serviço militar, histórico de empregos, amigos e parentes conhecidos. Quanto mais longe você conseguir lançar sua rede, maior a probabilidade de pegar alguém que tenha tido uma conversa com a Pessoa Desaparecida sobre aonde ela gostaria de poder ir nas férias ou qual seria seu emprego dos sonhos.

O que se faz com esses fatos? Bem, começa-se usando-os para eliminar possibilidades. A primeira busca que fiz na internet, aos onze anos, foi ir ao banco de dados da Lista de Pessoas Falecidas da Seguridade Social e procurar o nome de minha mãe.

Ela não aparecia como morta, mas isso não me diz o suficiente. Ela pode estar viva, mas vivendo com uma identidade diferente. Pode estar morta e não identificada.

Não estava no Facebook ou no Twitter, nem no Classmates.com, nem na rede de ex-alunos do Vassar, sua faculdade. Mas minha mãe vivia sempre tão absorta em seu trabalho e seus elefantes que não imagino que tivesse muito tempo para essas distrações.

Havia 367 Alice Metcalf em catálogos telefônicos na internet. Liguei para duas ou três por semana, para minha avó não surtar quando visse as cobranças de ligações interurbanas na conta de telefone. Deixei um monte de mensagens. Houve uma senhora muito simpática de Montana que quis rezar por minha mãe e outra mulher que trabalhava como produtora em um canal de notícias em Los Angeles e prometeu levar a história para seu chefe como matéria de interesse humano, mas nenhuma das pessoas para quem liguei era minha mãe.

O livro tinha outras sugestões: pesquisar em bancos de dados de prisões, solicitações de registro de marcas, até os registros genealógicos da Igreja de Jesus Cristo dos Santos dos Últimos Dias. Com esses, não consegui resultado nenhum. Quando procurei "Alice Metcalf" no Google, recebi resultados demais — mais de 1,6 milhão. Então restringi a busca, pesquisando "Alice Kingston Metcalf Luto de Elefantes" e obtive uma listagem de todas as suas pesquisas acadêmicas, a maior parte feita antes de 2004.

Na página 16 da busca do Google, no entanto, havia um artigo em um blog de psicologia sobre o processo de luto em animais. No terceiro parágrafo, Alice Metcalf era citada dizendo: "É egoísmo pensar que os humanos têm o monopólio do luto. Há indicações consideráveis de que os elefantes sofrem pela perda daqueles que amam". Era um trechinho minúsculo, nada digno de nota em muitos sentidos, algo que ela já havia dito centenas de vezes antes em outros periódicos e artigos acadêmicos.

Mas aquela página do blog era datada de 2006.

Dois anos depois que ela desapareceu.

Embora eu tenha pesquisado na internet por um ano, não encontrei nenhuma outra prova da existência de minha mãe. Não sei se a data naquele artigo da internet estava errada, ou se eles estavam citando uma fala anterior de minha mãe, ou se minha mãe — aparentemente viva e bem em 2006 — ainda está viva e bem.

Só sei que encontrei aquilo, e já é um começo.

* * *

No espírito de não deixar pedra sobre pedra, não limitei minha busca às sugestões do *Então você quer ser um detetive particular?* Postei em listas de discussão sobre pessoas desaparecidas. Uma vez, me ofereci como voluntária na apresentação de um hipnotizador em uma feira, diante de uma multidão comendo salsicha no palito e cebola frita, na esperança de que ele pudesse libertar as lembranças entaladas dentro de mim, mas tudo o que ele me disse foi que, em uma vida passada, eu tinha sido funcionária da cozinha no palácio de um duque. Fui a um seminário gratuito sobre sonhos lúcidos, imaginando que talvez pudesse transferir algumas daquelas habilidades para minha mente teimosamente trancada, mas acabou sendo sobre como registrar os sonhos em um diário e não muito mais que isso.

Hoje, pela primeira vez, vou a uma vidente.

Há algumas razões para nunca ter ido antes. Primeiro, eu não tinha dinheiro para isso. Segundo, não fazia a menor ideia de onde encontrar um profissional decente. Terceiro, não era muito científico, e, se minha mãe, mesmo em sua ausência, tinha me ensinado alguma coisa, era acreditar em fatos e dados frios e objetivos. Mas, dois dias atrás, quando eu estava arrumando os cadernos da minha mãe, um marcador caiu do meio de um deles.

Não era de fato um marcador. Era uma nota de um dólar dobrada em um origami em forma de elefante.

De repente, consegui me lembrar de minha mãe com as mãos mexendo rápidas sobre uma nota, pregueando e dobrando, virando e voltando, até que parei meu choro de bebê e olhei, fascinada, para o pequenino brinquedo que ela havia feito para mim.

Toquei o pequeno elefante como se esperasse que ele fosse desaparecer em uma nuvem de fumaça. E então meus olhos recaíram sobre a página aberta do diário, em um parágrafo que se destacou repentinamente, como se estivesse escrito em neon:

Meus colegas sempre me olham com a cara mais engraçada quando digo a eles que os melhores cientistas entendem que dois a três por cento de seja lá o que eles estiverem estudando simplesmente não é quantificável — pode ser magia, ou alienígenas, ou variação aleatória, e nada disso pode ser verdadeiramente descartado. Se quisermos ser honestos como cientistas... temos que admitir que talvez existam algumas poucas coisas que não nos cabe conhecer.

Entendi isso como um sinal.

Qualquer outra pessoa no planeta preferiria olhar para uma obra de arte de dobradura do que para o pedaço de papel original, mas não eu. Eu tinha que começar do começo. Então, passei horas desdobrando cuidadosamente o trabalho de minha mãe, fingindo que ainda podia sentir o calor de seus dedos na nota. Fui seguindo passo a passo, como se estivesse fazendo uma cirurgia, até conseguir dobrar de novo a nota de um dólar do jeito que ela havia feito; até eu ter uma pequena manada de seis novos elefantinhos verdes marchando sobre minha mesa. Continuei a me testar o dia inteiro, para garantir que não havia esquecido, e, toda vez que conseguia, me enchia de orgulho. Adormeci naquela noite imaginando um momento dramático de um "filme da semana" em que eu finalmente encontrava minha mãe desaparecida e ela não sabia que era eu, até que eu pegava uma nota de um dólar e produzia um elefante na frente de seus olhos. E, então, ela me abraçava. E não me soltava mais.

* * *

Você ficaria surpreso de ver quantos médiuns aparecem nas páginas amarelas locais. Guias Espirituais New Age, Aconselhamento Psíquico da Laurel, Leituras de Tarô da Sacerdotisa Pagã, Consultas com Kate Kimmel, A Fênix Renascida — Conselhos sobre Amor, Dinheiro e Prosperidade.

Clarividência com Serenity, Cumberland Street, Boone.

Serenity não tinha um anúncio grande ou um número 0800 ou um sobrenome, mas dava para ir de bicicleta da minha casa até lá e ela era a única que prometia fazer uma consulta pelo preço convidativo de dez dólares.

A Cumberland Street fica na parte da cidade de onde minha avó sempre me diz para ficar longe. É basicamente uma viela com uma loja de conveniência que faliu e foi fechada com tábuas, além de um boteco pé-sujo. Há dois cartazes de madeira na calçada, um anunciando bebidas por dois dólares antes das cinco da tarde e outro que diz: TARÔ, 10 DÓLARES, 14R.

O que é 14R? Um limite de idade? Um tamanho de sutiã?

Fico com receio de deixar minha bicicleta na rua, porque não tenho trava de segurança para ela — nunca preciso disso na escola ou na Main Street ou nos outros lugares aonde costumo ir —, então eu a puxo para o corredor à esquerda da entrada do bar e a arrasto pelos degraus que cheiram a cerveja e suor. No alto, há um saguão minúsculo. Uma porta tem o número 14R e uma placa na frente: CONSULTAS COM SERENITY.

As paredes do saguão são revestidas de um papel aveludado se soltando. Manchas amarelas descoram o teto e o cheiro é de um excesso de aromatizador de ambiente. Há uma mesa vacilante com um dos pés apoiado em um catálogo telefônico para dar equilíbrio. Sobre ela, há um pratinho de porcelana cheio de cartões de visita: SERENITY JONES, VIDENTE.

Não há muito espaço para mim e uma bicicleta no pequeno saguão. Eu a viro em um semicírculo espremido, tentando recostá-la na parede.

Ouço vozes abafadas de duas mulheres do outro lado da porta. Não sei se deveria bater para avisar Serenity de que estou aqui. Então me ocorre que, se ela for mesmo boa em seu trabalho, já deve saber.

Só para garantir, porém, eu dou uma tossida. Alta.

Com o quadro da bicicleta equilibrado de encontro a meu quadril, encosto a orelha na porta.

Você está preocupada com uma decisão muito importante.

Há um som de espanto, uma segunda voz. *Como você sabe?*

Você tem sérias dúvidas se o que decidir vai ser o caminho certo.

A outra voz novamente: *Tem sido tão difícil sem o Bert.*

Ele está aqui agora. E quer que você saiba que pode confiar no seu coração.

Há uma pausa. *Não parece algo que o Bert diria.*

Claro que não. Isso foi outra pessoa que está cuidando de você.

Tia Louise?

Sim! Está dizendo que você sempre foi a favorita dela.

Não consigo segurar; solto uma risadinha pelo nariz. *Se saiu bem, Serenity,* penso.

Talvez ela tenha me ouvido rir, porque não há mais conversa vindo do outro lado da porta. Encosto mais para ouvir melhor e acabo batendo na bicicleta e a desequilibrando. Ao tentar segurar, tropeço no lenço de minha mãe, que havia se desenrolado do meu pescoço. A bicicleta e eu caímos sobre a pequena mesa, e o pratinho escorrega e se espatifa no chão.

A porta se abre de repente e eu levanto os olhos de onde estou agachada no meio do quadro da bicicleta, tentando recolher os cacos.

— O que está acontecendo aqui?

Serenity Jones é alta, com um redemoinho de cabelos de algodão-doce cor-de-rosa em uma pilha na cabeça. A cor do batom combina com a do penteado. Tenho a estranha sensação de que já a vi antes.

— Você é a Serenity?

— Quem é você?

— Você não deveria *saber*?

— Sou presciente, não onisciente. Se eu fosse onisciente, esta seria a Park Avenue e eu estaria escondendo dinheiro nas ilhas Cayman. — Sua voz tem o som gasto, como um sofá com molas quebradas. Então ela nota os pedaços de porcelana quebrada em minha mão. — Não acredito! Essa era a tigela de vidência da minha avó!

Nem imagino o que seja uma tigela de vidência. Só sei que me dei muito mal.

— Desculpe. Foi um acidente...

— Você tem ideia de como isso é antigo? É uma relíquia de família! Obrigada, Menino Jesus, por minha mãe não estar viva para ver isso. — Ela pega os pedaços e junta as bordas, como se eles pudessem se grudar por mágica.

— Eu posso tentar consertar...

— A menos que você faça magia, não vejo como isso pode acontecer. Minha mãe *e* minha avó devem estar se revirando no túmulo, tudo porque você não tem o bom senso que Deus deu a uma fuinha.

— Se era tão precioso, por que você deixou aqui em uma mesinha no saguão?

— Por que *você* entrou com uma bicicleta em uma sala do tamanho de um armário?

— Eu fiquei com medo que ela fosse roubada se eu deixasse lá fora — explico, me levantando. — Olha, eu pago pela sua tigela.

— Queridinha, o seu dinheiro dos cookies das escoteiras não pode cobrir o custo de uma antiguidade de 1858.

— Eu não estou vendendo cookies das escoteiras — digo. — Vim aqui para uma consulta.

Isso muda todo o jeito dela.

— Eu não trabalho com crianças.

Não trabalha ou *não quer trabalhar?*

— Eu sou mais velha do que pareço. — Isso é um fato. Todos acham que ainda estou no quinto ano e não no oitavo.

A mulher que estava lá dentro fazendo uma consulta aparece de repente à porta também.

— Serenity? Está tudo bem?

Serenity cambaleia e tropeça em minha bicicleta.

— Tudo bem. — Ela sorri para mim com os lábios apertados. — Não posso ajudar você.

— O quê? — diz a cliente.

— Não é com a senhora, sra. Langham — Serenity responde, depois murmura para mim: — Se você não for embora neste instante, vou chamar a polícia e prestar queixa.

Talvez a sra. Langham não queira uma médium que é má com crianças; ou talvez simplesmente prefira não estar por perto quando a polícia chegar. Seja qual for a razão, ela olha para Serenity como se estivesse prestes a dizer alguma coisa, depois passa por nós e desce os degraus apressada.

— Ah, que ótimo — Serenity murmura. — Agora você me deve uma relíquia de valor inestimável *e* os dez dólares que acabei de perder.

— Eu pago em dobro! — exclamo. Tenho sessenta e oito dólares. Isso é cada centavo que ganhei este ano trabalhando como babá e economizei para o detetive particular. Não estou convencida de que Serenity vai valer a pena. Mas estaria disposta a gastar vinte dólares para descobrir.

Os olhos dela brilham ao ouvir isso.

— Para você — diz ela —, vou fazer uma exceção de idade. — Ela abre mais a porta, revelando uma sala de estar normal, com um sofá, uma mesinha de centro e uma televisão. Parece a casa da minha avó, o que é um pouco decepcionante. Nada ali grita *poderes psíquicos*. — Algum *problema?* — ela pergunta.

— Acho que eu estava esperando uma bola de cristal e uma cortina de contas.

— Você tem que pagar a mais para ter isso.

Olho para ela, porque não tenho certeza se é brincadeira. Ela se senta pesadamente no sofá e me indica uma cadeira.

— Qual é o seu nome?

— Jenna Metcalf.

— Certo, Jenna — ela diz e suspira. — Vamos acabar logo com isso. — Ela me passa um caderno e pede para escrever meu nome, endereço e telefone.

— Por quê?

— Só para o caso de eu precisar me comunicar com você depois. Se um espírito quiser dar um recado ou coisa parecida.

Aposto que é mais provável que seja para me mandar e-mails fazendo propaganda de vinte por cento de desconto em minha próxima consulta, mas pego o caderno com capa de couro e preencho as informações. Minhas palmas estão suando. Agora que o momento chegou, estou em dúvida. O pior cenário seria Serenity Jones se revelar uma charlatã, mais um beco sem saída no mistério de minha mãe.

Não. O pior cenário seria Serenity Jones se revelar uma vidente talentosa e eu ficar sabendo uma de duas coisas: que minha mãe me abandonou por vontade própria ou que ela está morta.

Ela pega o baralho de tarô e começa a embaralhar.

— O que eu vou dizer durante esta leitura pode não fazer sentido agora. Mas lembre-se das informações, porque talvez um dia você ouça alguma coisa e entenda o que os espíritos estavam tentando te dizer hoje. — Ela fala isso do mesmo jeito que as comissárias de bordo ensinam a prender e soltar o cinto de segurança. Depois passa o baralho para mim, para eu cortar em três pilhas. — Então, o que você quer saber? Quem está apaixonado por você? Se vai tirar A em inglês? Para qual faculdade deve se candidatar?

— Eu não ligo para nada disso. — Devolvo o baralho para ela sem cortar. — Minha mãe desapareceu há dez anos e eu quero que você me ajude a encontrá-la.

* * *

Há uma passagem nos diários de pesquisa de campo de minha mãe que eu sei de cor. Às vezes, quando estou entediada na escola, eu até a escrevo em meu caderno, tentando imitar as curvas da caligrafia dela.

É do tempo que ela passou em Botswana, quando era uma pós-doutoranda estudando o luto em elefantes na reserva de Tuli Block e registrou a morte de um deles. Era o filhote de uma fêmea de quinze anos chamada Kagiso. Kagiso dera à luz logo depois do amanhecer e o filhote nasceu morto, ou morreu em seguida. Segundo as notas de minha mãe, isso não era incomum para uma fêmea que estava tendo seu primeiro filhote. O estranho foi o modo como Kagiso reagiu.

TERÇA-FEIRA
9h45 Kagiso de pé ao lado do filhote em plena luz do dia, na clareira aberta. Acaricia sua cabeça e levanta sua tromba. Nenhum movimento do filhote desde as 6h35.
11h52 Kagiso ameaça Aviwe e Cokisa quando as outras fêmeas vêm investigar o corpo do filhote.
15h15 Kagiso continua ao lado do corpo. Toca o filhote com a tromba. Tenta levantá-lo.

QUARTA-FEIRA

6h36 Preocupada com Kagiso, que ainda não foi beber água.

10h42 Kagiso chuta folhas para cima do corpo do filhote. Quebra galhos para cobri-lo.

15h46 Brutalmente quente. Kagiso vai beber água e volta para ficar perto do filhote.

QUINTA-FEIRA

6h56 Três leoas se aproximam; começam a arrastar a carcaça do filhote. Kagiso ataca; elas correm para leste. Kagiso fica berrando junto ao corpo do filhote.

8h20 Ainda berrando.

11h13 Kagiso continua ao lado do filhote morto.

21h02 Três leoas se alimentam da carcaça do filhote. Kagiso não está à vista.

No fim da página, minha mãe escrevera isto:

Kagiso abandona o corpo do filhote depois de manter vigília por três dias. Há muitas pesquisas documentadas afirmando que um filhote de elefante com menos de dois anos não sobrevive se ficar órfão. Não há nada escrito, ainda, sobre o que acontece com a mãe que perde seu bebê.

Minha mãe não sabia, no momento em que escreveu, que já estava grávida de mim.

* * *

— Eu não trabalho com pessoas desaparecidas — diz Serenity, em um tom de voz que não abre nem uma frestinha para um *mas*.

— Você não trabalha com crianças — digo, erguendo um dos dedos. — Não trabalha com pessoas desaparecidas. Com o que, exatamente, você *trabalha*?

Ela estreita os olhos.

— Quer um alinhamento de energia? Sem problemas. Tarô? Vamos lá. Se comunicar com alguém que morreu? Eu sou a pessoa certa. — Ela se inclina para a frente, para que eu entenda, sem margem de dúvida, que a resposta é definitiva. — Mas eu *não* trabalho com pessoas desaparecidas.

— Você é vidente.

— Cada vidente tem um dom — diz ela. — Precognição, leitura de aura, invocação de espíritos, telepatia. O fato de eu ter recebido um tira-gosto não significa que possa ter o cardápio inteiro.

— Ela desapareceu há dez anos — continuo, como se Serenity nem tivesse falado. Penso se deveria lhe contar sobre o corpo pisoteado, ou sobre minha mãe ter sido levada para o hospital, e decido que é melhor não. Não quero dar dicas para as respostas dela. — Eu tinha só três anos.

— A maioria das pessoas desaparecidas some porque quer — diz Serenity.

— Mas nem todas — respondo. — Ela não me abandonou. — Eu hesito, desenrolando o lenço de minha mãe do pescoço e o empurrando em direção a ela. — Isto era dela. Talvez possa ajudar...?

Serenity não o toca.

— Eu nunca disse que *não podia* encontrá-la. Disse que *não ia* fazer isso.

De todas as maneiras que eu havia imaginado que esta consulta poderia dar errado, essa não era uma delas.

— Por quê? — pergunto, surpresa. — Se você pode me ajudar, por que não quer?

— Porque eu não sou nenhuma droga de madre Teresa! — ela exclama. Seu rosto fica muito vermelho; eu me pergunto se ela viu sua própria morte iminente por hipertensão. — Com licença — ela diz e desaparece por um corredor. Um momento depois, ouço barulho de água correndo.

Ela fica fora por cinco minutos. Dez. Eu me levanto e começo a andar pela sala. Na prateleira sobre a lareira há fotos de Serenity com George e Barbara Bush, com Cher, com o cara de *Zoolander*. Não faz sentido para mim. Por que alguém que anda com celebridades estaria vendendo leituras de tarô por dez dólares em Lugarnenhum Leste, New Hampshire?

Quando ouço a descarga do vaso sanitário, corro de volta para a cadeira e torno a me sentar, como se tivesse estado lá o tempo todo. Serenity volta, recomposta. Sua franja cor-de-rosa está úmida, como se ela tivesse jogado água no rosto.

— Não vou cobrar de você pelo meu tempo hoje — diz ela, e eu faço um som de desdém. — Sinto muito mesmo pelo que aconteceu com a sua mãe. Talvez outra pessoa possa te dizer o que você quer ouvir.

— Quem?

— Não faço ideia. Não temos um grupo que se reúne no Café Paranormal nas noites de quarta-feira. — Ela vai até a porta e a segura aberta, indicando que é para eu sair. — Se eu souber de alguém que faça esse tipo de coisa, entro em contato.

Desconfio que isso seja pura mentira, dito apenas para eu dar o fora da sua sala de uma vez. Saio para o saguão e levanto a bicicleta.

— Se você não quer encontrar minha mãe para mim — digo —, pode pelo menos me dizer se ela está morta?

Nem acredito que perguntei isso até as palavras estarem flutuando entre nós, como cortinas que nos impedem de ver uma à outra com clareza. Por um segundo, penso em pegar a bicicleta e correr para a rua antes de ter que ouvir a resposta.

Serenity estremece, como se eu a tivesse atingido com uma arma de eletrochoque.

— Não está.

Enquanto ela fecha a porta na minha cara, eu me pergunto se aquilo seria uma mentira também.

* * *

Em vez de voltar direto para casa, pedalo para os subúrbios de Boone, cinco quilômetros por uma estrada de terra até a entrada da Reserva Natural Stark, que recebe o nome do general da Guerra da Independência que criou o lema do estado: "Viver livre ou morrer". Mas, dez anos atrás, antes de ser a Reserva Natural Stark, este era o Santuário de Elefantes de New England, que tinha sido fundado por meu pai, Thomas Metcalf. Na época, o parque se estendia por oito quilômetros quadrados, com quase um quilômetro quadrado entre o santuário e a residência mais próxima. Agora, mais da metade da área foi transformada em um centro comercial, uma loja Costco e um conjunto residencial. O restante é mantido como uma reserva administrada pelo Estado.

Estaciono a bicicleta e caminho por vinte minutos, passando pela floresta de bétulas e pelo lago, com as margens agora cobertas de vegetação descuidada, onde os elefantes iam beber água todos os dias. Por fim, chego a meu lugar favorito, embaixo de um enorme carvalho com braços retorcidos como se fosse uma bruxa. Enquanto quase todo o bosque está revestido de musgos e samambaias nesta época do ano, o solo sob esta árvore sempre foi atapetado com cogumelos de um roxo intenso. Parece o tipo de lugar em que fadas viveriam, se fossem reais.

Eles se chamam *Laccaria amethystina*. Procurei na internet. Parecia algo que minha mãe teria feito, se os tivesse visto.

Eu me sento no meio dos cogumelos. Pode dar a impressão de que vou esmagar suas cabeças, mas eles cedem sob meu peso. Passo a mão pelo lado inferior de um deles, com suas pregas estriadas como um acordeão. Parece veludo e músculo ao mesmo tempo, como a ponta da tromba de um elefante.

Foi aqui que Maura enterrou seu filhote, o único elefante nascido no santuário. Eu era pequena demais para lembrar, mas li sobre isso nos diários da minha mãe. Maura chegou ao santuário já grávida, embora o zoológico que a mandou não soubesse disso na ocasião. Ela deu à luz quase quinze meses depois de sua chegada e o filhote nasceu morto. Maura o carregou até o local sob o carvalho e o cobriu com agulhas e ramos de pinheiro. Na primavera seguinte, os cogumelos violeta mais lindos nasceram ali, onde os restos do filhote tinham sido por fim formalmente enterrados pela equipe do santuário.

Tiro o celular do bolso. A única coisa boa de terem vendido metade da propriedade é que agora há uma enorme torre de celular não muito longe e o serviço provavelmente é melhor aqui do que em todo o resto de New Hampshire. Abro o navegador e digito: "Serenity Jones vidente".

O primeiro resultado é um verbete na Wikipédia.

Serenity Jones (nascida em 1º de novembro de 1966) é uma vidente e médium americana. Esteve muitas vezes no Good Morning America *e teve seu próprio programa de televisão,* Serenity!, *onde fazia leituras frias com o público e também leituras individuais, mas sua especialidade eram casos de pessoas desaparecidas.*

Casos de pessoas desaparecidas? Isso é piada?

Trabalhou com vários departamentos de polícia e com o FBI *e afirmava ter uma taxa de sucesso de oitenta e oito por cento. No entanto, suas previsões erradas sobre o filho sequestrado do senador John McCoy foram amplamente divulgadas nos meios de comunicação e levaram a família a entrar na justiça. Jones não apareceu mais em público desde 2007.*

É possível que uma vidente famosa — ainda que caída em desgraça — tenha desaparecido da face da Terra e ressurgido uma década depois perto de Boone, New Hampshire? Com certeza. Se alguém estivesse procurando um lugar para viver sem ser notado, esse lugar seria minha cidade natal, onde a coisa mais emocionante que acontece todos os anos é o Bingo do Cocô de Vaca de 4 de Julho.

Pesquiso uma lista de suas previsões públicas.

Em 1999, Jones disse a Thea Katanopoulis que seu filho Adam, desaparecido havia sete anos, estava vivo. Em 2001, Adam foi localizado, trabalhando em um navio da marinha mercante na costa da África.

Jones previu corretamente a absolvição de O.J. Simpson e o grande terremoto de 1989.

Em 1998, Jones disse que a eleição presidencial seguinte seria adiada. Embora a eleição de 2000 em si tenha ocorrido na data marcada, os resultados oficiais demoraram trinta e seis dias para ser divulgados.

Em 1998, Jones disse à mãe da universitária desaparecida Kerry Rashid que sua filha tinha sido esfaqueada e que exames de DNA *isentariam de culpa o homem que ia ser condenado pelo crime. Em 2004, Orlando Ickes foi libertado como resultado do Projeto Inocência e seu ex-colega de quarto foi indiciado pelo crime no lugar dele.*

Em 2001, Jones disse à polícia que o corpo de Chandra Levy seria encontrado em uma encosta em uma área densamente arborizada. Ele foi localizado no ano seguinte no Rock Creek Park, em Maryland, numa encosta íngreme. Ela também previu que Thomas Quintanos IV, *um bombeiro de Nova York dado como morto depois do 11 de setembro, estava vivo, e ele foi de fato retirado dos escombros cinco dias depois do ataque ao World Trade Center.*

Em seu programa de televisão em 2001, Jones conduziu a polícia, diante das câmeras, até a casa do carteiro Earlen O'Doule, em Pensacola, Flórida, e localizou um quarto secreto trancado no porão onde estava Justine Fawker, dada como morta, que havia sido raptada oito anos antes, aos onze anos de idade.

Em seu programa de televisão, em novembro de 2003, Jones disse ao senador John McCoy e sua esposa que o filho sequestrado deles ainda estava vivo e poderia ser encontrado em um terminal de ônibus em Ocala, Flórida. Os restos do menino foram localizados lá, em estado de decomposição.

A partir daí, as coisas começaram a ir ladeira abaixo para Serenity Jones.

Em dezembro de 2003, Jones disse à viúva de um membro da força de elite da marinha americana que ela daria à luz um menino saudável. A mulher sofreu um aborto espontâneo catorze dias depois.

Em janeiro de 2004, Jones disse a Yolanda Rawls, de Orem, Utah, que sua filha desaparecida de cinco anos, Velvet, havia passado por uma lavagem cerebral e estava sendo criada por uma família mórmon, desencadeando uma onda de protestos em Salt Lake City. Seis meses mais tarde, o namorado de Yolanda confessou o assassinato da menina e levou a polícia até uma cova rasa perto do depósito de lixo local.

Em fevereiro de 2004, Jones previu que os restos de Jimmy Hoffa seriam encontrados nas paredes de cimento de um abrigo antibomba construído pela família Rockefeller em Woodstock, Vermont. Isso se mostrou incorreto.

Em março de 2004, Jones afirmou que Audrey Seiler, uma estudante da Universidade de Wisconsin-Madison que estava desaparecida, tinha sido vítima de um serial killer e que uma faca seria encontrada com indícios que comprovariam isso. Descobriu-se que Seiler havia encenado o próprio sequestro em uma tentativa de chamar a atenção do namorado.

Em maio de 2007, previu que Madeleine McCann, que havia desaparecido enquanto estava de férias com os pais em Portugal, seria encontrada até agosto do mesmo ano. O caso continua sem solução.

Ela não fez nenhuma previsão mediúnica pública desde então. Pelo que vejo, *ela mesma* se tornou desaparecida.

Não me surpreendo por ela não *trabalhar com crianças*.

É verdade que ela cometeu um erro público colossal no caso McCoy, mas, em sua defesa, ela estava meio certa: de fato *encontraram* o menino desaparecido. Ele só não estava vivo. Foi má sorte que, depois de uma sequência de sucessos, seu primeiro fracasso tenha envolvido um político superfamoso.

Há fotos de Serenity no Grammy com Snoop Dogg e no Jantar dos Correspondentes na Casa Branca com George W. Bush. Há outra foto dela na seção de "Polícia da moda" na revista *US Weekly*, usando um vestido com duas rosas de seda gigantes costuradas sobre os seios.

Clico no aplicativo do YouTube e digito o nome de Serenity e o do senador. Um vídeo carrega, mostrando Serenity em um programa de televisão, com seu cabelo de sorvete de casquinha e um conjunto de calça e blazer cor-de-rosa só alguns tons mais escuro. À frente dela, em um sofá roxo, está o senador McCoy, um homem com um queixo que poderia ser usado para medir ângulos retos e um toque perfeito de prateado nas têmporas. Sua esposa está sentada ao lado, segurando sua mão.

Não entendo muito do assunto, mas estudamos o senador McCoy na escola como um exemplo de fracasso político. Ele havia sido preparado para uma disputa presidencial, frequentava a casa dos Kennedy em Hyannisport e fez um discurso na abertura da Convenção Nacional do Partido Democrata. Mas, então, seu filho de sete anos foi sequestrado no parquinho de uma escola particular.

No vídeo, Serenity se inclina para o político.

— Senador McCoy — diz ela —, eu tive uma *visão*.

Corta para um coro gospel no estúdio.

— Uma visão! — eles cantam, como uma pontuação musical.

— Uma visão do seu filhinho... — Serenity faz uma pausa. — Vivo e bem.

A esposa do senador desaba nos braços do marido e começa a soluçar.

Fico pensando se ela escolheu o senador McCoy de propósito; se realmente teve uma visão da criança ou se só quis aproveitar a atenção da imprensa.

O vídeo pula para o terminal de ônibus em Ocala. Lá está Serenity, acompanhando os McCoy para dentro do prédio, dirigindo-se em um transe de zumbi para os armários perto do banheiro masculino. Lá está a esposa do senador McCoy, gritando "Henry?" quando Serenity diz ao policial para abrir o armário número 341. Lá está a mala manchada, que é tirada do armário pelo policial, enquanto todos recuam diante do fedor do corpo lá dentro.

Por um momento, a câmera oscila e a imagem fica de lado. Então, o cinegrafista se recupera do choque a tempo de pegar Serenity vomitando, Ginny McCoy desmaiando e o senador McCoy, o garoto de ouro do Partido Democrático, gritando para ele parar de filmar e o agredindo quando ele não para.

Serenity Jones não só caiu em desgraça: ela se ferrou pra valer. Os McCoy a processaram, mas ela acabou conseguindo um acordo. O senador McCoy foi preso duas vezes depois disso por dirigir alcoolizado, renunciou ao Senado e foi para algum lugar tratar de sua "exaustão". A esposa morreu um ano mais tarde de uma overdose de comprimidos para dormir. E Serenity discretamente, rapidamente, se tornou invisível.

A mulher que fez uma merda federal com os McCoy é a mesma que também encontrou dezenas de crianças desaparecidas. Também é a Serenity Jones que agora mora na parte mais degradada da cidade e vive desesperada por dinheiro. Mas será que ela perdeu sua habilidade de encontrar pessoas desaparecidas... ou desde sempre foi só enganação? Será que alguma vez ela foi *realmente* vidente — ou só teve sorte?

Até onde sei, o talento paranormal é como andar de bicicleta. Até onde sei, é só tentar de novo que a habilidade volta.

Então, apesar de eu ter absoluta certeza de que Serenity Jones não quer me ver nunca mais, também sei que encontrar minha mãe é exatamente o tipo de rodinha de que ela precisa para reaprender a andar de bicicleta.

ALICE

Todos nós já ouvimos a frase: *Ele tem memória de elefante*. E, de fato, isso não é um clichê, mas ciência.

Uma vez eu vi um elefante asiático na Tailândia que fora treinado para fazer um truque. Todas as crianças que eram trazidas pelas escolas para vê-lo na reserva onde era mantido em cativeiro eram instruídas a se sentar formando uma linha. Depois, pediam que elas tirassem os sapatos, e esses sapatos eram misturados em uma pilha. O mahout que trabalhava com o elefante lhe mandava, então, devolver os sapatos para as crianças. O elefante o fazia, procurando cuidadosamente na pilha com a tromba e largando os sapatos que pertenciam a cada criança em seu colo.

Em Botswana, vi uma elefanta atacar um helicóptero três vezes; nele estava um veterinário que ia sedá-la com um dardo para um estudo. No santuário, tivemos que solicitar uma zona de exclusão aérea, porque os helicópteros médicos que passavam faziam os elefantes se agruparem, ficando muito próximos uns dos outros. Os únicos helicópteros que alguns desses elefantes já tinham visto eram aqueles de onde guardas-florestais haviam atirado dardos de suxametônio contra suas famílias cinquenta anos antes, durante o abate para redução populacional.

Há relatos de elefantes que testemunharam a morte de um membro da manada pelas mãos de um caçador ilegal que estava atrás do marfim e depois atacaram uma aldeia à noite, procurando a pessoa que havia atirado.

No ecossistema de Amboseli, no Quênia, há duas tribos que historicamente tiveram contato com os elefantes: os masai, que se vestem de vermelho e usam lanças para caçá-los; e os kamba, que eram agricultores e nunca caçaram elefantes. Um estudo sugeriu que os elefantes demonstravam maior medo quando detectavam o cheiro de roupas usadas anteriormente pelos masai que pelos kamba. Eles se agrupavam, afastavam-se do cheiro mais depressa e demoravam mais tempo para relaxar depois de identificar o cheiro dos masai.

Perceba que, nesse estudo, os elefantes nunca viram a roupa. Eles se baseavam apenas em pistas olfativas, que poderiam ser atribuídas à dieta e às secreções feromonais de cada tribo (os masai consomem mais produtos de origem animal que os kamba; as aldeias dos kamba são conhecidas por ter um forte cheiro de gado). O interessante é que os elefantes conseguem diferenciar de forma precisa e confiável quem é amigo e quem é inimigo. Compare-se isso a nós, humanos, que ainda andamos em vielas escuras à noite, caímos em esquemas de pirâmide financeira e compramos abacaxis de vendedores de carros usados.

Eu diria, em vista desses exemplos, que a pergunta não é se os elefantes conseguem se lembrar. Talvez precisemos perguntar: *O que eles não esquecem?*

SERENITY

Eu tinha oito anos quando percebi que o mundo estava cheio de pessoas que ninguém mais conseguia ver. Havia um garoto que rastejava sob o trepa-trepa em minha escola, olhando por baixo da minha saia enquanto eu me balançava nas barras. Havia uma senhora negra idosa com perfume de lírios que se sentava à beira de minha cama e cantava para eu dormir. Às vezes, quando minha mãe e eu estávamos andando pela rua, eu me sentia um salmão nadando contra a corrente: era difícil não trombar nas centenas de pessoas que vinham em minha direção.

A bisavó de minha mãe era uma xamã de sangue puro dos iroqueses, e a mãe de meu pai lia folhas de chá para seus colegas nos intervalos para fumar na fábrica de biscoitos em que trabalhava. Nenhum desses talentos passou para meus pais pelo sangue, mas minha mãe contava todo tipo de história para provar que eu, desde muito pequena, tinha o Dom. Eu dizia a ela que a tia Jeannie tinha pegado o telefone. Cinco segundos depois, o telefone tocava. Ou eu insistia em usar minhas botas de chuva para ir à pré-escola em um dia perfeitamente ensolarado e claro e então o céu desabava em uma chuva inesperada. Meus amigos imaginários nem sempre eram crianças, mas também soldados da Guerra Civil e viúvas vitorianas e, uma vez, um escravo fugido chamado Spider com ferimentos de cordas em volta do pescoço. As outras crianças na escola me achavam estranha e ficavam longe de mim, a tal ponto que meus pais decidiram se mudar de Nova York para New Hampshire. Eles se sentaram comigo antes de meu primeiro dia no segundo ano e disseram: "Serenity, se você não quiser se magoar, vai ter que esconder o Dom".

Então eu fiz isso. Quando entrei na classe e me sentei ao lado de uma menina, não falei com ela até outra criança falar primeiro, para ter certeza de que eu não era a única que a estava vendo. Quando minha professora, a sra. DeCamp, pegou uma caneta que eu sabia que ia explodir com tinta em toda a sua blusa branca, mordi o lábio e vi acontecer em vez de alertá-la. Quando o hamster da classe escapou e eu tive uma visão dele correndo pela mesa da diretora, tirei o pensamento da cabeça até ouvir os gritos vindo da sala dela.

Fiz amigos, como meus pais disseram que aconteceria. Uma era uma menina chamada Maureen, que me convidou para ir à casa dela brincar com sua coleção de Polly Pocket e me contou segredos, por exemplo, que seu irmão mais velho escondia revistas *Playboy* embaixo do colchão e que sua mãe guardava uma caixa de sapatos cheia de dinheiro atrás de um painel solto dentro do armário. Então dá para imaginar como me senti no dia em que Maureen e eu estávamos nos balanços do parquinho e ela me desafiou para ver quem conseguia pular mais longe do balanço e eu tive uma visão rápida dela deitada no chão com luzes de ambulância ao fundo.

Eu queria dizer a ela que a gente não devia pular, mas também queria conservar minha melhor amiga, que não sabia nada sobre meu Dom. Então fiquei em silêncio e, quando Maureen contou até três e saiu voando pelo ar, continuei sentada em meu balanço e fechei os olhos para não ter que vê-la cair com a perna dobrada embaixo do corpo, quebrada em duas.

Meus pais tinham dito que, se não escondesse minha clarividência, eu ia me magoar. Mas era melhor eu me magoar do que deixar outra pessoa se machucar. Depois disso, prometi a mim mesma que ia sempre falar se meu Dom me ajudasse a ver que algo estava vindo, por mais que isso me custasse.

Nesse caso, o preço foi Maureen, que me chamou de louca e começou a andar com as meninas mais populares.

Conforme fui crescendo, fiquei melhor ao perceber que nem todos que falavam comigo estavam vivos. Estava conversando com alguém e via, perifericamente, um espírito passando atrás. Eu me acostumei a não prestar atenção, do mesmo modo que a maioria de vocês registra o rosto de centenas de pessoas com quem cruzam todos os dias sem de fato olhar para suas feições. Disse à minha mãe que ela precisava examinar os freios antes de a luz acender no painel indicando que havia algo errado; dei parabéns à nossa vizinha por sua gravidez uma semana antes que o médico lhe dissesse que ela estava esperando um bebê. Falava todas as informações que me vinham sem censurá-las ou analisar se devia falar ou não.

Meu Dom, no entanto, não cobria tudo. Quando eu tinha doze anos, a loja de autopeças de meu pai pegou fogo e queimou inteira. Dois meses depois, ele se suicidou, deixando para minha mãe um bilhete com um pedido de desculpas desconexo, uma foto dele mesmo com um vestido de noite e uma montanha de dívidas de jogo. Eu não havia previsto nenhuma dessas coisas e nem sei lhe dizer quantas vezes desde então já me perguntaram por quê. Pois eu lhe digo que ninguém quer saber a resposta mais que eu. Mas também não consigo adivinhar os números da loteria ou lhe dizer quais ações deve comprar. Eu não sabia sobre meu pai e, anos depois, também não previ o AVC de minha mãe. Sou uma vidente, não uma droga de Mágica de Oz. Repassei tudo em minha cabeça, imaginando se teria deixado de enxergar algum sinal, ou se alguém do outro lado não conseguiu se comunicar comigo, ou se eu estava distraída demais com minha lição de francês para perceber. Mas, ao longo dos anos, vim a entender que talvez haja coisas que eu não devo saber e, além disso, na verdade não *quero* ver todo o cenário do futuro. Se eu *pudesse* fazer isso, qual seria o sentido de viver?

Minha mãe e eu nos mudamos para Connecticut, onde ela arranjou um emprego de camareira em um hotel e eu me vestia de preto e participava sem muito interesse da Wicca enquanto sobrevivia ao ensino médio. Foi só na faculdade que comecei a realmente celebrar meu Dom. Aprendi sozinha a ler tarô e fazia leituras para minhas colegas. Assinei a revista *Fate*. Em vez de meus livros de estudo, lia sobre Nostradamus e Edgar Cayce. Usava lenços guatemaltecos e saias indianas e queimava incenso em meu quarto no dormitório. Conheci outra aluna, Shanae, que se interessava por ocultismo. Ao contrário de mim, ela não conseguia se comunicar com os que já haviam morrido, mas era uma empata e ficava com dor de estômago por tabela toda vez que sua colega de quarto estava menstruada. Juntas, tentamos treinar vidência em cristal. Acendíamos velas, sentávamos diante de um espelho e ficávamos olhando para ele até ver nossa vida passada. Shanae vinha de uma longa linhagem de médiuns, e foi ela que me disse que eu deveria pedir para meus guias espirituais se apresentarem; que suas tias e sua avó, que eram médiuns, tinham guias espirituais do outro lado. E foi assim que conheci formalmente Lucinda, a senhora negra que costumava cantar para eu dormir; e Desmond, um gay irreverente. Eles estavam comigo o tempo todo, como bichinhos de estimação dormindo aos meus pés que acordavam, atentos, quando eu chamava seu nome. A partir daí, passei a conversar com meus guias espirituais constantemente e a confiar neles para me ajudarem a acessar o outro mundo, me conduzindo ou conduzindo outros até mim.

Desmond e Lucinda eram as melhores babás do mundo, cuidando para que eu — praticamente um bebê nessa atividade — explorasse o plano paranormal sem me machucar. Eles garantiam que eu não encontrasse demônios, espíritos que nunca haviam sido humanos. Me impediam de fazer perguntas com respostas que eu ainda não deveria saber. Me ensinavam a controlar meu Dom em vez de deixar que *ele* me controlasse, definindo limites. Imagine como seria se o telefone acordasse você a cada cinco minutos a noite inteira. Isso é o que acontece com os espíritos se você não estabelece critérios. Eles também me explicaram que uma coisa era querer compartilhar minhas previsões quando elas vinham, e outra muito diferente era ler uma pessoa sem que ela tivesse pedido. Outros médiuns já fizeram isso comigo e vou dizer a você: a sensação é como ter alguém fuçando sua gaveta de roupas íntimas quando você não está em casa, ou estar em um elevador sem ter como sair quando alguém invade seu espaço pessoal.

Eu fazia leituras por cinco dólares durante o verão em Old Orchard Beach, no Maine. Depois que terminei a faculdade, encontrava clientes que vinham por indicação de outros, enquanto me sustentava com trabalhos diversos. Tinha vinte e oito anos e trabalhava como garçonete em um pequeno restaurante local quando o candidato a governador do

Maine entrou para fazer um material fotográfico com sua família. Enquanto as câmeras pipocavam sobre ele e a esposa com pratos cheios das panquecas de blueberry que eram nossa especialidade, sua filhinha pulava em um dos bancos do balcão.

— Está chato, né? — eu disse, e ela concordou com a cabeça. Não podia ter mais de sete anos. — Que tal um chocolate quente? — Quando a mão dela roçou a minha para pegar a caneca, senti o mais forte choque de *escuridão* que já havia sentido; essa é a única maneira de descrever aquilo.

Aquela menininha não tinha dado permissão para que eu a lesse, e meus guias espirituais estavam avisando isso em alto e bom som, me dizendo que eu não tinha o direito de intervir. Mas, do outro lado do restaurante, sua mãe sorria e acenava para as câmeras e não sabia o que eu sabia. Quando a esposa do candidato foi ao banheiro, eu a segui. Ela me estendeu a mão, achando que eu era mais uma eleitora a ser conquistada.

— Isso vai parecer estranho — eu disse —, mas a senhora precisa levar sua filha para fazer um teste de leucemia.

O sorriso da mulher desapareceu.

— A Annie lhe falou sobre as dores de crescimento? Desculpe se ela a incomodou com isso, e agradeço muito sua preocupação, mas o pediatra disse que não é nada sério. — E foi embora.

Eu falei, Desmond zombou silenciosamente quando, momentos depois, o candidato saiu com a comitiva e a família. Por um longo momento, fiquei olhando para a caneca semivazia que a menininha havia deixado, antes de despejar o conteúdo no lixo. *Essa é a parte difícil, querida*, Lucinda me disse. *Saber o que você sabe e não poder fazer absolutamente nada a respeito.*

Uma semana depois, a esposa do candidato voltou ao restaurante, sozinha, usando jeans em vez do conjunto caro de lã vermelha. Ela veio direto até a mesa cuja toalha eu limpava.

— Encontraram um câncer — ela sussurrou. — Ainda nem estava no sangue da Annie. Pedi para fazerem um exame de medula. Mas, como pegamos bem no início — e começou a chorar —, ela tem uma boa chance de sobreviver. — Então segurou meu braço. — Como você sabia?

E poderia ter acabado por aí — uma boa ação mediúnica, uma oportunidade de responder *Eu falei* para o sempre impertinente Desmond —, mas aconteceu que a esposa do candidato era irmã da produtora do programa de televisão *Cleo*! O país amava Cleo, uma apresentadora de talk-show que havia crescido nos conjuntos residenciais para moradores de baixa renda em Washington Heights e era agora uma das mulheres mais conhecidas do planeta. Quando Cleo lia um livro, todas as outras mulheres nos Estados Unidos o liam também. Quando ela disse que ia dar roupões felpudos de fibra de bambu de presente de Natal, o site da empresa saiu do ar por sobrecarga de acessos. Quando ela convidava um candidato para ser entrevistado, ele ganhava a eleição. E, quando me chamou para fazer uma leitura para ela no programa, minha vida mudou da noite para o dia.

Eu disse a Cleo coisas que qualquer idiota poderia ter adivinhado: que ela alcançaria ainda mais sucesso, que entraria na lista da *Forbes* como a mulher mais rica do mundo naquele ano, que sua nova produtora lançaria um ganhador do Oscar. Mas, de repente, algo apareceu em minha cabeça, e, como ela havia me dado permissão, eu falei, embora devesse ter pensado duas vezes.

— Sua filha está procurando você.

A melhor amiga de Cleo, que estava participando do programa naquele dia, disse:

— A Cleo não tem filha.

Era um fato; ela era uma mulher solteira que nunca havia estado associada a ninguém em Hollywood. Mas lágrimas inundaram os olhos de Cleo.

— Na verdade, eu tenho — ela confessou.

Foi uma das maiores notícias do ano: Cleo admitiu ter sido estuprada por um namorado aos dezesseis anos e enviada para um convento em Porto Rico, onde o bebê nasceu e foi dado para adoção. Ela lançou uma busca pública pela menina, que tinha agora trinta e um anos, e as duas tiveram um encontro cheio de lágrimas na televisão. A audiência de Cleo subiu às alturas; ela ganhou um Emmy. E, como recompensa, sua produtora me transformou, de garçonete de pequeno restaurante, em vidente célebre e me deu meu próprio programa.

Eu tinha uma conexão especial quando o assunto eram crianças. Os departamentos de polícia me convidavam para entrar nos bosques onde corpos de crianças haviam sido encontrados para ver se eu conseguia ler alguma coisa sobre o assassino. Eu ia às casas de onde crianças tinham sido raptadas e tentava sentir uma pista para os policiais seguirem. Andava por cenas de crimes com respingos de sangue manchando as botas de proteção que eu tinha que usar e tentava visualizar o que havia acontecido. Perguntava a Desmond e Lucinda se uma criança desaparecida já havia atravessado. Ao contrário de alguns falsos videntes que ligavam para a polícia oferecendo pistas para conseguir fama, eu sempre esperei os policiais virem até mim. Às vezes os casos de que eu tratava em meu programa eram recentes; outras vezes eram antigos. Eu tinha uma taxa de acerto impressionante, mas é fato que desde os sete anos de idade eu já poderia ter dito a você que não estava inventando. No entanto, comecei a dormir com um revólver embaixo do travesseiro e investi em um sistema de alarme sofisticado para minha casa. Contratei um guarda-costas chamado Felix, que era uma mistura de geladeira Sub Zero e pit bull. Usar meu Dom para ajudar aqueles que haviam perdido pessoas queridas punha um alvo em minhas costas; criminosos que sabiam que eu podia apontar um dedo para eles poderiam me encontrar facilmente.

Mas, veja, eu tinha críticos. Os céticos me chamavam de fraude para arrancar dinheiro das pessoas. Bem, *existem* videntes que só querem arrancar dinheiro das pessoas. Eu as chamo de bruxas do pântano, os falsos médiuns que ficam à margem do caminho. Assim como há bons advogados e advogados de porta de cadeia, bons médicos e charlatães, há bons médiuns e fraudes. A outra queixa, mais estranha, vinha dos que me criticavam por pegar um talento dado por Deus e cobrar dinheiro por ele. A esses eu peço desculpas por não querer perder alguns de meus hábitos favoritos, como comer e morar dentro de uma casa. Ninguém jamais implica com Serena Williams ou Adele por ganharem dinheiro com o talento delas, não é? De maneira geral, eu ignorava o que as pessoas diziam sobre mim na imprensa. Discutir com haters é como mudar fotografias de lugar no *Titanic*. Para quê?

Então, sim, eu tinha detratores, mas também tinha fãs. Graças a eles, pude desfrutar das coisas boas da vida: lençóis Frette, uma casa em Malibu, Moët & Chandon, o telefone de Jennifer Aniston na discagem rápida. De repente eu já não estava apenas fazendo leituras de vidência; estava conferindo os índices de audiência. Parei de ouvir Desmond quando ele me dizia que eu estava obcecada pela fama. Em minha visão, eu ainda estava ajudando as pessoas. Será que não merecia alguma coisa em troca?

Quando o filho do senador McCoy foi sequestrado bem no período das análises de audiência de outono, eu soube que tinha uma chance única de me tornar *a* maior vidente de todos os tempos. Afinal, que endosso melhor para meu Dom do que um político que provavelmente ia ser presidente? Tive visões dele criando um Departamento de Assuntos Paranormais, comandado por mim, da casinha confortável que eu ia comprar em Georgetown. Só precisava convencê-lo — um homem que vivia todos os seus momentos sob os olhos do público — de que ele tinha algo a ganhar comigo também, sem ser a ridicularização de seus eleitores.

Ele já havia usado todas as conexões à sua disposição para montar uma busca nacional pelo filho, mas ainda não tinha conseguido nada. Eu sabia que a probabilidade de o senador vir ao meu programa de TV e me deixar fazer uma leitura ao vivo era mínima, na melhor das hipóteses. Então, usei as armas que tinha em *meu* arsenal: entrei em contato com a esposa do governador do Maine, cuja filha agora estava em remissão. O que quer que ela tenha dito à esposa do senador McCoy funcionou, porque a equipe dele ligou para minha equipe; e, o resto, como dizem, é história.

* * *

Quando eu era pequena e não sabia perceber a diferença entre um espírito e um ser vivo, só achava que todo mundo tinha alguma coisa para me dizer. Quando fiquei famosa, eu sabia muito bem perceber a diferença entre os dois mundos, mas estava distraída demais para ouvir.

Não devia ter me tornado tão arrogante. Não devia ter ficado tão segura de que meus guias espirituais viriam a qualquer momento em que eu os chamasse. Naquele dia no programa em que disse aos McCoy que havia tido uma visão de seu filho vivo e bem, eu menti.

Eu não tive nenhuma visão do filho deles. A única coisa que estava vendo era outro Emmy.

Estava acostumada a ter Lucinda e Desmond me dando cobertura, então, quando os McCoy se sentaram à minha frente e as câmeras começaram a transmitir, esperei que eles me dissessem algo sobre o sequestro. Lucinda foi quem jogou Ocala em minha mente. Desmond, porém, lhe mandou ficar quieta e, depois disso, eles não falaram mais nada. Então, improvisei e disse aos McCoy o que eles — e o país — queriam ouvir.

E todos nós sabemos como isso acabou.

Depois de tudo, eu me isolei. Não ligava a TV nem o rádio, onde meus críticos estavam se esbaldando. Não queria falar com meus produtores nem com Cleo. Eu me sentia humilhada, e, pior, havia causado mais sofrimento a um casal que já estava arrasado. Tinha dado a eles a possibilidade de ter esperança e, em seguida, a arrancara de suas mãos.

Culpei Desmond. E, quando ele finalmente me mostrou seu maldito espírito de porco outra vez, eu o mandei pegar Lucinda e ir embora, porque não queria falar com eles nunca mais.

Cuidado com o que você deseja.

Com o tempo, outro escândalo acabou tomando o lugar daquele que eu havia criado e eu voltei para meu programa de TV. Mas meus guias espirituais fizeram exatamente o que eu tinha pedido e eu me vi sozinha. Fiz previsões mediúnicas, mas elas se mostraram esmagadoramente erradas. Perdi o crédito e, por fim, perdi tudo.

Exceto por ter sido garçonete, no entanto, eu era totalmente desqualificada para fazer qualquer outra coisa além de ser vidente. E, assim, eu me vi na posição daqueles que antes desdenhava. Virei uma bruxa do pântano, montando minha mesa em feiras de interior e pregando folhetos em quadros de avisos públicos, na esperança de atrair um cliente desesperado ocasional.

Faz mais de uma década que não tenho um pensamento mediúnico verdadeiro e eletrizante, mas ainda consigo me virar, graças a pessoas como a sra. Langham, que vem toda semana para tentar se conectar com seu marido morto, Bert. A razão de ela voltar sempre é que tenho a mesma habilidade para forjar leituras que tinha antes para fazê-las legitimamente. Isso se chama leitura a frio e tem tudo a ver com linguagem corporal, pistas visuais e um pouco da antiga e boa técnica de jogar verde. A premissa básica é esta: as pessoas que querem uma leitura mediúnica estão altamente motivadas para que ela seja bem-sucedida, em particular se estiverem tentando se conectar com alguém que morreu. Elas desejam informações tanto quanto eu quero ser capaz de oferecê-las. É por isso que uma boa leitura a frio diz muito mais sobre o cliente do que sobre a bruxa do pântano que a está fazendo. Posso lançar toda uma sequência de coisas aleatórias: *Tia, a primavera, relacionado com água, um som de S, Sarah ou talvez Sally, e tem alguma coisa associada a educação? Livros? Escrita?* São boas as probabilidades de minha cliente reagir pelo menos a um item dessa lista, tentando desesperadamente encontrar uma relação com ela. O único poder sobrenatural em ação aqui é a capacidade da pessoa média de tentar achar sentido em detalhes aleatórios. Somos uma raça que vê a Virgem Maria no toco de uma árvore, que pode encontrar Deus na curva de um arco-íris, que ouve *Paulisdead* quando uma música dos Beatles é tocada ao contrário. A mesma mente humana intricada que encontra sentido no que não tem sentido é a mente humana que pode acreditar em uma falsa vidente.

Então, como eu faço o jogo? Boas falsas bruxas são boas detetives. Eu presto atenção à maneira como as coisas que digo afetam o cliente — uma dilatação das pupilas, uma puxada de ar. Planto dicas nas palavras que escolho. Por exemplo, eu poderia dizer para a sra. Langham "Hoje vou trazer ao presente uma lembrança em que você está pensando..." e começo a falar sobre uma ocasião festiva, e eis que isso se revela *exatamente* aquilo em que ela está pensando. A palavra "presente" já foi plantada no fundo de sua mente, e, quer ela perceba ou não, eu a induzi a pensar em uma ocasião em que recebeu um presente, o que significa que ela está lembrando de um aniversário, ou talvez de um Natal. E, assim, eu dou a impressão de que li sua mente.

Fico atenta a sinais de decepção quando digo algo que não parece fazer sentido para ela, porque assim eu sei que preciso retroceder e seguir por outra direção. Olho como ela está vestida e como fala e faço suposições sobre seu nível social. Faço perguntas e, em metade das vezes, a cliente me dá a resposta que estou procurando:

Estou vendo um B... O nome do seu avô começava com essa letra?

Não... Poderia ser um P? O nome do meu avô era Paul.

Bingo.

Se eu não conseguir informações suficientes da cliente, tenho duas opções. Posso ser Positiva — criar uma mensagem de alguém morto que qualquer pessoa em seu juízo perfeito gostaria de ouvir, como *Seu avô quer que você saiba que ele está em paz e quer que você fique em paz também.* Ou posso usar o "efeito Barnum", fazendo um comentário que se aplicaria a noventa e nove por cento da população, mas que ela provavelmente interpretará como algo pessoal: *Seu avô sabe que você gosta de tomar decisões com cuidado, mas sente que, algumas vezes, você se precipita.* Depois apenas paro e espero a cliente me dar mais corda para usar. Você se surpreenderia ao ver como as pessoas sentem necessidade de preencher todas as lacunas em uma conversa.

Isso faz de mim uma vigarista? Imagino que seja uma maneira de ver as coisas. Prefiro pensar em mim como darwiniana: estou me adaptando para poder sobreviver.

Hoje, porém, foi um desastre total. Perdi uma cliente boa, a tigela de vidência de minha avó e minha compostura, tudo no intervalo da última hora, graças a uma garotinha magricela e sua bicicleta enferrujada. Jenna Metcalf não era, como disse, mais velha do que parecia — meu Deus, ela ainda deve acreditar em fadinha do dente —, mas foi poderosa como um buraco negro, me sugando de volta para o pesadelo do escândalo McCoy. *Não trabalho com pessoas desaparecidas,* eu disse a ela, e falei sério. Uma coisa é forjar a mensagem de um marido morto; outra coisa completamente diferente é dar falsas esperanças a alguém que precisa encerrar um luto. Sabe para onde esse tipo de comportamento te leva? A morar em cima de um bar em Lixópolis, New Hampshire, e passar todas as quintas-feiras indo atrás do benefício do seguro-desemprego.

Eu gosto de ser uma fraude. É mais seguro inventar o que os clientes querem ouvir. Assim eles não se machucam, e nem eu, quando me vejo tentando contatar o outro mundo e não obtenho nenhuma resposta, só uma frustração esmagadora. De certa maneira, acho que teria sido mais fácil se eu nunca tivesse tido o Dom. Porque, então, eu não saberia o que estou perdendo.

E eis que, de repente, aparece alguém que não consegue se lembrar do que perdeu.

Não sei o que foi em Jenna Metcalf que me abalou tão fortemente. Talvez seus olhos, que eram de um verde-marinho pálido sob a franja ruiva despenteada de seu cabelo — sobrenaturais, atrativos. Talvez fosse o modo como as cutículas dela estavam mastigadas até o talo. Ou talvez o jeito como ela pareceu encolher, feito Alice no País das Maravilhas, quando eu disse que não iria ajudá-la. Essa é a única explicação que posso dar para o motivo de eu ter respondido quando ela perguntou se sua mãe estava morta.

Eu quis minhas habilidades mediúnicas de volta com tanta força naquele momento que tentei; tentei de uma maneira como havia desistido de tentar anos atrás, porque a decepção é o mesmo que colidir com uma parede de tijolos.

Fechei os olhos e tentei reconstruir a ponte entre mim e meus guias espirituais, ouvir alguma coisa — um sussurro, um som de pouco-caso, uma leve respiração.

Em vez disso, foi um completo silêncio.

E então, para Jenna Metcalf, fiz exatamente o que havia jurado não fazer nunca mais: abri aquela porta de possibilidade, sabendo muito bem que ela iria entrar na réstia de sol que a porta oferecia. Eu disse a ela que sua mãe não estava morta.

Quando o que eu *realmente* queria dizer era: Não tenho a menor ideia.

* * *

Quando Jenna Metcalf vai embora, eu tomo um Xanax. Se alguma coisa se qualifica como uma razão para entrar nos ansiolíticos é esta: uma menina que me fez não só pensar no passado, mas o atirou sobre a minha cabeça com toda a força. Às três da tarde, estou abençoadamente inconsciente no sofá.

Tenho que lhe dizer que não sonho há anos. Os sonhos são o mais perto que o humano médio chega do plano paranormal; é a hora em que a mente baixa a guarda e as paredes ficam suficientemente finas para haver vislumbres do outro lado. É por isso que, depois de dormir, tantas pessoas relatam uma visita de alguém que morreu. Mas não para mim, desde que Desmond e Lucinda foram embora.

Hoje, porém, na hora em que adormeço, minha mente é um caleidoscópio de cores. Vejo uma bandeira, ondulando sobre meu campo de visão, mas então percebo que não é uma bandeira — é um lenço azul, enrolado no pescoço de uma mulher cujo rosto não consigo ver. Ela está deitada de costas perto de um bordo, imóvel, sendo pisoteada por um elefante. Olhando melhor, vejo que ela *não está* sendo pisoteada; o elefante está se desviando para *não* pisar nela, levantando uma das patas traseiras e passando-a sobre o corpo da mulher sem tocá-la. Quando o elefante estende a tromba e puxa o lenço, a mulher não se move. A tromba do elefante acaricia o rosto dela, sua garganta, sua testa, antes de arrancar o lenço e largá-lo, deixando que o vento o carregue como palavras soltas.

O elefante pega algo de couro que estava preso sob o quadril da mulher e que não consigo distinguir direito. Um livro encadernado? Um porta-crachá? Estou impressionada com a destreza do animal ao abri-lo. Então, ele põe a tromba sobre o peito da mulher outra vez, quase como um estetoscópio, antes de desaparecer silenciosamente na floresta.

Acordo com um susto, desorientada e surpresa por estar pensando em elefantes, intrigada com a tempestade que ainda parece estar enchendo minha cabeça. Mas não é um trovão, é alguém batendo na porta.

Já sei quem vai ser enquanto me levanto para abrir.

—Antes que você surte, não estou aqui para te convencer a encontrar minha mãe — Jenna Metcalf anuncia, passando por mim para dentro do apartamento. — É que eu esqueci uma coisa aqui. E é muito importante...

Fecho a porta, balançando a cabeça quando vejo aquela bicicleta ridícula estacionada em meu saguão outra vez. Jenna está procurando por todo o espaço em que estivemos sentadas algumas horas atrás, abaixando-se para olhar sob a mesinha de centro e embaixo das cadeiras.

— Se eu tivesse encontrado alguma coisa, teria entrado em contato...

— Duvido — diz ela. E começa a abrir as gavetas onde guardo meus selos, meu estoque secreto de Oreo e meus cardápios de restaurantes que entregam comida.

— Não acha que está abusando? — pergunto.

Mas Jenna me ignora, com a mão enfiada entre as almofadas do sofá.

— Eu *sabia* que estava aqui — diz ela, com evidente alívio, e, como um cordão de seda, puxa o lenço azul de meu sonho e o enrola no pescoço.

Ao vê-lo, tridimensional e perto o bastante para tocá-lo, me sinto um pouco menos louca. Eu só havia incorporado em meu subconsciente o lenço que essa criança estava usando. Mas há outra informação no sonho que não faz sentido: as pregas da pele de um elefante, o balé de sua tromba. E mais uma coisa que eu não havia entendido até este momento: o elefante estava verificando se a mulher inspirava e expirava. O animal foi embora não porque a mulher tinha *parado* de respirar, mas porque ainda *estava* respirando.

Não sei como eu sei isso; eu simplesmente sei.

Durante toda a minha vida, foi assim que defini a paranormalidade: não dá para entender, não dá para explicar, não dá para negar.

Não dá para ter nascido médium e não acreditar no poder dos sinais. Às vezes é o trânsito que faz você perder o avião, que acaba caindo no Atlântico. Às vezes é a única rosa que floresce em um jardim cheio de mato. Ou, às vezes, é a menina que você mandou embora e que assombra seu sono.

— Desculpe se eu a incomodei — diz Jenna. — Ou seja o que for.

Ela já está quase na porta quando ouço minha voz chamando seu nome.

— Jenna. Isso provavelmente é loucura. Mas — digo — sua mãe trabalhava em um circo ou coisa assim? Em um zoológico? Eu... não sei por que, mas há alguma coisa importante sobre elefantes?

Não tive um pensamento mediúnico verdadeiro em sete anos. *Sete* anos. Digo a mim mesma que este é só coincidência, sorte, ou os efeitos colaterais do burrito que comi no almoço.

Quando ela se vira, seu rosto está coberto de uma expressão dividida em partes iguais de choque e surpresa.

Eu sei, neste momento, que foi o destino que fez essa menina me encontrar.

E que eu vou encontrar sua mãe.

ALICE

Não há dúvida de que os elefantes entendem a morte. Podem não fazer planos para ela da maneira como nós fazemos; podem não imaginar vidas elaboradas após a morte como as de nossas doutrinas religiosas. Para eles, o luto é mais simples, mais limpo. Tem a ver só com a perda.

Os elefantes não se mostram particularmente interessados pelos ossos de outros animais mortos, só pelos de outros elefantes. Mesmo se passam pelo corpo de outro elefante morto há muito tempo, com restos destroçados por hienas e o esqueleto espalhado, eles se agrupam e ficam tensos. Aproximam-se da carcaça reunidos em grupo e acariciam os ossos com o que só pode ser descrito como reverência. Afagam o elefante morto, tocando todo ele com a tromba e as patas traseiras. Cheiram o corpo. Às vezes pegam uma presa ou osso e carregam por um tempo. Colocam os pedacinhos mais ínfimos de marfim sob as patas e os rolam suavemente de um lado para outro.

O naturalista George Adamson escreveu que, na década de 40, teve que atirar em um elefante macho que estava invadindo jardins do governo no Quênia. Ele deu a carne para moradores locais e transportou o resto da carcaça para um local a quase um quilômetro da aldeia. Naquela noite, os elefantes descobriram a carcaça. Eles pegaram a escápula e o fêmur e levaram os ossos de volta para o lugar onde o elefante tinha sido morto. De fato, todos os grandes pesquisadores de elefantes documentaram rituais de morte: Iain Douglas-Hamilton, Joyce Poole, Karen McComb, Lucy Baker, Cynthia Moss, Anthony Hall-Martin.

E eu.

Uma vez, vi uma manada de elefantes caminhando na reserva em Botswana quando Bontle, a matriarca, caiu. As outras elefantas, vendo que ela estava em dificuldade, tentaram levantá-la com a tromba, procurando colocá-la em pé. Como isso não funcionou, alguns dos filhotes machos subiram em Bontle, também tentando fazê-la recuperar a consciência. Seu filhote, Kgosi, que tinha uns quatro anos na ocasião, pôs a tromba na boca da matriarca, do jeito como jovens elefantes cumprimentam suas mães. A manada fez um som longo e profundo e a vocalização do filhote era como gritos, mas então todos eles ficaram muito quietos. Nesse ponto, eu percebi que ela havia morrido.

Alguns dos elefantes se moveram para a linha das árvores e coletaram folhas e ramos, que trouxeram para cobrir Bontle. Outros jogaram terra sobre o corpo. A manada ficou solenemente em volta do corpo de Bontle por dois dias e meio, saindo apenas para pegar comida ou água e voltando em seguida. Mesmo anos mais tarde, quando seus ossos já estavam descorados e espalhados, o enorme crânio preso na curva da margem seca de um rio, a manada parava quando passava por ali e ficava em silêncio por alguns minutos. Recentemente, eu vi Kgosi — agora um grande jovem de oito anos — se aproximar do crânio e pôr a tromba no lugar onde teria sido a boca de Bontle. Claro que aqueles ossos tinham um significado geral para ele. Mas, se você o tivesse visto, acho que acreditaria no que eu acredito: ele reconheceu que aqueles ossos específicos haviam sido sua mãe.

JENNA

— Conte de novo — peço.

Serenity revira os olhos. Estamos sentadas na sala de estar da casa dela há uma hora enquanto ela repete os detalhes de um sonho de dez segundos que teve sobre minha mãe. Sei que é minha mãe por causa do lenço azul, do elefante e... bem, porque, quando a gente quer desesperadamente acreditar que algo é verdade, consegue se convencer praticamente de qualquer coisa.

Claro que Serenity pode ter me procurado no Google no minuto em que saí pela porta e inventado algum transe maluco com um paquiderme. Mas, se você pesquisar "Jenna Metcalf" no Google, a primeira menção à minha mãe só vai aparecer depois da terceira página e, mesmo assim, é um artigo que só faz referência a mim como sua filha de três anos. Há muitas outras Jenna Metcalf que fizeram muitas coisas na vida, e o desaparecimento de minha mãe foi há tempo demais. Além disso, Serenity não sabia que eu ia voltar para procurar o lenço que esqueci.

A não ser que ela *soubesse*, o que prova que consegue mesmo ver as coisas, certo?

— Escute — diz Serenity —, eu não tenho mais nada para contar além do que já contei.

— Mas minha mãe estava respirando.

— *A mulher* no meu sonho estava respirando.

— Ela, sei lá, gemeu? Fez algum som?

— Não. Só estava ali deitada. Foi só... uma sensação que eu tive.

— Ela não está morta — murmuro, mais para mim mesma do que para Serenity, porque gosto do jeito como as palavras me enchem de bolhas, como se meu sangue tivesse sido carbonatado. Sei que deveria estar brava ou triste mesmo com essa prova tão vaga de que minha mãe talvez ainda esteja viva, e me abandonou por toda uma década, mas estou feliz demais com a ideia de que, se eu jogar direito, vou vê-la outra vez.

Depois, então, posso escolher odiá-la, ou posso perguntar pessoalmente por que ela não voltou para mim.

Ou posso simplesmente deslizar para os braços dela e sugerir que comecemos tudo de novo do zero.

De repente, meus olhos se arregalam.

— Seu sonho. Isso é um novo indício. Se você contar para a polícia o que contou para mim, eles vão reabrir o caso da minha mãe.

— Meu bem, não há um único detetive neste país que vai ouvir o sonho de uma vidente e registrá-lo como um indício formal. É como pedir que o promotor público chame o Coelhinho da Páscoa para testemunhar.

— Mas e se isso realmente aconteceu? E se o que você sonhou for um pedaço do passado que entrou na sua cabeça?

— Não é assim que as informações mediúnicas funcionam. Uma vez tive uma cliente que veio me procurar depois que a avó dela morreu. A avó era uma presença muito forte e ficava me mostrando a Grande Muralha, a Praça Tiananmen, Mao Tsé-Tung, biscoitinhos da sorte. Era como se ela estivesse fazendo tudo o que estava em seu poder para eu falar sobre a China. Perguntei se a avó dela tinha visitado a China, ou usado feng shui, ou qualquer coisa do gênero, e a cliente disse que não parecia ter nada a ver com sua avó, que não fazia sentido. Então a avó me mostrou uma rosa. Contei para a cliente e ela falou: *Minha avó era mais como uma flor silvestre.* Aí eu fico pensando, China... rosa. China... rosa. E a cliente olha para mim e diz: *Bom, quando ela morreu, eu herdei um jogo de porcelana chinesa, e as peças têm o desenho de uma rosa.* Não posso imaginar por que a avó estava me mostrando rolinhos primavera em vez de mostrar uma tigela de molho com uma rosa desenhada. Mas é isso que eu quero dizer. Um elefante pode não ser realmente um elefante. Pode representar alguma outra coisa.

Olho para ela, confusa.

— Mas você me disse duas vezes que ela não está morta.

Serenity hesita.

— Escute, você já deve saber que eu não tenho o que se poderia chamar de um histórico perfeito.

Encolho os ombros.

— Só porque você fez merda uma vez, não quer dizer que vá fazer de novo.

Ela abre a boca, mas torna a fechá-la sem dizer nada.

— Na época em que você encontrava pessoas desaparecidas — pergunto —, como fazia?

— Eu pegava uma roupa ou um brinquedo que tinha sido da criança. Então saía com os policiais, tentando reconstituir os últimos minutos em que ela tinha sido vista — diz Serenity. — E às vezes eu recebia... algo.

— Tipo o quê?

— Uma imagem na minha cabeça. De uma placa de rua, ou alguma paisagem, ou uma marca de carro, ou até mesmo um aquário com um peixinho dourado que por acaso estava no quarto onde a criança era mantida presa. Mas... — ela se mexe, incomodada — as minhas artérias mediúnicas talvez tenham enrijecido um pouco.

Não sei como uma médium poderia errar se, como Serenity diz, as informações que ela recebe às vezes são uma referência direta e às vezes significam o oposto total. Parece a mais segura de todas as profissões. E, sim, talvez o elefante que Serenity viu seja alguma metáfora para um obstáculo enorme que minha mãe enfrentou; mas, como Freud provavelmente diria, talvez seja de fato um elefante. Só há uma maneira de descobrir.

— Você tem carro, certo?

— Tenho... O quê? Por quê?

Atravesso a sala, enrolando o lenço de minha mãe no pescoço. Abro uma das gavetas que revistei quando cheguei, em que tinha visto um molho de chaves de carro. Jogo-as para Serenity e saio de seu apartamento. Posso não ser vidente, mas isto eu sei: ela está curiosa demais sobre o significado daquele sonho para não me seguir.

* * *

Serenity tem um Fusca amarelo da década de 80 que enferrujou em um padrão rendado atrás da porta do passageiro. Minha bicicleta está espremida no banco de trás. Eu a oriento por estradinhas e rodovias, tendo me perdido apenas duas vezes, porque de bicicleta dá para cortar caminho por lugares onde não se pode passar com um carro. Quando chegamos à Reserva Natural Stark, somos o único carro no estacionamento.

— Agora você vai contar por que me arrastou até aqui? — ela pergunta.

— Isto aqui era um santuário de elefantes — explico.

Ela olha pela janela, como se esperasse ainda ver um.

— Aqui? Em New Hampshire?

Confirmo com a cabeça.

— Meu pai era um estudioso do comportamento animal. Ele fundou o santuário antes de conhecer a minha mãe. Todo mundo pensa em elefantes vivendo em lugares superquentes, como a Tailândia e a África, mas eles podem se adaptar muito bem ao frio, e até à neve. Quando eu nasci, ele tinha sete elefantes aqui, resgatados de zoológicos e circos.

— Onde eles estão agora?

— O Santuário de Elefantes do Tennessee levou todos quando o lugar fechou. — Olho para a corrente no começo da trilha. — O terreno foi vendido de volta para o Estado. Eu era pequena demais para me lembrar de quando isso aconteceu. — Abro a porta e saio do carro. Olho para trás para ter certeza de que Serenity está me seguindo. — Nós temos que seguir a pé o restante do caminho.

Serenity olha para suas sandálias de dedo com estampa de oncinha, depois para a trilha com mato crescido.

— Para onde?

— Você é quem vai me dizer.

Serenity leva um momento para entender o que estou pedindo que ela faça.

— Ah, não — diz. — Não *mesmo*. — Ela dá meia-volta e começa a retornar ao carro.

Eu agarro seu braço.

— Você me disse que não sonhava assim havia anos. Mas agora sonhou com a minha mãe. Não custa a gente ver se você recebe alguma imagem, não acha?

— Dez anos não é um caso que já está frio, é um caso gelado. Não há mais nada aqui que existia na época em que a sua mãe desapareceu.

— *Eu* estou aqui — digo.

As narinas de Serenity se dilatam.

— Eu sei que a última coisa que você quer é provar que o seu sonho não significou nada — digo. — Mas é meio como ganhar na loteria, certo? Se você não comprar um bilhete, não vai nem ter chance.

— Eu compro um maldito bilhete toda semana e não ganho nada — Serenity murmura, mas passa pela corrente e começa a desbravar a trilha cheia de mato crescido.

Andamos em silêncio por um tempo, enquanto insetos zunem sobre nossa cabeça e o verão zumbe à nossa volta. Serenity caminha com a mão roçando as plantas; em um ponto, ela quebra uma folha e a cheira antes de continuar.

— O que nós estamos procurando? — sussurro.

— Eu digo quando souber.

— É que nós já estamos praticamente fora do terreno do antigo santuário...

— Você quer que eu me concentre ou não? — Serenity interrompe.

Então, fico quieta por mais alguns minutos. Mas há algo que está me perturbando desde que estávamos no carro; é como um osso preso no fundo da minha garganta.

— Serenity? — pergunto. — Se a minha mãe *não* estivesse viva e você soubesse disso... você mentiria para mim e diria que ela estava?

Ela para e se vira, com as mãos nos quadris.

— Lindinha, eu não te conheço o suficiente para gostar de você, muito menos para proteger o seu pequeno coração sensível de adolescente. Não sei por que a sua mãe não está aparecendo para mim. Pode ser porque ela está viva e não morta. Ou pode ser, como eu já disse, porque eu estou enferrujada. Mas eu prometo: se eu tiver alguma sensação de que a sua mãe é um espírito ou mesmo um fantasma, vou te falar a verdade.

— Um espírito *ou* um fantasma?

— São duas coisas diferentes. Agradeça a Hollywood por fazer todos acharem que são o mesmo. — Ela olha para mim por sobre o ombro. — Quando o corpo expira, acabou. Morreu. Fim de jogo. Mas a alma ainda está intacta. Se você tiver levado uma vida decente, sem muito do que se arrepender, pode até ficar aqui por um tempo, mas, cedo ou tarde, vai terminar a transição.

— Transição?

— Passagem. Ir para o céu. Como quiser chamar. Se você passa por esse processo, se torna um espírito. Mas vamos dizer que você tenha sido um canalha durante a vida e sua alma podre vai ser julgada por são Pedro, ou Jesus, ou Alá, e você provavelmente vai para o inferno ou alguma outra residência bem ruim depois da morte. Ou talvez você esteja muito bravo porque morreu jovem, ou, sei lá, talvez você nem perceba que morreu. Por qualquer uma dessas razões, você pode decidir que ainda não está totalmente pronto para deixar este mundo, ou para estar morto. O problema é que você *está* morto. Não há jeito de contornar isso. Então você fica aqui, no limbo, como um fantasma.

Estamos andando outra vez, lado a lado, pela vegetação alta.

— Então, se a minha mãe for um espírito, ela foi... para outro lugar?

— Isso.

— E se ela for um fantasma, onde ela está?

— Aqui. Ela é parte deste mundo, mas não da mesma parte em que você está. — Serenity sacode a cabeça. — Como eu vou explicar isso? — ela murmura e, então, estala os dedos. — Uma vez eu vi um documentário sobre os animadores da Disney. Há uma enorme quantidade de camadas transparentes com desenhos de linhas e cores diferentes empilhadas umas sobre as outras para fazer um único Pato Donald ou Pateta. Acho que é assim para os fantasmas. Eles estão em outra camada, colocada sobre o nosso mundo.

— Como você sabe tudo isso? — pergunto.

— Foi o que me contaram — responde Serenity. — É a ponta do iceberg, pelo que eu sei.

Olho em volta, tentando ver todos esses fantasmas que devem estar pairando nas bordas de minha visão periférica. Tentando sentir minha mãe. Talvez não fosse assim tão ruim se ela estivesse morta, mas ainda em algum lugar próximo.

— Você saberia disso? Se ela fosse um fantasma e tentasse falar comigo?

— Você já ouviu o telefone tocar e, quando atende, ninguém fala nada? Isso poderia ser um espírito tentando te dizer alguma coisa. Eles são energia, então a maneira mais fácil de tentarem chamar sua atenção é manipulando energia. Linhas de telefone, piscadas no computador, luzes que acendem e apagam.

— É assim que eles se comunicam com você?

Ela hesita.

— Para mim, é mais como quando eu experimentei lentes de contato pela primeira vez. Eu não conseguia me adaptar, porque ficava sentindo uma coisa estranha no olho que não era para estar ali. Não era confortável, não era parte de mim. É assim quando eu recebo informações do outro lado. Como um pensamento estranho, só que não fui eu que pensei.

— Como se você não pudesse evitar ouvir? — pergunto. — Como uma música que você não consegue parar de cantarolar?

— É, pode ser.

— Teve um tempo em que eu achava que via minha mãe toda hora — digo baixinho. — Eu estava em um lugar cheio de gente e soltava a mão da minha avó e começava a correr para ela, mas nunca a alcançava.

Serenity está olhando para mim com uma expressão estranha.

— Talvez você *seja* médium.

— Ou talvez sentir falta de alguém e encontrar alguém tenham os mesmos sintomas — digo.

De repente, ela para de andar.

— Estou sentindo alguma coisa — ela fala, dramaticamente.

Olho em volta, mas tudo que vejo é uma pequena elevação de grama alta, algumas árvores e um móbile delicado de borboletas-monarca voando lentamente acima de nós.

— Não tem nenhum bordo por perto — comento.

— Visões são como metáforas — Serenity explica.

— O que é um pouco irônico, porque isso é uma analogia — digo.

— O quê?

— Deixa pra lá. — Tiro o lenço azul do pescoço. — Ajudaria se você segurasse isto?

Eu o estendo, mas ela recua como se eu estivesse lhe passando a praga. O problema é que eu já o soltei, e uma rajada de vento o carrega para cima, um pequeno tornado espiralando para mais e mais longe.

— Não! — grito e saio correndo atrás do lenço. Ele sobe e desce, me provocando, levado por correntes de ar, mas sem nunca chegar suficientemente perto para eu pegar. Depois de alguns minutos, o lenço se enrosca nos galhos de uma árvore, uns seis metros acima. Encontro um apoio para o pé e tento escalar a árvore, mas não há nós no tronco para eu continuar subindo. Frustrada, caio forte no chão, com lágrimas ardendo nos olhos.

É tão pouco o que tenho dela.

— Venha.

Vejo Serenity agachada ao meu lado, com as mãos unidas para me dar apoio.

Arranho o rosto e os braços enquanto subo; minhas unhas quebram quando as enfio na casca da árvore. Mas consigo chegar alto o bastante para alcançar o primeiro galho. Tateio em volta com a mão e sinto terra e gravetos, o ninho abandonado de algum passarinho engenhoso.

O lenço está preso em alguma coisa. Eu puxo e finalmente consigo soltá-lo. Folhas e galhos secos chovem em cima de mim e de Serenity. E algo mais substancial bate em minha testa antes de cair no chão.

— Que droga é isso? — pergunto, enquanto enrolo o lenço de minha mãe no pescoço outra vez e o amarro bem.

Serenity está com os olhos fixos nas mãos, perplexa. Ela me entrega a coisa que caiu.

É uma carteira de couro preto rachado, com o conteúdo ainda intacto: trinta e três dólares. Um MasterCard modelo antigo com aqueles círculos em intersecção. E uma carteira de motorista de New Hampshire, em nome de Alice K. Metcalf.

* * *

É uma prova, real e totalmente verdadeira, e está queimando no bolso do meu short. Com isso, posso provar que o desaparecimento de minha mãe talvez não tenha sido por sua livre e espontânea vontade. Até onde ela poderia ter chegado sem dinheiro ou cartão de crédito?

— Você sabe o que isso significa? — pergunto a Serenity, que ficou muito quieta agora que voltamos para o carro e começamos a seguir para a cidade. — A polícia pode tentar encontrar minha mãe.

Serenity dá uma olhada para mim.

— Faz dez anos. Não é tão fácil assim.

— É, sim. Novos indícios significam que o caso pode ser reaberto. Pronto.

— Você acha que é isso que quer — diz ela. — Mas pode se surpreender.

— Como assim? Isso é o que eu sempre sonhei... desde que consigo me lembrar.

Ela aperta os lábios.

— Toda vez que eu perguntava aos meus guias espirituais como era no mundo deles, eles deixavam claro que havia algumas coisas que eu não devia saber. Achei que fosse para proteger algum grande segredo cósmico sobre a vida depois da morte... mas acabei descobrindo que era para *me* proteger.

— Se eu *não* tentar encontrar minha mãe — digo —, vou passar a vida inteira pensando no que teria acontecido se eu tivesse tentado.

Ela para em um sinal vermelho.

— E, se você a encontrar...

— *Quando* — corrijo.

— *Quando* você a encontrar — diz Serenity —, vai perguntar por que ela não voltou para procurar você durante todos esses anos? — Eu não respondo e ela desvia o olhar. — Só estou dizendo que, se você quer respostas, é melhor estar pronta para ouvi-las.

Percebo que ela está passando direto pela delegacia.

— Ei, pare! — grito, e ela pisa no freio. — Nós temos que ir lá contar para eles o que encontramos.

Serenity estaciona o carro.

— *Nós* não temos que fazer nada. Eu contei a minha visão para você. Levei você até aquele parque estadual. E estou feliz por você ter conseguido o que queria. Mas eu, pessoalmente, não quero e nem preciso de nenhum envolvimento com a polícia.

— Então é isso? — pergunto, perplexa. — Você joga informações na vida de uma pessoa como uma granada e vai embora antes que ela exploda?

— Não culpe o mensageiro.

Não sei por que estou surpresa. Eu nem conheço Serenity Jones e não deveria esperar que ela me ajudasse. Mas já estou acostumada com pessoas em minha vida me abandonando, e ela vai ser só mais uma. Então, faço o que é mais fácil quando sinto que estou em risco de ser deixada de lado. Garanto que seja eu a cair fora primeiro.

— Não é à toa que as pessoas odiavam você — digo.

Nisso, ela me olha depressa.

— Obrigada pela *visão.* — Saio do carro e desentalo minha bicicleta do banco de trás. — Tenha uma boa vida.

Bato a porta, estaciono a bicicleta e subo os degraus de granito da delegacia. Vou até a atendente dentro da cabine de vidro. Ela deve ser poucos anos mais velha que eu, recém-formada no ensino médio, está usando uma camiseta polo larga com um logotipo da polícia no peito e tem excesso de delineador preto nos olhos. Na tela de computador atrás dela, vejo que está olhando seu Facebook.

Eu pigarreio e sei que ela ouviu, porque há uma pequena grade no vidro que nos separa.

— Oi — digo, mas ela continua digitando.

Dou uma batidinha no vidro e ela olha para mim. Aceno para chamar sua atenção.

O telefone toca e ela me dá as costas como se eu não tivesse nenhuma importância e atende a ligação.

Juro que são garotas como ela que dão uma reputação muito ruim à minha geração.

Uma segunda atendente vem em minha direção. É uma mulher mais velha e atarracada, com a forma de uma maçã, e cabelos loiros com permanente. Tem um crachá, **POLLY**.

— Pois não?

Dou a ela o meu sorriso mais maduro, porque que adulto vai levar uma menina de treze anos a sério quando ela diz que quer comunicar um desaparecimento que aconteceu uma década atrás?

— Por favor, eu queria falar com um detetive.

— Qual é o assunto?

— É um pouco complicado — digo. — Dez anos atrás, uma funcionária foi morta no antigo santuário de elefantes, e Virgil Stanhope estava investigando o caso... e eu... preciso muito falar diretamente com ele.

Polly aperta os lábios.

— Qual é o seu nome, querida?

— Jenna. Jenna Metcalf.

Ela tira o microfone de cabeça e vai para uma sala nos fundos que eu não consigo ver.

Examino o mural de pessoas desaparecidas e pais fugidos. Se o rosto de minha mãe tivesse sido pregado ali dez anos atrás, será que eu estaria de pé aqui agora?

Polly reaparece do meu lado da parede de vidro, entrando por uma porta que é acionada por uma combinação de números na maçaneta. Ela me conduz para uma fileira de cadeiras e me faz sentar.

— Eu me lembro do caso — ela me diz.

— Então você conhece o detetive Stanhope? Sei que ele não está mais trabalhando aqui, mas achei que talvez você pudesse me dizer onde ele está agora...

— Vai ser difícil você falar com ele. — Polly pousa a mão gentilmente em meu braço. — Virgil Stanhope morreu.

* * *

O conjunto residencial em que meu pai vive desde que Tudo Aconteceu fica a apenas cinco quilômetros da casa de minha avó, mas eu não vou muito lá. É deprimente, porque (a) sempre tem cheiro de xixi e (b) tem recortes de flocos de neve ou fogos de artifício ou lanternas de abóbora colados nas janelas, como se as casas abrigassem crianças de jardim de infância e não pessoas com doenças mentais.

O lugar se chama Casa Hartwick, o que me faz pensar mais em uma série dramática de televisão do que na triste realidade de zumbis superdrogados assistindo à Food Network no salão principal enquanto técnicos de enfermagem passam com copinhos de comprimidos para mantê-los plácidos, ou pacientes caídos sobre o braço da cadeira de rodas, dormindo depois de tratamentos com terapia eletroconvulsiva. Na maior parte do tempo quando estou lá, eu não fico com medo, só terrivelmente deprimida de pensar que meu pai, que antes era visto nos círculos de conservação como uma espécie de salvador, não conseguiu salvar a si mesmo.

Só uma vez fiquei realmente apavorada na Casa Hartwick. Eu estava jogando damas com meu pai no salão quando uma adolescente com cordões de cabelo oleoso irrompeu pelas portas duplas segurando uma faca de cozinha. Não tenho ideia de como ela conseguiu aquilo; qualquer coisa que possa ser considerada uma arma, inclusive cadarços de sapato, é proibida na Casa Hartwick ou mantida em armários com mais vigilância do que uma prisão de segurança máxima. Mas de alguma forma ela driblou o sistema e passou pelas portas duplas com seu olhar vidrado alucinado fixo em meu rosto. Então levou o braço para trás e a faca veio voando pelo ar em minha direção.

Eu me abaixei. Deslizei, com o corpo mole, para baixo da mesa. Cobri a cabeça com os braços e tentei desaparecer enquanto os enfermeiros fortões a seguravam e sedavam antes de carregá-la de volta para o quarto.

A lógica seria que um ou dois deles viessem checar se eu estava bem, mas eles estavam ocupados com os outros moradores, que gritavam e se debatiam em pânico depois do acontecido. Eu ainda tremia quando consegui reunir coragem suficiente para espiar de debaixo da mesa e rastejar para a cadeira outra vez.

Meu pai não gritou nem entrou em pânico. Ele estava fazendo sua jogada.

— Coroe a minha dama — ele disse, como se nada tivesse acontecido.

Demorei um pouco para entender que, em seu mundo, onde quer que fosse, *nada* havia acontecido. E que eu não podia ficar brava com ele por não se importar se eu tivesse sido cortada como um peru de Ação de Graças por uma adolescente psicótica. Não se pode culpar alguém se essa pessoa realmente não entende que a realidade dela não é a mesma que a sua.

Hoje, quando chego à Casa Hartwick, meu pai não está no salão. Eu o encontro sentado em seu quarto, na frente da janela. Em suas mãos há um alegre arco-íris de linhas de bordado, enroladas em uma série de nós — e, não pela primeira vez, penso que a engenhosa ideia de terapia de alguém é o inferno de frustração de outra pessoa. Ele me olha quando entro e não tem um ataque de nervos, o que é um bom sinal de que, hoje, ele não está agitado demais. Decido usar isso em meu favor e tocar no assunto de minha mãe.

Me ajoelho na frente dele, segurando suas mãos, que puxam os fios e os emaranham cada vez mais.

— Pai — digo, enquanto passo o cordão laranja pelo meio dos laços das outras cores e o pouso sobre seu joelho esquerdo. — O que você acha que ia acontecer se a gente encontrasse ela?

Ele não responde.

Puxo e solto a linha vermelho-maçã-do-amor.

— O que eu quero dizer é... e se ela for a única razão de nós estarmos assim?

Seguro as mãos dele, que estão apertando mais dois cordões de linha.

— Por que você a deixou ir? — murmuro, mantendo os olhos fixos nos dele. — Por que nunca avisou a polícia de que ela havia desaparecido?

Meu pai sofreu um colapso nervoso, claro, mas teve momentos de lucidez nos últimos dez anos. Talvez ninguém o tivesse levado a sério se ele dissesse que minha mãe estava desaparecida. Mas quem sabe alguém *pudesse* ter acreditado.

Então, talvez houvesse um caso de pessoa desaparecida para reabrir. Então eu não teria que começar do zero, tentando convencer a polícia a investigar um desaparecimento que eles nem sabiam que tinha sido um desaparecimento dez anos atrás, quando aconteceu.

De repente, a expressão de meu pai muda. A frustração se dissolve como espuma quando o mar toca a areia e seus olhos se iluminam. Eles são da mesma cor que os meus, um verde tão verde que perturba as pessoas.

— Alice? — diz ele. — Você sabe fazer isto? — Ele levanta os cordões de linha nas mãos.

— Eu não sou a Alice — digo.

Ele sacode a cabeça, confuso.

Mordo o lábio, desembaraço os fios e os tranço para fazer uma pulseira, uma série simples de nós que qualquer pessoa que passasse um dia em um acampamento de férias saberia fazer com facilidade. As mãos dele oscilam sobre as minhas como beija-flores enquanto trabalho. Quando termino, solto os fios do alfinete de segurança que está preso à calça dele e os amarro em seu pulso, como um bracelete colorido.

Meu pai o admira.

— Você sempre foi tão boa com essas coisas — diz, sorrindo para mim.

É quando percebo por que meu pai não comunicou o desaparecimento de minha mãe. Talvez ela não esteja desaparecida, não para ele. Ele sempre pôde encontrá-la, em meu rosto, em minha voz e em minha presença.

Gostaria que fosse assim tão fácil para mim.

* * *

Quando chego em casa, minha avó está vendo *Wheel of Fortune* na televisão, falando as respostas antes dos concorrentes e dando conselhos de moda para a apresentadora Vanna White.

— Esse cinto faz você parecer uma vagabunda — ela diz a Vanna, e então me vê na entrada da sala. — Como foi hoje?

Hesito por um momento antes de lembrar que ela está se referindo ao meu trabalho de babá, o que, claro, eu não fiz.

— Tudo bem — minto.

— Tem conchiglione recheado na geladeira, se quiser esquentar — ela me diz e volta a olhar para a tela. — Tente o F, sua burra — grita.

Aproveito a distração e corro para cima com Gertie nos meus calcanhares. Ela faz um ninho em minha cama com as almofadas e gira em círculos até encontrar uma posição confortável.

Não sei o que fazer. Tenho informações e nenhum lugar para levá-las.

Enfio a mão no bolso, tiro o maço de notas e separo um dólar. Começo a dobrá-lo sem pensar, automaticamente, em um elefante, mas erro toda vez e acabo amassando a nota em uma bola e atirando-a ao chão. Fico vendo as mãos de meu pai fazendo nós teimosos nas linhas de bordado.

Um dos detetives originais que investigaram o santuário de elefantes está com Alzheimer. O outro morreu. Mas talvez esse não seja o fim da linha. Só tenho que encontrar um modo de fazer os detetives atuais perceberem que o departamento errou dez anos atrás e deveria ter considerado minha mãe uma pessoa desaparecida.

Isso deve dar certo.

Ligo meu computador e, com um acorde animado, ele ganha vida. Digito a senha e abro o navegador.

"Virgil Stanhope", digito. "Morte."

O primeiro item que aparece é uma nota sobre uma cerimônia em que ele ia receber o título de detetive. Há uma foto dele também: cabelo loiro-areia penteado para o lado, um grande sorriso cheio de dentes, um pomo de adão que parece a maçaneta de uma porta. Parece meio bobo, jovem, mas acho que, dez anos atrás, ele era jovem mesmo.

Abro uma nova janela, entro em um banco de dados de registros públicos (o que me custa 49,95 dólares por ano, se quer saber) e encontro a informação sobre a morte de Virgil Stanhope. Tragicamente, ela aconteceu no mesmo dia da cerimônia de sua promoção para detetive. Imagino se ele pegou seu distintivo e bateu o carro no caminho de casa ou, pior, no caminho para a cerimônia. Uma vida interrompida.

Bom, disso eu entendo.

Clico no link, mas ele não abre. Em vez disso, cai em uma página com uma mensagem de erro no servidor.

Então, volto para minha primeira busca e passo os olhos pelas descrições dos resultados, até que encontro um que faz todos os cabelos se arrepiarem em minha nuca.

Stanhope Investigações, leio. *Encontre o futuro no passado.*

Péssimo slogan. Clico mesmo assim para abrir a página em uma nova janela.

Habilitado. Investigações de relacionamentos familiares e conjugais. Serviços de rastreamento. Captura de foragidos. Localização de pessoas. Investigações para guarda de filhos. Investigações de morte acidental. Pessoas desaparecidas.

Há outro botão no alto: Sobre nós.

Vic Stanhope é investigador particular habilitado, ex-policial e detetive. É graduado em justiça criminal e ciência forense pela Universidade de New Haven. Membro da Associação Internacional de Investigadores de Incêndios Criminosos, da Associação Nacional de Agentes de Captura de Foragidos e da Associação Nacional de Investigadores Credenciados.

Poderia ser coincidência... se não fosse por uma pequenina fotografia do sr. Stanhope.

É verdade que ele parece mais velho. E é verdade que ele usa aquele corte de cabelo bem curtinho que os homens fazem quando começam a perder cabelo e tentam simular um Bruce Willis para parecer durões. Mas seu pomo de adão ainda está ali bem destacado na foto, inconfundível.

Imagino que Vic e Virgil poderiam ser irmãos gêmeos. Mesmo assim... Pego o celular e digito o número que está na tela.

Três toques depois, ouço alguém atender do outro lado. Parece que o fone cai no chão com uma sequência de estática e palavrões e é pego de volta.

— O quê?

— É o sr. Stanhope? — murmuro.

— É — a voz grunhe.

— *Virgil* Stanhope?

Há uma pausa.

— Não mais — a voz resmunga, e ele desliga.

Minha pulsação está acelerada. Ou Virgil Stanhope está de volta dos mortos, ou ele *nunca* esteve morto.

Talvez só quisesse que as pessoas pensassem isso, para poder desaparecer.

E, se esse for o caso... ele é a pessoa perfeita para encontrar minha mãe.

ALICE

Qualquer um que já tenha visto elefantes passarem pelos ossos de outro indivíduo reconheceria o sinal característico do luto: o silêncio intenso, tromba e orelhas baixas, os afagos hesitantes, a tristeza que parece envolver a manada como uma mortalha quando eles encontram os restos de um dos seus. Mas há dúvidas se os elefantes distinguem entre os ossos de elefantes que eles conheciam bem e os de elefantes que eles não conheciam.

Algumas das pesquisas que estão vindo de meus colegas de Amboseli, no Quênia, onde eles têm mais de dois mil e duzentos elefantes reconhecidos individualmente, são intrigantes. Pegando uma manada por vez, os pesquisadores apresentaram alguns itens-chave: um pedacinho de marfim, um crânio de elefante e um bloco de madeira. Fizeram essa experiência como se fosse em um laboratório, mantendo cuidadosamente a apresentação dos objetos e registrando as respostas dos elefantes para ver quanto tempo eles se demoravam junto de cada item. Sem dúvida, o pequeno pedaço de marfim foi o mais intrigante para os elefantes, seguido pelo crânio e, depois, pela madeira. Eles afagaram o marfim, o pegaram, o carregaram, rolaram-no sob as patas traseiras.

Depois, os pesquisadores apresentaram às famílias um crânio de elefante, um crânio de rinoceronte e um crânio de búfalo-asiático. Nesse conjunto de objetos, o crânio de elefante foi o item que mais interessou à manada.

Por fim, os pesquisadores se concentraram em três manadas que haviam, nos últimos anos, sofrido a morte de sua líder. As famílias foram expostas aos crânios dessas três matriarcas.

Seria de esperar que os elefantes ficassem mais interessados no crânio que pertenceu à matriarca que conduziu a sua própria manada. Afinal, as outras partes da experiência controlada mostraram claramente que os elefantes eram capazes de demonstrar preferência, em vez de examinar aleatoriamente os itens apenas por curiosidade geral.

Seria de esperar que, dados os exemplos que eu testemunhei pessoalmente em Botswana, de elefantes que pareciam profundamente afetados pela morte de um dos seus e capazes de lembrar essa morte anos mais tarde, que eles prestariam um tributo à sua própria líder.

Mas não foi o que aconteceu. Em vez disso, os elefantes de Amboseli mostraram-se igualmente atraídos pelos três crânios. Eles podiam ter conhecido e convivido com uma elefanta individual e até sentido profundamente sua morte, mas esse comportamento não se refletiu nos resultados dessa experiência.

Embora o estudo prove que os elefantes são fascinados pelos ossos de outros elefantes, alguns poderiam dizer que também prova que a ideia de um elefante sentir luto por um indivíduo deve ser ficção. Alguns poderiam dizer que, se os elefantes não distinguiam entre os crânios, o fato de um desses crânios ser de sua própria mãe não era importante.

Mas talvez isso signifique que *todas* as mães são importantes.

VIRGIL

Todo policial tem o caso que deu errado.

Para alguns, isso se torna uma lenda, uma história que eles contam em todas as festas de Natal do departamento e quando bebem cervejas demais com os colegas. É a pista que não viram e estava bem diante do nariz, o arquivo que foi doloroso fechar, o caso que nunca foi encerrado. É o pesadelo que eles ainda têm de vez em quando, do qual acordam suados e assustados.

Para o resto de nós, é o pesadelo que ainda estamos vivendo.

É o rosto que vemos atrás de nós no espelho. É a pessoa do outro lado do telefone quando ouvimos aquele silêncio misterioso. É sempre ter alguém conosco, mesmo quando estamos sozinhos.

É saber, a cada segundo de cada dia, que nós falhamos.

Donny Boylan, o detetive com quem eu trabalhava na época, me disse uma vez que o *seu* caso era uma briga doméstica. Ele não prendeu o marido porque o cara era um empresário famoso de quem todos gostavam. Achou que uma advertência seria suficiente. Três horas depois que Donny saiu da casa, a esposa do cara estava morta. Um único tiro na cabeça. O nome dela era Amanda e ela estava grávida de seis meses.

Donny dizia que ela era o seu fantasma, o caso que o assombrava havia anos. O meu fantasma se chama Alice Metcalf. Ela não morreu, como Amanda, até onde eu sei. Apenas desapareceu, assim como a verdade sobre o que aconteceu dez anos atrás.

Às vezes, quando acordo depois de uma bebedeira, tenho que apertar os olhos para ver melhor, porque tenho certeza de que Alice está do outro lado da minha mesa, na cadeira onde os clientes se sentam quando me pedem para tirar fotos da esposa no ato da traição, ou rastrear um pai que fugiu para não pagar pensão. Trabalho sozinho, a menos que se possa contar Jack Daniel's como um funcionário. Meu escritório é do tamanho de um armário e cheira a comida chinesa para viagem e produto para limpar tapete. Durmo no sofá daqui com mais frequência do que em meu apartamento, mas, para meus clientes, sou Vic Stanhope, investigador particular profissional.

Até que acordo com a cabeça latejando e a língua grossa demais na boca, uma garrafa vazia ao lado e Alice me olhando de cima. *Você não é merda nenhuma*, ela me diz.

* * *

— Isto — me disse Donny Boylan, dez anos atrás, enquanto enfiava mais um comprimido de antiácido na boca. — Isto não podia ter acontecido daqui a duas semanas?

Donny estava contando os dias para se aposentar. Enquanto eu o ouvia sentado à sua frente, ele me fez um discurso sobre todas as coisas de que não precisava: papelada do chefe, luzes vermelhas girando, um novato como eu para treinar, a onda de calor que estava agravando seu eczema. Ele também não precisava de uma ligação às sete da manhã do Santuário de Elefantes de New England comunicando a morte de uma das tratadoras.

A vítima era uma funcionária antiga de quarenta e quatro anos.

— Você tem alguma ideia do tipo de merda que isso vai causar? — ele perguntou. — Lembra como foi três anos atrás, quando esse lugar abriu?

Eu me lembrava. Tinha acabado de entrar para a polícia na época. Houve pessoas da cidade protestando contra a chegada de elefantes "maus" — os que haviam sido descartados de seus zoológicos e circos por comportamento violento. Editoriais criticavam todos os dias a comissão de planejamento da prefeitura por ter dado autorização a Thomas Metcalf para construir seu santuário, ainda que com duas cercas concêntricas para manter os cidadãos protegidos dos animais.

Ou vice-versa.

Todos os dias, nos três primeiros meses de existência do santuário, alguns de nós eram enviados para manter a paz nos portões do parque, onde os protestos se concentravam. Acabou sendo tudo um falso problema. Os animais se adaptaram tranquilamente, os moradores se acostumaram a ter um santuário nas proximidades e não houve mais complicações. Até aquele telefonema às sete da manhã, pelo menos.

Estávamos esperando em um pequeno escritório. Havia sete prateleiras, cada uma delas contendo pastas com o nome de um dos elefantes: Maura, Wanda, Syrah, Lilly, Olive, Dionne, Hester. Havia também uma confusão de papéis sobre a mesa, uma pilha de livros contábeis, três xícaras de café não terminadas e um peso de papel em formato de coração humano. Havia notas fiscais de medicamentos, abóboras e maçãs. Soltei um assobio olhando para o total de uma conta de feno.

— Caramba — falei. — Isso dava para comprar um carro.

Donny não estava feliz, mas, enfim, Donny nunca estava feliz.

— Por que estão demorando tanto? — ele resmungou. Já estávamos esperando havia quase duas horas enquanto os funcionários tentavam prender os sete elefantes no galpão. Até que fizessem isso, nossa unidade de crimes hediondos não poderia coletar indícios dentro do recinto.

— Você alguma vez já viu alguém que foi pisoteado por um elefante? — perguntei.

— Você alguma vez já calou a boca? — Donny respondeu.

Eu estava investigando uma série estranha de marcas na parede, como hieróglifos ou algo assim, quando um homem entrou de repente no escritório. Ele estava agitado, nervoso, os olhos frenéticos atrás dos óculos.

— Não acredito que isso aconteceu — disse ele. — É um pesadelo.

Donny se levantou.

— Você deve ser Thomas Metcalf.

— Sim — o homem falou, transtornado. — Desculpe por tê-los feito esperar tanto tempo. É complicado tentar isolar os elefantes. Eles estão muito agitados. Pusemos seis no galpão e a sétima não chega suficientemente perto para nós a atrairmos com comida. Mas nós estendemos uma cerca eletrificada provisória, assim vocês podem chegar ao outro lado do recinto... — Ele nos conduziu para fora do pequeno prédio, para um sol tão brilhante que o mundo parecia superexposto.

— Tem alguma ideia de como a vítima pode ter entrado no recinto? — Donny perguntou.

Metcalf apertou os olhos.

— Nevvie? Ela trabalhava aqui desde que nós abrimos. Lidava com elefantes havia mais de vinte anos. Ela faz a nossa contabilidade e é a tratadora da noite. — Ele hesitou. — Era. Ela *era* a tratadora da noite. — De repente, ele parou de andar e cobriu o rosto com as mãos. — Ah, meu Deus, é tudo minha culpa.

Donny olhou para mim.

— Por quê? — ele perguntou.

— Os elefantes sentem a tensão. Eles deviam estar agitados.

— Por causa da tratadora?

Antes que ele pudesse responder, houve um súbito bramido tão alto que eu dei um pulo. Veio de algum lugar do outro lado da cerca. As folhas das árvores se agitaram.

— Não é um pouco exagerado imaginar que um animal do tamanho de um elefante poderia se aproximar de alguém sem ser notado? — perguntei

Metcalf se virou.

— Você já viu um estouro de elefantes? — Quando sacudi a cabeça, ele deu um sorriso triste. — Espero que nunca veja.

Lideramos a equipe de investigadores da unidade de crimes hediondos, caminhando por cinco minutos até uma pequena colina. Quando chegamos ao alto, vi um homem sentado ao lado do corpo. Ele era um gigante, com ombros largos feito uma mesa de banquete, forte o suficiente para cometer um assassinato. Seus olhos estavam vermelhos e inchados. Ele era negro e a vítima, branca. Tinha bem mais de um metro e oitenta de altura e, com certeza, força suficiente para subjugar alguém menor. Esse era o tipo de coisa que eu notava então, como aprendiz de detetive. Ele estava com a cabeça da vítima no colo.

O crânio da mulher tinha sido esmagado. Sua blusa fora arrancada, mas, por uma questão de pudor, ela estava enrolada em um moletom. A perna esquerda estava dobrada em um ângulo impossível e hematomas salpicavam sua pele.

Eu me afastei alguns metros enquanto o legista se agachava para fazer seu trabalho. Eu não precisava de um médico para me dizer que ela estava definitivamente morta.

— Este é Gideon Cartwright — disse Metcalf. — Foi ele que encontrou a sogra... — Ele deixou a frase incompleta.

Não pude precisar a idade do homem, mas ele não podia ser mais que dez anos mais jovem que a vítima. O que significava que a filha da vítima, sua esposa, devia ser consideravelmente mais nova que ele.

— Sou o detetive Boylan. — Donny se ajoelhou ao lado do homem. — Você estava aqui quando isso aconteceu?

— Não. Ela era a tratadora da noite. Estava sozinha aqui na noite passada — disse ele, com a voz falhando. — Devia ter sido eu.

— Você trabalha aqui também? — Donny quis saber.

Os drones da unidade policial haviam coberto a área como um enxame de abelhas. Eles estavam fotografando o corpo e tentando delimitar a área da investigação. Só que aquela era uma cena de crime em área externa, sem fronteiras sólidas. Quem poderia saber por qual distância a mulher havia sido perseguida pelo elefante que a pisoteou? Quem poderia saber se havia alguma pista que pudesse indicar o momento da morte? Havia um buraco fundo a uns vinte metros de distância e eu via pegadas humanas na borda. Poderia haver fragmentos de indícios presos nas árvores. Mas, basicamente, o que tínhamos eram folhas, grama, terra, cocô de elefante, moscas e natureza. Impossível identificar quanto daquilo era importante para a cena do crime e quanto era apenas habitual.

O médico-legista orientou dois de seus auxiliares a colocar o corpo em um saco e se aproximou de nós.

— Me deixe adivinhar — disse Donny. — Causa da morte: pisoteamento?

— Bem, com certeza houve pisoteamento. Mas não sei se essa foi a causa da morte. O crânio está partido no meio. Pode ter acontecido antes do pisoteamento ou como resultado dele.

Percebi, tarde demais, que Gideon estava ouvindo cada palavra.

— Não não não — Metcalf gritou de repente. — Vocês não podem pôr isso aí. É arriscado para os elefantes. — Ele apontou para a fita de isolamento que o pessoal da unidade de crimes hediondos estava estendendo por um vasto quadrado.

Donny apertou os olhos.

— Os elefantes não vão voltar para cá tão cedo.

— Como assim? Eu nunca disse que vocês podiam ocupar a propriedade. Este é um habitat protegido...

— E uma mulher foi morta nele.

— Foi um acidente — disse Metcalf. — Não vou deixar que vocês perturbem a rotina diária dos elefantes aqui...

— Infelizmente, dr. Metcalf, essa escolha não é sua.

Um músculo se contraiu no queixo dele.

— Quanto tempo vai levar?

Eu podia ver Donny perdendo a paciência.

— Não sei dizer. Mas, enquanto isso, o tenente Stanhope e eu precisamos falar com todos que interagem com os elefantes.

— Somos nós quatro. Gideon, Nevvie, eu e Alice. Minha esposa. — Estas últimas palavras foram dirigidas diretamente para Gideon.

— Onde está Alice? — Donny perguntou.

Metcalf olhou para Gideon.

— Eu achei que ela estivesse com você.

O rosto dele estava contorcido de dor.

— Eu não a vejo desde ontem à noite.

— Nem eu. — O sangue fugiu do rosto de Metcalf. — Se nós não sabemos onde está Alice, quem está com a minha filha?

* * *

Tenho certeza absoluta de que a dona do escritório que alugo, Abigail Chivers, tem duzentos anos de idade, uns meses a mais ou a menos. Sério, você também acharia isso se a conhecesse. Nunca a vi usando qualquer outra coisa que não fosse um vestido preto com um broche na garganta, o cabelo branco preso em um coque e a boca apertada se apertando ainda mais cada vez que ela espia em meu escritório e começa a abrir e fechar os armários. Ela bate a bengala na mesa a quinze centímetros da minha cabeça.

— Victor — diz ela. — Eu sinto o cheiro da obra do diabo.

— É mesmo? — Levanto a cabeça da mesa e passo a língua pelos dentes, que parecem cheios de pelos. — Eu só sinto cheiro de bebida barata.

— Não vou aceitar nada ilegal...

— Já faz um século que não é ilegal, Abby. — Eu suspiro. Já tivemos essa briga dezenas de vezes. Já mencionei que, além de ser abstêmia, Abigail aparentemente está nas garras da demência e é tão provável que me chame de presidente Lincoln quanto de Victor? Claro que isso trabalha a meu favor também. Como quando ela me diz que o aluguel está atrasado e eu minto dizendo que já paguei o mês.

Para uma velha, ela é terrivelmente ágil. Bate a bengala nas almofadas do sofá e até olha dentro do micro-ondas.

— Onde está?

— Onde está o quê? — pergunto, me fazendo de bobo.

— As lágrimas de Satã. O vinagre de cevada. O suco da alegria. Eu sei que você escondeu em algum lugar.

Ofereço a ela meu sorriso mais inocente.

— Você acha que eu faria algo assim?

— Victor — diz ela —, não minta para mim.

Faço uma cruz no peito.

— Juro por Deus que não tem álcool nesta sala. — Eu me levanto e cambaleio para o minúsculo banheiro anexo ao escritório. Ele é grande o suficiente para um vaso sanitário, uma pia e um aspirador de pó. Fecho a porta, faço xixi, depois abro a tampa da caixa de descarga. Pesco a garrafa que comecei ontem à noite, tomo um longo e saudável gole do uísque e, no mesmo instante, a dor latejante em minha cabeça começa a diminuir.

Ponho a garrafa de volta em seu esconderijo, dou a descarga e abro a porta. Abby ainda está rondando por ali. Eu não menti para ela, apenas ajeitei a verdade. Foi o que me ensinaram a fazer uma vida atrás, quando eu estava treinando para ser detetive.

— Bom, onde estávamos? — pergunto e, nesse momento, o telefone toca.

— Bebendo — ela acusa.

— Abby, estou chocado — digo, docemente. — Achei que você não gostasse disso. — Eu a conduzo até a porta; o telefone continua tocando. — Que tal nós terminarmos essa conversa mais tarde? Tomando uns drinques, talvez? — Eu a empurro para fora sob protestos, depois pego o fone e o derrubo no chão.

— O quê? — disparo no telefone.

— É o sr. Stanhope?

Apesar do gole rápido de uísque, minhas têmporas parecem estar dentro de um torno outra vez.

— É.

— *Virgil* Stanhope?

Quando um ano se passou, depois dois, depois cinco, comecei a entender que o que Donny havia dito era verdade: quando um policial tem um fantasma, esse fantasma não vai mais embora. Não consegui me livrar de Alice Metcalf. Então, em vez disso, me livrei de Virgil Stanhope. Pensei, estupidamente, que, se começasse de novo, poderia começar do zero, livre de culpa e de perguntas. Meu pai foi veterano de guerra, prefeito de uma cidade pequena, um homem notável em todos os sentidos. Tomei seu nome emprestado na esperança de que algumas de suas qualidades pudessem passar para mim. Achei que talvez pudesse me tornar o tipo de cara em que as pessoas confiam, em vez de ser aquele que fracassou lindamente. Até este momento, ninguém havia me questionado.

— Não mais — murmuro, e bato o telefone. Fico de pé no meio do escritório, apertando a cabeça dolorida com as mãos, mas ainda a ouço. Eu a ouço até mesmo quando volto ao banheiro e pego a garrafa de uísque na caixa de descarga outra vez, até mesmo quando bebo tudo até a última gota.

Nunca ouvi de fato Alice Metcalf falar. Ela estava inconsciente quando a encontrei, inconsciente quando fui ao hospital para vê-la e, então, ela sumiu. Mas, em minha imaginação, quando ela está sentada à minha frente me julgando, sua voz é exatamente igual à voz que estava do outro lado da linha.

* * *

Tínhamos sido enviados ao santuário para investigar uma comunicação de morte que não era suspeita no momento da ligação inicial para a polícia. E, de fato, não havia razão naquela manhã, dez anos atrás, para imaginar que Alice Metcalf ou sua filha estivessem desaparecidas. Elas podiam ter ido ao supermercado, abençoadamente desinformadas sobre o que estava acontecendo no santuário. Podiam estar no parque. Tentamos nos comunicar com o celular de Alice, mas o próprio Thomas admitiu que ela nunca se lembrava de levá-lo a lugar nenhum. E a natureza de seu trabalho, estudar a cognição de elefantes, fazia com que ela frequentemente desaparecesse pelas áreas mais distantes da propriedade durante horas seguidas para fazer observações, muitas vezes, para desgosto do marido, levando consigo sua filhinha de três anos.

Eu esperava que ela pudesse aparecer com um copo de café, a garotinha mastigando um pão doce, de volta de uma passada matinal pelo Dunkin' Donuts.

O último lugar em que eu queria que elas estivessem era no santuário, com aquela sétima elefanta ainda solta.

Não queria me permitir pensar no que poderia já ter acontecido a elas.

Após quatro horas de investigação, a unidade tinha coletado dez caixas de indícios: cascas de abóbora e tufos de grama seca, folhas escurecidas com o que poderia ser cocô seco ou sangue seco. Enquanto eles trabalhavam na cena, nós acompanhamos o corpo de Nevvie até o portão principal do santuário com Gideon. Ele se movia devagar; sua voz era oca como um tambor. Como policial, eu já tinha visto tragédias suficientes para saber que ou ele estava realmente abalado com a morte da sogra ou, então, merecia um Oscar.

— Meus pêsames — disse Donny. — Imagino que seja muito difícil para você.

Gideon concordou com a cabeça, enxugando os olhos. Ele parecia um homem que havia passado pelo inferno.

— Há quanto tempo você trabalha aqui? — Donny perguntou.

— Desde que o santuário abriu. Antes eu trabalhava em um circo no sul. Foi lá que conheci minha esposa. Nevvie foi quem me arrumou o primeiro emprego. — A voz dele falhou ao dizer o nome da sogra morta.

— Você já viu elefantes apresentarem comportamento agressivo?

— Se eu já vi? Claro, no circo. Aqui, não muito. Talvez um golpe com a tromba se um tratador as surpreenda de um jeito ruim. Uma vez, uma das meninas se assustou quando ouviu um toque de celular que parecia um órgão de circo. Sabe o que as pessoas dizem, que os elefantes nunca esquecem? É verdade. Mas nem sempre de um jeito bom.

— Então é possível que alguma coisa tenha perturbado uma das... meninas... e ela tenha derrubado sua sogra?

Gideon olhou para o chão.

— Pode ser.

— Você não parece muito convencido — eu disse.

— Nevvie sabia lidar com elefantes — respondeu Gideon. — Ela não era nenhuma novata. Foi só... um momento errado.

— E Alice? — perguntei.

— O que tem ela?

— Ela sabe lidar com elefantes?

— Alice conhece elefantes melhor do que qualquer pessoa que eu já vi.

—Você a viu ontem à noite?

Ele olhou para Donny, depois para mim.

— Só entre nós? — disse ele. — Ela veio me pedir ajuda.

— Porque o santuário estava tendo problemas?

— Não, por causa do Thomas. Quando o santuário começou a perder muito dinheiro, ele mudou. Tem umas oscilações de humor violentas. Ele tem passado todo o tempo trancado no escritório e, ontem à noite, ele realmente assustou a Alice.

Assustou. A palavra era uma bandeira vermelha.

Tive a sensação de que ele estava escondendo alguma coisa. Não me surpreendi com isso; ele não seria imprudente de falar sobre os problemas domésticos de seu chefe se quisesse manter o emprego.

— Ela disse mais alguma coisa? — Donny perguntou.

— Mencionou algo sobre levar a Jenna para um lugar onde ela ficasse segura.

— Parece que ela confia em você — disse Donny. — O que a sua esposa acha disso?

— Minha esposa morreu — Gideon respondeu. — Nevvie é toda a família que eu tenho... *tinha.*

Parei de andar quando nos aproximamos do enorme galpão. Seis elefantes se moviam pelo cercado atrás dele, deslocando-se ao lado uns dos outros como nuvens de tempestade, sua agitação silenciosa fazendo o chão tremer sob nossos pés. Tive a incômoda sensação de que eles entendiam cada palavra que dizíamos.

O que me fez pensar em Thomas Metcalf.

Donny olhou para Gideon.

— Existe alguém em quem você consiga pensar que pudesse querer machucar Nevvie? Alguém humano, quero dizer?

— Os elefantes são animais selvagens. Eles não são nossos bichinhos de estimação. Qualquer coisa pode ter acontecido. — Gideon levou a mão à cerca quando uma das elefantas enfiou a tromba entre as barras de metal. Ela cheirou os dedos dele, depois pegou uma pedra e a jogou em minha cabeça.

Donny riu.

—Olha só isso, Virg. Ela não gosta de você.

— Elas precisam ser alimentadas. — Gideon entrou no galpão e os elefantes começaram a barrir, sabendo o que estava vindo.

Donny deu de ombros e continuou a andar. Eu fiquei pensando se teria sido o único a perceber que Gideon não tinha de fato respondido à pergunta dele.

* * *

— Vá embora, Abby — grito; pelo menos acho que estou gritando, porque minha língua parece dez vezes maior do que cabe na boca. — Eu já disse que não estou bebendo.

O que não deixa de ser verdade. Não estou *bebendo*. Já estou bêbado.

Mas ela continua batendo, ou talvez seja uma britadeira. Já vi que não vai parar, então me arrasto do chão, onde acho que desmaiei, e abro a porta do escritório.

Estou tendo dificuldade para focar a visão, mas a pessoa na minha frente definitivamente não é Abby. Ela tem só um metro e meio de altura e está com uma mochila e um lenço azul no pescoço que a faz parecer Isadora Duncan, ou Frosty, o Boneco de Neve, ou algo assim.

— Sr. Stanhope — ela diz. — *Virgil* Stanhope?

* * *

Sobre a mesa de Thomas Metcalf havia uma grande quantidade de papéis espalhados, cobertos com minúsculos símbolos e números, como uma espécie de código. Havia um diagrama também, que parecia uma aranha octogonal feita de braços e pernas articulados. Embora eu quase tenha repetido no curso no ensino médio, aquilo parecia química para mim. Assim que entramos, Metcalf correu para juntar os papéis. Ele estava suando, embora não estivesse tão quente assim do lado de fora.

— Elas sumiram — disse ele, frenético.

— Vamos fazer tudo que estiver ao nosso alcance para encontrá-las...

— Não, não. Minhas *anotações*.

Eu podia não ter estado em muitas cenas de crimes àquela altura de minha carreira, mas ainda assim achei estranho que um cara com a esposa e a filha desaparecidas parecesse se importar menos com elas do que com uns pedaços de papel.

Donny olhou para as pilhas na mesa.

— Não estão ali?

— Obviamente não — retorquiu Metcalf. — Obviamente estou falando das páginas que *não* estão ali.

Os papéis continham alguma sequência estranha de números e letras. Poderia ser um programa de computador; poderia ser um código satânico. Era o mesmo tipo de escrita que eu tinha visto antes na parede. Donny olhou para mim e levantou a sobrancelha.

— A maioria das pessoas estaria muito preocupada com o desaparecimento da família, considerando que um elefante matou alguém aqui na noite passada.

Metcalf continuou a procurar pelas pilhas de papéis e livros, movendo-os da esquerda para a direita conforme os catalogava mentalmente.

— E é por isso que eu já pedi a ela um milhão de vezes para não levar a Jenna aos recintos de elefantes...

— Jenna? — Donny repetiu.

— Minha filha.

Ele hesitou.

— Você e a sua esposa andavam brigando muito, não é?

— Quem falou? — ele disse, em tom irônico.

— Gideon. Ele disse que você perturbou Alice na noite passada.

— *Fu* perturbei *ela*? — Thomas respondeu.

Dei um passo à frente, como Donny e eu havíamos combinado.

— Posso usar o banheiro?

Metcalf me indicou uma porta no corredor. Dentro do banheiro havia um artigo de jornal, amarelado e com as pontas entortando dentro de uma moldura quebrada, sobre o santuário. Havia uma foto de Thomas e de uma mulher grávida, sorrindo para a câmera com um elefante espreitando atrás.

Abri o armário de remédios e encontrei Band-Aids, Neosporin, Bactine, Advil. Havia três frascos de medicamentos manipulados, todos eles preparados em datas recentes, com o nome de Thomas: Prozac, Abilify, Zoloft. Antidepressivos.

Se o que Gideon disse sobre oscilações de humor fosse verdade, faria sentido que Thomas estivesse tomando medicação.

Apertei a descarga para disfarçar e, quando voltei ao escritório, Metcalf estava andando de um lado para o outro pela sala como um tigre enjaulado.

— Não pretendo dizer como você deve fazer o seu trabalho, detetive — disse ele —, mas eu sou a parte prejudicada, não a que causou o prejuízo. Ela fugiu com a minha filha *e* com o trabalho da minha vida. Você não deveria estar procurando por ela em vez de ficar me interrogando?

Eu avanço para dentro da sala.

— Por que ela roubaria sua pesquisa?

Ele desabou sobre a cadeira.

— Porque ela já fez isso antes. Várias vezes. Ela invadiu meu escritório para pegar minhas anotações. — Ele abriu um longo rolo de papel sobre a mesa. — Isto fica só entre nós, cavalheiros... mas estou a ponto de fazer uma descoberta revolucionária no campo da memória. É bem estabelecido que as lembranças são elásticas antes de serem codificadas pelas amígdalas, mas minhas pesquisas provam que, cada vez que a memória é acessada, ela retorna a esse estado mutável. Isso sugere que a perda de memória pode de fato acontecer depois que ela é recuperada, se houver um bloqueio farmacológico que interrompa a síntese de proteínas na amígdala... Imaginem se fosse possível apagar memórias traumáticas com agentes químicos anos depois do fato. Isso alteraria completamente o modo como nós tratamos o estresse pós-traumático. E faria o trabalho comportamental de Alice sobre luto parecer conjetura em vez de ciência.

Donny deu uma olhada para mim. *Doidão*, ele fez com a boca.

— E a sua filha, dr. Metcalf? Onde ela estava quando você encontrou a sua esposa aqui dentro do escritório?

— Dormindo — disse ele, e sua voz falhou. Metcalf nos deu as costas e pigarreou. — É visivelmente claro que o lugar em que a minha esposa *não* está é neste escritório... o que me leva a perguntar... por que vocês ainda estão aqui?

— Tenente Stanhope — Donny me falou, em tom gentil —, por que não vai dizer para a equipe concluir o trabalho enquanto eu faço só mais algumas perguntas ao dr. Metcalf?

Concordei com a cabeça e saí, decidindo que Donny Boylan era o filho da puta mais azarado da força policial. Chegamos aqui para atestar um comunicado de morte causada pelo pisoteamento por um elefante e, em vez disso, acabamos descobrindo uma disputa doméstica entre um maluco e sua esposa

—que podia ou não ter resultado em duas pessoas desaparecidas e, talvez, até um homicídio. Comecei a caminhar de volta para a área em que os investigadores da cena do crime ainda estavam catalogando lixo inútil quando, de repente, todos os cabelos se arrepiaram em minha nuca.

Quando me virei, o sétimo elefante estava olhando fixo para mim do outro lado de uma cerca elétrica portátil muito frágil.

Ela era enorme assim tão de perto. Suas orelhas estavam abaixadas junto à cabeça e a tromba arrastava no chão. Pelos esparsos brotavam da crista óssea de sua testa. Seus olhos eram tristonhos e marrons. Ela rugiu e eu recuei, embora houvesse uma cerca entre nós.

Ela bramiu de novo, mais alto dessa vez, e se afastou. Parou depois de alguns passos e se virou para olhar para mim. Fez a mesma coisa mais duas vezes.

Era quase como se estivesse esperando que eu a seguisse.

Não me movi; a elefanta voltou e enfiou delicadamente a tromba entre os fios elétricos da cerca. Eu podia sentir a respiração quente soprando na ponta da tromba; sentia o cheiro de feno e terra. Segurei o ar quando ela tocou minha face, suave como um sussurro.

Dessa vez, quando ela se moveu, eu a segui, mantendo a cerca entre nós, até que a elefanta fez uma curva fechada e começou a se afastar de mim. Ela desceu para um vale e, no momento antes de desaparecer de vista, me olhou outra vez.

No ensino médio, a gente costumava atravessar pastos de vacas como atalhos. Eles eram protegidos com cercas elétricas. Nós pulávamos, segurávamos o arame e passávamos por cima. Desde que soltássemos o arame antes que o pé tocasse o chão, não levaríamos um choque.

Comecei a correr e saltei o arame. No último instante, meu pé arrastou no chão e minha mão ficou amortecida. Eu caí, rolando na terra, mas levantei depressa e corri para o local onde a elefanta havia desaparecido.

A cerca de quatrocentos metros de distância, encontrei a elefanta ao lado do corpo de uma mulher.

—Caralho—murmurei, e o animal se agitou. Quando dei um passo à frente, ela lançou a tromba, me atingiu no ombro e me jogou no chão. Não tive dúvida de que era uma advertência; ela poderia ter me atirado para o outro lado do santuário se quisesse.

— Ei, garota — eu disse baixinho, fazendo contato visual. — Estou vendo que você quer cuidar dela. Eu quero cuidar dela também. Você só tem que me deixar chegar um pouco mais perto. Prometo que ela vai ficar bem.

Continuei falando e a postura da elefanta foi relaxando. As orelhas abaixadas junto à cabeça se moveram para a frente; a tromba se enrolou sobre o peito da mulher. Com uma delicadeza que eu nunca teria imaginado em um animal tão grande, ela levantou seus pés enormes e se afastou do corpo.

Nesse momento, eu realmente compreendi; entendi por que os Metcalf haviam feito aquele santuário e por que Gideon não culpou uma dessas criaturas por ter matado sua sogra. Compreendi por que Thomas queria tentar entender o cérebro desses animais. Havia algo que eu não conseguia identificar; não só uma complexidade, ou uma conexão, mas uma *igualdade,* como se nós dois soubéssemos que estávamos do mesmo lado aqui.

Fiz um sinal positivo com a cabeça para a elefanta e juro por Deus que ela balançou a cabeça para mim também.

Talvez eu tenha sido ingênuo; talvez tenha sido apenas um idiota, mas me ajoelhei ao lado daquela elefanta, perto o suficiente para ela me esmagar se quisesse, e senti o pulso da mulher. Havia sangue seco em seu cabelo e face; o rosto estava roxo e inchado. Ela estava totalmente insensível... e estava viva.

— Obrigado — falei para a elefanta, porque ficou claro para mim que ela estava protegendo aquela mulher. Levantei os olhos, mas o animal havia ido embora, deslocando-se silenciosamente para a faixa de árvores além daquele pequeno vale.

Levantei o corpo nos braços e corri de volta para os investigadores da unidade. Apesar do que Thomas Metcalf havia dito, Alice não tinha fugido com a filha ou com a preciosa pesquisa dele. Ela estava bem aqui.

* * *

Uma vez, em uma bebedeira, tive uma alucinação de que estava jogando pôquer com o Papai Noel e um unicórnio que roubava o tempo todo. De repente, a máfia russa irrompeu na sala e começou a bater no Bom Velhinho. Eu corri e subi pela escada de incêndio antes que pudessem me pegar também. O unicórnio estava bem do meu lado e, quando chegamos ao teto do prédio, ele me disse para pular e voar. Voltei a mim nesse momento, porque meu celular tocou, e estava com uma perna para fora da janela como se fosse uma porra de Peter Pan. Foi só pela graça de Deus, pensei. Naquela manhã, despejei na pia todo o álcool que tinha em casa.

Fiquei sóbrio por três dias.

Durante esse tempo, uma nova cliente me pediu para tirar fotos de seu marido, que ela achava que a estava traindo com outra mulher. Ele desaparecia durante horas nos fins de semana, dizendo que ia à loja de material de construção, e sempre voltava sem nenhuma compra. Ele tinha começado a apagar mensagens em seu celular. Não parecia mais o homem com quem havia se casado, disse ela.

Eu segui o cara um sábado até — imagine só — um zoológico. Ele estava com uma mulher, de fato, só que uma mulher de uns quatro anos de idade. A menina correu para a cerca do recinto do elefante. Imediatamente, pensei nos animais que havia visto no santuário, andando livremente pelo enorme terreno e não sem espaço em um pequeno cercado de concreto. O elefante balançava para a frente e para trás como se estivesse se movendo ao som de uma música que nenhum de nós podia ouvir.

— Papai! — a menininha disse. — Ele está dançando!

— Uma vez eu vi um elefante descascar uma laranja — comentei casualmente, lembrando de uma visita ao santuário depois da morte da tratadora. Era um dos comportamentos de Olive; ela rolava a fruta sob a enorme pata dianteira até parti-la, depois soltava delicadamente a casca com a tromba. Cumprimentei com a cabeça o homem, o marido de minha cliente. Eu sabia que eles não tinham filhos. — Linda menina — falei.

— É — ele respondeu, e ouvi em sua voz a sensação de encanto que surge ao descobrir que se vai ter um bebê, não quando sua filha tem quatro anos. A menos, claro, que ele tivesse acabado de descobrir que era o pai dela.

Agora, eu precisava voltar para casa e contar à minha cliente que seu marido não a estava traindo com outra mulher, mas tinha toda uma vida que ela não conhecia.

Não foi nenhuma surpresa que nessa noite eu tenha sonhado com o dia em que encontrei o corpo inconsciente de Alice Metcalf e com a promessa que fiz ao elefante e não cumpri: *Prometo que ela vai ficar bem.*

E foi então que minha tentativa de ficar sóbrio terminou.

* * *

Não me lembro de todos os detalhes das cerca de oito horas depois que encontrei Alice Metcalf, porque tanta coisa aconteceu em um espaço de tempo tão curto. Ela foi levada de ambulância para o hospital local, ainda inconsciente. Dei instruções aos paramédicos que a acompanharam para nos chamar assim que ela acordasse. Pedimos aos policiais das cidades vizinhas para nos ajudar a completar uma busca no santuário de elefantes, porque não sabíamos se a filha de Alice Metcalf ainda estava lá. Por volta das nove da noite, passamos no hospital e recebemos a informação de que Alice Metcalf continuava inconsciente.

Achei que deveríamos prender Thomas como suspeito. Donny disse que isso não era possível, porque não sabíamos se algum crime havia sido cometido. Ele disse que teríamos que esperar Alice acordar e nos contar o que havia acontecido, e se Thomas tinha alguma coisa a ver com o ferimento em sua cabeça, ou com o desaparecimento da criança, ou com a morte de Nevvie.

Ainda estávamos no hospital esperando que ela recuperasse a consciência quando Gideon ligou, em pânico. Vinte minutos depois, nós o acompanhamos, com lanternas acesas no escuro, até o cercado do santuário, onde Thomas Metcalf estava descalço e de roupão, tentando prender correntes em volta das patas dianteiras de uma elefanta. Ela tentava se soltar; um cachorro latia e o mordiscava, querendo fazê-lo parar. Metcalf chutou o cachorro nas costelas e ele se afastou ganindo, se arrastando sobre a barriga.

— Só vai levar alguns minutos para o U0126 entrar no seu sistema...

— Eu não sei o que ele está fazendo — disse Gideon —, mas nós *não* acorrentamos elefantes aqui.

Os elefantes estavam movendo os pés, em um terremoto sinistro que estremecia pelo chão e subia pelas minhas pernas.

— Vocês têm que tirar ele daqui — Gideon murmurou —, antes que a elefanta se machuque.

Ou vice-versa, pensei.

Levou uma hora para convencermos Thomas a sair do recinto. Mais trinta minutos para Gideon conseguir chegar suficientemente perto do animal aterrorizado para remover as correntes. Algemamos Metcalf, o que pareceu totalmente adequado, e o levamos para um hospital psiquiátrico cem quilômetros ao sul de Boone. Por algum tempo, durante a viagem, estivemos fora da área de cobertura do celular, e foi por isso que só uma hora depois recebi a mensagem de que Alice Metcalf estava acordada.

A essa altura, já estávamos trabalhando havia dezesseis horas direto.

— Amanhã — Donny decidiu. — Vamos falar com ela logo cedo. Nenhum de nós dois está em condição agora.

E assim começou o maior erro da minha vida.

Em algum momento entre a meia-noite e as seis da manhã, Alice saiu do hospital Mercy e desapareceu da face da Terra.

* * *

— Sr. Stanhope — ela diz. — *Virgil* Stanhope?

Quando abro a porta, a criança pronuncia a palavra como uma acusação, como se se chamar Virgil fosse equivalente a ter uma doença sexualmente transmissível. Todas as minhas defesas se erguem de imediato. Não sou Virgil, há muito tempo.

— Você achou a pessoa errada.

— Alguma vez você já se perguntou o que aconteceu com Alice Metcalf?

Olho mais de perto para o rosto dela, que ainda está borrado, graças à quantidade que bebi. Então eu pisco. Deve ser mais uma alucinação.

— Vá embora — resmungo.

— Não vou enquanto você não admitir que é o policial que largou minha mãe inconsciente em um hospital dez anos atrás.

De um instante para outro, estou totalmente sóbrio e sei quem está parada à minha frente. Não é Alice, e não é apenas uma alucinação.

— Jenna. Você é a filha dela.

A luz que passa pelo rosto da menina parece o tipo de coisa que se vê em pinturas em catedrais, o tipo de arte que parte o coração só de olhar.

— Ela falou com você sobre mim?

Alice Metcalf não me falou nada, claro. Ela não estava no hospital quando voltei na manhã após os acontecimentos para pegar seu depoimento. Tudo o que a enfermeira pôde me dizer foi que ela havia assinado seus próprios papéis para a alta e que mencionara alguém chamada Jenna.

Donny entendeu isso como prova de que a história de Gideon estava correta, que Alice Metcalf tinha fugido com a filha como desejava. Diante do fato de que seu marido era maluco, esse pareceu um final feliz. Na época, faltavam duas semanas para Donny se aposentar e eu sabia que ele queria se livrar logo dos papéis em sua mesa, incluindo a morte da tratadora no Santuário de Elefantes de New England. *Foi um acidente, Virgil*, ele disse, enfaticamente, quando insisti que deveríamos investigar melhor. *Alice Metcalf não é suspeita. Ela não é nem sequer uma pessoa desaparecida, até que alguém comunique o desaparecimento.*

Mas ninguém jamais fez essa comunicação. E, quando tentei, fui impedido por Donny, que me disse que, se eu sabia o que era bom para mim, era melhor deixar o caso morrer. Quando argumentei que ele estava tomando a decisão errada, Donny baixou a voz.

— Não sou eu quem a está tomando — ele falou, enigmaticamente.

Durante uma década, houve coisas nesse caso que não encaixavam para mim.

Mas agora, dez anos depois, aqui está a prova de que Donny Boylan estava certo o tempo todo.

— Puta merda — digo, massageando as têmporas. — Não acredito nisso. — Abro mais a porta para Jenna entrar, torcendo o nariz para as embalagens amassadas de fast-food no chão e o cheiro de fumaça acumulada. Com a mão trêmula, tiro um cigarro do bolso da camisa e o acendo.

— Essa coisa vai matar você.

— Não tão rápido como eu gostaria — murmuro, tragando fundo para sentir o efeito da nicotina. Juro que às vezes essa é a única coisa que me mantém vivo mais um dia.

Jenna bate uma nota de vinte dólares na mesa.

— Tente adiar só mais um pouquinho — diz ela. — Pelo menos pelo tempo suficiente para eu contratar você.

Eu rio.

— Minha querida, poupe o dinheiro do seu cofrinho. Se o seu cachorro desapareceu, pregue cartazes. Se um cara trocou você por uma garota mais sexy, encha o sutiã e deixe ele com ciúme. Esses conselhos, a propósito, são todos de graça, porque é assim que funciona.

Ela nem pisca.

— Estou contratando você para terminar o seu trabalho.

—O quê?

—Você tem que encontrar a minha mãe — diz ela.

* * *

Há algo que nunca contei a ninguém sobre esse caso.

Os dias depois da morte no santuário de New England foram, como se pode imaginar, um pesadelo de relações públicas. Com Thomas Metcalf totalmente drogado em um estabelecimento residencial de tratamento psiquiátrico e sua esposa desaparecida, o único tratador que restou foi Gideon. O próprio santuário estava falido e com dívidas, e todas as rachaduras em suas fundações ficaram agora expostas ao público. Não chegava mais comida para os elefantes, nem feno. A propriedade seria confiscada pelo banco, mas, para que isso acontecesse, seus residentes — todas as quinze toneladas deles — precisavam ser transferidos.

Não é fácil encontrar um lar para sete elefantes, mas Gideon havia crescido no Tennessee e conhecia um lugar em Hohenwald chamado O Santuário de Elefantes. Eles reconheceram que era uma emergência e se dispuseram a fazer o que fosse possível pelos animais de New Hampshire. Concordaram em alojar os elefantes em seu galpão de quarentena até que um novo pudesse ser construído especificamente para eles.

Naquela semana, um novo caso foi jogado em minha mesa: uma babá de dezessete anos, responsável por causar dano cerebral em um bebê de seis meses. Fiquei totalmente absorto em tentar fazer a menina, uma cheerleader loira de sorriso perfeito, admitir que havia sacudido a criança. Foi por isso que, no dia da festa de aposentaria de Donny, eu ainda estava trabalhando em minha sala quando o laudo do legista sobre Nevvie Ruehl chegou.

Eu já sabia o que ele ia dizer: que a morte da tratadora fora acidental, causada pelo pisoteamento por um elefante. Mas eu me vi lendo o texto inteiro, o peso do coração, cérebro, fígado da vítima. Na última página havia uma lista dos itens encontrados no corpo.

Um desses itens era um único fio de cabelo ruivo.

Peguei o relatório e desci as escadas correndo. Donny estava com um chapéu de festa, soprando as velas de um bolo em forma de buraco dezoito de um campo de golfe.

— Donny — murmurei —, nós precisamos conversar.

— Agora?

Eu o puxei para o corredor.

— Olhe isto.

Pus o laudo do legista na mão dele e observei enquanto ele passava os olhos pelos resultados.

— Você me arrastou para fora da minha festa de despedida para me dizer o que eu já sei? Já te disse, Virg. Esqueça esse caso.

— Esse cabelo — eu disse. — O fio ruivo. Não é da vítima. Ela era loira. O que significa que talvez tenha havido uma luta.

— Ou que alguém reutilizou um saco de transporte de corpos.

— Eu tenho certeza de que Alice Metcalf é ruiva.

— Assim como seis milhões de outras pessoas nos Estados Unidos. E, mesmo que esse fio por acaso seja de Alice Metcalf, e daí? As duas se conheciam; esse tipo de indício pode ser causado pelas interações delas. Só provaria que, em algum momento, elas estiveram próximas uma da outra. Isso a gente aprende na primeira aula de ciência forense.

Ele apertou os olhos.

— Eu vou te dar um conselho. Nenhum detetive quer ser responsável por uma cidade à beira de um ataque de nervos. Dois dias atrás, a maior parte de Boone estava cagando nas calças por causa de elefantes loucos e malvados que podiam vir matá-los durante o sono. Agora, todos finalmente estão se acalmando outra vez, porque os elefantes vão embora. Alice Metcalf provavelmente está em Miami, matriculando a filha na pré-escola com um nome falso. Se você começar a dizer que esse caso talvez não tenha sido acidental, mas um homicídio, vai criar pânico de novo. Quando você ouvir barulho de cascos, Virgil, a probabilidade é que seja um cavalo, não uma zebra. As pessoas querem policiais que as mantenham livres de problemas, não policiais que saiam procurando problemas onde eles não existem. Você quer ser detetive? Então pare de ser o Super-Homem e trate de ser a porra da Mary Poppins.

Ele me deu um tapinha nas costas e se virou para voltar à sala cheia de gente festejando.

— O que você quis dizer? — gritei atrás dele. — Quando falou que não era você que decidia?

102

Donny parou, olhou para a aglomeração de colegas na festa, depois segurou meu braço e me puxou na direção oposta, onde não haveria chance de sermos ouvidos.

— Você já se perguntou por que a imprensa não caiu matando em cima dessa história? Esta é a porra de New Hampshire. Nada nunca acontece aqui. Qualquer coisa que cheire a um possível homicídio é tão irresistível quanto o crack. A menos que — ele baixou a voz — pessoas muito mais poderosas que você ou eu avisem que não é para investigar mais.

Naquela época, eu ainda acreditava em justiça, no sistema.

— E você está me dizendo que o chefe concorda com isso?

— Estamos em ano de eleição, Virg. O governador não pode ganhar um segundo mandato com uma plataforma de criminalidade zero se o público achar que ainda tem um assassino rondando Boone. — Ele suspirou. — Esse governador é o mesmo cara que aumentou o orçamento para a segurança pública e fez você poder ser contratado, para começo de conversa. Para você poder proteger a comunidade sem ter que escolher entre um aumento de salário para acompanhar o custo de vida ou um colete à prova de balas. — Ele olhou diretamente para mim. — De repente, fazer a coisa certa já não parece algo tão óbvio, não é?

Fiquei olhando Donny se afastar, mas não fui à festa dele. Em vez disso, voltei à minha mesa e soltei do grampo a última página do relatório do médico-legista. Dobrei-a em quatro e a enfiei no bolso do casaco.

Guardei o resto do laudo do legista no arquivo de caso fechado de Nevvie Ruehl e continuei a examinar os indícios que tinha do caso do bebê sacudido. Dois dias depois, Donny se aposentou oficialmente e eu consegui que a adolescente cheerleader confessasse.

Os elefantes, pelo que eu soube, se adaptaram bem no Tennessee. O terreno do santuário foi vendido — metade para o Estado, a fim de ser mantido como área de conservação, e metade para uma incorporadora. Depois que todas as dívidas foram pagas, os fundos restantes passaram a ser administrados por um advogado para cobrir as despesas de internação de Thomas Metcalf. A esposa dele nunca apareceu para reivindicar sua parte.

Seis meses mais tarde, fui promovido a detetive. Na manhã da cerimônia, vesti meu único terno bom e peguei, na gaveta da mesinha de cabeceira, a folha dobrada do relatório do legista. Enfiei o papel no bolso do paletó.

Eu precisava lembrar a mim mesmo que não era nenhum herói.

* * *

— Ela sumiu de novo? — pergunto.

— Como assim *de novo*? — diz Jenna. Ela se senta na frente de minha mesa com as pernas cruzadas sobre a cadeira.

Isso, pelo menos, atravessa a névoa em meu cérebro. Apago o cigarro em uma xícara suja de café.

— Ela não fugiu com você?

— Parece que a resposta é não — diz Jenna —, já que faz dez anos que eu não a vejo.

— Espere aí. — Eu sacudo a cabeça. — O quê?

— Você foi uma das últimas pessoas que viram a minha mãe viva — explica Jenna. — Você a deixou no hospital e, quando ela desapareceu, não fez o que qualquer policial com metade do cérebro faria, que seria ir atrás dela.

— Eu não tinha nenhuma razão para ir atrás dela. Ela mesma assinou para sair do hospital. Adultos fazem isso todos os dias...

— Ela sofreu uma lesão na *cabeça*...

— O hospital não deve ter detectado isso, já que acharam que ela estava bem para ter alta, ou estariam agindo contra a lei. Como eles não pareceram ver problema na saída dela, e como nós nunca soubemos de nada em contrário, consideramos que ela estava bem e que tinha fugido com você.

— Então por que ela nunca foi acusada de sequestro?

Encolho os ombros.

— Seu pai nunca comunicou oficialmente o desaparecimento dela.

— Acho que ele estava ocupado demais sendo eletrocutado como parte do tratamento.

— Se você não estava com a sua mãe, quem cuidou de você todo esse tempo?

— Minha avó.

Então foi isso que Alice fez com a criança.

— E por que *ela* não comunicou o desaparecimento da sua mãe?

As bochechas da menina ficam coradas.

— Eu era pequena demais e não lembro, mas ela disse que foi à delegacia na semana seguinte ao desaparecimento da minha mãe. Acho que não deu em nada.

Seria verdade? Não me lembro de ninguém ter comunicado oficialmente o desaparecimento de Alice Metcalf. Mas talvez a mulher não tenha falado comigo. Talvez ela tenha procurado Donny. Não me surpreenderia se ele não tivesse dado atenção à mãe de Alice Metcalf quando ela pediu ajuda, ou se tivesse jogado os papéis fora intencionalmente para que eu não os encontrasse, porque sabia que eu ia querer dar continuidade e investigar o caso.

— A questão é — diz Jenna — que você devia ter tentado encontrar a minha mãe. E nem tentou. Então você me deve isso agora.

— O que te faz ter tanta certeza de que ela pode ser encontrada?

— Ela não está morta. — Jenna me encara. — Acho que eu saberia disso. Eu *sentiria*.

Se eu tivesse ganhado cem dólares toda vez que ouvi isso de alguém que estava esperando boas notícias em um caso de pessoa desaparecida e se decepcionou depois... bem, estaria bebendo uísque Macallan e não Jack Daniel's. Mas não faço esse comentário.

— É possível que ela não tenha voltado porque não queria? Muitas pessoas decidem se reinventar.

— Como você? — ela pergunta, olhando firme para mim. — *Victor?*

— Sim — admito. — Se a sua vida é uma merda total, às vezes é mais fácil começar tudo de novo.

— A minha mãe *não* decidiu simplesmente ser outra pessoa — ela insiste. — Ela gostava de ser quem era. E ela não me abandonaria.

Não conheci Alice Metcalf. Mas sei que há dois jeitos de viver: o jeito de Jenna, em que a gente se agarra ao que tem com toda a força possível para não o perder; e o meu jeito, em que se vai embora de tudo e de todos que importam antes que eles tenham a chance de te abandonar. De um jeito ou de outro, o resultado é decepção.

É possível que Alice soubesse que seu casamento estava uma droga e que era só questão de tempo até que sua filha fosse prejudicada também. Talvez, como eu, ela tenha largado tudo antes que a vida ficasse ainda pior.

Passo a mão pelo cabelo.

— Olha, ninguém quer ouvir que talvez tenha sido a razão de sua mãe ter dado o fora. Mas o meu conselho para você é esquecer isso. Arquive na gaveta reservada para todas as outras coisas que não são justas, tipo a razão para as Kardashian serem famosas, ou para pessoas bonitas serem atendidas mais depressa em restaurantes, ou para que um garoto que não sabe patinar nem para salvar a própria vida acabe no time principal de hóquei da faculdade porque o pai dele é o treinador.

Jenna concorda com a cabeça, mas responde:

— E se eu te dissesse que tenho uma prova de que ela não foi embora por vontade própria?

A gente pode devolver o distintivo de detetive, mas nem sempre pode se livrar dos instintos. Todos os pelos dos meus braços se arrepiam.

— Como assim?

A menina enfia a mão na mochila e tira uma carteira. Uma carteira de couro rachada, desbotada e enlameada, que entrega para mim.

— Eu contratei uma vidente e nós encontramos isto.

— O quê? — digo, enquanto minha ressaca volta com força total. — Uma vidente?

— Antes de você dizer que ela é uma fraude... ela encontrou algo que toda a *sua* equipe de investigadores da cena do crime não conseguiu encontrar. — Ela observa enquanto desencaixo o fecho da carteira e examino o cartão de crédito e a carteira de motorista. — Estava no alto de uma árvore, na propriedade do santuário — diz Jenna. — Perto de onde a minha mãe foi encontrada inconsciente...

— Como você sabe onde ela foi encontrada inconsciente? — pergunto, franzindo a testa.

— Serenity me disse. A vidente.

— Ah, então está bem. Eu achei que podia ter sido uma fonte menos confiável.

— Enfim — ela continua, me ignorando —, estava enfiada no meio de um monte de coisas... os passarinhos andaram fazendo ninhos lá durante esse tempo.

Ela pega a carteira de minha mão e tira de dentro do plástico ressecado da divisão para fotografias a única foto ainda remotamente visível. Está descorada, desbotada e amassada, mas até eu posso ver a boca cheia de gengiva de um bebê sorridente.

— Sou eu — diz Jenna. — Se você fosse fugir de uma filha para sempre... não levaria pelo menos uma fotografia?

— Eu parei de tentar entender por que os humanos fazem o que fazem há muito tempo. Quanto à carteira... isso não prova nada. A sua mãe pode ter derrubado enquanto estava correndo.

— E ela voou magicamente para cima de uma árvore de cinco metros? — Jenna sacode a cabeça. — Quem a colocou lá? E por quê?

Imediatamente, penso: *Gideon Cartwright.*

Não tenho nenhuma razão para desconfiar dele; não tenho ideia do motivo de seu nome ter aparecido em minha cabeça. Até onde sei, ele foi para o Tennessee com aqueles elefantes e continuou morando lá, feliz para sempre.

Mas foi para Gideon que Alice supostamente fez confidências sobre seu casamento fracassado. E foi a sogra de Gideon que morreu.

O que me traz o próximo pensamento.

E se a morte de Nevvie Ruehl não tiver sido um acidente, como Donny Boylan me pressionou a acreditar? E se tiver sido Alice quem matou Nevvie, escondeu a própria carteira em uma árvore para fazer parecer que tinha sido vítima de algum crime, depois fugiu antes de poder ser considerada suspeita?

Olho para Jenna do outro lado da mesa. *Tenha cuidado com o que deseja, minha querida.*

Se eu ainda tivesse consciência, poderia sentir uma pontada de relutância em aceitar ajudar uma criança a encontrar sua mãe, tendo em conta que isso poderia envolver uma acusação de homicídio contra a mulher. Mas posso ser cauteloso e deixar a menina acreditar que se refere apenas a encontrar uma pessoa desaparecida, não uma possível assassina. Além disso, talvez eu esteja fazendo um favor a ela. Eu sei o que essas pontas soltas podem fazer com a alma. Quanto antes ela souber a verdade, seja lá qual for, mais depressa vai poder seguir com a vida.

Eu estendo a mão.

— Srta. Metcalf — digo. — Você acaba de contratar um detetive particular.

ALICE

Fiz estudos extensos da memória, e a melhor analogia que encontrei para explicar seu mecanismo é esta: pense no cérebro como o escritório central de seu corpo. Cada experiência que você tiver em um dia é uma pasta que é colocada sobre a mesa para ser arquivada para consulta futura. O assistente administrativo que vem à noite, enquanto você dorme, para limpar o acúmulo de coisas na caixa de entrada é a parte do cérebro que chamamos de hipocampo.

O hipocampo pega todas essas pastas e arquivos e os coloca em lugares que façam sentido. Esta experiência é uma briga com seu marido? Certo, vamos colocá-la com outras parecidas do ano passado. Esta experiência é uma lembrança de fogos de artifício? Vamos associá-la a uma festa de 4 de Julho em que você esteve algum tempo atrás. O assistente tenta situar cada lembrança onde houver o máximo de acontecimentos relacionados possível, porque assim fica mais fácil recuperá-la.

Às vezes, porém, simplesmente não conseguimos nos lembrar de uma experiência. Digamos que você tenha ido a um jogo de beisebol e alguém lhe diga mais tarde que, duas fileiras atrás de você, havia uma mulher de vestido amarelo soluçando — mas você não tem lembrança nenhuma dela. Há apenas dois cenários em que isso é possível. Ou o acontecimento nunca foi trazido para arquivamento: você estava concentrada no batedor e não prestou atenção na mulher chorando. Ou o hipocampo se confundiu e codificou essa lembrança em um lugar onde ela não deveria estar: essa mulher triste acabou sendo ligada à sua professora do jardim da infância, que também costumava usar um vestido amarelo, e esse é um lugar onde você nunca a encontraria.

Sabe quando você tem um sonho com alguém do passado de quem mal se recorda e cujo nome não conseguiria lembrar nem que sua vida dependesse disso? É que você acessou essa rota por acaso e encontrou algum tesouro enterrado.

Coisas que você faz rotineiramente — coisas que são consolidadas repetidamente por esse hipocampo — formam conexões grandes e fortes. Motoristas de táxi de Londres apresentaram um hipocampo bem desenvolvido, porque têm que processar muitas informações espaciais. Não sabemos, no entanto, se eles nascem com o hipocampo naturalmente grande ou se o órgão cresce conforme é usado, como um músculo que é exercitado.

Há também algumas pessoas que não conseguem esquecer. E pessoas com transtorno de estresse pós-traumático podem ter um hipocampo menor que o normal. Alguns cientistas acreditam que os corticoides, hormônios associados à resposta ao estresse, podem atrofiar o hipocampo e causar falhas na memória.

Os elefantes, por outro lado, têm um hipocampo aumentado. Existe o dito popular de que os elefantes nunca esquecem, e eu acredito que isso é verdade. No Quênia, em Amboseli, pesquisadores gravaram e reproduziram chamados de contato de longa distância em uma experiência que sugere que elefantas adultas podem reconhecer mais de uma centena de indivíduos. Quando os chamados eram de uma manada com a qual elas haviam estado associadas, as elefantas testadas responderam com seus próprios chamados de contato. Quando as vocalizações eram de uma manada desconhecida, elas se agrupavam e recuavam.

Houve uma resposta incomum nessa experiência. Durante seu curso, uma das fêmeas mais velhas que haviam sido gravadas morreu. Eles tocaram seu chamado de contato três meses após a morte e, novamente, vinte e três meses depois da morte. Em ambos os casos, sua família respondeu com seus próprios chamados de contato e se aproximou do alto-falante — o que sugere não só processamento ou memória, mas também pensamento abstrato. Não só os familiares da elefanta morta se lembraram de sua voz, mas, por um breve momento, enquanto se aproximavam daquele alto-falante, aposto que esperaram encontrá-la.

Quando uma elefanta fica mais velha, sua memória melhora. Afinal, sua família depende dela para ter informações — ela é o arquivo ambulante que toma as decisões para a manada. É perigoso aqui? Onde vamos comer? Onde vamos beber? Como vamos encontrar água? Uma matriarca pode conhecer rotas migratórias que não foram usadas durante a vida da manada inteira — inclusive a dela — e que, no entanto, de alguma maneira, foram transmitidas e codificadas em uma memória.

Mas minha história favorita sobre memória de elefantes vem de Pilanesberg, onde realizei parte de minha pesquisa de doutorado. Na década de 90, para controlar a população de elefantes na África do Sul, houve um abate em massa, em que os guardas-florestais atiravam em adultos das manadas e transferiam os bebês para locais onde houvesse necessidade de elefantes. Infelizmente, os filhotes ficaram traumatizados e seu comportamento se alterou. Em Pilanesberg, um grupo de jovens elefantes transferidos não sabia agir como uma manada legítima. Eles precisavam de matriarcas, de alguém para guiá-los. E, assim, um treinador americano chamado Randall Moore trouxe para Pilanesberg duas fêmeas adultas que, anos antes, tinham sido mandadas para os Estados Unidos depois de ficarem órfãs durante um abate no Parque Nacional Kruger.

Os jovens elefantes se ligaram imediatamente a Notch e Felicia — os nomes que demos a essas mães substitutas. Duas manadas se formaram e doze anos se passaram. E então, em um acidente trágico, Felicia foi mordida por um hipopótamo. O veterinário precisava limpar e cobrir a ferida repetidamente enquanto ela cicatrizava, mas não podia anestesiar Felicia todas as vezes. Só se pode anestesiar um elefante com um dardo três vezes por mês, ou a concentração da droga M99 aumenta demais em seu sistema. A saúde de Felicia estava em risco e, se ela morresse, sua manada ficaria em perigo outra vez.

Foi então que pensamos na memória dos elefantes.

O treinador que havia trabalhado com essas duas fêmeas mais de uma década antes não as via desde que elas foram soltas na reserva. Randall ficou feliz por vir a Pilanesberg nos ajudar. Acompanhamos as duas manadas, que, a essa altura, haviam se juntado por causa do ferimento da fêmea mais velha.

— Aí estão minhas meninas — disse Randall, entusiasmado, quando o jipe parou na frente da manada. — Owala — ele chamou. — Durga!

Para nós, essas elefantas eram Felicia e Notch. Mas as duas majestosas senhoras se viraram ao som da voz de Randall, e ele fez o que *ninguém* fazia com a manada frágil e assustadiça de Pilanesberg: desceu do jipe e começou a andar em direção aos animais.

Vejam, eu trabalhava com elefantes em ambiente selvagem havia doze anos. Há algumas manadas de que se pode aproximar a pé, porque eles estão acostumados com os pesquisadores e seus veículos e confiam em nós; mesmo assim, não é algo que eu faria sem primeiro refletir cuidadosamente a respeito. Mas essa não era uma manada familiarizada com humanos; não era nem sequer uma manada estável. De fato, os elefantes mais novos se afastaram imediatamente de Randall, identificando-o como uma daquelas bestas de duas pernas que haviam matado suas mães. As duas matriarcas, no entanto, se aproximaram. Durga — Notch — chegou perto de Randall. Ela esticou a tromba e a enrolou gentilmente no braço dele. Depois, olhou para trás, para seus jovens e nervosos filhos adotivos, que ainda bufavam e resfolegavam na borda da colina. Ela se virou para Randall de novo, barriu uma vez e foi para junto de seus bebês.

Randall deixou-a ir, depois se voltou para a outra matriarca e disse calmamente:

— Owala... ajoelhe.

A elefanta que chamávamos de Felicia avançou, se ajoelhou e deixou Randall subir em suas costas. Embora não tivesse tido nenhum contato direto com pessoas em doze anos, ela se lembrava não só daquele homem individual como seu treinador, mas também das instruções que ele havia lhe ensinado. Sem receber nenhum anestésico, ela deixou que Randall a orientasse a ficar parada, levantar a perna, virar — instruções que possibilitaram que o veterinário tirasse o pus da área infectada, limpasse a ferida e lhe desse uma injeção de antibiótico.

Muito depois de sua infecção sarar, muito depois de Randall ter retornado para treinar animais de circo, Felicia voltou a liderar sua família mista em Pilanesberg. Para qualquer pesquisador, para qualquer pessoa, ela era um elefante selvagem.

Mas em algum lugar, de alguma maneira, ela se lembrava de quem havia sido antes também.

JENNA

Há outra lembrança que tenho de minha mãe que se relaciona a uma conversa anotada em seu diário. É uma única página manuscrita, pedaços de um diálogo que, por alguma razão, ela não queria esquecer. Talvez seja por isso que lembro com tanta clareza também, por isso que posso pôr imagens no que ela escreveu como se fosse um filme passando na minha frente.

Ela está deitada no chão, com a cabeça no colo de meu pai. Eles estão conversando enquanto eu arranco as cabeças de margaridas silvestres. Não estou prestando atenção, mas parte do meu cérebro deve estar registrando tudo, de modo que mesmo agora posso ouvir o zumbido de mosquitos e as palavras que meus pais lançam um para o outro. Suas vozes sobem, descem e mergulham como a cauda de uma pipa.

ELE: Você tem que admitir, Alice. Alguns animais sabem que existe um único parceiro perfeito.
ELA: Bobagem. Bobagem total e completa. Me prove que a monogamia existe no mundo natural, sem uma influência ambiental.
ELE: Cisnes.
ELA: Fácil demais. E não é verdade! Um quarto dos cisnes negros trai o parceiro.
ELE: Lobos.

ELA: Já foi demonstrado que um lobo se une a outro se o parceiro for expulso da alcateia ou não puder se reproduzir. Isso é circunstância, não amor verdadeiro.

ELE: Eu devia ter pensado melhor antes de me apaixonar por uma cientista. Sua ideia de coração em um cartão de Dia dos Namorados provavelmente tem uma aorta.

ELA: É algum crime ter raciocínio biológico?

Ela se senta e o prende no chão, de modo que ele agora está deitado embaixo de minha mãe e os cabelos dela balançam sobre seu rosto. Parece que estão brigando, mas os dois estão sorrindo.

ELA: Sabia que um urubu que é pego traindo o parceiro é atacado pelos outros?

ELE: Eu deveria ficar assustado com isso?

ELA: Só estou falando.

ELE: Gibões.

ELA: Ah, sem essa. *Todo mundo* sabe que os gibões são infiéis.

Ele rola, então agora ele está por cima, olhando para ela.

ELE: Arganazes-do-campo.

ELA: Só por causa da oxitocina e da vasopressina liberadas no cérebro deles. Isso não é amor. É compromisso químico.

Ela sorri, lentamente.

ELA: Sabe, agora que estou pensando nisso... *existe* uma espécie que é completamente monogâmica. O tamboril macho, que tem um décimo do tamanho da garota dos sonhos dele, segue a fêmea pelo cheiro, dá uma mordida nela e fica pendurado até que sua pele se funde com a dela e o corpo dela absorve o dele. Eles se acasalam para a vida toda. Mas é uma vida bem curta, se você for o macho do relacionamento.

ELE: Eu me fundiria com você.

Ele a beija.

ELE: Bem nos lábios.

Quando eles riem, o som parece confete.

ELA: Ótimo. Se fizer você parar de falar sobre isso de uma vez por todas.

Eles ficam em silêncio por um tempo. Estendo minha palma sobre o chão. Já vi Maura levantar a pata traseira centímetros acima do solo e movê-la lentamente para a frente e para trás, como se a estivesse rolando sobre uma pedra invisível. Minha mãe diz que ela pode ouvir os outros elefantes quando faz isso; que eles conversam mesmo quando nós não os ouvimos. Eu me pergunto se é isso que meus pais estão fazendo agora: falando sem som.

Quando a voz de meu pai soa outra vez, parece a corda de um violão que foi tão esticada que não dá para saber se é música ou choro.

ELE: Sabe como um pinguim escolhe sua parceira? Ele encontra um pedregulho perfeito e dá para a fêmea que está paquerando.

Ele entrega à minha mãe uma pequena pedra. Ela a fecha na mão.

* * *

A maioria dos diários de minha mãe do tempo que ela passou em Botswana estão recheados de dados: os nomes e movimentos de famílias de elefantes andando pelo Tuli Block; datas em que machos entraram no "musth", ou cio, e em que as fêmeas tiveram bebês; registros de horários do comportamento de animais que não se importam ou não sabem que estão sendo observados. Eu li todas as entradas, mas, em vez de ver elefantes, imagino a mão que escreveu as anotações. Ela teve cãibra nos dedos? Um calo onde o lápis se pressionava com muita força contra a pele? Reúno as pistas de minha mãe do mesmo jeito que ela organiza.

va e reorganizava as observações de seus elefantes, tentando criar um quadro mais amplo a partir dos menores detalhes. Eu me pergunto se seria igualmente frustrante para ela ter vislumbres, mas nunca o mistério inteiro revelado. Acho que o trabalho de um cientista é preencher as lacunas. Eu, no entanto, olho para um quebra-cabeça e só consigo ver a única peça que está faltando.

Estou começando a achar que Virgil sente o mesmo e tenho que admitir que não sei exatamente o que isso diz sobre mim ou sobre ele.

Quando ele diz que vai aceitar o trabalho, não confio muito. É difícil acreditar em um cara que está com uma ressaca tão grande que parece estar tendo um AVC quando tenta vestir o paletó. Acho que minha melhor aposta é garantir que ele se lembre de nossa conversa, o que significa tirá-lo deste escritório e fazê-lo ficar sóbrio.

— Por que nós não saímos para tomar um café enquanto conversamos sobre isso? — sugiro. — Passei por um restaurante enquanto vinha para cá.

Ele pega as chaves do carro, mas *de jeito nenhum.*

— Você está bêbado — digo. — Eu dirijo.

Ele dá de ombros e não questiona, até que chegamos à entrada do prédio e ele me vê pegar a bicicleta.

— Que merda é essa?

— Se você não sabe, está mais bêbado do que eu pensava — respondo, enquanto me acomodo no assento.

— Quando você disse que ia dirigir — murmura Virgil —, pensei que tivesse um carro.

— Eu tenho *treze anos* — lembro a ele e aponto para o guidão.

— Sério? Em que ano estamos, 1972?

— Você pode ir correndo do lado, se quiser — digo —, mas, com a dor de cabeça que imagino que esteja, acho melhor escolher a primeira opção.

E é assim que acabamos chegando ao restaurante com Virgil Stanhope sentado em minha mountain bike, com as pernas abertas, enquanto eu fico de pé entre elas e pedalo.

Entramos e nos sentamos a uma mesa.

— Por que não teve nenhum cartaz? — pergunto.

— O quê?

— Um cartaz. Com o rosto da minha mãe. Por que ninguém montou um centro de informações em alguma sala de conferências de um Holiday Inn e um número de telefone para contato?

— Eu já te disse — Virgil responde. — Ela nunca foi considerada uma pessoa desaparecida.

Só fico olhando para ele.

— Ok, correção: se a sua avó realmente fez um comunicado de pessoa desaparecida, ele se perdeu na confusão.

— Está dizendo que eu cresci sem mãe por causa de uma falha humana?

— Estou dizendo que fiz o meu trabalho. Algum outro cara não fez o *dele*. — Ele me olha sobre a borda da xícara. — Eu fui chamado para o santuário de elefantes porque tinha uma pessoa morta lá. A ocorrência foi classificada como acidente. Caso encerrado. Quando a gente é da polícia, não tenta complicar as coisas. Só limpa a área.

— Quer dizer que você basicamente está admitindo que vocês foram preguiçosos demais para se importar que uma das testemunhas do caso tivesse desaparecido.

Ele franze a testa.

— Não. Eu imaginei que sua mãe tivesse ido embora de livre e espontânea vontade, já que não tivemos nenhuma informação em contrário. Eu supus que ela estivesse com *você*. — Virgil aperta os olhos. — Onde você estava quando a sua mãe foi encontrada pela polícia?

— Não sei. Às vezes ela me deixava com a Nevvie durante o dia, mas nunca à noite. Só lembro que depois eu estava com a minha avó, na casa dela.

— Bom, acho que nós deveríamos começar conversando com *ela*.

Sacudo a cabeça imediatamente.

— De jeito nenhum. Ela ia me matar se soubesse que eu estou fazendo isso.

— Ela não quer saber o que aconteceu com a filha?

— É complicado — digo. — Acho que para ela talvez doa demais ficar remexendo nisso. Ela é daquela geração que faz cara de durona e continua levando a vida no meio das dificuldades e finge que nunca aconteceu. Sempre que eu chorava porque queria minha mãe, minha avó tentava me distrair com comida, ou um brinquedo, ou com a Gertie, minha cachorra. Aí, um dia, quando eu perguntei, ela falou *Ela foi embora*. Mas o jeito que ela disse isso... foi como uma faca. Então eu aprendi bem depressa a parar de perguntar.

— Por que você demorou tanto tempo para procurar? Dez anos não é um caso que já esfriou. É um caso que virou um deserto ártico.

Uma garçonete passa e eu faço um sinal para chamá-la, porque Virgil precisa de café para ter alguma utilidade. A moça não me vê.

— Ser criança é isso — digo. — Ninguém te leva a sério. As pessoas olham através, como se eu fosse transparente. Mesmo se eu pudesse descobrir aonde ir quando tinha oito anos... mesmo se eu tivesse conseguido ir sozinha até a delegacia... mesmo se você não tivesse largado o emprego e o sargento na recepção te dissesse que uma criança queria que você reabrisse um caso fechado... o que você teria feito? Teria me deixado de pé na frente da sua mesa falando enquanto sorria e balançava a cabeça sem prestar atenção? Ou ia contar para os seus colegas policiais sobre a menina que apareceu querendo brincar de detetive?

Outra garçonete sai apressada da cozinha e uma fatia de barulhos — de fritura, batidas, panelas — soa dissonante pela porta de vaivém. Essa, pelo menos, vem direto para nós.

— Pois não? — diz ela.

— Café — falo. — Um bule inteiro. — Ela olha para Virgil, faz um som de desaprovação e vai embora. — É aquela história: se ninguém te ouve, de que adianta falar?

A garçonete traz duas xícaras de café. Virgil me passa o açúcar mesmo sem eu ter pedido. Eu o encaro e, por um momento, consigo ver através da névoa da bebida. Não tenho certeza se fico tranquilizada com o que vejo ou um pouco assustada.

— Estou ouvindo agora — diz ele.

* * *

A lista do que eu me lembro sobre minha mãe é constrangedoramente curta.

Há o momento em que ela me deu o algodão-doce para experimentar: *Uswidi. Iswidi.*

Há a conversa sobre ter o mesmo parceiro a vida inteira.

Há um vislumbre dela rindo quando Maura estende a tromba sobre uma cerca e solta seu cabelo do rabo de cavalo. O cabelo de minha mãe é vermelho. Não loiro-avermelhado e não laranja, mas da cor de alguém que está queimando por dentro.

(É verdade que talvez a razão de eu me lembrar desse incidente é que vi uma foto que alguém tirou nesse exato momento. Mas o perfume de seu cabelo, como açúcar de canela, é uma lembrança real que não tem nada a ver com a fotografia. Às vezes, quando sinto muita falta mesmo dela, eu como rabanada feita no leite com canela, fecho os olhos e inspiro.)

A voz de minha mãe quando ela estava nervosa oscilava como uma miragem de calor no asfalto no verão. E ela me abraçava e me dizia que tudo ia ficar bem, mesmo tendo sido ela quem chorou.

Às vezes eu acordava no meio da noite e a encontrava me vendo dormir.

Ela não usava anéis. Mas tinha um colar que nunca tirava.

Ela cantava no chuveiro.

Ela me levava junto no quadriciclo para ver as elefantas, embora meu pai achasse que era muito perigoso para mim estar nos recintos. Eu ia no colo dela e ela se inclinava e sussurrava no meu ouvido *Este pode ser o nosso segredo.*

Nós tínhamos tênis cor-de-rosa combinando.

Ela sabia dobrar uma nota de um dólar para fazer um elefante.

Em vez de ler livros para mim à noite, ela me contava histórias: que tinha visto um elefante soltar um bebê rinoceronte que havia ficado preso na lama; que uma menininha cujo melhor amigo era um elefante órfão saiu de casa mais tarde para ir para a universidade e, quando voltou, anos depois, aquele elefante agora adulto a abraçou com a tromba e a puxou para junto dele.

Lembro de minha mãe desenhando, fazendo as enormes claves de sol de orelhas de elefante, que ela então marcava com entalhes ou rasgos para ajudá-la a identificar o indivíduo. Ela anotava comportamentos: *Syrah estende a tromba e remove um saco plástico da presa de Lilly; como plantas se enroscam rotineiramente em presas, isso sugere consciência de objeto estranho e subsequente remoção cooperativa...* Mesmo algo tão delicado como empatia recebia um tratamento muito acadêmico. Isso era parte de ser levada a sério em seu campo de estudos: não antropomorfizar os elefantes, mas estudar seu comportamento clinicamente e, a partir daí, extrapolar os fatos.

Já eu olho para os fatos de que me lembro sobre minha mãe e tento adivinhar seu comportamento. Faço o oposto do que um cientista deveria fazer.

Não posso deixar de pensar: Se minha mãe me encontrasse agora, será que ficaria decepcionada?

* * *

Virgil vira a carteira de minha mãe nas mãos. Ela é tão frágil que o couro começa a esfarelar sob seus dedos. Eu percebo e sinto uma pontada no peito, como se a estivesse perdendo outra vez.

— Isso não significa necessariamente que sua mãe tenha sido vítima de alguma coisa suspeita — diz Virgil. — Ela pode só ter perdido a carteira na noite em que perdeu a consciência.

Cruzo as mãos sobre a mesa.

— Escute, eu sei o que você acha, que foi ela mesma que deixou a carteira na árvore para poder desaparecer. Mas é bem difícil subir em uma árvore e esconder uma carteira quando se está inconsciente.

— Se foi isso, por que ela não deixou a carteira em algum lugar onde pudesse ser encontrada?

— Para depois pegar uma pedra e bater na própria cabeça para ir a nocaute? Se ela quisesse mesmo desaparecer, por que não teria simplesmente ido embora?

Virgil hesita.

— Pode haver alguma outra circunstância no caso.

— Por exemplo?

— Você sabe que a sua mãe não foi a única pessoa que se machucou naquela noite.

De repente, entendo o que ele está dizendo: minha mãe pode ter tentado fazer parecer que era uma vítima quando, na realidade, era a criminosa. Minha boca fica seca. De todas as personalidades potenciais que eu havia dado à minha mãe ao longo da última década, *assassina* não estava incluída.

— Se você achava *mesmo* que a minha mãe era uma assassina, por que não foi atrás quando ela desapareceu?

Ele abre a boca e fecha de novo, deixando passar apenas ar. *Bingo*, penso.

— A morte foi classificada como acidente — diz ele. — Mas nós encontramos um fio de cabelo ruivo no local.

— Isso é o mesmo que dizer que você encontrou uma garota descerebrada em *The Bachelor*. Minha mãe não era a única ruiva em Boone, New Hampshire.

— Nós encontramos o cabelo *dentro* do saco de transporte do corpo.

— Então, (a) que nojo, e (b) grande coisa. Eu vejo *Law & Order: svu*. Isso só quer dizer que elas tiveram contato uma com a outra. O que provavelmente acontecia umas dez vezes por dia.

— Ou pode querer dizer que o cabelo foi transferido durante uma briga física.

— Como Nevvie Ruehl morreu? — pergunto. — O médico-legista disse que a causa da morte foi homicídio?

Ele sacode a cabeça.

— Ele classificou como acidente, causado por trauma contundente devido a pisoteamento.

— Posso não me lembrar de muita coisa sobre a minha mãe, mas sei que ela não pesava duas toneladas — digo. — Então, vamos pensar em um cenário diferente. E se *Nevvie* estivesse atrás *dela*? E se um dos elefantes tiver visto tudo e resolvido se vingar?

— Eles *fazem* isso?

Não tenho certeza. Mas lembro de ter lido nos diários de minha mãe sobre elefantes que guardavam ressentimentos, que podiam esperar anos para se vingar de alguém que tivesse feito mal a eles ou a alguém de quem eles gostassem.

— Além disso — diz Virgil —, você acabou de me contar que sua mãe a deixava com Nevvie Ruehl. Duvido que ela deixaria Nevvie cuidar de você se achasse que a mulher era perigosa.

— Duvido que minha mãe deixaria Nevvie cuidar de mim se quisesse matá-la — respondo. — Minha mãe não a matou. Isso não faz sentido. Havia uma dezena de policiais andando por lá naquele dia; por pura probabilidade, é bem possível que pelo menos um *deles* fosse ruivo. Você não sabe se aquele cabelo era da minha mãe.

Virgil concorda com a cabeça.

— Mas eu sei como descobrir.

* * *

Esta é mais uma coisa de que me lembro: dentro de casa, meus pais estão brigando. *Como você pode fazer isso?*, meu pai acusa. *Só pensa em si mesma.*

Estou sentada no chão, chorando, mas ninguém parece me ouvir. Eu não me movo, porque me mover foi o que levou a todos esses gritos. Em vez de ficar no cobertor com os brinquedos que minha mãe tinha levado para o recinto dos elefantes, eu corri atrás de uma borboleta amarela que traçava uma linha pontilhada pelo céu. Minha mãe estava de costas para mim, registrando suas observações. E, nesse momento, meu pai chegou e me viu descendo a colina, para onde a borboleta tinha ido... e onde os elefantes, por acaso, estavam.

Isto aqui é o santuário, não uma selva, minha mãe diz. *Não é como se ela tivesse entrado entre a mãe e um filhote. Elas estão acostumadas com pessoas.*

Meu pai grita de volta: *Elas não estão acostumadas com bebês!*

De repente, um par de braços quentes se fecha em minha volta. Ela tem cheiro de talco e limão e seu colo é o lugar mais macio que eu conheço.

— Eles estão bravos — eu sussurro.

— Eles estão com medo — ela corrige. — Parece igual.

E então ela começa a cantar, perto do meu ouvido, e sua voz é a única que eu ouço.

* * *

Virgil tem um plano, mas o lugar aonde ele quer ir é longe demais para eu chegar de bicicleta e ainda não estou querendo entrar em um carro com ele. Quando saímos do restaurante, combino de encontrá-lo no escritório na manhã seguinte. O sol está oscilando para baixo, usando uma nuvem como rede.

— Como eu vou saber se você não vai estar bêbado amanhã também? — pergunto.

— Traga um bafômetro — Virgil sugere, seco. — Encontro você às onze.

— Onze horas não é manhã.

— Para mim é — ele responde e começa a caminhar de volta para seu escritório.

Quando chego de volta em casa, minha avó está escorrendo cenouras em uma peneira. Gertie, enrolada na frente da geladeira, bate a cauda no chão duas vezes, mas esse é todo o cumprimento que recebo. Quando eu era pequena, minha cachorrinha quase me jogava no chão se eu voltava de uma viagem ao banheiro; era *tanto assim* que ela ficava feliz por me ver outra vez. Eu me pergunto se, quando a gente fica mais velho, para de sentir tanta falta das pessoas. Talvez crescer seja simplesmente focar no que se tem, e não no que não se tem.

Há um som como de passos no andar de cima. Quando eu era pequena, tinha certeza de que a casa da minha avó era mal-assombrada; vivia ouvindo barulhos assim. Minha avó me garantiu que eram canos enferrujados ou a casa se acomodando. Eu me perguntava como algo feito de tijolos e cimento poderia se acomodar quando eu mesma parecia incapaz de fazer isso.

— E então — diz minha avó —, como foi com ele?

Por um segundo eu congelo, imaginando se ela mandou me seguir. Quão irônico seria se minha avó estivesse indo atrás de mim do mesmo jeito que estou indo atrás da minha mãe com um investigador particular?

— Humm — respondo. — Ele estava meio indisposto.

— Espero que você não pegue nada.

Pouco provável, penso, a menos que bebedeira seja contagioso.

— Eu sei que Chad Allen é o centro do seu universo, mas, mesmo que ele seja um bom professor, é um pai irresponsável. Quem deixa seu bebê sozinho por dois dias? — minha avó murmura.

Quem deixa seu bebê sozinho por dez anos?

Estou tão envolvida com os pensamentos em minha mãe que levo um segundo a mais para lembrar que minha avó ainda acredita que estou cuidando de Carter, o bebê esquisito com cabeça de alienígena do sr. Allen, que ela agora acha que está resfriado. E ele vai ser minha desculpa amanhã também, quando eu voltar a me encontrar com Virgil.

— Bom, ele não ficou sozinho. Ele ficou comigo.

Sigo minha avó para a sala de jantar e demoro para pegar dois copos limpos e a embalagem de suco de laranja na geladeira. Engulo à força algumas mordidas de palitos de peixe, mastigando metodicamente, antes de esconder o resto da refeição embaixo do purê de batata. Não estou com fome.

— O que aconteceu? — minha avó pergunta.

— Nada.

— Passei uma hora fazendo o jantar para você; o mínimo que pode fazer é comer — diz ela.

— Por que ninguém procurou por ela? — disparo e então cubro a boca com o guardanapo, como se pudesse empurrar as palavras para dentro outra vez.

Nenhuma de nós quer fingir que não sabe de quem estou falando. Minha avó fica muito quieta.

— Só porque você não lembra, Jenna, não quer dizer que não aconteceu.

— *Nada* aconteceu — digo. — Por dez anos. Você nem se importa? Ela é sua *filha*!

Ela se levanta e esvazia o prato, que ainda está quase cheio, no lixo da cozinha.

De repente, eu me sinto como naquele dia em que era tão pequena e desci uma colina atrás da borboleta na direção dos elefantes e percebi que havia cometido um erro tático colossal.

Todos esses anos, achei que minha avó não falava sobre o que havia acontecido com minha mãe porque era muito difícil para *ela*. Agora, eu me pergunto se ela não falava sobre o que tinha acontecido porque seria muito difícil para *mim*.

Eu sei, antes que ela fale, o que vai dizer. E não quero ouvir. Corro para cima com Gertie atrás de mim e bato a porta do quarto, depois enfio o rosto no pelo do pescoço de minha cachorra.

Leva uns dois minutos para a porta se abrir. Não levanto os olhos, mas sinto que ela está lá, mesmo assim.

— Só diga — murmuro. — Ela está morta, não está?

Minha avó se senta na cama.

— Não é tão simples.

— É, sim. — De repente, estou chorando mesmo sem querer. — Ou ela está, ou não está.

Mas, mesmo enquanto desafio minha avó, entendo que *não* é tão simples. A lógica diz que, se eu estiver certa de achar que minha mãe nunca me deixaria por vontade própria, ela teria voltado para me buscar. O que, obviamente, ela não fez.

Não é preciso ser um cientista de foguetes para saber disso.

No entanto... se ela estivesse morta, eu não saberia? Não se ouvem histórias assim o tempo todo? Eu não sentiria como se uma parte de mim estivesse faltando?

Uma vozinha dentro de mim diz: *E você não sente?*

— Quando sua mãe era pequena, o que quer que eu lhe dissesse para fazer, ela fazia o contrário — minha avó fala. — Eu pedia para ela usar um vestido na formatura do colégio e ela aparecia de short. Ela apontava dois cortes de cabelo em uma revista e perguntava de qual eu gostava mais, e então escolhia o outro. Eu sugeri que ela estudasse primatas em Harvard; ela escolheu elefantes na África. — Minha avó olha para mim. — Ela também era a pessoa mais inteligente que eu conheci. Inteligente o bastante para enganar qualquer policial, se quisesse. Portanto, se ela estivesse viva e tivesse fugido, eu sabia que não conseguiria pegá-la e fazê-la voltar para casa. Se começasse a pôr o rosto dela em caixas de leite e criasse uma linha de telefone para ligarem com informações, ela só correria para mais longe mais depressa.

125

Eu não sei se isso é verdade. Se minha mãe só estava fazendo um jogo. Ou se foi minha avó que esteve se enganando.

— Você disse que comunicou o desaparecimento dela na polícia. O que aconteceu?

Ela pega o lenço de minha mãe no encosto da cadeira e o desliza entre os dedos.

— Eu disse que *fui* fazer um comunicado de desaparecimento — minha avó explica. — Fui três vezes, na verdade. Mas nunca passei da porta.

Olho para ela, incrédula.

— O quê? Você nunca me contou isso!

— Você está mais velha agora. Merece saber o que aconteceu. — Ela suspira. — Eu queria respostas. Pelo menos achava que queria. E sabia que *você* ia querer quando crescesse. Mas não consegui entrar na delegacia. Fiquei com medo de descobrir o que a polícia poderia encontrar. — Ela me olha. — Não sei o que teria sido pior. Saber que a Alice estava morta e não podia voltar para casa ou saber que ela estava viva e não *queria* voltar. Nada que eles me dissessem seria uma boa notícia. Não ia haver um felizes para sempre nesse caso. Éramos mesmo só eu e você, e eu achei que, quanto antes conseguíssemos deixar isso para trás, mais depressa poderíamos recomeçar a nossa vida.

Penso no que Virgil sugeriu esta tarde, a terceira opção em que minha avó não pensou: que talvez minha mãe não tenha fugido de nós, mas de uma acusação de homicídio. Acho que isso não é algo que se queira ouvir sobre a própria filha também.

Não vejo minha avó como velha, de jeito nenhum, mas, quando ela se levanta da cama, percebo a idade que tem. Ela se move devagar, como se todo o seu corpo doesse, e para como uma silhueta à porta.

— Eu sei o que você pesquisa no seu computador. Sei que você nunca parou de se perguntar o que aconteceu. — A voz dela é tão fraca quanto o fio de luz que circunda seu corpo. — Talvez você seja mais corajosa do que eu.

* * *

Há um registro nos diários de minha mãe que dá a sensação de uma curva fechada, um momento em que, se ela não tivesse invertido a direção, teria se tornado alguém completamente diferente.

Talvez até alguém *aqui*.

Ela estava com trinta e um anos, trabalhando em Botswana em seu pós-doutorado. Há uma vaga referência a alguma notícia ruim de casa, que a fez ter que pedir uma licença. Quando voltou, ela se jogou no trabalho, documentando os efeitos da memória traumática em elefantes. Então, um dia, encontrou um macho jovem que havia prendido a tromba no arame de uma armadilha.

Isso não era incomum, eu acho. Pelo que li nos diários dela, carne de caça era um alimento essencial para alguns aldeões, e, de vez em quando, essa necessidade acabava se transformando em negócio. Mas armadilhas destinadas a impalas às vezes prendiam outros animais: zebras, hienas e, um dia, um elefante de treze anos chamado Kenosi.

Com sua idade, Kenosi não era mais parte da manada de sua mãe. Embora a mãe, Lorato, ainda fosse a matriarca, Kenosi tinha saído com os outros jovens machos para formar um pequeno grupo de adolescentes que vagueava pela área. Ele brincava de luta com os colegas quando entrava no musth, como os meninos bobos da minha escola que ficam se empurrando na frente das meninas para tentar ser notados. Mas, como em adolescentes humanos, isso era tudo um aprendizado para lidar com os hormônios, e outros machos podiam deixá-los para trás simplesmente aparecendo e sendo mais velhos e mais maduros. Isso acontecia na comunidade de elefantes também, quando machos mais velhos venciam os jovens no musth, o que era biologicamente perfeito, porque eles não estariam de fato prontos para procriar até uns trinta anos.

Só que Kenosi nunca teria sua chance com uma fêmea de sorte, porque o arame praticamente cortara sua tromba, e um elefante sem tromba não pode sobreviver.

Minha mãe viu o ferimento de Kenosi no campo e soube imediatamente que ele teria uma morte lenta e dolorosa. Então, ela deixou de lado seu trabalho do dia e voltou ao acampamento para chamar o Departamento de Proteção à Vida Selvagem, que era a agência governamental que tinha permissão para interromper o sofrimento de um elefante. Mas Roger Wilkins, a pessoa responsável por aquela reserva, era novo ali.

— Estou atolado de serviço — ele disse. — Vamos deixar a natureza seguir seu curso.

O trabalho de um pesquisador é fazer exatamente isso: respeitar a natureza, não administrá-la. Mas, embora aqueles fossem animais selvagens, também eram os elefantes *dela*. Minha mãe não ficaria parada vendo um elefante sofrer.

Há uma interrupção no diário. Ela muda de lápis para caneta preta e há uma página inteira de linhas em branco. Isto é o que eu imaginei que tenha acontecido nesse intervalo:

*Entro no escritório no acampamento, onde meu chefe está sentado com um pequeno ventilador de chão soprando ar abafado. Alice, diz ele. Bem-
-vinda de volta. Se precisar de mais tempo de licença...*

Eu o interrompo. Não é por isso que estou aqui. Conto a ele sobre Kenosi e sobre aquele imbecil do Wilkins.

É um sistema imperfeito, meu chefe admite, e, como não me conhece muito bem, acha que eu simplesmente vou embora.

Se você não pegar aquele telefone, *ameaço*, eu vou pegar. Mas vou telefonar para o *New York Times*, e para a BBC, e para a *National Geographic*. Vou ligar para o World Wildlife Fund, para Joyce Poole, Cynthia Moss e Dame Daphne Sheldrick. Vou desencadear um dilúvio de corações indignados e amantes de animais em Botswana. E, quanto a você: vou fazer tanto alvoroço com este acampamento que os fundos para esta pesquisa de elefantes vão secar antes do pôr do sol. Portanto, pegue esse telefone, *digo*. Ou eu vou pegar.

Bom, isso é o que eu imagino que ela *teria* dito. Mas, quando minha mãe de fato começa a escrever outra vez, é um relato detalhado de como Wilkins chegou com uma mochila e uma cara de mau humor. Como ele seguiu em silêncio ao lado dela no carro, segurando a espingarda, enquanto ela localizava Kenosi e seus companheiros. Eu sabia,

128

por ler os diários de minha mãe, que os Land Rovers não chegavam a menos de doze metros de manadas de machos, porque eles eram muito imprevisíveis. Mas, antes que minha mãe pudesse explicar isso, Wilkins levantou a arma e a engatilhou.

Não!, minha mãe gritou, segurando o cano da espingarda e a apontando para o céu. Ela engatou a primeira no Land Rover e avançou para tirar os outros jovens machos do caminho antes. Depois, levou o carro para o lado, olhou para ele e disse: *Agora. Atire.*

Ele atirou. Na mandíbula.

O crânio de um elefante é uma massa de ossos interligados, feitos para proteger o cérebro, que fica em uma cavidade atrás de toda essa infraestrutura. Não dá para matar um elefante atirando na mandíbula ou na testa, porque, embora a bala vá causar danos, não atingirá o cérebro. Para matar um elefante de maneira humana, é preciso atirar logo atrás da orelha.

Minha mãe escreveu que Kenosi gritava como louco, de dor, em uma situação muito pior que antes. Ela usou palavrões que nunca havia usado na vida, em várias línguas. Estava pensando em pegar a espingarda e virá-la para Wilkins. E, então, algo notável aconteceu.

Lorato, a matriarca — a mãe de Kenosi —, veio em disparada colina abaixo em direção ao lugar onde seu filho estava cambaleando e sangrando. O único obstáculo em seu caminho era o carro.

Minha mãe sabia que nunca se deve ficar entre uma elefanta e seu filhote, mesmo que ele tenha treze anos. Ela deu ré no Land Rover e saiu o mais depressa possível, deixando uma trilha aberta entre Kenosi e Lorato.

Antes que a matriarca chegasse, porém, Wilkins deu um segundo tiro, e esse foi no lugar certo.

Lorato parou na mesma hora. Isto é o que minha mãe escreveu:

Ela estendeu a tromba para Kenosi e o acariciou inteiro, da cauda à tromba, dando atenção especial ao lugar onde a armadilha havia cortado sua pele. Passou sobre o corpo enorme no chão e ficou de pé acima dele, do jeito que uma mãe protegeria seu filhote. Estava secretando das glândulas temporais, fios escuros desciam pelas laterais de sua cabeça. Mesmo quando o grupo de machos se afastou, mesmo quando a manada de Lorato se uniu a ela e tocou Kenosi, ela não se moveu. O sol caiu, a lua subiu e ela continuava ali parada, sem conseguir ou sem querer deixá-lo.

Como se diz adeus?

Naquela noite, houve uma chuva de meteoros.

Pareceu para mim que até o céu estava chorando.

Duas páginas adiante no diário, minha mãe já havia se recomposto o suficiente para escrever sobre o que tinha acontecido com a objetividade de uma cientista:

Hoje eu vi duas coisas que nunca pensei que fosse ver.

Primeiro, a boa: por causa do comportamento de Wilkins, os pesquisadores da reserva agora têm o direito de praticar eutanásia em um elefante por conta própria, se necessário.

Segundo, a arrasadora: uma elefante fêmea cujo bebê já não é mais um bebê de maneira nenhuma ainda retornou com toda a fúria quando ele estava sofrendo.

Uma vez mãe, sempre mãe.

Isso foi o que minha mãe anotou no fim da página.

O que ela não escreveu foi que, nesse dia, ela decidiu concentrar seus estudos sobre trauma e elefantes nos efeitos do luto.

Ao contrário de minha mãe, não acho que o que aconteceu com Kenosi foi trágico. Quando leio o relato, na verdade ele me faz sentir como se eu estivesse repleta das centelhas daquela chuva de meteoros de que ela fala.

Afinal, a última coisa que Kenosi viu antes de fechar os olhos para sempre foi sua mãe voltando para ele.

* * *

Na manhã seguinte, eu me pergunto se está na hora de contar à minha avó sobre Virgil.

— O que você acha? — pergunto para Gertie. Certamente seria mais fácil se eu conseguisse uma carona para o escritório dele em vez de ter que atravessar a cidade de bicicleta. Até agora, tudo que tenho para mostrar da minha pesquisa são músculos da panturrilha que rivalizam com os de uma bailarina.

Meu cachorro bate a cauda no chão de madeira.

— Uma vez para sim, duas vezes para não — digo, e Gertie inclina a cabeça. Ouço minha avó me chamar, pela segunda vez, e desço correndo as escadas. Encontro-a de pé junto ao balcão da cozinha, despejando cereal em uma vasilha para meu café da manhã.

— Dormi demais. Não dá tempo de preparar nada quente hoje. Se bem que não entendo por que você, com treze anos, ainda não pode fazer sua própria comida — ela resmunga. — Já vi peixinhos dourados com melhores habilidades de sobrevivência do que você. — Ela me passa uma caixa de leite e solta o celular do carregador. — Ponha o lixo reciclável para fora antes de sair para seu trabalho de babá. E, pelo amor de Deus, penteie o cabelo antes de ir. Parece que tem uma criatura silvestre aninhada aí dentro.

Essa não é a mesma mulher que entrou no meu quarto na noite passada com todas as defesas postas no chão. Essa não é a mesma mulher que admitiu para mim que também ainda é consumida por pensamentos sobre minha mãe.

Ela procura na bolsa.

— Onde está a chave do carro? Eu juro que tenho os três primeiros sinais de Alzheimer...

— Vovó... o que você disse ontem à noite... — Pigarreio. — Sobre eu ser corajosa por procurar minha mãe...

Ela sacode a cabeça, tão pouco que, se eu não estivesse olhando tão fixamente, nem teria percebido.

— Jantar às seis — ela anuncia, em um tom de voz que deixa claro que a conversa está encerrada, antes mesmo de eu ter tido alguma chance de começá-la.

* * *

Para minha surpresa, Virgil parece tão à vontade na delegacia quanto um vegetariano em um churrasco. Ele não quer usar a porta da frente; temos que nos esgueirar pelos fundos depois que um policial libera sua entrada. Ele não quer falar com o sargento encarregado nem com as pessoas na recepção. O tour não é grande coisa: *Meu armário era aqui; aqui é onde nós guardávamos os donuts.* Eu achava que Virgil tinha deixado este trabalho porque quis, mas estou começando a pensar que talvez ele tenha feito alguma coisa que o levou a ser demitido. Isto, pelo menos, eu sei: tem alguma coisa que ele não está me contando.

— Está vendo aquele cara? — diz Virgil, me puxando por uma curva no corredor para que eu possa avistar o homem que está sentado à mesa da sala das provas. — É o Ralph.

— Humm, o Ralph parece que tem uns cem anos.

— Ele parecia ter uns cem anos quando eu ainda trabalhava aqui — Virgil comenta. — A gente dizia que ele tinha ficado tão fossilizado quanto as coisas de que toma conta.

Ele respira fundo e caminha pelo corredor. A sala das provas tem uma meia porta, com a parte de cima aberta.

— E aí, Ralph! Quanto tempo, hein?

Ralph se move como se estivesse embaixo da água. Sua cintura vira, depois os ombros e, por fim, a cabeça. De perto, ele tem tantas rugas quanto os elefantes nas fotos anexadas ao diário de minha mãe. Seus olhos são pálidos como geleia de maçã e parecem ter a mesma consistência.

— Ora — diz Ralph, tão devagar e arrastado que parece estar falando um mantra. — Dizem por aí que você entrou um dia na sala de provas de casos antigos e nunca mais saiu.

— Como é mesmo aquela frase do Mark Twain? As notícias sobre minha morte foram muito exageradas.

— Acho que, se eu perguntar por onde andou, você não vai me contar mesmo — Ralph responde.

— Não. E eu ficaria imensamente grato se você não mencionasse que me viu aqui. Fico com urticária quando as pessoas fazem muitas perguntas. — Virgil tira do bolso um bolinho recheado meio amassado dentro da embalagem de plástico e o coloca sobre o balcão entre nós e Ralph.

— Qual é a idade disso? — murmuro.

— Essas coisas têm conservantes suficientes para poder ficar nas prateleiras até 2050 — Virgil sussurra. — E o Ralph não consegue ler essa data de validade minúscula.

No mesmo instante, todo o rosto de Ralph se ilumina. Sua boca se curva em um sorriso, e isso tem um efeito em cascata que me faz lembrar um vídeo que vi uma vez no YouTube mostrando a implosão de um prédio.

— Você se lembrou da minha fraqueza, Virgil — ele diz, e olha para mim. — Quem é sua parceira?

— Minha dupla de tênis. — Virgil se inclina sobre a abertura na porta. — Ralphie, eu preciso dar uma olhada em um dos meus casos antigos.

— Você não está mais na folha de pagamento...

— Eu quase não estava nem na época em que estava. Por favor, cara. Eu não estou te pedindo para mexer em nenhuma investigação ativa. Só vou liberar um pouco de espaço aqui para você.

Ralph dá de ombros.

— Acho que não faz diferença, já que o caso está fechado...

Virgil abre a trava da porta e passa por ele.

— Não precisa se levantar. Eu sei o caminho.

Eu o sigo por um corredor longo e estreito. Há prateleiras de metal dos dois lados, do chão ao teto, e caixas de papelão ordeiramente enfiadas em cada espaço disponível. Os lábios de Virgil se movem enquanto ele lê os rótulos das caixas de arquivo organizadas por número do caso e data.

— Próximo corredor — ele murmura. — Este só vai até 2006.

Depois de mais alguns minutos, ele para e começa a trepar nas prateleiras. Puxa uma das caixas e a joga nos meus braços. É mais leve do que eu estava esperando. Coloco-a no chão para que ele possa me passar mais três caixas.

— Só isso? — pergunto. — Você me disse que tinha uma tonelada de indícios trazidos do santuário.

— É, mas o caso foi solucionado. Só guardamos os itens que estavam relacionados com pessoas. Coisas como solo, plantas pisadas e detritos que não se mostraram importantes foram destruídos.

— Se alguém já examinou tudo isso, por que vamos olhar outra vez?

— Porque às vezes a gente olha dez vezes para um amontoado de coisas e não vê nada. E aí olha pela décima primeira vez e aquilo que você estava procurando salta diante da sua cara, claro como dia. — Ele abre a tampa da caixa de cima. Dentro há sacos de papel selados com fita adesiva. Na fita e nos sacos está escrito NO.

— No? — leio. — O que tem aí?

Virgil sacode a cabeça.

— Isso quer dizer Nigel O'Neill. Ele era o policial que estava procurando indícios naquele dia. Pelo protocolo, o policial tem que pôr suas iniciais e a data da coleta no saco e na fita para que as provas sejam válidas no tribunal. — Ele aponta para as outras anotações no saco: um número de identificação e uma lista de itens: CADARÇO DE SAPATO, RECIBO. Outro: ROUPAS DA VÍTIMA: BLUSA, SHORT.

— Abra esta — instruo.

— Por quê?

— Sabe quando às vezes um objeto desencadeia uma lembrança? Quero ver se isso é verdade.

— A vítima aqui não era sua mãe — Virgil me lembra.

Até onde eu sei, isso ainda está para ser determinado. Mas ele abre o saco de papel, veste um par de luvas de uma caixa na prateleira e tira um short bege e uma camiseta polo rasgada e ressecada com o logotipo do Santuário de Elefantes de New England bordado no peito.

— E então?

— Isso é *sangue?* — pergunto.

— Não, é suco seco. Se você quer ser detetive, se comporte como detetive — diz ele.

Ainda assim, eu me arrepio.

— Parece o mesmo uniforme que *todos* usavam.

Virgil continua procurando nas caixas.

— Aqui — diz ele, puxando um saco tão achatado que não deve ter nada dentro. A etiqueta diz: Nº 859, FIO DE CABELO SOLTO DENTRO DO SACO DE TRANSPORTE DE CORPOS. Ele pega o saco de papel e o coloca no bolso. Depois, pega duas das caixas, começa a carregá-las para a entrada e dá uma olhada para mim. — Faça alguma coisa útil.

Eu o sigo com as outras caixas embaixo dos braços. Tenho certeza de que ele pegou as mais leves de propósito. Estas parecem estar cheias de pedras. Na entrada, Ralph levanta os olhos do cochilo em que estava.

— Bom ver você, Virgil.

Virgil aponta o dedo para ele.

— Você nunca me viu.

— Vi o quê? — diz Ralph.

Saímos discretamente pela mesma entrada dos fundos da delegacia e carregamos as caixas para o carro de Virgil. Ele consegue enfiá-las no banco traseiro, que já está abarrotado de embalagens de comida, caixas de CD velhas, toalhas de papel, moletons e garrafas vazias. Eu entro pela porta do passageiro.

— E agora?

— Agora temos que ir passar uma conversa no laboratório para eles fazerem um teste de DNA mitocondrial.

Não sei o que é isso, mas parece algo que seria parte de uma investigação séria. Estou impressionada. Dou uma olhada para Virgil, que, devo dizer, melhorou muito agora que não está completamente bêbado. Ele tomou banho e fez a barba e seu cheiro agora é de pinho e não de gin velho.

— Por que você saiu de lá?

Ele me dá uma espiada.

— Porque já pegamos o que viemos buscar.

— Não, do departamento de polícia. Você não *queria* ser detetive?

— Parece que não tanto quanto você — Virgil murmura.

— Acho que mereço saber o que estou pagando com meu dinheiro.

Ele faz um som de desdém.

— Está barato.

Ele dá ré muito rápido e uma das caixas cai. Os sacos de papel que estavam dentro se espalham, então eu solto o cinto de segurança e viro para trás, tentando arrumar a bagunça.

— É difícil saber o que são as provas e o que é o seu lixo — digo. A fita adesiva soltou de um dos sacos de papel marrons e os itens que estavam dentro caíram em um ninho de embalagens de palitos de peixe do McDonald's. — Que nojo. Quem come quinze palitos de peixe?

— Não foi tudo de uma vez só — responde Virgil.

Mas eu mal escuto, porque minha mão se fechou em volta do objeto que caiu do saco de papel. Viro para a frente, ainda segurando o pequeno tênis Converse cor-de-rosa.

Então, olho para meus pés.

Eu uso Converse cor-de-rosa de cano longo desde que posso me lembrar. E desde antes. Eles são minha única extravagância, os únicos itens de vestuário que eu peço para minha avó.

Eu os estou usando em todas minhas fotografias de bebê: apoiada em uma família de ursinhos de pelúcia, sentada em um cobertor com óculos de sol enormes equilibrados no nariz, escovando os dentes na pia, nua exceto pelos tênis. Minha mãe também tinha um par — velhos, usados, que vinham de seu tempo de faculdade. Nós não usávamos vestidos idênticos ou o mesmo corte de cabelo; não brincávamos de aplicar maquiagem. Mas, nessa única pequena coisa, nós andávamos iguais.

Ainda uso meus tênis, quase todos os dias. Eles são uma espécie de amuleto, ou talvez uma superstição. Se eu não tirei os meus, então talvez... bom. Você já entendeu.

O céu de minha boca parece um deserto.

— Isto era meu.

Virgil olha para mim.

— Tem certeza?

Confirmo com a cabeça.

— Você não corria descalça quando estava no santuário com sua mãe?

Sacudo a cabeça. Era uma regra: ninguém saía descalço.

— Não era como um campo de golfe — digo. — Havia montinhos de grama, mato, arbustos. A gente podia tropeçar nos buracos que os elefantes faziam. — Viro o pequeno sapato na mão. — Eu estava lá, naquela noite. E *ainda* não sei o que aconteceu.

Será que eu saí da cama e andei até os recintos dos elefantes? Será que minha mãe estava me procurando?

Eu sou a razão de ela ter desaparecido?

A pesquisa de minha mãe volta ressoante para minha cabeça. *Momentos negativos são lembrados. Momentos traumáticos são esquecidos.*

O rosto de Virgil é indecifrável.

— Seu pai nos disse que você estava dormindo — diz ele.

— Bom, eu não dormia de tênis. Alguém deve ter calçado os tênis em mim e amarrado os cadarços.

— Alguém — Virgil repete.

* * *

A noite passada, eu sonhei com meu pai. Ele se movia devagar pela grama alta perto do lago no recinto do santuário, chamando meu nome. *Jenna! Venha, saia de onde estiver!*

Nós estávamos em segurança aqui, porque as duas elefantas africanas estavam dentro do galpão para examinar os pés. Eu sabia que o pique nesse jogo era a parede maior do galpão. Sabia que meu pai sempre vencia, porque corria mais depressa do que eu. Mas dessa vez eu não ia deixar que ele ganhasse.

Pequena, ele disse, que era o jeito como me chamava. *Eu estou vendo você.*

Eu sabia que ele estava mentindo, porque começou a se *afastar* do meu esconderijo.

Eu havia me enfiado nas margens do lago do jeito que os elefantes faziam quando minha mãe e eu os observávamos brincando, jogando água um no outro com a mangueira de sua tromba ou rolando como lutadores na lama para refrescar a pele quente.

Esperei que meu pai passasse pela grande árvore onde Nevvie e Gideon iam pôr o jantar para os animais: cubos de feno, abóboras e melancias inteiras. O suficiente para alimentar uma pequena família, ou um único elefante. Assim que ele chegou à sombra da árvore, eu subi da beira da água e corri.

Não foi fácil. Minhas roupas estavam cheias de barro; o cabelo descia em uma corda pelas costas. Meus tênis cor-de-rosa tinham sido sugados na lama do lago. Mas eu sabia que ia ganhar e uma risada saiu de minha garganta, como um guincho de hélio saindo pela boca de um balão.

Foi tudo de que meu pai precisava. Ao me ouvir, ele se virou e correu em minha direção, esperando me cortar antes que eu pudesse apoiar as mãos enlameadas na parede de metal ondulado do galpão.

E talvez ele tivesse me alcançado, se Maura não tivesse saído de repente da cobertura das árvores, urrando tão alto que eu fiquei paralisada. Ela balançou a tromba e bateu no rosto de meu pai. Ele caiu, segurando o olho direito, que inchou em questão de segundos. Ela ficou dançando nervosamente entre nós, e meu pai teve que rolar para fora do caminho ou se arriscar a ser esmagado.

— Maura — ele ofegou. — Está tudo bem. Calma, garota...

O elefante barriu outra vez, uma buzina de ar comprimido que deixou meus ouvidos zumbindo.

— Jenna — meu pai disse, com calma —, não se mova. — E, como para si mesmo: — Quem deixou esse elefante sair do galpão?

Comecei a chorar. Eu não sabia se estava apavorada por mim ou por meu pai. Mas, em todas as vezes que minha mãe e eu tínhamos observado Maura, nunca a vi agir com violência.

De repente, a porta do galpão deslizou sobre os trilhos grossos e se abriu e minha mãe estava de pé no enorme espaço. Ela olhou para meu pai, Maura e eu.

— O que você fez para ela? — ela perguntou para meu pai.

— Como assim? Nós estávamos brincando de esconde-esconde.

— Você e o elefante? — Enquanto falava, minha mãe se moveu lentamente entre Maura e meu pai, para ele poder se levantar em segurança.

— Claro que não. Eu e a Jenna. Até que a Maura surgiu do nada e me agrediu. — Ele esfregou o rosto.

— Ela deve ter achado que você estava tentando machucar a Jenna.
— Minha mãe franziu a testa. — Mas que ideia foi essa de brincar de esconde-esconde no recinto da Maura?

— Até onde eu sei, ela devia estar dentro do galpão cuidando dos pés.

— Não, só a Hester.

— Não de acordo com a informação que o Gideon afixou no quadro de avisos...

— A Maura não quis entrar.

— E como eu ia saber disso?

Minha mãe continuou falando baixinho com Maura, até que o animal se afastou pesadamente, ainda mantendo o olhar atento em meu pai.

— Essa elefanta odeia todo mundo a não ser você — ele murmurou.

— Não é verdade. Parece que ela gosta da Jenna. — Maura ressoou uma resposta, aproximando-se da linha das árvores para pastar, e minha mãe me pegou no colo. Ela cheirava a melão, que era o que devia estar dando a Hester no galpão enquanto as almofadas das patas do elefante eram molhadas, raspadas e tratadas contra as rachaduras. — Para alguém que grita comigo por trazer a Jenna para os recintos, você escolheu um lugar bem interessante para brincar.

— Não devia ter nenhum elefante neste... Ah, quer saber? Deixa pra lá. Eu não tenho chance. — Meu pai levou a mão à cabeça e fez uma careta.

— Deixe eu dar uma olhada nisso — minha mãe falou.

— Tenho uma reunião com um investidor daqui a meia hora. Vou explicar para ele como é seguro ter um santuário em uma área povoada. E, agora, vou ter que fazer esse discurso com um olho preto causado por um elefante.

Minha mãe me apoiou em um quadril e tocou o rosto dele, apertando gentilmente. Esses momentos, em que parecíamos uma torta antes de qualquer pedaço ser comido, eram os melhores para mim. Eles quase podiam apagar os outros momentos.

— Poderia ter sido pior — minha mãe disse, recostando-se nele.

Eu pude ver, pude *sentir*, que ele amoleceu. Era o tipo de observação que minha mãe sempre tentava me apontar no campo: uma mudança na postura, o relaxamento dos ombros, que revelava que não havia mais uma parede invisível de medo.

— Ah, é? — meu pai murmurou. — Como assim?

Minha mãe sorriu para ele.

— Poderia ter sido eu a pegar você — ela respondeu.

* * *

Passei os últimos dez minutos sentada em uma maca observando o comportamento de acasalamento do Macho Desgastado e Fundamentalmente Alcoólatra e da Puma Ostensiva e Supersexuada.

Estas são minhas anotações de campo:

O Macho está inquieto, enjaulado. Ele se senta e bate o pé incessantemente, depois levanta e anda de um lado para o outro. Fez um esforço extra ao se arrumar hoje, preparando-se para encontrar a Puma, que entra na sala.

Ela usa um avental branco de laboratório e está com excesso de maquiagem. Cheira como as amostras de perfume nas revistas, tão fortes que dá vontade de jogar a revista longe, mesmo que isso signifique nunca descobrir as "Dez coisas que os homens gostam na cama" ou "O que deixa Jennifer Lawrence louca!". É loira com raízes escuras e alguém precisa lhe dizer que saias justas não são lisonjeiras com seu bumbum.

O Macho faz o primeiro movimento. Ele usa covinhas como arma. Diz *Uau, Lulu, quanto tempo.*

A Puma repele seus avanços. *De quem é a culpa, Victor?*

Eu sei, eu sei. Pode bater em mim quanto quiser.

Uma mudança sutil, mas mensurável, na pressão atmosférica. *Isso é uma promessa?*

Dentes. Muitos deles.

Cuidado. Não comece algo que não possa terminar, diz o Macho.

Não me recordo que isso alguma vez tenha sido um problema para nós. Não é?

De onde estou sentada fazendo minhas observações, eu viro os olhos para cima. Ou esse é o melhor argumento em favor da contracepção desde a mãe que teve óctuplos... ou esse lixo realmente funciona entre homens e mulheres e eu provavelmente não vou ter um namorado até entrar na menopausa.

Os sentidos da Puma são melhores que os do Macho; ela sente meu olhar crítico do outro lado da sala. Toca o ombro do Macho e volta os olhos para mim. *Não sabia que você tinha filhos.*

Filhos? Virgil olha para mim como se eu fosse o inseto que ele esmagou com a sola do sapato. *Ah, ela não é minha. Na verdade, é por causa dela que eu vim aqui.*

Aff, até *eu* sei que essa é a coisa errada a dizer. A boca pintada da Puma se aperta muito. *Ah, certo. Não quero ser um empecilho para você ir direto ao ponto.*

Virgil sorri, superlentamente, e eu quase posso ver a Puma começando a salivar. *Tallulah,* diz ele, *isso é exatamente o que eu queria fazer com você. Mas, entende, tenho que cuidar da cliente primeiro.*

O celular da Puma toca e ela olha para o número no visor.

— Santa Caropita — diz e suspira. — Me dê cinco minutos.

Ela sai da sala de exames batendo a porta e Virgil se senta na mesa de metal ao meu lado, passando a mão pelo rosto.

— Você não tem ideia de quanto está me devendo.

Isso me surpreende.

— Está dizendo que não gosta dela?

— Da Tallulah? Claro que não. Ela era auxiliar do meu dentista, depois largou aquele emprego e virou especialista em DNA. Toda vez que eu a vejo, penso nela raspando a placa dos meus dentes. Prefiro namorar um pepino-do-mar.

— Eles vomitam o próprio estômago quando comem — digo.

Ele pensa por um instante.

— Levei Tallulah para jantar uma vez. Ainda fico com o pepino-do-mar.

— Então por que você está agindo como se quisesse afogar o ganso? Ele arregala os olhos.

— Você *não* disse isso.

— Agasalhar o croquete. — Eu rio. — Molhar o biscoito...

— Qual é o problema com as crianças de hoje? — Virgil murmura.

— Ponha a culpa na minha criação. Tive uma profunda falta de orientação parental.

— E você acha que *eu* sou deplorável porque tomo uns goles de vez em quando.

— Em primeiro lugar, eu acho que você bebe o tempo todo. Segundo, se quiser que eu seja mais específica, o que faz você deplorável é que está brincando com a Tallulah e deixando ela pensar que você está interessado.

— Estou me sacrificando pelo time, caramba — diz Virgil. — Você quer descobrir se sua mãe foi a pessoa que deixou o cabelo no corpo de Nevvie Ruehl? Então temos duas escolhas. Podemos tentar convencer alguém no departamento de polícia a pedir um teste em um laboratório estadual, o que eles não vão fazer porque o caso está encerrado e porque a fila de espera é de mais de um ano... ou podemos tentar fazer o teste em um laboratório particular. — Ele olha para mim. — De graça.

— Uau. Você está *mesmo* se sacrificando pelo time — digo, fingindo uma inocência de olhos arregalados. — Pode cobrar as camisinhas de mim. Já me sinto mal o suficiente sem ter que me preocupar com ela tentando te prender na armadilha da gravidez.

Ele franze a testa.

— Eu não vou dormir com a Tallulah. Não vou nem convidá-la para sair. Só vou deixar ela *pensar* que vou. E, por causa disso, ela vai colher o material da sua boca e acelerar o exame, como um favor.

Olho para ele, impressionada com seu plano. Talvez ele de fato acabe se revelando um investigador particular decente, já que sabe usar a astúcia.

— Diga isto quando ela voltar — instruo. — "Não sou um Jedi, mas vou te mostrar o meu sabre."

Virgil ri.

— Obrigado. Se precisar de ajuda, eu peço.

Quando a porta se abre de novo, Virgil pula da mesa e eu levo as mãos ao rosto e começo a soluçar. Bom, eu finjo, pelo menos.

— Meu Deus — diz a Puma. — O que aconteceu?

Virgil parece tão surpreso quanto ela.

— Que porra é essa? — ele me fala, só movendo os lábios.

Eu soluço mais alto.

— Só quero encontrar a minha m-mãe. — Com os olhos molhados, eu me volto para Tallulah. — Não sei aonde mais eu posso ir.

Virgil entra no personagem e passa o braço sobre meus ombros.

— A mãe dela desapareceu anos atrás. Caso velho. Não temos muito material para trabalhar.

O rosto de Tallulah amolece. Tenho que admitir que isso a faz parecer menos com Boba Fett.

— Coitadinha — diz ela, e volta seu olhar de adoração para Virgil. — E você... está ajudando a menina nessa situação? Existem poucos como você, Vic.

— Precisamos colher uma amostra bucal. Temos um fio de cabelo que pode ou não ser da mãe dela, e eu quero tentar comparar o DNA mitocondrial. Pelo menos, seria um ponto de partida para nós. — Ele levanta os olhos. — Por favor, Lulu. Poderia ajudar um velho... amigo?

— Você não é tão velho — ela ronrona. — E é a única pessoa que eu já deixei me chamar de Lulu. O fio de cabelo está aí?

Ele lhe entrega o saco de papel que tirou da sala das provas.

— Ótimo. Vamos começar a fazer o sequenciamento da criança agora mesmo. — Ela se vira e mexe em um armário, de onde tira um pacote embrulhado em papel. Estou certa de que vai ser uma agulha e isso me aterroriza, porque odeio agulhas, então começo a tremer. Virgil percebe e me olha. *Não exagere*, ele sussurra.

Mas ele logo vê que estou realmente apavorada, porque meus dentes começam a bater. Não consigo desgrudar os olhos dos dedos de Tallulah enquanto ela abre a embalagem esterilizada.

Virgil segura minha mão e aperta forte.

Não lembro qual foi a última vez que segurei a mão de alguém. Da minha avó, talvez, para atravessar a rua, mil anos atrás. Mas aquilo foi dever, não compaixão. Isto é diferente.

Paro de tremer.

— Relaxe — diz Tallulah. — É só um cotonete grandão. — Ela veste um par de luvas e uma máscara e me pede para abrir a boca. — Só vou esfregar isto por dentro da sua bochecha. Não vai doer.

Após uns dez segundos, Tallulah remove o cotonete e o enfia em um pequeno frasco, que ela rotula. Depois, repete todo o processo.

— Quanto tempo? — Virgil pergunta.

— Alguns dias, se eu mover céus e terra.

— Nem sei como te agradecer.

— *Eu* sei. — Ela sobe os dedos pela curva do braço dele. — Estou livre para o almoço.

— O Virgil não está — digo depressa. — Você me disse que tem uma consulta no médico, lembra?

Tallulah aproxima-se dele para sussurrar, mas, infelizmente, eu ouço cada palavra.

— Ainda tenho minha roupa de auxiliar de dentista, se você quiser brincar de médico.

— Se você se atrasar, *Victor* — interrompo —, não vai dar tempo de parar na farmácia e comprar seu Viagra. — Pulo da mesa, agarro o braço de Virgil e o puxo para fora da sala.

Estamos rindo tanto quando fazemos a volta do corredor que acho que podemos desmaiar antes de chegar do lado de fora. No sol, nós nos encostamos na parede de tijolos do Genzymatron Labs, tentando recuperar o fôlego.

— Eu não sei se devo agradecer ou matar você — diz Virgil.

Olho para ele de lado e faço minha voz mais sexy de Tallulah.

— Bom... estou livre para o almoço.

Isso só nos faz rir ainda mais.

E, então, quando paramos de rir, nós dois nos lembramos ao mesmo tempo da razão de estarmos aqui e que nenhum de nós tem de fato motivo nenhum para rir.

— E agora?

— Nós esperamos.

— Por uma semana inteira? Tem que haver mais alguma coisa que possamos fazer.

Virgil me olha.

— Você disse que sua mãe escrevia diários.

— Sim.

— Pode haver algo relevante neles.

— Já li um milhão de vezes — digo. — São pesquisas sobre elefantes.

— Talvez ela tenha mencionado alguma coisa sobre seus colegas de trabalho. Ou algum conflito com eles.

Deslizo pela parede de tijolos e me sento na calçada de cimento.

— Você ainda acha que minha mãe é uma assassina.

Virgil se agacha ao meu lado.

— É meu trabalho ter suspeitas.

— Na verdade — respondo —, esse *era* o seu trabalho. Seu trabalho agora é encontrar uma pessoa desaparecida.

— E depois? — Virgil diz.

Olho de frente para ele.

— Você faria isso? Você a encontraria para mim e depois a levaria embora de novo?

— Olha... — Virgil suspira. — Ainda não é tarde demais. Você pode me demitir e ir embora, e eu juro que vou esquecer sobre sua mãe e os crimes que ela possa ou não ter cometido.

— Você não é mais da polícia — lembro a ele. E isso me faz pensar em como ele estava nervoso na delegacia, como tivemos que nos esgueirar pelos fundos em vez de entrar pela porta da frente e dizer oi para seus colegas. — *Por que* você não é mais da polícia?

Ele sacode a cabeça e, de repente, se fecha completamente.

— Não é da sua conta.

E assim, num piscar de olhos, tudo muda. Parece impossível que estávamos rindo alguns minutos atrás. Ele está a quinze centímetros de mim e é como se estivesse em Marte.

Bem, eu devia ter esperado por isso. Virgil não se importa de fato comigo; ele se importa em resolver o caso. De repente, me sentindo pouco à vontade, eu me levanto e caminho em silêncio para o carro dele. O fato de ter contratado Virgil para descobrir os segredos de minha mãe não me dá a liberdade de querer saber os *dele*.

— Escute, Jenna...

— Eu entendi — interrompo. — Isto é estritamente profissional.

Virgil hesita.

— Está pegando alguma coisa?

— Humm? Não.

— Então eu te pego às oito.

Olho para ele e pisco.

— Sou meio nova para você, seu pervertido.

— Não estou te cantando. Estou te mostrando a cantada que usei com a Tallulah enquanto ela limpava meus dentes quando a convidei para sair. — Virgil faz uma pausa. — Em minha defesa, tenho que dizer que eu estava completamente bêbado.

— Isso é uma defesa?

— Tem algo melhor que eu possa usar como desculpa?

Virgil sorri e, de repente, ele está *de volta*, e o que quer que o tenha incomodado no que eu disse não está mais crepitando entre nós.

— Entendo — respondo, tentando parecer à vontade. — Essa deve ser a pior cantada que já ouvi na vida.

— Vindo de você, isso é realmente significativo.

Olho para Virgil e sorrio.

— Valeu — respondo.

* * *

Admito que minha memória às vezes é confusa. Coisas que eu atribuo a pesadelos podem ter realmente acontecido. Coisas que eu acho que sei com certeza podem mudar com o tempo.

Como o sonho de ontem à noite com meu pai brincando de esconde--esconde, que eu tenho quase certeza de que não foi um sonho, mas realidade.

Ou aquela lembrança que tenho de minha mãe e meu pai conversando sobre animais que formam um casal para a vida toda. Embora seja verdade que eu me lembro de cada uma das palavras, as vozes propriamente não são tão claras.

É minha mãe, definitivamente. E deve ser meu pai.

Só que às vezes, quando vejo seu rosto, não é ele.

ALICE

As avós de Botswana dizem às crianças que, se você quiser ir rápido, vá sozinho. Se quiser ir longe, vá com alguém. Certamente isso é verdade para os aldeões que conheci. Mas talvez você se surpreenda por saber que também é verdade para elefantes.

Elefantes são vistos com frequência fazendo contato com outros em sua manada, esfregando-se em um indivíduo, acariciando com a tromba, pondo a tromba na boca de um amigo depois que esse indivíduo sofre uma experiência estressante. Mas, em Amboseli, os pesquisadores Bates, Lee, Njiraini, Poole e outros decidiram provar cientificamente que os elefantes são capazes de ter empatia. Eles categorizaram momentos em que os elefantes pareciam reconhecer o sofrimento em outro elefante, ou a ameaça a outro elefante, e entraram em ação para mudar isso: trabalhando cooperativamente com outros elefantes, ou protegendo um filhote que não pudesse cuidar de si mesmo; tomando conta do filhote de outra elefanta ou o deixando mamar para se reconfortar; ajudando um elefante que tivesse ficado preso ou caído ou que precisasse que um objeto estranho, como uma lança ou arame de armadilha, fosse removido.

Não tive chance de fazer um estudo da mesma escala dos que foram feitos em Amboseli, mas tenho minhas próprias observações de empatia em elefantes. Havia um macho na reserva que apelidamos de Toco, porque, quando jovem, ele tinha perdido grande parte da tromba em um arame de armadilha montado como um nó corrediço. Ele não conseguia quebrar galhos ou torcer a grama com a tromba como espaguete: cortava-os com as unhas das patas para levá-los à boca. Durante boa parte de sua vida, mesmo quando adolescente, foi alimentado por sua manada. Vi elefantes criarem um verdadeiro plano para fazer um filhote subir a margem íngreme de um leito de rio: uma série de comportamentos coordenados que incluiu alguns dos indivíduos da manada quebrarem a margem para torná-la menos inclinada e outros guiando o bebê para fora da água, e outros ainda ajudando a puxá-lo para fora. Mas você concordaria que existe uma vantagem evolutiva em manter Toco ou aquele filhote vivo.

Só que fica ainda mais interessante quando não há uma vantagem evolutiva no comportamento empático. Quando estava em Pilanesberg, observei uma elefanta passar por um filhote de rinoceronte que estava preso na lama de um local onde os animais bebiam água. Os rinocerontes estavam aflitos e isso, por sua vez, estressou a elefanta, que ficou por ali barrindo e soltando roncos. De alguma maneira, ela conseguiu convencer os rinocerontes de que tinha prática naquilo e fazê-los sair do caminho e deixá-la assumir a situação. Na grande esfera ecológica das coisas, não era benéfico para a elefanta resgatar o bebê rinoceronte. No entanto, ela entrou na lama e levantou o bebê com a tromba, ainda que a mamãe rinoceronte a atacasse cada vez que ela tentava. Ela arriscou a própria vida por um filhote de uma espécie diferente. De maneira semelhante, em Botswana, vi uma matriarca se deparar com uma leoa que estava deitada ao lado de uma trilha de elefantes enquanto seus filhotes brincavam no meio do caminho. Normalmente, se um elefante vê um leão, ele ataca, porque reconhece o animal como uma ameaça. Mas essa matriarca esperou muito pacientemente que a leoa recolhesse seus filhotes e fosse embora com eles. É verdade que os filhotes não eram ameaça para aquele elefante, mas um dia seriam. Naquele momento, no entanto, eram apenas os bebês de uma outra mãe.

No entanto, a empatia tem limites. Embora filhotes de elefante sejam criados por todas as fêmeas da manada, se a mãe biológica morre, seu bebê geralmente morre também. Um filhote órfão que ainda está sendo amamentado não se afasta do corpo caído da mãe. Por fim, a manada terá que tomar uma decisão: ficar com o bebê enlutado e correr o risco de não alimentar seus próprios filhotes nem conseguir água... ou ir embora e considerar a morte certa como um dano colateral. Isso é bastante perturbador de assistir. Testemunhei o que parece uma cerimônia de despedida, quando a manada toca o filhote enquanto solta roncos sofridos. E, então, eles se afastam e o bebê morre de fome.

Uma vez, entretanto, na natureza, vi algo diferente. Encontrei um filhote isolado que tinha sido deixado para trás em um pequeno lago. Não sei as circunstâncias — se a mãe havia morrido ou se o filhote se desorientara e se perdera. De qualquer modo, uma manada não relacionada a ele chegou na mesma hora em que uma hiena se aproximava de outra direção. O filhote era presa fácil para a hiena: desprotegido, suculento. No entanto, a matriarca da manada que passava tinha seu próprio filhote, talvez um pouquinho mais velho. Ela viu a hiena examinando o filhote abandonado e a espantou. O filhote correu para ela e tentou mamar, mas ela o empurrou e continuou sua marcha.

Esse é o comportamento normal. Por uma perspectiva darwiniana, por que ela limitaria os recursos de um filhote de sua própria constituição genética amamentando um bebê que não era seu parente? Embora *existam* registros de adoção em manadas, a maioria das mães não amamenta um filhote órfão; elas têm leite suficiente para sustentar seus próprios filhotes biológicos. Além disso, esse elefante era de outra manada; a matriarca não tinha nenhum vínculo biológico com o filhote órfão.

O bebê, porém, soltou um grito profundamente solitário e desesperado.

A matriarca estava uns bons trinta metros à frente dele nesse ponto. Ela parou, virou e avançou contra o filhote. Foi chocante e aterrorizante, mas aquele bebê se manteve firme.

A matriarca o pegou com a tromba e o enfiou furiosamente entre o cercado de suas enormes pernas, afastando-se com ele junto. Nos cinco anos seguintes, toda vez que eu vi esse filhote, ele continuava sendo parte dessa nova família.

Eu argumentaria que existe uma empatia especial que elefantes têm por mães e filhotes, sejam de sua própria espécie ou de outra. Essa relação parece guardar um significado precioso e um conhecimento doce e doloroso ao mesmo tempo: um elefante parece entender que, quando uma mãe perde um bebê, ela sofre.

SERENITY

Minha mãe, que não queria que eu mostrasse meu Dom, viveu tempo suficiente para ver o mundo me aclamar como uma vidente de sucesso. Eu a levei ao meu set em Los Angeles para conhecer seu astro de novela favorito, da série *Dark Shadows* original, que veio ao meu programa para que eu lhe fizesse uma leitura. Comprei para ela uma casinha perto da minha em Malibu, com espaço suficiente para uma horta e laranjeiras. Levei-a a pré-estreias de filmes, cerimônias de premiação e compras em Rodeo Drive. Joias, carros, férias... Eu podia lhe dar tudo que ela quisesse. Mas não pude prever o câncer que, no fim, a consumiu.

Vi minha mãe definhar aos poucos até morrer. Quando ela se foi, estava pesando trinta e cinco quilos e dava a impressão de que poderia quebrar com um vento forte. Eu tinha perdido meu pai alguns anos antes, mas foi diferente. Eu era a melhor atriz do mundo e enganava bem o público, passando uma imagem de rica, feliz e bem-sucedida, quando, na verdade, sabia que uma peça fundamental de mim tinha partido.

A morte de minha mãe me fez uma médium melhor. Eu agora entendia visceralmente como as pessoas se agarravam a todos os fios que eu lhes lançava, em uma tentativa de costurar o buraco que ficava quando um ser amado era arrancado delas. Em meu camarim no estúdio, eu me olhava no espelho e rezava para minha mãe vir para mim. Tentava convencer Desmond e Lucinda a me mostrarem *alguma coisa*. Eu era médium, droga. Merecia um sinal para saber que, onde quer que estivesse do outro lado, ela estava bem.

Por três anos, recebi mensagens de centenas de espíritos tentando entrar em contato com as pessoas amadas aqui na Terra... mas nem uma única sílaba veio de minha própria mãe.

Então, um dia, entrei em minha Mercedes para voltar para casa, me virei para jogar a bolsa no banco do passageiro e ela caiu no colo de minha mãe.

Meu primeiro pensamento foi: *Estou tendo um* AVC.

Pus a língua para fora. Li certa vez em um e-mail viral que diagnosticar um AVC tem alguma coisa a ver com não conseguir pôr a língua para fora, ou talvez a língua que virava para um lado. Não conseguia me lembrar.

Levei a mão à boca, para checar se estava babando.

— Será que consigo dizer uma frase simples? — falei em voz alta. *Sim, sua tonta*, pensei. *Você acabou de dizer.*

Juro por tudo que é sagrado que eu era uma médium experiente e famosa, mas, quando vi minha mãe sentada ali, tive certeza de que estava morrendo.

Minha mãe só ficou olhando para mim, sorrindo, sem dizer nada.

Insolação, pensei, ainda sem tirar os olhos dela, mas nem estava tão quente.

Então eu pisquei. E ela se foi.

Depois disso, pensei muitas coisas. Que, se eu estivesse dirigindo, provavelmente teria causado um engavetamento de vários carros. Que teria trocado tudo o que tinha para ouvi-la falar mais uma vez.

Que ela não parecia do jeito que estava quando morreu, fraca, frágil como um passarinho. Ela era a mãe de que eu me lembrava de minha infância, a que era forte para me carregar quando eu estava doente e para me repreender quando eu estava enchendo o saco.

Nunca vi minha mãe de novo, embora não tenha sido por falta de tentar. Mas aprendi algo naquele dia. Acredito que vivemos muitas vezes e reencarnamos muitas vezes e que um espírito é o amálgama de todas as vidas em que a alma existiu. Mas, quando um espírito se aproxima de um médium, ele volta com uma personalidade específica, uma forma específica. Antes eu achava que os espíritos se manifestavam de uma determinada maneira para que a pessoa viva pudesse reconhecê-los. Depois que minha mãe veio até mim, porém, percebi que eles voltam da maneira como querem ser lembrados.

Você talvez ouça isso e se sinta cético. E estaria certo por se sentir assim. Os céticos mantêm as bruxas do pântano a distância; pelo menos, era o que eu achava, até me tornar eu mesma uma delas. Se você nunca teve uma experiência pessoal com o paranormal, *deve* questionar o que lhe dizem.

Isto é o que eu teria dito a um cético, se ele tivesse falado comigo no dia em que vi minha mãe no banco do passageiro: ela não estava translúcida ou cintilante ou branca como leite. Ela era tão sólida para mim quanto o cara que pegou o tíquete do estacionamento minutos depois. Era como se eu tivesse feito um Photoshop de uma lembrança de minha mãe aqui e agora, um truque da mecânica, como os vídeos em que Nat King Cole canta com sua filha depois de morto. Não há dúvida quanto a isso: minha mãe era tão real quanto o volante em minhas mãos trêmulas.

Mas a dúvida tem um talento para desabrochar como flores silvestres. Depois que ela pega, é quase impossível extirpá-la. Faz anos que um espírito não vem me ajudar. Se um cético dissesse para mim agora: *Quem você acha que está enganando?*, acho que eu diria: *Não você. E certamente não eu.*

* * *

A menina na assistência técnica que deveria estar lá para me ajudar tem a mesma capacidade de Maria Antonieta para lidar com o público. Ela grunhe enquanto liga meu velho MacBook e passa os dedos pelo teclado. Não me olha de frente.

— Qual é o problema? — pergunta.

Desde o começo? Sou uma médium profissional sem contato com o mundo espiritual; não paguei meus dois últimos aluguéis; fiquei acordada até as três da manhã a noite passada assistindo a uma maratona de *Dance Moms*; e o único jeito de eu conseguir entrar nesta calça hoje foi usando uma calcinha modeladora.

Ah, e meu computador está quebrado.

— Quando eu tento imprimir — digo —, nada acontece.

— Como assim *nada acontece*?

Olho para ela com irritação.

— Geralmente qual é o problema quando as pessoas dizem isso?

— A tela fica escura? Sai alguma coisa da impressora? Aparece uma mensagem de erro? Você registrou *alguma coisa*?

Tenho uma teoria sobre a Geração Y, esses narcisistas de vinte e poucos anos. Eles não querem esperar sua vez. Não querem batalhar por suas conquistas. Eles querem o que querem *agora*. Na verdade, eles têm certeza de que merecem que seja assim. Esses jovens, acredito, são soldados que morreram no Vietnã e reencarnaram. Fazendo as contas, as datas batem. Esses garotos ainda estão muito putos por terem sido mortos em uma guerra em que não acreditavam. Ser grosseiro é apenas outra maneira de dizer: *Meu cu de vinte e cinco anos pra você.*

— Ei, ei, LBJ — digo baixinho o velho grito de protesto contra a guerra. — Quantas crianças você já matou hoje?

Ela não levanta os olhos.

— Faça amor, não faça guerra — acrescento.

A pequena geek me olha como se eu estivesse louca.

— Você tem Tourette?

— Eu sou médium. Eu sei quem você foi na vida passada.

— Ah, Jesus Cristo.

— Não, não foi ele — corrijo.

Se ela tiver morrido no Vietnã na vida passada, a probabilidade é de que tenha sido do sexo masculino. Espíritos não têm gênero. (Na verdade, alguns dos melhores médiuns que já conheci são gays, e acho que é porque eles têm em si aquele equilíbrio entre masculino e feminino. Mas estou saindo do assunto.) Uma vez, tive uma cliente muito famosa, uma cantora de r&b, que havia morrido em um campo de concentração em uma existência anterior. Seu ex atual era o soldado da SS que havia atirado nela naquela vida, e o trabalho dela nesta vida era sobreviver a ele. Infelizmente, nesta existência, ele batia nela toda vez que ficava bêbado, e aposto qualquer coisa que, depois que ela morrer, vai voltar em alguma outra encarnação que cruze com a dele. Isto é a vida humana: um refazer, uma chance para consertar... ou você será trazido de volta para tentar de novo.

A mocinha tecnológica abre um novo menu com alguns toques no teclado.

—Você tem um registro de tarefas de impressão — diz ela, e eu me pergunto se ela vai me julgar por imprimir o resumo de *The Real Housewives of New Jersey* do *Entertainment Weekly*. — Este pode ser o problema. — Ela pressiona alguns botões e, de repente, a tela fica preta. — Humm — ela murmura, franzindo a testa.

Até *eu* sei que não é bom quando sua técnica de computador franze a testa.

De repente, a impressora da loja, em uma mesa ao nosso lado, faz um ruído. Ela começa a cuspir páginas a uma velocidade vertiginosa, cobertas de cima a baixo com a letra X. Os papéis se amontoam e se esparramam pelo chão. Eu corro para pegá-los. Passo os olhos pelas páginas, mas são só coisas sem sentido, ininteligíveis. Conto dez páginas, vinte, cinquenta.

O supervisor da garota se aproxima, enquanto ela tenta furiosamente fazer meu computador parar de imprimir.

— O que aconteceu?

Uma das páginas voa direto da saída da impressora para minhas mãos. A impressão no papel é igual à dos outros, exceto por um pequeno retângulo no centro, onde os X dão lugar a corações.

A menina parece a ponto de chorar.

— Eu não sei como consertar isso.

No meio da fila de corações está a única palavra reconhecível na página: JENNA.

Puta merda.

— *Eu sei* — digo.

* * *

Não há nada mais frustrante do que receber um sinal e não saber para qual caminho ele aponta. É assim que me sinto quando vou para casa, me abro para o universo e sou servida com um prato quente fumegante de Nada. No passado, Desmond ou Lucinda ou ambos os meus guias espirituais teriam me ajudado a interpretar como o nome daquela criança interferindo em meu computador está conectado ao mundo espiritual. Experiências paranormais são apenas energia se manifestando de alguma maneira: uma lanterna acendendo quando você não apertou o botão; uma visão durante uma tempestade de raios; o celular tocando sem haver ninguém do outro lado da linha. Uma onda de energia pulsou pelas redes para me mandar uma mensagem: só não sei dizer quem a enviou.

Não estou muito animada para entrar em contato com Jenna, porque tenho certeza de que ela não me perdoou por tê-la largado na frente da delegacia. Mas não posso negar que há alguma coisa naquela menina que me faz sentir mais genuinamente mediúnica do que nos últimos sete anos. E se Desmond e Lucinda tiverem me enviado isso como um teste, para ver como eu reajo, antes de se comprometerem a ser meus guias espirituais outra vez?

Seja como for, não posso me arriscar a irritar seja lá quem tenha me mandado esse sinal, caso todo o meu futuro venha a depender disso.

Felizmente, tenho as informações de contato de Jenna. Sabe aquele caderno que peço para os clientes preencherem quando vêm fazer uma leitura? Eu digo a eles que é para o caso de um espírito vir até mim com uma mensagem urgente, mas, na verdade, é para eu convidá-los para curtir minha página no Facebook.

Ligo para o número de celular que ela escreveu.

— Se isso for algum tipo de pesquisa de satisfação dos clientes, sendo 1 para lixo total e 5 para o Ritz-Carlton das experiências psíquicas, eu te daria um 2, mas só porque você conseguiu encontrar a carteira da minha mãe. Sem isso, é -4. Que tipo de pessoa abandona uma menina de treze anos sozinha na frente de uma delegacia?

— Sinceramente, se você pensar bem — digo —, não tem lugar *melhor* para deixar uma menina de treze anos. Se bem que você não é exatamente uma menina de treze anos padrão, né?

— Adulação não vai adiantar nada — diz Jenna. — O que você quer, afinal?

— Alguém do outro lado parece pensar que eu ainda não terminei de ajudar você.

Ela fica quieta por um segundo, assimilando as palavras.

— Quem?

— Bem — admito. — Essa parte é um pouco nebulosa.

— Você mentiu para mim — Jenna acusa. — Minha mãe está morta?

— Eu não menti para você. Não sei se é sua mãe. Não sei nem se é uma mulher. Eu só sinto que devo entrar em contato com você.

— Sente como?

Eu poderia contar a ela sobre a impressora, mas não quero assustá-la.

— Quando um espírito quer falar, é como um soluço. Não dá para *não* soluçar, mesmo que você tente. Você pode se livrar dos soluços, mas isso não impede que eles aconteçam. Dá para entender? — O que eu não conto a ela é que costumava receber essas mensagens com tanta frequência que fiquei enjoada. Entediada. Não sabia por que as pessoas faziam tanto alvoroço com isso; era só uma parte de mim, do mesmo jeito que eu tinha cabelo cor-de-rosa e todos os dentes do siso. Mas essa é a atitude que se tem quando não se sabe que, a qualquer momento, aquilo pode ser perdido. Eu seria capaz de matar por esses soluços mediúnicos agora.

— Está bem — diz Jenna. — O que nós fazemos, então?

— Eu não sei. Estava pensando que nós duas talvez devêssemos voltar ao lugar onde encontramos a carteira.

— Você acha que existem mais indícios?

De repente, no fundo, ouço outra voz. Uma voz masculina.

— Indícios? — ele repete. — Quem está no telefone?

— Serenity — Jenna me diz —, tem uma pessoa que eu acho que você precisa conhecer.

* * *

Posso ter perdido minha mágica, mas isso não me impede de enxergar, em uma única olhada, que Virgil Stanhope vai ser tão útil para Jenna quanto portas de tela em um submarino. Ele é desatento e debochado, como um ex-astro do futebol colegial que passou os últimos vinte anos guardando seus órgãos em conserva.

— Serenity — Jenna diz. — Este é Virgil. Ele era o detetive responsável no dia em que minha mãe desapareceu.

Ele olha para minha mão estendida e a aperta mecanicamente.

— Jenna — diz ele —, para com isso. É perda de tempo...

— Vou tentar por todos os caminhos — ela insiste.

Eu me planto diretamente na frente de Virgil.

— Sr. Stanhope, na minha carreira, fui chamada para dezenas de cenas de crimes. Estive em lugares em que precisei usar botas porque havia tecido cerebral no chão. Fui a casas em que crianças haviam sido raptadas e conduzi policiais para bosques em que elas foram encontradas.

Ele levanta uma sobrancelha.

— Já testemunhou em um tribunal?

Minhas faces enrubescem.

— Não.

— *Grande* surpresa.

Jenna entra na frente dele.

— Se vocês dois não conseguirem brincar juntos, vão ficar de castigo — diz ela, e se vira para mim. — Então, qual é o plano?

Plano? Não tenho um plano. Só espero, se andar por este terreno por tempo suficiente, acabar tendo uma centelha de reconhecimento. Minha primeira em sete anos.

De repente, um homem passa com um celular.

— Vocês estão vendo ele? — sussurro.

Jenna e Virgil se entreolham, depois olham para mim.

— Sim.

— Ah. — Observo o cara pegar seu carro Honda e ir embora, ainda falando no celular. Estou um pouco decepcionada por descobrir que ele é uma pessoa viva. Em um saguão de hotel lotado, eu costumava ver talvez cinquenta pessoas, e metade delas seriam espíritos. Elas não estavam arrastando correntes ou segurando a cabeça cortada, mas conversando no celular, ou tentando chamar um táxi, ou pegando uma bala no jarro na frente do restaurante. Coisas comuns.

Virgil vira os olhos e Jenna lhe dá uma cotovelada na barriga.

—Tem espíritos aqui agora? — ela pergunta.

Olho em volta, como se ainda pudesse vê-los.

—Provavelmente. Eles podem se ligar a pessoas, lugares, objetos. E também podem se mover pelos espaços. Andam livres.

—Como galinhas — diz Virgil. —Você não acha estranho que, com todos os homicídios que eu vi como policial, nunca tenha visto um fantasma andando em volta de um corpo morto?

—Nem um pouco — respondo. — Por que eles iam querer se revelar para uma pessoa que luta com tanto empenho para não vê-los? Seria como ir a um bar gay quando se é hétero e ter a esperança de se dar bem.

—O quê? Eu não sou gay.

—Eu não disse... Ah, esquece.

Apesar de esse homem ser um Neandertal, Jenna parece fascinada.

—Então vamos dizer que tenha um fantasma ligado a mim. Ele ia ficar me vendo enquanto eu tomo banho?

—Duvido. Eles já foram vivos. Eles sabem o que é privacidade.

—Então qual é a graça de ser um fantasma? —Virgil diz, baixinho.

Pulamos a corrente do portão e avançamos, em um acordo tácito, para dentro do santuário.

—Eu não disse que tinha graça. A maioria dos fantasmas que eu encontrei não era muito feliz. Eles sentem que deixaram alguma coisa inacabada. Ou estiveram tão ocupados espiando por buracos de fechadura na última vida que precisam dar uma melhorada antes de se mover para o que vem depois.

—Você está me dizendo que o voyeur que eu prendi no banheiro do posto de gasolina desenvolve automaticamente uma consciência na outra vida? Parece meio conveniente.

Dou uma olhada para ele atrás de mim.

—Às vezes existe um conflito entre corpo e alma. Isso tem a ver com o livre-arbítrio. Esse cara que você prendeu provavelmente não veio para a Terra para espiar pessoas em um banheiro de posto de gasolina, mas, de alguma maneira, o ego, ou narcisismo, ou outra porcaria qualquer aconteceu enquanto ele estava aqui. Então, mesmo que a alma dele pudesse dizer para *não* olhar por aquele buraco, o corpo dizia: *Que pena pra você.* — Abro caminho por um trecho de grama alta, desenroscando um talo que ficou preso na franja de meu poncho. — É assim com os viciados em drogas também. Ou os alcoólatras.

Virgil se vira abruptamente.

— Eu vou por aqui.

— Na verdade — digo, apontando na direção oposta —, tenho a sensação de que nós deveríamos ir por *aqui*. — Não estou de fato tendo sensação nenhuma. É que Virgil parece um imbecil tão grande que, se ele disser *preto*, estou decidida a dizer *branco* na mesma hora. Ele já me julgou e enforcou, o que me leva a acreditar que ele sabe exatamente quem eu sou e se lembra do filho do senador McCoy. Se eu não estivesse tão completamente convencida de que há uma razão para que eu precise estar com Jenna neste momento, iria voltar pelo meio desse mato, pegar o carro e ir embora.

— Serenity? — Jenna pergunta, porque ela teve o bom senso de me seguir. — O que você disse sobre o corpo e a alma lá atrás... isso é verdade para todo mundo que faz coisas ruins?

Olho para Jenna.

— Algo me diz que essa não é uma pergunta filosófica.

— O Virgil acha que a razão de minha mãe ter desaparecido é que foi ela que matou a tratadora no santuário.

— Eu achei que tivesse sido um acidente.

— Foi o que a polícia disse na época. Mas acho que algumas perguntas ficaram sem resposta para o Virgil. E minha mãe sumiu antes de ele ter a chance de perguntar a ela. — Jenna sacode a cabeça. — O laudo médico disse que a causa da morte foi trauma contundente por pisoteamento, mas... e se tiver sido trauma contundente causado por uma pessoa? E então o elefante pisou no corpo depois que ela já estava morta? Dá para saber a diferença?

Eu não sei; essa é uma pergunta para Virgil, se nós nos encontrarmos outra vez por aqui. Mas não é surpresa para mim que uma mulher que amava tanto os elefantes como a mãe de Jenna pudesse ter um de seus animais tentando lhe dar cobertura. Sabe aquela Ponte de Arco-Íris de que as pessoas que amam seus bichinhos de estimação sempre falam? Ela existe. Ouvi algumas vezes pessoas que atravessaram contarem que quem estava esperando por elas do outro lado não era uma pessoa, mas um cachorro, um cavalo ou mesmo uma tarântula de estimação.

Supondo que a morte da tratadora neste santuário não tenha sido um acidente — que Alice talvez ainda esteja viva e em fuga —, isso explicaria por que eu não tive a sensação clara de ela ser um espírito tentando fazer contato com a filha. Por outro lado, essa não foi a *única* razão.

—Você ainda quer encontrar sua mãe mesmo se for para descobrir que ela cometeu um homicídio?

— Quero. Porque, pelo menos, eu saberia que ela ainda está viva. — Jenna se senta na grama, que chega quase ao alto de sua cabeça. —Você falou que me diria se soubesse que ela morreu. E você ainda não me disse isso.

— Bom, com certeza ainda não ouvi nada do espírito dela — concordo. Não esclareço que a razão disso pode não ser o fato de ela estar viva, mas de eu ser uma fraude.

Jenna começa a puxar tufos de grama e deixá-los cair sobre os joelhos nus.

—Você se chateia? — ela pergunta. — Com pessoas como o Virgil achando que você é louca?

—Já fui chamada de coisas piores. Além disso, nenhum de nós vai saber quem está certo até estarmos mortos.

Ela reflete sobre isso.

— Eu tenho um professor de matemática, o sr. Allen. Ele disse que, quando você é um ponto, só vê o ponto. Quando você é uma linha, só vê a linha e o ponto. Quando você existe em três dimensões, você vê três dimensões e linhas e pontos. Só porque não conseguimos ver uma quarta dimensão, isso não significa que ela não exista. Só significa que ainda não chegamos nela.

—Você é bem inteligente para a sua idade, menina — digo.

Jenna abaixa a cabeça.

— Esses fantasmas que você encontrava antes. Por quanto tempo eles ficavam por aqui?

— Isso varia. Quando eles conseguem fazer seu fechamento neste mundo, geralmente seguem em frente.

Eu sei o que ela está perguntando e por quê. É o único mito sobre a vida após a morte que eu detesto desfazer. As pessoas sempre pensam que vão se reunir com os entes queridos para a eternidade depois que morrerem. Mas tenho que lhe dizer: não funciona assim. A vida depois da morte não é simplesmente uma continuação desta. Você e seu amado marido morto não retomam de onde pararam, fazendo palavras cruzadas na mesa da cozinha ou discutindo sobre quem acabou com o leite. Talvez, em alguns casos, isso seja possível. Com mais frequência, seu marido já vai ter seguido em frente, avançando para um nível diferente de alma. Ou talvez você seja a mais espiritualmente evoluída e o ultrapasse enquanto ele ainda está procurando um jeito de deixar esta vida para trás.

Quando meus clientes me procuravam, tudo o que queriam ouvir do ente querido que morrera era: *Vou estar esperando quando você chegar aqui.*

Nove vezes em dez, o que eles ouviam de fato era: *Você nunca mais vai me ver.*

A menina parece abatida, pequena.

— Jenna — minto —, se a sua mãe estivesse morta, eu saberia.

Eu achava que ia para o inferno por estar ganhando a vida enganando clientes que achavam que eu ainda tinha o Dom. Mas hoje, claramente, estou garantindo uma cadeira na primeira fila do show de Lúcifer por fazer essa criança acreditar em mim quando nem eu mesma acredito.

— E aí, vocês duas já acabaram o piquenique, ou é para eu continuar andando por aqui procurando uma agulha num palheiro? Não, corrigindo — diz Virgil. — Uma agulha não. Uma agulha é *útil*.

Ele está de pé sobre nós com as mãos nos quadris, de cara feia.

Talvez minha função não seja estar aqui apenas por Jenna. Talvez seja estar aqui por Virgil Stanhope também.

Eu me levanto e tento afastar o tsunami de negatividade que flui dele.

— Talvez, se você se abrisse para a possibilidade, encontrasse algo inesperado.

— Obrigado, Gandhi, mas eu prefiro trabalhar com fatos legítimos, não com essa besteirada mística.

— Essa besteirada mística me deu três Emmys — rebato. — E você não acha que *todos* nós temos alguma mediunidade? Você nunca pensou em um amigo que não via há séculos e de repente ele telefona do nada?

— Não — Virgil responde curtamente.

— Claro. Você não *tem* amigos. E quando está dirigindo por uma rua com o GPS e pensa *Vou virar à esquerda*, e é exatamente isso que o GPS manda você fazer em seguida?

Ele ri.

— Então ser vidente é uma questão de probabilidade. Você tem cinquenta por cento de chance de acertar.

— Nunca ouviu uma voz interior? Nunca teve uma reação instintiva? Intuição?

Virgil sorri.

— Quer adivinhar o que a minha intuição está me dizendo neste instante?

Levanto as mãos.

— Eu desisto — digo para Jenna. — Não sei por que você achou que eu seria a pessoa certa para...

— Eu reconheço isto. — Virgil começa a avançar pela grama alta com determinação, e eu e Jenna o seguimos. — Havia uma árvore muito grande aqui, mas estão vendo que ela foi rachada por um raio? E tem um lago ali — ele diz, indicando com um gesto. Ele tenta se orientar girando algumas vezes, antes de caminhar uns cem metros para o norte. Então, se move em círculos concêntricos cada vez mais amplos, pisando com cuidado até que o chão cede sob o sapato. Triunfante, Virgil se abaixa e começa a afastar galhos caídos e musgo esponjoso, revelando um buraco fundo. — Foi aqui que nós encontramos o corpo.

— Que foi *pisoteado* — Jenna o lembra depressa.

Dou um passo para trás, para não me intrometer naquele drama pessoal, e é quando vejo alguma coisa piscando para mim, meio enterrada no monte de musgo que Virgil havia deslocado. Eu me inclino e puxo uma correntinha, com o fecho intacto e um pequeno pingente ainda pendurado: um seixo, polido até ficar brilhante.

Outro sinal. *Estou ouvindo você*, penso, para quem quer que seja atrás daquela parede de silêncio, e deixo o colar se amontoar no vale da palma da minha mão.

— Vejam isto. Será que era da vítima?

O rosto de Jenna perde a cor.

— Era da minha mãe. E ela nunca, nunca o tirava.

* * *

Quando eu encontro um descrente — e, meu bem, posso dizer que eles parecem ser atraídos para mim como abelhas para o néctar —, falo de Thomas Edison. Não há uma pessoa neste planeta que não diria que ele é a epítome de um cientista; que sua mente matemática lhe permitiu criar o fonógrafo, a lâmpada elétrica, a câmera e o projetor de cinema. Sabemos que ele era um livre pensador que dizia não existir um ser supremo. Sabemos que ele registrou 1.093 patentes. Também sabemos que, antes de morrer, ele estava no processo de inventar uma máquina para falar com os mortos.

O ápice da Revolução Industrial foi também o ápice do movimento espiritualista. O fato de Edison ser um entusiasta das revoluções mecânicas no mundo físico não significa que ele não se sentisse igualmen te atraído pelo metafísico. Se os médiuns podiam fazer isso em sessões, ele raciocinou, com certeza uma máquina calibrada com muita precisão poderia se comunicar com os que estão do outro lado.

Ele não falou muito sobre essa invenção pretendida. Talvez tivesse medo de que sua ideia fosse roubada; talvez ainda não tivesse pensado em um projeto específico. Ele disse à revista *Scientific American* que a máquina teria "a natureza de uma válvula", o que significa que, com um mínimo esforço do outro lado, algum fio poderia ser puxado, algum sino poderia ser tocado, alguma prova poderia ser obtida.

Posso afirmar a você que Edison acreditava na vida após a morte? Bem, embora ele tenha sido citado dizendo que a vida não era destrutível, nunca voltou para me dizer isso pessoalmente.

Posso afirmar a você que ele não estava só tentando desmascarar o espiritualismo? Não, não posso.

Mas é igualmente possível que ele quisesse aplicar o cérebro de um cientista a um campo que era difícil de quantificar. É igualmente possível que ele estivesse tentando justificar o que eu antes fazia como meio de vida, dando evidências frias e objetivas.

Sei também que Edison acreditava que o momento entre o sono e a vigília era um véu e que era nesse momento que estávamos mais conectados com nosso eu mais elevado. Ele colocava formas de torta no chão ao lado de cada braço de sua poltrona. Com uma grande bola de metal em cada mão, cochilava, até o metal cair e colidir com o outro metal. Então anotava o que estava vendo, pensando ou imaginando naquele exato instante. Ele se tornou bastante perito em se manter nesse estado intermediário.

Talvez estivesse tentando canalizar sua criatividade. Ou talvez estivesse tentando canalizar... bem... espíritos.

Depois da morte de Edison, não foi encontrado nenhum papel ou protótipo que sugerisse que ele havia começado a trabalhar em sua máquina para falar com os mortos. Imagino que isso signifique que as pessoas responsáveis por seu espólio tenham ficado constrangidas com as suas inclinações espiritualistas, ou que não quiseram que essa fosse a lembrança deixada por um grande cientista.

Para mim parece, no entanto, que Thomas Edison riu por último. Porque, em sua casa em Fort Myers, na Flórida, há uma estátua dele em tamanho real no estacionamento. E, na mão, ele está segurando aquela bola de metal.

* * *

Estou tendo a sensação de uma presença masculina.

Embora, para ser bem sincera, talvez seja apenas uma dor de cabeça de sinusite chegando.

— Claro que você está sentindo um cara — diz Virgil, amassando o papel-alumínio que alojara seu chili dog. Nunca vi um ser humano comer do jeito que esse homem come. Os termos que me vêm à mente são *lula gigante* e *aspirador*. — Quem mais daria um colar para uma gata?

— Você é sempre assim grosseiro?

Ele pega uma batata frita minha.

— Estou abrindo uma exceção especial para você.

— Ainda está com fome? — pergunto. — Que tal um belo prato de *Eu não disse?*

Virgil franze a testa.

— Por quê? Porque você tropeçou em uma bijuteria?

— E o que *você* encontrou? — O rapaz com acne que nos serviu os cachorros-quentes no trailer de metal ondulado observa nossa conversa. — O que foi? — digo a ele com irritação. — Nunca viu ninguém discutindo?

— Ele provavelmente nunca viu alguém de cabelo cor-de-rosa — Virgil murmura.

— Pelo menos eu ainda *tenho* cabelo — eu o lembro.

Pelo menos isso o atinge onde dói. Ele passa a mão pelo cabelo cortado quase rente.

— Este corte é da hora — diz ele.

— Continue dizendo isso para si mesmo. — Com o canto do olho, percebo o vendedor adolescente atento a nós outra vez. Parte de mim quer acreditar que ele está atraído pelo espetáculo do Aspirador Humano limpando o resto do meu almoço, mas há um pensamento perturbador em minha cabeça de que talvez ele me reconheça como a celebridade que já fui. — Você não tem tubos de ketchup para encher? — falo, e ele vai para dentro.

Estamos sentados ao ar livre em um parque, comendo os cachorros-quentes que eu comprei depois que Virgil percebeu que não tinha nem um centavo.

— Foi o meu pai — começa Jenna, com a boca cheia de seu tofu dog. Ela está usando o colar agora, sobre a camiseta. — Foi ele que deu para a minha mãe. Eu estava lá. Eu lembro.

— Que beleza. Você se lembra da sua mãe ganhando uma pedra em uma corrente, mas não do que aconteceu na noite em que ela desapareceu — diz Virgil.

— Tente segurá-lo, Jenna — sugiro. — Quando eu era chamada em casos de sequestro, o jeito de conseguir minhas pistas era tocar algo que havia pertencido à criança desaparecida.

— Está falando como uma cadela — diz Virgil.

— O que você disse?

Ele levanta os olhos, todo inocência.

— A fêmea do cachorro, certo? Não é assim que os cães seguem os rastros?

Eu o ignoro e observo Jenna enrolar os dedos no colar e fechar os olhos.

— Nada — ela fala depois de um momento.

— Vai vir — prometo. — Quando você menos esperar. Você tem uma habilidade natural, eu percebo isso. Aposto que vai se lembrar de alguma coisa importante quando estiver escovando os dentes esta noite.

Isso não é necessariamente verdade, claro. Estou esperando há anos e continuo tão seca quanto um bar em Salt Lake City.

— Ela não é a única que precisa de uma sacudida na memória — diz Virgil, pensando em voz alta. — Talvez o cara que deu isso para Alice possa nos dizer alguma coisa.

Jenna levanta a cabeça para ele.

— Meu pai? Metade do tempo ele não consegue lembrar nem o *meu* nome.

Dou um tapinha no braço dela.

— Não precisa ficar constrangida por causa dos pecados dos pais. Meu pai era drag queen.

— E qual é o problema disso? — Jenna pergunta.

— Nenhum. Mas acontece que ele era uma drag queen muito *ruim*.

— Bom, meu pai está em uma clínica para doentes mentais — diz Jenna.

Olho para Virgil sobre a cabeça dela.

— Ah.

— Até onde eu sei — continua Virgil —, ninguém voltou lá para falar com o seu pai depois que a sua mãe desapareceu. Talvez valha a pena tentar.

Já fiz leituras a frio suficientes para saber quando uma pessoa não está sendo transparente. E, neste momento, Virgil Stanhope está mentindo como um louco. Não sei qual é o jogo dele, ou o que ele espera tirar de Thomas Metcalf, mas não vou deixar Jenna ir sozinha com ele.

Mesmo eu tendo jurado que nunca mais entraria em uma instituição psiquiátrica.

Depois do caso com o senador, tive uma sequência de dias sinistros. Foi muita vodca envolvida e alguns medicamentos controlados. Minha gerente na época foi quem sugeriu que eu tirasse umas férias, e por *férias* ela se referia a uma pequena estadia em uma ala psiquiátrica. Era perfeitamente discreto, o tipo de lugar aonde celebridades vão para *renovar as energias*, o que é a linguagem de Hollywood para *fazer uma lavagem estomacal, desintoxicar* ou *passar por uma terapia de choque*. Fiquei lá trinta dias, tempo suficiente para saber que nunca me permitiria cair tanto outra vez se isso significasse ter que voltar para lá.

Minha colega de quarto era uma garotinha bonita, filha de uma artista de hip-hop famosa. Gita tinha raspado todo o cabelo e feito uma linha de piercings na curvatura da coluna, ligados por uma corrente fina de platina, que me fazia pensar em como ela conseguia dormir de costas. Falava com uma gangue invisível que era completamente real para ela. Quando uma dessas pessoas imaginárias aparentemente veio atrás dela com uma faca, ela correu para o meio da rua e foi atropelada por um táxi. Foi diagnosticada com esquizofrenia paranoide. Na época em que convivemos, ela acreditava que estava sendo controlada por alienígenas por meio de telefones celulares. Toda vez que alguém tentava enviar uma mensagem de texto, Gita ficava histérica.

Uma noite, Gita começou a balançar para a frente e para trás na cama, dizendo: "Um raio vai me acertar. Um raio vai me acertar".

Era uma noite clara de verão, veja bem, mas ela não parava. Continuou desse jeito e, uma hora mais tarde, quando uma tempestade chegou à área, ela começou a gritar e arranhar a própria pele. Uma enfermeira veio e tentou acalmá-la. "Minha querida", ela disse, "os trovões e raios estão lá fora. Você está segura aqui dentro."

Gita se virou para ela e, naquele único momento, eu vi apenas clareza em seus olhos. "Você não sabe de nada", ela sussurrou.

Houve um trovão forte e, de repente, a janela se estilhaçou. Um brilho de neon entrou oscilante, queimou o tapete e abriu um buraco do tamanho de um pulso no colchão do lado de Gita, que começou a balançar mais forte. "Eu falei que um raio ia me acertar", disse ela. "Eu falei que um raio ia me acertar."

Conto essa história como uma explicação. As pessoas que definimos como loucas podem ser mais sãs que você e eu.

— Meu pai não vai ajudar — Jenna insiste. — Nós nem devíamos ter esse trabalho.

Uma vez mais, minhas habilidades de leitura a frio brilham com força. O jeito como ela leva os olhos para a esquerda, o jeito como agora está roendo a unha... Jenna está mentindo também. Por quê?

— Jenna — peço —, você pode ir até o carro ver se eu deixei meus óculos de sol lá?

Ela se levanta, mais que feliz por escapar dessa conversa.

— Muito bem. — Espero até Virgil olhar para mim. — Não sei qual é a sua, mas não confio em você.

— Excelente. Então nós dois sentimos a mesma coisa um pelo outro.

— O que você está escondendo dela?

Ele hesita, decidindo se deve ou não confiar em mim, tenho certeza.

— Na noite em que a tratadora foi encontrada morta, Thomas Metcalf estava nervoso. Inquieto. Pode ter sido porque a esposa e a filha estavam desaparecidas na ocasião. E pode ter sido porque ele já estava apresentando sinais de um colapso nervoso. Mas também pode ter sido por peso na consciência.

Eu me recosto e cruzo os braços.

— Você acha que Thomas é suspeito. Acha que Alice é suspeita. Parece que acha que todos têm culpa, exceto você mesmo, por ter dito, antes de mais nada, que a morte foi acidental.

Virgil me encara.

— Eu acho que Thomas Metcalf talvez estivesse maltratando a esposa.

— Essa é uma razão bem boa para fugir — digo, pensando em voz alta. — Então você quer se encontrar com ele e tentar conseguir alguma reação.

Quando Virgil encolhe os ombros, sei que estou certa.

— Chegou a pensar no que isso poderia fazer com a Jenna? Ela já acha que a mãe a abandonou. Você vai tirar os óculos de lentes cor-de-rosa dela e mostrar que o pai é um canalha também?

Ele se agita na cadeira.

— Ela devia ter pensado nisso antes de me contratar.

— Você é mesmo um imbecil.

— É para isso que me pagam.

— Então, para todos os efeitos, você devia estar em uma faixa mais alta no imposto de renda. — Aperto os olhos. — Nós dois sabemos que você não vai ficar rico com este caso. O que quer ganhar com ele?

— A verdade.

— Para Jenna? — pergunto. — Ou para você, porque foi muito preguiçoso para encontrá-la dez anos atrás?

Um músculo se contrai no queixo dele. Por um segundo, acho que ultrapassei os limites, que ele vai se levantar e ir embora com raiva. Mas, antes que ele possa fazer isso, Jenna reaparece.

— Não achei seus óculos de sol — diz ela. Ainda está segurando a pedra do colar em seu pescoço.

Eu sei que alguns neurologistas acham que crianças autistas têm sinapses cerebrais tão próximas e disparando em uma sucessão tão rápida que causam hiperconsciência; que uma das razões de crianças no espectro autista se balançarem ou usarem comportamentos de autoestimulação é ajudá-las a focar, em vez de ter todas as sensações bombardeadas contra elas ao mesmo tempo. Acho que a clarividência não é tão diferente. É bem provável que a doença mental também não seja. Perguntei a Gita uma vez sobre seus amigos imaginários. "Imaginários?", ela repetiu, como se eu fosse a louca por não vê-los. E aqui está a pegadinha: eu entendi o que ela estava falando porque *sabia* o que era. Se vir alguém conversando com uma pessoa que você não enxerga, ela pode ser uma esquizofrênica paranoide. Mas também pode ser uma médium. O fato de *você* não poder ver o outro participante da conversa não significa que ela não esteja realmente acontecendo.

Essa é a outra razão de eu não ter vontade de visitar Thomas Metcalf em uma clínica psiquiátrica: eu posso dar de cara com pessoas que não conseguem controlar um dom natural que eu mataria para ter de novo.

— Você sabe como chegar à clínica? — Virgil pergunta.

— Sério — diz Jenna —, não é uma ideia muito boa visitar meu pai. Ele nem sempre reage bem a pessoas que não conhece.

— Eu achei que você tinha dito que ele não reconhece nem *você* às vezes. Então por que nós não poderíamos ser apenas velhos amigos que ele esqueceu?

Vejo Jenna tentando entender a lógica de Virgil, decidindo se deveria proteger seu pai ou tentar se aproveitar de suas defesas frágeis.

— Ele está certo — digo.

Virgil e Jenna ficam surpresos com minha declaração.

— Você *concorda* com ele? — Jenna pergunta.

Confirmo com a cabeça.

— Se seu pai tiver alguma coisa a dizer sobre a razão de sua mãe ter ido embora naquela noite, isso pode nos apontar na direção certa.

— Fica a seu critério — diz Virgil, como se para ele fosse indiferente.

Depois de um longo momento, Jenna responde.

— A verdade é que ele só fala da minha mãe. De como eles se conheceram. Como ela era. De quando ele decidiu que queria casar com ela. — Ela morde o lábio inferior. — A razão de eu não querer que a gente vá à clínica é que eu não quero compartilhar isso com vocês. Com *ninguém*. É tipo a única conexão que eu tenho com meu pai. Ele é a única pessoa que sente tanta falta dela quanto eu.

Quando o universo chama, você não o deixa esperando. Há uma razão para eu ficar sempre voltando para essa menina. Ou é por sua atração gravitacional ou porque ela é um dreno pelo qual vou ser sugada.

Ofereço o meu sorriso mais brilhante.

— Minha querida — digo —, eu adoro uma boa história de amor.

ALICE

A matriarca morreu.

Era Mmaabo, que tinha ficado na traseira de sua manada ontem, seus movimentos difíceis e instáveis, antes de cair sobre os joelhos da frente e tombar em seguida. Eu tinha estado observando por trinta e seis horas seguidas. Notei como a manada de Mmaabo, na verdade sua filha Onalenna, que era sua companheira mais próxima, tentou levantar a mãe com as presas e conseguiu fazê-la ficar de pé, antes de Mmaabo tornar a cair para não se erguer mais. Vi como a tromba dela se estendera para Onalenna uma última vez para depois se desenrolar no chão como uma fita. Como Onalenna e os outros da manada fizeram sons de sofrimento, tentaram animar sua líder com as presas e o corpo, puxando e empurrando o corpo de Mmaabo.

Depois de seis horas, a manada deixou o corpo. Mas, quase imediatamente, outro elefante se aproximou. Eu achei que fosse um membro retardatário da manada de Mmaabo, mas reconheci o triângulo entalhado na orelha esquerda e os pés malhados de Sethunya, a matriarca de outra manada menor. Sethunya e Mmaabo não eram parentes, mas, quando Sethunya se aproximou, também ficou mais quieta, com movimentos mais suaves. Sua cabeça se inclinou, as orelhas baixaram. Ela tocou o corpo de Mmaabo com a tromba. Levantou a pata traseira esquerda e a manteve acima do corpo de Mmaabo. Depois, passou por cima de Mmaabo, deixando o elefante caído entre suas pernas dianteiras e traseiras. Ela começou a balançar de um lado para outro. Cronometrei seis minutos. Era como uma dança, embora não houvesse música. Um hino fúnebre silencioso.

O que significava? Por que um elefante não relacionado a Mmaabo era tão profundamente afetado por sua morte?

Isso foi dois meses depois da morte de Kenosi, o jovem macho que fora pego na armadilha, dois meses depois que eu defini o foco de meu trabalho de pós-doutorado. Enquanto outros colegas na reserva estudavam os padrões de migração dos elefantes do Tuli Block e como eles afetavam o ecossistema, ou os efeitos da seca sobre a taxa reprodutiva desses animais, ou o musth e a sazonalidade dos machos, minha ciência era cognitiva. Ela não podia ser medida com um dispositivo de rastreamento de localização; não estava no DNA. Por mais vezes que eu registrasse casos de elefantes tocando o crânio de outro elefante, ou retornando ao local onde um membro anterior da manada havia morrido, no momento em que eu interpretava isso como luto estava atravessando uma linha que os pesquisadores de animais não deveriam atravessar. Eu estava atribuindo emoção a uma criatura não humana.

Se alguém tivesse me pedido para defender meu trabalho, eu diria exatamente isto: quanto mais complexo é um comportamento, mais rigorosa e complicada é a ciência por trás dele. Matemática, química, essa é a parte fácil, modelos fechados com respostas específicas. Para compreender comportamentos, humanos ou de elefantes, os sistemas são muito mais complexos, e é por isso que a ciência por trás deles tem que ser *muito* mais intricada.

Mas ninguém nunca perguntou. Tenho certeza de que meu chefe, Grant, achou que fosse uma fase pela qual eu estava passando e que, cedo ou tarde, eu voltaria para a ciência em vez de focar na cognição de elefantes.

Eu já tinha visto elefantes morrerem antes, mas essa foi a primeira vez desde que mudei o foco de minha pesquisa. Queria que cada detalhe ficasse anotado. Queria ter certeza de não negligenciar nada como trivial demais; qualquer ação que mais tarde eu pudesse enxergar como essencial para o modo como os elefantes vivem o luto. Por isso, permaneci ali, sacrificando o sono. Marquei quais elefantes vieram visitar, identificando-os pelas presas, os pelos da cauda, as marcas no corpo e, às vezes, até pelas veias nas orelhas, que formam padrões tão individuais quanto nossas impressões digitais. Cataloguei quanto tempo eles passavam tocando Mmaabo, onde eles exploravam. Anotei quando eles deixavam o corpo e se retornavam. Registrei os outros animais — impalas e uma girafa — que passaram pelas proximidades sem se importar que uma matriarca havia caído. Mas, principalmente, fiquei ali porque queria saber se Onalenna ia voltar.

Ela levou quase dez horas para retornar e, quando o fez, era o pôr do sol e sua manada estava longe. Ficou parada, em silêncio, ao lado do corpo da mãe enquanto a noite caía, imediata como uma guilhotina. De vez em quando, ela vocalizava e recebia roncos em resposta vindos de noroeste — como se precisasse dar notícias às suas irmãs e lembrar a elas que ainda estava ali.

Onalenna não havia se movido na última hora, e foi provavelmente por isso que me assustei tanto com a chegada de um Land Rover, com os faróis cortando a escuridão. Ele assustou Onalenna também e ela recuou de sua mãe morta, batendo as orelhas em um sinal de ameaça.

— Aí está você — disse Anya, aproximando-se com o carro. Ela também era uma pesquisadora de elefantes e estava estudando como as rotas migratórias haviam se alterado por causa dos caçadores ilegais. — Você não atendeu seu walkie-talkie.

— Eu abaixei o volume. Não queria perturbá-la — expliquei, indicando o elefante nervoso.

— Bom, o Grant está precisando de você.

— Agora? — Meu chefe não ficou muito animado quando lhe contei que havia mudado meu foco para luto em elefantes. Ele mal falava comigo ultimamente. Será que isso significava que ele estava aceitando a ideia?

Anya olhou para o corpo de Mmaabo.

— Quando aconteceu?

— Há quase vinte e quatro horas.

— Você já avisou os guardas-florestais?

Sacudi a cabeça. Eu ia avisar, claro. Eles viriam e cortariam as presas de Mmaabo para desencorajar os caçadores ilegais. Mas achei que, pelo menos por mais algumas horas, a manada merecia ter tempo para seu luto.

— A que horas eu digo ao Grant para esperar você? — Anya perguntou.

— Logo — respondi.

O veículo de Anya deslizou pela savana até se tornar uma minúscula ponta de agulha de luz na distância escura, como um vaga-lume. Onalenna bufou, um som exalado. Ela levou a tromba à boca da mãe.

Antes que eu pudesse ao menos registrar esse comportamento, uma hiena apareceu no espaço na frente de Mmaabo. A lanterna voltada para a cena reluziu nos brilhantes incisivos brancos quando ela abriu a boca. Onalenna soltou um ronco. Ela estendeu a tromba, que parecia estar longe demais da hiena para causar danos. Mas os elefantes africanos têm uns trinta centímetros extras de comprimento de tromba que, como um acordeão, podem golpeá-lo quando você menos está esperando. Ela atingiu aquela hiena com tanta força que a mandou rolando e ganindo para longe do corpo de Mmaabo.

Onalenna virou a pesada cabeça em minha direção. Ela estava secretando um líquido cinza escuro de suas glândulas temporais.

— Você vai ter que deixá-la ir — falei alto, mas não sei bem a qual de nós duas eu estava tentando convencer.

Acordei com um susto quando senti o sol em meu rosto, os primeiros raios do dia. Meu primeiro pensamento foi que Grant ia me matar. Meu segundo pensamento foi que Onalenna tinha ido embora. Em seu lugar estavam duas leoas, rasgando os quadris de Mmaabo. No alto, um abutre descrevia um oito no céu, esperando sua vez.

Eu não queria voltar ao acampamento; queria ficar sentada perto do corpo de Mmaabo para ver se algum outro elefante continuaria a lhe prestar homenagem.

Queria encontrar Onalenna e ver o que ela estava fazendo agora, como a manada estava se comportando, quem era a nova matriarca.

Queria saber se ela podia desligar o luto como uma torneira ou se ainda sentia falta da mãe. E quanto tempo levaria para esse sentimento passar.

* * *

Grant estava me castigando, pura e simplesmente isso.

De todos os colegas que meu chefe poderia ter escolhido para servir de babá para algum babaca de New England que estava chegando para uma visita de uma semana, fui eu que ele escolheu.

— Grant — eu disse —, não é todo dia que nós perdemos uma matriarca. Você tem que perceber como isso é fundamental para minha pesquisa.

Ele levantou os olhos de sua mesa.

— O elefante vai continuar morto daqui a uma semana.

Se minha pesquisa não convencia Grant, talvez minha agenda conseguisse.

— Mas eu já marquei para acompanhar o Owen hoje — eu lhe disse. Owen era o veterinário; nós íamos pôr um colar de GPS em uma matriarca para um novo estudo que estava sendo feito por uma equipe de pesquisa da Universidade de KwaZulu-Natal. Ou, em outras palavras: *Estou ocupada*.

Grant arregalou os olhos para mim.

— Excelente! Tenho certeza de que esse cara vai adorar ver você fazer o procedimento. — E, assim, eu me vi sentada na entrada da reserva, esperando a chegada de Thomas Metcalf de Boone, New Hampshire.

Sempre era um transtorno quando vinham visitantes. Às vezes eram os endinheirados que patrocinavam um colar de monitoramento por GPS e queriam vir com as esposas e os colegas de negócios para brincar da versão politicamente correta de um safári de caça — em vez de matar elefantes, eles viam um veterinário lançar um dardo em um deles para pôr o colar e, depois, faziam brindes à sua magnanimidade com gim-tônica. Às vezes era o treinador de algum zoológico ou circo, e, quando esse era o caso, eles eram quase sempre idiotas. O último cara que tive que levar de um lado para outro em meu Land Rover por dois dias era um tratador do Zoológico da Filadélfia, e, quando vimos um macho de seis anos secretando de suas glândulas temporais, ele insistiu que o bebê estava entrando no musth. Por mais que eu argumentasse (porque, *sério mesmo*? Um macho de seis anos simplesmente não pode entrar no musth!), ele me garantiu que estava certo.

Tenho que admitir que, quando Thomas Metcalf se desvencilhou do táxi africano (que é uma experiência em si, caso você não tenha estado em um antes), não era do jeito que eu esperava. Tinha mais ou menos a minha idade, com pequenos óculos redondos que embaçaram quando ele saiu na umidade, fazendo-o se atrapalhar para segurar a alça da mala. Ele olhou para mim, do rabo de cavalo desgrenhado até os tênis Converse cor-de-rosa.

— Você é o George? — ele perguntou.

— Eu *pareço* ser o George? — George era um de meus colegas, um estudante que nenhum de nós jamais pensou que concluiria seu ph.D. Em outras palavras, o alvo de todas as piadas. Quer dizer, até eu começar a estudar o luto em elefantes.

— Não. Desculpe. Eu estava esperando outra pessoa.

— Sinto muito por desapontá-lo — eu disse. — Sou a Alice. Bem-vindo ao Northern Tuli Block.

Eu o conduzi até o Land Rover e nós começamos a percorrer as estradinhas de terra sem sinalização que serpenteavam pela reserva. Enquanto seguíamos, recitei o discurso que costumávamos usar para os visitantes.

— Os primeiros elefantes foram registrados aqui mais ou menos no ano 700. No fim do século XIX, quando foram fornecidas armas para os chefes locais, isso afetou drasticamente a população de elefantes. Na época em que os caçadores profissionais chegaram, os elefantes já quase não existiam. Foi só depois do estabelecimento da reserva que o número voltou a aumentar. Nossas equipes de pesquisa estão em campo sete dias por semana — falei. — Embora estejamos todos envolvidos em projetos de pesquisa diferentes, também cuidamos da monitoração básica: observar as manadas e suas associações, identificar os indivíduos em cada manada, acompanhar sua atividade e seu habitat, determinar a área de deslocamento, fazer um recenseamento uma vez por mês, registrar nascimentos e mortes, estro e musth, coletar dados sobre elefantes machos, registrar o regime de chuvas...

— Quantos elefantes vocês têm aqui?

— Uns mil e quatrocentos — respondi. — Sem mencionar os leopardos, leões, guepardos...

— Nem dá para imaginar. Tenho seis elefantas e já é difícil identificar quem é quem se não estivermos com elas diariamente.

Eu cresci em New England e sabia que havia tanta probabilidade de haver elefantes selvagens lá quanto de um braço novo brotar em mim de repente. O que significava que esse cara devia ser dono de um zoológico ou circo, e eu não aprovava nem uma coisa nem outra. Quando os treinadores dizem que os comportamentos ensinados aos elefantes são coisas que eles fariam na natureza, estão mentindo. Na natureza, os elefantes não ficam de pé sobre as patas traseiras, nem andam segurando a cauda uns dos outros, nem saltitam por um picadeiro. Na natureza, os elefantes estão sempre a poucos metros de distância de outro animal da espécie. Eles estão constantemente se esfregando, se afagando e se comunicando. Toda a relação entre humanos e elefantes em cativeiro tem a ver com exploração.

Como se já não desgostasse de Thomas Metcalf por ser o meu castigo, agora eu desgostava dele por princípio.

— Então... — disse ele — o que você faz aqui?

Deus me proteja dos turistas.

— Eu sou vendedora de cosméticos Mary Kay.

— Eu quis dizer, qual é a sua *pesquisa*?

Dei uma espiada nele pelo canto do olho. Não havia nenhuma razão para eu me sentir defensiva em relação a um homem que conheci um minuto atrás, um homem cujo conhecimento de elefantes era bem menos abrangente que o meu. No entanto, eu já estava tão acostumada às sobrancelhas levantadas quando falava de minha nova pesquisa que havia me habituado a não falar sobre ela.

Fui salva de responder por uma chuva de chifres e cascos passando como um furacão pela trilha. Agarrei o volante e pisei no freio no último instante.

— É melhor você se segurar — sugeri.

— Eles são fantásticos! — Thomas exclamou, e eu me esforcei para não dar uma resposta irônica. Quando se vive aqui, isso é mais que comum. Para os turistas, tudo é novo e merece uma parada para admirar; tudo é uma aventura. Sim, aquilo é uma girafa. Sim, é extraordinário. Mas não depois de você ter visto setecentas vezes.

— São antílopes?

— São impalas. Mas a gente chama eles de McDonald's.

Thomas apontou para o traseiro de um dos animais, que agora estava pastando.

— Por causa dessa marca?

Os impalas têm duas faixas pretas descendo por cada uma das pernas traseiras e outra linha tingindo a cauda curta, o que fica muito parecido com os arcos dourados. Mas seu apelido decorre de eles serem a principal refeição para os predadores da savana.

— Porque mais de um bilhão já foram servidos — respondi.

Há uma diferença entre a África romantizada e a África real. Os turistas que vêm para um safári ansiosos para ver uma cena de caça na natureza e têm a sorte de testemunhar uma leoa pegando sua presa geralmente ficam muito silenciosos e nauseados depois. Observo o rosto de Thomas empalidecer.

— Totó, parece que você não está mais em New Hampshire.

* * *

Enquanto esperávamos Owen, o veterinário, no acampamento principal, expliquei a Thomas as regras do safári.

— Não saia do carro. Não fique em pé. Os animais nos veem dentro do carro como uma grande unidade, e, se você se separar desse perfil, pode se dar mal.

— Desculpe deixar você esperando. Nós estávamos transferindo um rinoceronte e não foi tão simples quanto eu esperava. — Owen Dunkirk chega apressado, com uma mochila e uma espingarda. Owen era um homem grande como um urso que preferia lançar o dardo de um carro e não de um helicóptero. Costumávamos nos dar bem, até que eu mudei o foco de meu trabalho de campo. Owen seguia a linha tradicional; ele acreditava em dados e estatísticas. Era como se eu tivesse dito a ele que estava usando uma bolsa de pesquisa para estudar vodu ou para provar a existência de unicórnios.

— Thomas — apresentei. — Este é Owen, nosso veterinário. Owen, este é Thomas Metcalf. Ele está nos visitando por uns dias.

— Você acha que ainda dá conta, Alice? — perguntou Owen. — Talvez você tenha esquecido como se faz para pôr um colar desde que começou a escrever tributos fúnebres para elefantes.

Ignorei a provocação e o olhar estranho que Thomas Metcalf me lançou.

— Consigo fazer isso de olhos fechados — respondi a Owen. — O que é mais do que eu posso dizer a seu respeito. Não foi você que errou o tiro da última vez? Um alvo do tamanho de um... bem... elefante?

Anya se juntou a nós no Land Rover. Quando íamos pôr um colar de GPS em um elefante, precisávamos de dois pesquisadores e três veículos para controlar a manada enquanto fazíamos o trabalho. Os outros dois Land Rovers estavam sendo trazidos por guardas-florestais, um dos quais já tinha estado acompanhando a manada de Tebogo hoje.

Pôr um colar em um elefante é uma arte, não uma ciência. Não gosto de fazer isso em tempos de seca, ou no verão, quando a temperatura está muito alta. Os elefantes superaquecem tão depressa que é preciso monitorar sua temperatura enquanto eles estão sedados. A ideia é levar o veterinário até uns vinte metros do elefante, para ele poder disparar o dardo com segurança. Assim que a matriarca cai, a manada entra em pânico, e é por isso que, idealmente, deve-se ter por perto guardas-florestais experientes que saibam como afastar uma manada, e *não* se deseja a presença de novatos como Thomas Metcalf, que podem fazer alguma bobagem.

Quando alcançamos o veículo de Bashi, olhei em volta, satisfeita. A área era perfeita para atirar um dardo: tudo plano e aberto, de modo que, se o elefante corresse, não ia se machucar.

— Owen — falei —, você está pronto?

Ele confirmou com a cabeça, carregando o M99 em sua arma de dardos.

— Anya? Fique atrás e eu vou na frente. Bashi? Elvis? Queremos afastar a manada para o sul. Tudo certo? Na contagem de três.

— Espere. — Thomas põe a mão no meu braço. — O que *eu* faço?

— Fique no carro e tente não ser morto.

Depois disso, me esqueci de Thomas Metcalf. Owen disparou o dardo, que acertou o traseiro de Tebogo. Ela se assustou e gritou, virando a cabeça de um lado para outro. Não puxou a bandeirinha na ponta, nem nenhum outro elefante fez isso, embora eu já tenha visto acontecer algumas vezes.

Mas a aflição dela foi contagiosa. A manada se agrupou, alguns olhando para trás em volta dela para dar proteção, outros tentando tocá-la. Houve vocalizações que fizeram o solo vibrar, e todos os elefantes começaram a secretar de suas glândulas e o resíduo oleoso desceu por suas faces. Tebogo caminhou alguns passos, balançou a cabeça e, então, o M99 fez efeito. Sua tromba ficou mole, a cabeça baixou, o corpo oscilou e ela começou a cair.

Foi quando tivemos que agir, e rápido. Se a manada não fosse afastada da matriarca caída, eles poderiam machucá-la tentando levantá-la outra vez, espetando-a com uma presa, ou poderiam impossibilitar que chegássemos perto de Tebogo o suficiente para revivê-la com um antídoto. Ela poderia cair sobre um galho; poderia cair sobre a tromba. O truque era nunca mostrar medo. Se a manada viesse atrás de nós agora e nós recuássemos, perderíamos tudo, inclusive a matriarca.

— Agora — gritei, e Bashi e Elvis ligaram os motores. Eles bateram palmas, uivaram e perseguiram a manada com os carros, espalhando os elefantes para podermos chegar mais perto da matriarca. Assim que houve uma boa distância entre nós e os outros elefantes, Owen, Anya e eu pulamos para fora do carro, enquanto os guardas-florestais administravam a manada confusa.

Tínhamos apenas uns dez minutos. Primeiro, garanti que Tebogo estivesse totalmente deitada de lado e que o chão sob ela estivesse limpo. Dobrei sua orelha sobre o olho para protegê-la da terra e da luz direta do sol. Ela me encarou e eu pude ver o terror em seu olhar.

— Shh — tentei acalmá-la. Queria afagá-la, mas sabia que não podia. Tebogo não estava dormindo. Ela estava consciente de cada som, toque e cheiro. Por essa razão, eu a tocaria o mínimo possível.

Pus um pequeno graveto entre os dois dedos de sua tromba, para mantê-la aberta; um elefante não respira pela boca e sufoca se a abertura da tromba for bloqueada. Tebogo roncou suavemente quando despejei água em sua orelha e sobre o corpo, para refrescá-la e lhe dar algum conforto. Depois, passei o colar pelo enorme pescoço, ajeitando o receptor da unidade no alto do animal, e o prendi sob o queixo. Apertei o parafuso, deixando um espaço de duas mãos entre o queixo e o contrapeso, e lixei as bordas de metal. Anya trabalhava como louca, coletando sangue e um fragmento minúsculo de pele da orelha de Tebogo e cortando um pouco de pelo da cauda para exame de DNA, medindo seus pés e temperatura, as presas e a altura dos pés à escápula. Owen fez uma avaliação geral, catalogando ferimentos, checando a respiração. Por fim, inspecionamos o colar para ter certeza de que o sistema de GPS estava funcionando e transmitindo adequadamente.

Tudo isso levou nove minutos e trinta e quatro segundos.

— Está pronto — falei, e Anya e eu recolhemos todo o equipamento que tínhamos trazido até o elefante e o carregamos de volta para o veículo.

Bashi e Elvis se afastaram com seus carros enquanto Owen se inclinava ao lado de Tebogo uma vez mais.

— Pronto, mocinha bonita — ele murmurou e injetou o antídoto em sua orelha, direto na corrente sanguínea.

Não iríamos embora até saber que a elefanta estava bem. Três minutos depois, Tebogo se levantou, sacudiu a enorme cabeça e bramiu para sua manada. O colar pareceu estar bem ajustado quando ela andou em direção aos outros, juntando-se novamente a eles em uma agitação de roncos e rugidos, toques e excreção de urina.

Eu estava com calor, suada, descabelada. Tinha terra no rosto e baba de elefante na blusa. E havia esquecido completamente que Thomas Metcalf ainda estava lá até ouvir sua voz.

— Owen — ele perguntou —, o que tem no dardo? M99?

— Isso mesmo — o veterinário respondeu.

— Li que uma picadinha disso é suficiente para matar um humano.

— É verdade.

— A elefanta que você acabou de atingir com o dardo não estava dormindo, não é? Estava só paralisada?

O veterinário confirmou com a cabeça.

— Por um tempo curto. Mas, como você pôde ver, não causou nenhum mal.

— No santuário — disse Thomas —, temos uma elefanta asiática chamada Wanda. Ela estava no zoológico de Gainesville em 1981, quando houve inundações no Texas. A maioria dos animais se perdeu, mas, depois de vinte e quatro horas, alguém viu a tromba dela se projetando em uma área alagada. Ficou submersa por quase dois dias até que a água baixasse o suficiente para ela ser resgatada. Depois disso, passou a ter pavor de tempestades. Não deixava nenhum dos tratadores dar banho nela. Não pisava em poças. E ficou assim por anos.

— Eu não compararia dez minutos de um dardo de tranquilizante com quarenta e oito horas de trauma — disse Owen, um pouco irritado.

Thomas encolheu os ombros.

— Mas você não é um elefante.

Enquanto Anya dirigia o Land Rover aos solavancos de volta para o acampamento, dei umas olhadas furtivas para Thomas Metcalf. Era quase como se ele estivesse sugerindo que os elefantes tivessem a capacidade de pensar, sentir, guardar ressentimento, perdoar. E tudo isso chegava perigosamente perto de minhas crenças — as mesmas que me faziam ser ridicularizada aqui.

Eu o ouvi contar a Owen sobre o Santuário de Elefantes de New England enquanto viajávamos os vinte minutos até o acampamento principal. Ao contrário do que eu havia imaginado, Metcalf *não* era um treinador de circo ou administrador de zoológico. Ele falava de seus elefantes como se fossem sua família. Falava deles do jeito... bom, do jeito que eu falava dos meus. Ele administrava um santuário que pegava elefantes antes mantidos em cativeiro e os deixava viver o resto de seus anos em paz. Tinha vindo aqui para ver se havia alguma maneira de tornar essa experiência mais parecida com a vida deles na natureza mesmo sem trazê-los de volta à África ou Ásia.

Eu nunca havia conhecido ninguém como ele.

Quando chegamos ao acampamento, Owen e Anya foram para a unidade de pesquisa registrar os dados de Tebogo. Thomas ficou, com as mãos nos bolsos.

— Escute. Você está liberada — disse ele.

— O quê?

— Eu entendi. Você não quer ficar presa comigo. Não quer ter que fazer sala para um visitante. Deixou isso bastante claro.

Minha rispidez tinha se voltado contra mim, e agora minhas faces pegaram fogo.

— Desculpe — falei. — Você não é quem eu pensei que fosse.

Thomas me encarou por um longo momento, longo o bastante para mudar a direção do vento pelo resto da minha vida. Então, lentamente, ele sorriu.

— Você estava esperando o George?

* * *

— O que aconteceu com ela? — perguntei mais tarde para Thomas, quando saímos pela reserva em um Land Rover só nós dois. — Com a Wanda?

— Levou dois anos e eu passei muito tempo com as roupas encharcadas, mas agora ela nada no lago do santuário o tempo todo.

Quando ele disse isso, eu soube para onde ia levá-lo. Reduzi a marcha do carro e fui seguindo com cuidado pela areia funda de um leito de rio seco até encontrar o que estava procurando. Rastros de elefantes parecem diagramas de conjuntos na matemática, com a marca da pata dianteira sobrepondo-se à da traseira. Estes eram recentes: círculos planos e reluzentes que ainda não haviam tido tempo de ser cobertos de areia. Se quisesse, eu provavelmente poderia identificar o indivíduo que havia deixado aqueles rastros, prestando atenção às marcas de rachaduras nas pegadas. Multiplicar a circunferência da pata traseira por 5,5 me daria sua altura. E eu sabia que era uma fêmea, porque aquela era uma manada — havia múltiplos rastros em vez da linha solitária de um macho.

Não estávamos muito longe do corpo de Mmaabo. Eu me perguntei se essa manada havia passado por ela e o que teria feito.

Afastando o pensamento da cabeça, mudei a marcha do carro e segui a trilha.

— Nunca conheci ninguém que tivesse um santuário de elefantes.

— E eu nunca conheci ninguém que tenha posto um colar em um elefante. Acho que empatamos.

— O que levou você a iniciar um santuário?

— Em 1903, havia uma elefanta em Coney Island chamada Topsy. Ela ajudou a construir o parque temático, fazia passeios com visitantes e se apresentava em shows. Um dia, seu tratador jogou um cigarro aceso na boca de Topsy. Ela o matou, grande surpresa, e foi rotulada como um elefante perigoso. Os donos de Topsy decidiram matá-la, então procuraram Thomas Edison, que estava querendo demonstrar os perigos da corrente alternada. Ele conectou os fios na elefanta e ela morreu em segundos. — Ele me olhou. — Mil e quinhentas pessoas assistiram, entre elas meu bisavô.

— Então o santuário é uma espécie de legado?

— Não, na verdade eu não me lembrei dessa história até estar na faculdade e ter ido trabalhar em um zoológico em um verão. Eles tinham acabado de comprar uma elefanta, Lucille. Era uma grande notícia, porque os elefantes sempre atraem gente. Havia esperança de que ela pudesse tirar as finanças do zoológico do vermelho. Fui contratado como assistente do tratador-chefe, que tinha experiência com elefantes de circo. — Ele deu uma olhada para a savana. — Você sabia que nem precisa tocar um elefante com o bastão de ferro para conseguir que ele faça o que você quer? É só colocar perto da orelha e eles se afastam da ameaça de dor, porque sabem o que esperar. Desnecessário dizer que eu cometi o grave erro de dizer que os elefantes têm consciência de que estão sendo maltratados. Fui demitido.

— Acabei de mudar o foco de meu trabalho de campo para o luto em elefantes.

Ele olhou para mim.

— Eles são melhores nisso do que as pessoas.

Pus o pé no freio e o carro deslizou e parou.

— Meus colegas não concordariam com você. Não, na verdade eles iam *rir* de você. Como riem de mim.

— Por quê?

— Eles trabalham com colares de GPS, medidas e dados experimentais. O que parece cognição para um cientista tem cara de condicionamento para outro, o que não envolve pensamento consciente. — Eu me virei para ele. — Mas digamos que eu *conseguisse* provar que essa consciência existe. Você pode imaginar as implicações que isso teria para o manejo da vida selvagem? Como você disse para o Owen: será que é ético lançar um dardo de M99 em uma elefanta se ela estiver totalmente consciente do que nós estamos fazendo? Especialmente se isso for uma preparação para um tiro na cabeça, como acontece quando nós abatemos animais para reduzir uma manada? E, se isso é algo que não deveríamos estar fazendo, *qual* seria a maneira melhor de administrar populações de elefantes?

Ele estava me olhando com uma expressão fascinada.

— Aquele colar que você pôs na elefanta mede os hormônios? Níveis de estresse? Se ela está doente? Como você prevê uma morte, para saber qual elefante deve receber o colar?

— Ah, não dá para prever a morte. Aquele colar é para o projeto de outras pessoas. Eles estão tentando descobrir o raio de viragem de um elefante.

— É quanto o elefante precisar que seja — Thomas disse, rindo. — Piadinhas de elefante, certo?

— Eu não estou brincando.

— Sério? E como alguém poderia achar que essa pesquisa é mais importante que a *sua*? — Ele sacudiu a cabeça. — Sabe a Wanda? A elefanta que quase se afogou? Ela tem a tromba parcialmente paralisada e precisava se apegar a um objeto para ter uma sensação de segurança quando chegou ao santuário. Pegou o hábito de arrastar um pneu por onde ia. Até que criou um vínculo com a Lilly e não precisava mais do pneu todo o tempo, porque tinha uma amiga. Mas, quando a Lilly morreu, a Wanda ficou arrasada. Depois que a Lilly foi enterrada, a Wanda levou seu pneu para o local do enterro e o colocou sobre a terra. Foi quase como se estivesse prestando uma homenagem. Ou talvez ela achasse que a Lilly precisava de algum conforto agora.

Eu nunca tinha ouvido nada tão tocante em minha vida. Queria perguntar a ele se os elefantes do santuário ficavam ao lado do corpo daqueles que consideravam da família. Queria perguntar se o comportamento de Wanda era uma anomalia ou a regra.

— Posso te mostrar uma coisa?

Tomando uma decisão súbita, peguei um desvio e dirigi em um amplo círculo até chegarmos ao corpo de Mmaabo. Eu sabia que Grant ia ter um ataque quando lhe dissessem que eu havia levado um visitante para ver o corpo de um elefante morto; uma das razões de avisarmos os guardas-florestais do parque sobre as mortes era para eles evitarem levar turistas para perto de um corpo em decomposição. Àquela altura, outros animais já haviam destroçado o elefante; moscas voavam em uma nuvem em volta da carcaça. No entanto, Onalenna e três outros elefantes estavam parados em silêncio nas proximidades.

— Esta era a Mmaabo — explico. — Ela era a matriarca de uma manada de uns vinte elefantes. Morreu ontem.

— Quem são aqueles lá?

— A filha dela e outros indivíduos da manada. Estão em luto — falei, um pouco na defensiva. — Mesmo que eu nunca consiga provar isso.

— Você *poderia* medir — disse Thomas, pensativo. — Alguns pesquisadores trabalharam com babuínos em Botswana medindo o estresse. Se não me engano, amostras fecais apresentaram um aumento de glicocorticoides marcadores de estresse depois que um dos babuínos do grupo foi morto por um predador. E esses marcadores eram mais fortes em babuínos que tinham uma ligação social com o indivíduo morto. Então, se você puder obter material fecal de elefantes, que parece ser muito abundante, e puder demonstrar estatisticamente um aumento no cortisol...

— Talvez funcione como nos humanos, para liberar oxitocina — completei. — O que seria uma razão biológica para os elefantes buscarem conforto uns nos outros depois da morte de um membro da manada. Uma explicação científica para o luto. — Olhei para ele, espantada. — Acho que nunca conheci ninguém tão apaixonado por elefantes quanto eu.

— Sempre tem uma primeira vez — Thomas murmurou.

— Você não é só um administrador de santuário

Ele baixou a cabeça.

— Eu me formei em neurobiologia.

— Eu também — falei.

Nós nos encaramos, ajustando uma vez mais nossas expectativas. Notei que Thomas tinha olhos verdes e que havia um anel cor de laranja em volta das íris. Quando ele sorriu, eu me senti como se tivesse recebido um dardo de M99, como se tivesse sido aprisionada em meu próprio corpo.

Fomos interrompidos pelos sons de roncos.

— Ah — falei, me forçando a desviar o olhar. — É como um relógio.

— O quê?

— Você vai ver. — Reduzi a marcha do Land Rover e nós começamos a subir uma ladeira íngreme. — Quando se aproximar de elefantes selvagens — expliquei em voz baixa —, faça do jeito como gostaria que o seu pior inimigo se aproximasse de você. Você se sentiria à vontade se ele chegasse e o surpreendesse por trás? Ou se entrasse entre você e seu filho?

Fiz um círculo amplo com o veículo no platô, depois desci pelo outro lado, revelando uma manada em um lago. Três filhotes subiram um em cima do outro em uma poça de lama e o de baixo rolou para fora e esguichou uma fonte no ar. As mães estavam andando na margem, chutando água, fazendo ondas, chafurdando.

— Aquela é a matriarca — eu disse a ele, apontando para Boipelo. — E aquela é Akanyang, com a orelha dobrada. Ela é mãe de Dineo. Dineo é a mais atrevida, que está derrubando o irmão, ali. — Apresentei Thomas a cada elefante pelo nome, terminando por Kagiso. — Ela vai ter um bebê em mais ou menos um mês. Seu primeiro filhote.

— As nossas meninas brincam na água o tempo todo — disse Thomas, encantado. — Achei que elas haviam adquirido esse comportamento nos zoológicos onde moravam antes, como uma distração. Achava que, na savana, era sempre vida ou morte.

— Não deixa de ser — concordei. — Mas brincar é parte da vida. Vi uma matriarca deslizar sentada por uma margem inclinada só por diversão. — Eu me recostei no banco e apoiei os pés no painel, deixando Thomas apreciar as brincadeiras. Uma filhote se jogou de lado na lama, deslocando seu irmão mais novo, que reclamou com um guincho. Logo em seguida, veio o barrido da mãe: *Parem, vocês dois.*

— Isso é exatamente o que vim aqui para ver — Thomas disse baixinho. Olhei para ele.

— Um lago?

Ele sacudiu a cabeça.

— Quando uma elefanta é trazida para nós no santuário, ela já está muito sofrida. Fazemos todo o possível para recuperá-la. Mas é tudo na base da suposição, a menos que se saiba como ela era quando estava inteira. — Thomas me encara. — Você tem sorte de ver isso todos os dias.

Eu não contei a ele que também tinha visto filhotes ficarem órfãos em operações de abate para redução populacional, e secas tão sérias que a pele dos elefantes se esticava sobre os ossos dos quadris como tela em uma moldura. Não contei a ele que, na estação seca, as manadas se dividiam para que os membros não tivessem que competir entre si pelos recursos escassos. Não contei a ele sobre a morte brutal de Kenosi.

— Eu te contei a história da minha vida — disse Thomas —, mas você não me contou por que está em Botswana.

— Dizem que pessoas que trabalham com animais fazem isso porque não são boas para se relacionar com outras pessoas.

— Depois de ter conhecido você — ele disse, laconicamente —, vou me abster de comentar.

Os elefantes já estavam quase todos fora da água agora, subindo laboriosamente a colina íngreme para salpicar as costas de terra e seguir a passos lentos para a distância, para onde quer que a matriarca os conduzisse. A última fêmea empurrou o traseiro de seu bebê, dando um impulso nele colina acima antes de começar ela mesma a subir também. Afastaram-se em um ritmo silencioso, sincopado; sempre achei que os elefantes andam como se tivessem uma música sendo tocada na cabeça que ninguém mais pode ouvir. E, pelo movimento dos quadris e a ginga, vou chutar que o artista é Barry White.

— Eu trabalho com elefantes porque é como observar pessoas em um café — eu disse a Thomas. — Eles são engraçados. Comoventes. Inventivos. Inteligentes. Nossa, eu poderia continuar citando muitos adjetivos. Há *tanto* de nós neles. A gente pode observar uma manada e ver bebês testando limites, mães cuidando deles, meninas adolescentes saindo da concha, meninos adolescentes sendo barulhentos. Não acho graça em observar leões o dia todo, mas poderia ficar olhando para *isso* a vida inteira.

— Acho que eu também — falou Thomas, mas, quando me virei, ele não estava olhando para os elefantes. Estava olhando para mim.

* * *

Era hábito no acampamento não deixar nossos hóspedes caminharem desacompanhados. Na hora do jantar, guardas-florestais ou pesquisadores encontravam os hóspedes em suas cabanas e os conduziam com uma lanterna até o salão de refeições. O objetivo disso não era ser hospitaleiro; era ser prático. Vi mais de um turista correr em pânico depois que um javali atravessou a trilha sem aviso prévio.

Quando fui buscar Thomas para o jantar, a porta estava entreaberta. Bati e a empurrei. Senti o cheiro do sabonete de seu banho pairando no ar. O ventilador girava acima da cama, mas o ar continuava estupidamente quente. Thomas estava sentado à mesa, de calça bege e regata branca, o cabelo úmido, o rosto recém-barbeado. Suas mãos se moviam com rápida eficiência sobre o que parecia ser um pequeno quadrado de papel.

— Só um segundo — ele disse, sem levantar os olhos.

Eu esperei, com os dedos enfiados nos passadores da calça. Fiquei balançando para a frente e para trás sobre o calcanhar das botas.

188

— Pronto — disse Thomas, se virando. — Fiz isto para você. — Ele pegou minha mão e colocou na palma um pequenino elefante de origami, produzido com uma nota de um dólar.

* * *

Nos dias que se seguiram, comecei a ver meu lar de adoção pelos olhos de Thomas: o quartzo cintilando no solo como um punhado de diamantes lançados para fora. A sinfonia dos passarinhos, agrupados por tipo de voz nos galhos da árvore mopane, sendo conduzidos por um distante macaco-vervet. Avestruzes correndo como velhas senhoras de saltos altos, com as plumas balançando.

Conversamos sobre tudo, de caçadores ilegais no Tuli Circle às memórias residuais de elefantes e como elas se associavam ao estresse pós-traumático. Toquei para ele cantos de musth e cantos de estro e nós nos perguntamos se poderia haver outros cantos transmitidos de uma geração a outra, em baixas frequências que não podíamos ouvir, para ensinar aos elefantes a história que eles misteriosamente acumulavam: que áreas eram perigosas e quais eram seguras; onde encontrar água; qual a rota mais direta de uma área de vida para outra. Ele descreveu como um elefante podia ser transportado de um circo ou zoológico para o santuário depois de ser classificado como perigoso, como a tuberculose era um problema crescente em elefantes cativos. Contou sobre Olive, que havia se apresentado na televisão e em parques temáticos e, um dia, se soltou das correntes e um zoólogo morreu tentando capturá-la. Sobre Lilly, cuja perna se quebrou em um circo e nunca se recuperou. Eles tinham uma elefanta africana também, Hester, que tinha ficado órfã como resultado de um abate no Zimbabwe e se apresentara em um circo por quase vinte anos antes de seu treinador decidir aposentá-la. Thomas estava em negociação agora para levar outra elefanta africana chamada Maura, que ele esperava que pudesse ser uma companhia para Hester.

Em troca, contei a ele que os elefantes selvagens matam com as patas da frente, se ajoelhando para esmagar as vítimas, mas usam as sensíveis patas traseiras para acariciar o corpo de um elefante caído; que as almofadas dessas patas pairam sobre a pele e descrevem círculos, como se es-

189

tivessem sentindo algo que só podemos conjeturar. Contei como uma vez eu trouxe o maxilar de um macho para o acampamento para estudo e, naquela noite, Kefentse, um macho subadulto, invadiu o acampamento, pegou o osso em minha varanda e o devolveu para o local da morte do amigo. Contei como, no primeiro ano em que vim para a reserva, um turista japonês que tinha saído do acampamento para passear foi morto em um ataque de elefante. Quando fomos recuperar o corpo, encontramos o elefante cobrindo o homem e fazendo vigília.

No fim de tarde antes de Thomas voltar para casa, eu o levei a um lugar aonde nunca havia levado ninguém antes. No alto de uma colina, havia um enorme baobá. Os nativos acreditavam que, quando o Criador chamou todos os animais para ajudarem a plantar todas as árvores, a hiena se atrasou. Ela recebeu o baobá como tarefa e ficou tão brava que o plantou de cabeça para baixo, dando a ele uma aparência invertida, como se as raízes estivessem arranhando o céu em vez de ficar enterradas sob o solo. Os elefantes gostavam de comer a casca do baobá e o usavam para ter sombra. Os velhos ossos de uma elefanta chamada Mothusi estavam espalhados nas proximidades.

Observei Thomas ficar imóvel quando percebeu o que estava vendo. Os ossos brilhavam na fervura do sol.

— Estes são...

— Sim. — Estacionei o carro e saí, chamando-o para me acompanhar. A área era segura naquele horário. Thomas moveu-se com cuidado entre os restos de Mothusi, pegando a longa curva de uma costela, tocando com os dedos o centro hexagonal de uma articulação de quadril partida. — Mothusi morreu em 1998 — eu lhe contei. — Mas sua manada ainda a visita. Eles ficam quietos e sérios. Mais ou menos como ficaríamos ao visitar o túmulo de alguém. — Eu me abaixei, peguei duas vértebras e encaixei uma na outra.

Alguns dos ossos tinham sido levados por animais, e nós tínhamos o crânio de Mothusi no acampamento. Os ossos restantes eram tão brancos que pareciam rasgos no tecido da terra. Sem pensar de fato no que estávamos fazendo, começamos a recolhê-los, até formar uma coleção aos nossos pés. Levantei um longo fêmur, grunhindo enquanto o puxava. Nós nos movemos em silêncio, montando um quebra-cabeça em tamanho real.

Quando terminamos, Thomas pegou um graveto e desenhou um contorno em volta do esqueleto do elefante.

— Pronto — ele falou, recuando. — Acabamos de fazer em uma hora o que a natureza levou quarenta milhões de anos para fazer.

Havia uma paz nos envolvendo, como plumas de algodão. O sol estava se pondo, ardendo através de uma nuvem.

— Você podia voltar comigo — disse Thomas. — No santuário, você poderia observar muito luto. E sua família nos Estados Unidos deve sentir sua falta.

Meu peito se apertou.

— Não posso.

— Por quê?

— Vi um filhote levar um tiro na frente da mãe dele. E não era um filhote pequeno, já era quase adulto. Ela não o deixou por alguns dias. Quando vi isso, algo... mudou em mim. — Olhei para Thomas. — Não há nenhuma vantagem biológica no luto. Na verdade, na natureza, pode ser muito perigoso ficar se lamentando ou recusando comida. Eu não podia olhar para aquela matriarca e dizer que estava vendo um comportamento condicionado. Aquilo era sofrimento, puro e simples.

— Você ainda está sofrendo por aquele filhote — disse Thomas.

— Acho que sim.

— E a mãe dele?

Não respondi. Eu tinha visto Lorato nos meses depois da morte de Kenosi. Ela estava ocupada com seus filhotes menores; voltara a seu papel de matriarca. Havia superado aquele momento de uma maneira que eu não consegui.

— Meu pai morreu no ano passado — disse Thomas. — Ainda procuro por ele no meio das pessoas.

— Eu sinto muito.

Ele encolheu os ombros.

— Acho que o luto é como um sofá muito feio mesmo. Ele nunca desaparece. A gente pode decorar em volta dele, enfeitá-lo com toalhinhas rendadas ou empurrá-lo para um canto da sala. Até que, uma hora, você aprende a viver com ele.

De alguma forma, pensei, os elefantes haviam levado esse processo um passo à frente. Eles não faziam careta cada vez que entravam na sala e viam aquele sofá. Eles diziam: *Lembra quantas boas lembranças nós tivemos aqui?* E se sentavam, só um pouquinho, antes de seguir para outro lugar.

Talvez eu tenha começado a chorar; não lembro. Mas Thomas estava tão perto agora que eu podia sentir o cheiro de sabonete em sua pele. Via as cintilações cor de laranja em seus olhos.

— Alice, quem você perdeu?

Eu enrijeci. A conversa não era sobre mim. Eu não deixaria que ele a transformasse nisso.

— É por isso que você afasta as pessoas? — ele sussurrou. — Para que elas não cheguem perto demais e depois a machuquem quando forem embora?

Esse homem que era praticamente um estranho me conhecia melhor do que qualquer outra pessoa na África. Ele me conhecia melhor do que eu conhecia a mim mesma. O que eu realmente estava pesquisando não era como os elefantes lidam com a perda, mas como os humanos não conseguem lidar com ela.

E, porque eu não queria perder, e porque não sabia como, abracei Thomas Metcalf. Eu o beijei à sombra do baobá, com suas raízes invertidas no ar, com sua casca que podia ser cortada uma centena de vezes e sempre se curar.

JENNA

As paredes da instituição em que meu pai mora são pintadas de roxo. Isso me faz lembrar do Barney, aquele dinossauro gigante e esquisito, mas, aparentemente, um psicólogo muito renomado escreveu toda uma dissertação de ph.D. sobre cores que inspiram a cura e esta estava no topo da lista.

A enfermeira de plantão se dirige a Serenity quando entramos, o que, acho, faz sentido, porque parecemos ser uma unidade familiar, ainda que disfuncional.

— Pois não?

— Vim ver meu pai — digo.

— Thomas Metcalf — Serenity acrescenta.

Conheço várias das enfermeiras daqui; esta eu ainda não tinha visto, e é por isso que ela não me reconhece. Ela põe uma prancheta no balcão para eu assinar, mas, antes de eu ter tempo para isso, ouço a voz de meu pai, gritando em algum lugar lá no fundo.

— Pai! — chamo.

A enfermeira parece entediada.

— Nome? — diz ela.

— Assine por nós e me encontre no quarto 124 — digo a Serenity e começo a correr. Sinto Virgil vindo comigo.

— Serenity Jones — eu a ouço dizer, enquanto abro a porta do quarto do meu pai.

Ele está lutando contra dois atendentes grandalhões que o seguram.

— Pelo amor de Deus, me soltem! — ele grita e, então, me vê. — Alice! Diga a eles quem eu sou!

Há um rádio quebrado que parece ter sido arremessado pelo quarto, com os fios e transistores espalhados no chão como a autópsia de um robô. A lata de lixo está virada e há copinhos de papel amassados, fita adesiva emaranhada e uma casca de laranja esparramada. Na mão de meu pai há uma caixa de cereal matinal. Ele a está agarrando como se fosse um órgão vital.

Virgil olha com ar de espanto para meu pai. Só posso imaginar o que ele está vendo: um homem de cabelo branco desgrenhado e hábitos de asseio pessoal bem desleixados, muito magro, feroz e completamente destrambelhado.

— Ele acha que você é a Alice? — Virgil pergunta baixinho.

— Thomas — falo com voz tranquilizadora, me aproximando dele. — Tenho certeza de que esses rapazes vão entender se você se acalmar.

— Como posso me acalmar se eles estão tentando roubar a minha pesquisa?

Serenity chega nesse momento e para na entrada do quarto, assustada.

— O que está acontecendo?

O atendente com cabelo loiro muito curto olha para ela.

— Ele ficou um pouco agitado quando nós tentamos jogar fora a caixa de cereal vazia.

— Se você parar de lutar, Thomas, tenho certeza de que eles vão deixar você ficar com a sua... a sua pesquisa — digo.

Para minha surpresa, isso é o suficiente para meu pai amolecer o corpo. Os atendentes o soltam na mesma hora e ele desaba sobre a cadeira, apertando aquela droga de caixa junto ao peito.

— Estou bem agora — ele murmura.

— Doidinho de pedra — Virgil sussurra.

Serenity lança um olhar furioso para ele.

— Muito obrigada — ela diz para os atendentes, enquanto eles recolhem o lixo pelo chão.

— De nada, senhora — um deles responde, enquanto outro dá um tapinha no ombro do meu pai.

— Fica na paz, parceiro — diz ele.

Meu pai espera até eles saírem, então se levanta e segura meu braço.

— Alice, você não imagina o que acabei de descobrir! — Seu olhar foca de repente atrás de mim, em Virgil e Serenity. — Quem são eles?

— Meus amigos — respondo.

Isso parece ser suficiente.

— Olha só isto. — Ele aponta para a caixa. Há um desenho colorido de algo que poderia ser uma tartaruga ou um pepino com pernas, dizendo em uma bolha de pensamento: VOCÊ SABIA...

... que os crocodilos conseguem pôr a língua para fora?

... que as abelhas têm pelos nos olhos para ajudá-las a coletar pólen?

... que Anjana, um chimpanzé que vive em uma instituição de resgate na Carolina do Sul, criou filhotes de tigres brancos, leopardos e leões, alimentando-os com mamadeira e brincando com os bebês?

... que Koshik, um elefante, consegue falar corretamente seis palavras em coreano?

— Claro que ele não está *falando* seis palavras — diz meu pai. — Ele está imitando os tratadores. Procurei no Google o artigo científico esta manhã depois que aquela imbecil da Louise finalmente saiu do computador, porque passou de nível no Candy Crush. O que é fascinante é que ele aparentemente aprendeu a se comunicar por razões sociais. Ele era mantido afastado de outros elefantes, e sua única interação social era com os tratadores humanos. Sabe o que isso significa?

Dou uma olhada para Serenity e encolho os ombros.

— Não. O quê?

— Se existir alguma prova documentada de que um elefante aprendeu a imitar a fala humana, você pode imaginar as implicações para o modo como pensamos na teoria da mente dos elefantes?

— Falando em teorias — diz Virgil.

— Qual é o seu campo de estudos? — meu pai pergunta.

— Virgil trabalha com... bancos de dados — improviso. — Serenity estuda canais de comunicação.

Ele parece interessado.

— Que tipo de canal?

— Sim — Serenity responde.

Meu pai parece confuso por um instante, depois continua:

— A teoria da mente aborda duas ideias fundamentais: que nós temos a consciência de sermos um ser único, com nossos próprios pensamentos, sentimentos e intenções... e que isso é verdade para outros seres também, e que eles não sabem o que nós estamos pensando, e vice-versa, até que essas coisas sejam comunicadas. O benefício evolutivo, claro, de ser capaz de prever o comportamento de outros com base nisso é enorme. Por exemplo, você pode fingir que está machucado e, se alguém não souber que você está fingindo, vai te trazer comida e cuidar de você e você não vai ter que fazer nenhum trabalho. Os humanos não nascem com essa habilidade. Nós a desenvolvemos. Mas sabemos que, para a teoria da mente existir, os humanos têm que usar neurônios-espelho no cérebro. E nós sabemos que os neurônios-espelho disparam quando a tarefa envolve entender outros por imitação, e também na aquisição da linguagem. Se Koshik, o elefante, estiver fazendo isso, não seria lógico pensar que as outras coisas associadas aos neurônios-espelho nos humanos, como a empatia, também estejam presentes nos elefantes?

Quando o escuto falar, percebo que deve ter sido incrivelmente inteligente. Percebo o que fez minha mãe se apaixonar por ele.

Isso me lembra da razão de estarmos aqui.

Meu pai se vira para mim.

— Precisamos entrar em contato com os autores desse estudo — ele diz. — Alice, você pode imaginar as implicações disso para a minha pesquisa? — Ele estende os braços para mim... sinto Virgil ficar tenso nesse momento... me abraça e me gira em um círculo.

Eu sei que ele pensa que sou minha mãe. E eu sei que essa situação é totalmente esquisita. Mas às vezes é bom ser abraçada pelo meu pai, mesmo que as razões sejam todas erradas.

Ele me põe no chão outra vez. Admito que faz muito tempo que não o vejo tão entusiasmado.

— Dr. Metcalf — diz Virgil —, eu sei que isso é muito importante para o senhor, mas será que teria tempo para responder algumas perguntas sobre a noite em que a sua esposa desapareceu?

Meu pai aperta a boca.

— Como assim? Ela está bem aqui.

— Essa não é Alice — Virgil responde. — É a sua filha, Jenna.

Ele sacode a cabeça.

— Minha filha é uma criança. Escute, não sei qual é o seu jogo, mas...

— Pare de estressá-lo — Serenity interrompe. — Você não vai tirar nada dele se o deixar nervoso.

— Tirar de mim? — A voz de meu pai se eleva. — Você também está atrás da minha pesquisa? — Ele avança para Virgil, mas o detetive segura minha mão e me puxa entre eles, de modo que meu pai não tem como deixar de olhar para mim.

— Olhe para o rosto dela — ele insiste. — *Olhe* para ela.

Meu pai leva cinco segundos para responder. E, vou lhe dizer, cinco segundos é um tempo bem longo. Fico ali parada, vendo suas narinas se dilatarem a cada respiração e o pomo de adão subir e descer a escada de sua garganta.

— Jenna? — meu pai sussurra.

Por uma fração de segundo, quando ele olha para mim, sei que não está vendo minha mãe. Que eu sou... como foi mesmo que ele disse?... um ser único, com meus próprios pensamentos, sentimentos e intenções. Que eu *existo*.

E então ele está me esmagando contra seu peito outra vez, mas é diferente, de um jeito protetor, admirado e terno, como se pudesse me resguardar do resto do mundo, o que, ironicamente, é tudo que eu já fiz por ele. Suas mãos se espalmam sobre minhas costas como asas.

— Dr. Metcalf — diz Virgil —, sobre a sua esposa...

Meu pai me segura pelos ombros à sua frente e dá uma olhada na direção da voz de Virgil. Isso é o que basta para que o fio de vidro que havia se criado entre nós se quebre. Quando ele se vira para mim outra vez, sei que não está me vendo. Na verdade, ele nem está olhando no meu rosto.

Seu olhar está fixo na pedrinha pendurada em uma corrente no meu pescoço.

Lentamente, ele levanta o pingente com os dedos. Vira-o na mão, de modo que a mica cintila.

— Minha esposa — repete.

Seu punho se aperta na corrente e ele a arranca de meu pescoço. O colar cai no chão entre nós enquanto meu pai me dá um tapa tão forte que eu voo para o outro lado do quarto.

— Sua vagabunda — ele diz.

ALICE

Tenho uma história que não é minha, mas me foi contada por Owen, o veterinário. Alguns anos atrás, pesquisadores estavam usando dardos em uma área comunitária. Eles haviam escolhido uma fêmea específica e dispararam o dardo de M99 de um veículo. Ela caiu, como esperado. Mas a manada se aglomerou muito concentradamente em volta da fêmea, impedindo que os outros guardas-florestais os afastassem. Não puderam chegar perto dela para pôr o colar, então ficaram esperando um pouco para ver o que acontecia.

Dois círculos concêntricos se formaram em volta da fêmea caída. O círculo externo ficou de costas para ela, de frente para os veículos, impassível. Mas havia um círculo interno atrás deles que os pesquisadores não conseguiam ver direito, porque sua visão estava bloqueada pelos corpos volumosos na linha de frente. Ouviam sons, movimento, o estalo de galhos. De repente, como se tivessem recebido um sinal, a manada se afastou. A elefanta que fora atingida pelo dardo estava deitada de lado, coberta de galhos quebrados e uma enorme pilha de terra.

Depois do nascimento, a mãe joga terra sobre o filhote para cobrir o cheiro de sangue, que é um enorme atrativo para predadores. Mas não havia sangue nessa fêmea. Ouvi também que uma possível razão para os elefantes cobrirem um corpo morto é mascarar o cheiro da morte. Mas não acredito nisso. Os elefantes têm o olfato tão incrivelmente apurado que de modo algum teriam confundido um elefante que recebeu um dardo com um elefante que não estivesse mais vivo.

Claro que já vi elefantes cobrirem e jogarem terra sobre companheiros mortos ou filhotes que não sobreviveram. Geralmente parece um comportamento reservado para mortes que são inesperadas ou, de algum modo, agressivas. E o morto não precisa ser necessariamente um elefante. Um pesquisador que veio da Tailândia para a reserva contou a história de um macho asiático que era de uma empresa que organizava safáris em lombo de elefante. Ele havia matado o mahout que o treinara e cuidara dele por quinze anos. O elefante estava no musth — que, em hindi, significa "loucura". No musth, o cérebro perde para os hormônios. No entanto, depois do ataque, o macho ficou muito quieto e recuou, como se soubesse que tinha feito algo errado. Mais interessantes ainda foram as fêmeas, que cobriram o mahout com terra e galhos.

Na semana antes de eu deixar Botswana para sempre, trabalhei muitas horas seguidas. Observei Kagiso com seu filhote morto; fiz anotações sobre a morte de Mmaabo. Em um dia quente, saí do carro para esticar as pernas e me deitei sob o baobá onde havia estado pela última vez com Thomas.

Não tenho sono leve. Não faço coisas estúpidas como sair do carro em lugares com grande movimento de elefantes. Não me lembro nem sequer de fechar os olhos. Mas, quando acordei, meu bloco de notas e lápis estavam no chão e minha boca e olhos estavam cheios de terra. Havia folhas em meu cabelo e galhos empilhados sobre meu corpo.

Os elefantes que me cobriram não estavam em nenhum lugar à vista quando acordei, o que provavelmente foi bom. Eu poderia muito bem ter sido morta em vez de semienterrada viva. Não tive explicação para meu sono profundo e comatoso, para minha falta de bom senso, exceto que eu *não* estava sendo eu. Eu era mais do que eu mesma.

Sempre achei irônico que os elefantes que me encontraram dormindo tivessem achado que eu estava morta quando, na realidade, estava plena de vida. Há umas dez semanas, para ser exata.

SERENITY

Uma vez, em meu programa de TV, levei um médico que falou sobre força histérica — os momentos de vida ou morte em que pessoas fazem coisas extraordinárias, como levantar um carro de cima de alguém amado. O desencadeador é uma situação de alto estresse que libera adrenalina, o que, por sua vez, leva a pessoa a transcender os limites do que seus músculos deveriam ser capazes de fazer.

Eu tinha quatro convidados naquele dia, além do médico. Angela Cavallo, que havia levantado um Chevy Impala 1964 de cima de seu filho Tony; Lydia Angyiou, que lutara em Quebec com um urso-polar que avançou para atacar seu filho de sete anos durante um jogo de hóquei em um lago congelado; e DeeDee e Dominique Proulx, gêmeas de doze anos que haviam empurrado um trator de cima de seu avô quando ele tombou em uma colina muito inclinada. "Foi muito louco", DeeDee me disse. "Nós voltamos e tentamos mover o trator de novo depois. Nem conseguimos fazer ele sair do lugar."

É o que penso quando Thomas Metcalf dá um tapa na cara de Jenna. Em um minuto, estou olhando como uma espectadora e, no seguinte, eu o estou empurrando da minha frente e mergulhando contra todos os princípios do espaço e da gravidade para que Jenna aterrisse em meus braços. Ela me olha, tão surpresa quanto eu estou por encontrá-la em meu abraço.

— Estou com você — digo a ela com firmeza, e percebo que falo muito sério, em todas as interpretações.

Não sou mãe, mas talvez seja o que eu precise ser neste momento para esta menina.

Virgil, por seu lado, acerta Thomas com tanta força que ele cai de volta na cadeira. Uma enfermeira e um dos atendentes entram depressa no quarto ao ouvir o barulho.

— Segure-o — a enfermeira diz, e Virgil se afasta enquanto o atendente contém Thomas. Ela olha para nós duas, no chão. — Vocês estão bem?

— Estamos — digo, e Jenna e eu nos levantamos.

A verdade é que eu não estou bem, nem ela. Ela está tocando com cuidado o lugar onde levou o tapa, e eu me sinto como se fosse vomitar. Você já sentiu o ar pesado demais ou um calafrio inexplicável? Isso é intuição somática. Eu costumava ser muito boa empata. Entrava em uma sala como se estivesse mergulhando o dedo do pé na água do banho, para testar sua energia, e sabia se era boa ou ruim, se um assassinato havia ocorrido ali ou se havia tristeza revestindo as paredes como camadas de tinta. Por tudo que existe neste mundo, há alguma coisa ruim e estranha girando em torno de Thomas Metcalf.

Jenna está tentando com muito empenho se controlar, mas posso ver o brilho de lágrimas em seus olhos. Do outro lado do quarto, Virgil se afasta da parede, claramente agitado. Sua boca está tão apertada que vejo sua luta para não soltar uma enxurrada de palavrões em cima de Thomas Metcalf. Ele sai do quarto como um tornado.

Olho para Jenna. Ela está encarando o pai como se nunca o tivesse visto antes; e talvez isso seja verdade, de certa maneira.

— O que você quer fazer? — murmuro.

A enfermeira se vira para nós.

— Acho que vamos sedá-lo por um tempo. Talvez seja melhor se vocês voltarem mais tarde.

Eu não estava perguntando para *ela*, mas tudo bem. Talvez assim fique até mais fácil para Jenna deixar seu pai, que ainda não pediu desculpas. Passo meu braço pelo dela e a puxo firmemente para junto de mim antes de conduzi-la para fora do quarto. Assim que atravessamos a porta, fica mais fácil respirar.

Não há sinal de Virgil no corredor, nem no saguão de entrada. Passo com Jenna por outros pacientes, que ficam olhando para ela. Pelo menos seus cuidadores têm a gentileza de fingir que não veem que ela está lutando para conter os soluços, com o rosto vermelho e inchado.

Virgil está andando de um lado para outro na frente do meu carro. Ele levanta os olhos quando nos vê.

— Não devíamos ter vindo aqui. — Ele segura o queixo de Jenna e vira seu rosto para ver o estrago. — Você vai ficar com um belo olho roxo.

— Que ótimo — ela diz, tristonha. — Vai ser divertido explicar isso para a minha avó.

— Diga a verdade a ela — sugiro. — Seu pai não é estável. Não seria tão impossível ele dar um soco em você...

— Eu já sabia disso antes de nós virmos — Virgil explode. — Eu sabia que o Metcalf era violento.

Jenna e eu olhamos para ele.

— O quê? — ela pergunta. — Meu pai não é violento.

Virgil só levanta uma sobrancelha.

— *Era* — ele repete. — Alguns dos caras mais psicopatas que já encontrei praticam violência doméstica. São as mais encantadoras das pessoas quando estão em público; em casa, são uns animais. Havia algumas indicações durante as investigações de que seu pai tinha um relacionamento abusivo com sua mãe. Outro funcionário mencionou isso. Com certeza seu pai achou que você fosse a Alice lá dentro. O que significa...

— Que minha mãe pode ter fugido para se proteger — diz Jenna. — Que ela pode não ter absolutamente nada a ver com a morte de Nevvie Ruehl.

O celular de Virgil começa a tocar. Ele atende, inclinando-se para a frente para ouvir. Balança a cabeça e se afasta alguns passos.

Jenna me olha.

— Mas isso ainda não explica para onde minha mãe foi ou por que ela não tentou voltar para me buscar.

Do nada, eu penso: Ela *está impedida*.

Ainda não sei se Alice Metcalf está morta, mas ela certamente está agindo do jeito que um espírito preso à terra agiria; como um fantasma que tem medo de ser julgado por seu comportamento em vida.

Sou poupada de responder a Jenna pelo retorno de Virgil.

— Meus pais tinham um casamento feliz — Jenna diz a ele.

— Não se chama o amor da sua vida de vagabunda — Virgil diz, sem rodeios. — Era a Tallulah, do laboratório. O DNA mitocondrial da sua bochecha combina com o cabelo do saco de transporte de corpos. A sua mãe era a ruiva que esteve próxima de Nevvie Ruehl antes de ela morrer.

Para minha surpresa, Jenna parece irritada com essa informação, em vez de perturbada.

— Será que você pode se decidir? É a minha mãe que é a assassina louca, ou é o meu pai? Porque eu já estou ficando tonta de tanto ser jogada de um lado para outro entre as duas teorias.

Virgil observa o olho machucado de Jenna.

— Talvez Thomas tenha ido atrás de Alice, e ela tenha corrido para o recinto dos elefantes para escapar. Nevvie estava lá fazendo o que quer que fosse o seu trabalho naquela noite. Ela interferiu e acabou sendo morta por Thomas por causa disso. Se sentir culpado por um assassinato é um gatilho bastante bom para perder o contato com a realidade e acabar em uma clínica...

— É — Jenna diz, sarcástica. — E depois ele chamou o elefante para andar pra cá e pra lá por cima da Nevvie, para *parecer* que ela tinha sido pisoteada. Porque, sabe, eles são treinados para fazer isso.

— Estava escuro. O elefante pode ter pisado no corpo acidentalmente...

— Vinte ou trinta vezes? Eu também li o relatório do legista. Além disso, você não tem nenhum indício de que o meu pai esteve naqueles recintos.

— Ainda — diz Virgil.

Se o quarto de Thomas Metcalf me deixou nauseada, ficar entre esses dois está fazendo minha cabeça parecer que vai explodir.

— Que pena que Nevvie se foi — digo, com animação. — Ela seria um ótimo recurso.

Jenna dá um passo em direção a Virgil.

— Quer saber o que eu acho?

— E importa o que eu quero? Porque nós dois sabemos que você vai falar de qualquer maneira...

— Eu acho que você está muito ansioso para acusar todo mundo naquela noite para não ter que admitir que *você* foi o culpado por um lixo de investigação.

— E eu acho que *você* é uma merdinha mimada que não tem coragem de abrir a caixa de Pandora e ver o que tem lá dentro.

— Quer saber? — grita Jenna. — Você está demitido!

— Quer saber? — Virgil grita de volta. — Estou fora.

— Ótimo.

— Certo.

Ela se vira e começa a correr.

— O que eu deveria fazer? — ele me pergunta. — Eu disse que encontraria a mãe dela. Não disse que ela ia gostar dos resultados. Caramba, essa menina me deixa maluco.

— Eu sei.

— A mãe dela provavelmente ficou longe porque ela é muito chata. — Ele fez uma careta. — Não é verdade. A Jenna está certa. Se eu tivesse confiado nos meus instintos dez anos atrás, nós não estaríamos aqui agora.

— A questão é: Alice Metcalf estaria?

Nós dois pensamos nisso por um momento. Depois, ele olha para mim.

— Um de nós devia ir atrás dela. E *um de nós* significa *você*.

Pego a chave na bolsa e abro a porta do carro.

— Sabe, eu costumava filtrar as informações que recebia dos espíritos. Se eu achasse que ia ser doloroso para o cliente, ou perturbador, deixava a mensagem de fora. Fingia que não tinha ouvido. Mas acabei percebendo que não era meu trabalho julgar o tipo de informação que estava recebendo. Meu trabalho era transmitir e pronto.

Virgil aperta os olhos.

— Não entendi bem se você está concordando comigo.

Entro no carro, ligo o motor e baixo o vidro.

— Só estou dizendo que você não precisa ser o ventríloquo. Você é o boneco.

— Você só queria uma oportunidade de dizer isso na minha cara.

— Um pouco — confesso. — Mas estou tentando te dizer para parar de focar em aonde isso vai levar e parar de tentar direcionar as coisas. Simplesmente siga para onde estiver indo.

Virgil leva a mão sobre os olhos para protegê-los do sol enquanto vira na direção em que Jenna correu.

— Não sei se Alice é a vítima que fugiu para salvar sua vida ou uma criminosa que tirou a vida de outra pessoa. Mas, quando nós fomos chamados ao santuário, Thomas estava muito nervoso, dizendo que Alice tinha roubado sua pesquisa. Mais ou menos como estava hoje.

— Você acha que foi por isso que ele tentou matá-la?

— Não — diz Virgil. — Acho que isso foi porque ela estava tendo um caso.

ALICE

Nunca vi mãe melhor que uma elefanta.

Imagino que, se as mulheres humanas ficassem grávidas por dois anos, o investimento talvez fosse suficiente para fazer de nós todas mães melhores. Um bebê elefante nunca está errado. Ele pode ser travesso, pode roubar comida da boca da mãe, pode se mover devagar demais ou ficar preso na lama e, ainda assim, sua mãe é inacreditavelmente paciente. Os bebês são a coisa mais importante na vida de um elefante.

A proteção dos filhotes é responsabilidade da manada inteira. Elas se agrupam com os bebês andando no meio. Se passam por um de nossos veículos, o bebê fica do lado mais distante, com a mãe formando um escudo. Se a mãe tiver outra filha com idade entre seis e doze anos, as duas com frequência andam com o bebê entre elas. Muitas vezes, essa irmã vem até o veículo, sacudindo a cabeça em ameaça, como se dissesse: *Nem ousem; este é o meu irmãozinho.* Quando é a hora mais quente do dia e ideal para um cochilo, os bebês dormem sob o dossel do enorme corpo da mãe, porque são mais suscetíveis a queimaduras de sol.

O termo usado para descrever o modo como os bebês são criados em manadas de elefantes é *alomaternidade*, uma palavra chique para "todo mundo junto". Como sempre, há uma razão biológica para permitir que as irmãs e tias ajudem a mãe a criar seus filhotes: quando você precisa se alimentar com cento e cinquenta quilos de comida por dia e tem um bebê que adora explorar, não dá para correr atrás dele *e* obter toda a nutrição de que necessita para produzir leite para ele. A alomaternidade também possibilita que indivíduos jovens aprendam a cuidar de um bebê, a proteger um bebê, a dar a um bebê o tempo e espaço de que ele precisa para explorar sem ficar em perigo.

Então, teoricamente, seria possível dizer que um elefante tem muitas mães. No entanto, há um vínculo especial e inviolável entre o filhote e sua mãe biológica.

Na natureza, um filhote de menos de dois anos não sobrevive sem a mãe.

Na natureza, o trabalho da mãe é ensinar à filha tudo que ela terá de saber para ela mesma se tornar mãe.

Na natureza, mãe e filha permanecem juntas até que uma delas morra.

JENNA

Estou andando pela rodovia estadual quando ouço um carro rangendo no cascalho atrás de mim. É Serenity, claro. Ela para e abre a porta do passageiro.

— Deixe pelo menos eu te levar para casa — diz ela.

Espio dentro do carro. A boa notícia é que Virgil não está nele. Mas isso não quer dizer que eu esteja a fim de uma conversinha particular com Serenity para ela tentar me convencer de que Virgil só está fazendo seu trabalho. Ou pior, de que talvez ele esteja certo.

— Eu gosto de andar — digo a ela.

Vejo luzes piscando e um carro de polícia para atrás de Serenity.

— Ah, não — ela reclama e suspira. — Entre logo no carro, Jenna.

O policial é jovem o bastante para ainda ter acne e um cabelo curto tão bem cuidado quanto um campo de golfe.

— Senhora — diz ele —, algum problema?

— Sim — respondo, ao mesmo tempo em que Serenity diz "Não". — Está tudo bem — acrescento.

Serenity aperta os dentes.

— Meu bem, entre no carro.

O policial franze a testa.

— O quê?

Com um suspiro alto, eu entro no Fusca.

— Obrigada pela atenção — Serenity diz ao policial, enquanto liga o pisca-pisca para a esquerda e entra na pista dirigindo a uns dez por hora.

— Nessa velocidade, eu chegaria mais depressa em casa se fosse a pé — murmuro.

Remexo o lixo que se acumula no carro dela: elásticos de cabelo, embalagens de goma de mascar, recibos do Dunkin' Donuts. Uma propaganda de uma liquidação da loja de tecidos Jo-Ann, embora, até onde eu possa perceber, ela não é nem um pouco dada a trabalhos manuais. Uma barra de granola semicomida. Dezesseis centavos e uma nota de um dólar.

Distraída, pego a nota de um dólar e começo a dobrá-la na forma de um elefante.

Serenity dá uma espiada em mim enquanto viro, dobro e aperto.

— Onde aprendeu a fazer isso?

— Minha mãe me ensinou.

— Você era o quê? Uma pequena gênia?

— Ela me ensinou mesmo ausente. — Olho para ela. — Você ficaria surpresa de saber quanto se pode aprender com alguém que te decepcionou completamente.

— Como está o seu olho? — Serenity pergunta, e eu quase rio dessa transição perfeita.

— Doendo. — Pego o elefante terminado e o apoio na pequena reentrância onde estão os controles do rádio. Depois me encolho no banco, pressionando os sapatos contra o painel. Serenity tem uma capa de volante azul felpuda que pretende parecer um monstro e uma cruz vistosa pendurada no espelho retrovisor. Essas duas coisas parecem tão distantes na escala de crenças quanto humanamente possível e me fazem pensar: uma pessoa pode se apegar com força a dois pensamentos que, à primeira vista, pareçam anular um ao outro?

Poderiam minha mãe e meu pai ser ambos culpados pelo que aconteceu dez anos atrás?

Minha mãe poderia ter me deixado e ainda assim me amar?

Dou uma olhada para Serenity, com seu cabelo vibrantemente cor-de-rosa e a jaqueta de estampa de oncinha apertada demais, que a fazem parecer uma salsicha humana. Ela está cantando uma música da Nicki Minaj com a letra toda errada, e o rádio nem está ligado. É fácil rir de alguém como ela, mas eu adoro o fato de ela não pedir desculpas por ser como é: nem quando fala palavrões na minha frente; nem quando as pessoas em elevadores ficam olhando para seu estilo de maquiagem (que eu diria que é meio uma mistura de gueixa e palhaço); nem mesmo quando — isso é importante — ela cometeu um erro colossal que lhe custou a carreira. Ela pode não ser muito feliz, mas é feliz por *ser*. Isso é mais do que eu posso dizer de mim.

— Posso te fazer uma pergunta? — digo.

— Claro, meu bem.

— Qual é o sentido da vida?

— Pela Santíssima Trindade, menina. Isso não é uma pergunta. É uma filosofia. Uma pergunta é: *Ei, Serenity, a gente pode passar no McDonald's?*

Não vou deixá-la escapar assim tão fácil. Alguém que vive falando com espíritos não pode conversar com eles só sobre o tempo e beisebol.

— Você nunca *perguntou*?

Ela suspira.

— Desmond e Lucinda, meus guias espirituais, disseram que tudo o que o universo quer de nós é: não causar nenhum mal intencional a nós mesmos nem aos outros e ser felizes. Eles me disseram que os humanos fazem tudo mais complicado do que precisa ser. Achei que eles com certeza estivessem me enrolando. Tem que existir mais do que apenas *isso*. Mas, se houver, imagino que não seja para eu saber ainda.

— E se o sentido da minha vida for descobrir o que aconteceu com a vida *dela*? — pergunto. — E se essa for a única coisa que vai me fazer feliz?

— Você tem certeza de que vai?

Como não quero responder, ligo o rádio. Já estamos entrando na cidade, e Serenity me deixa no lugar onde prendi minha bicicleta.

— Quer jantar, Jenna? Eu faço um maravilhoso pedido de comida chinesa para viagem.

— Não, obrigada. Minha avó está me esperando.

Aguardo até ela ir embora, para não poder ver que não estou indo para casa.

Levo mais meia hora de bicicleta até o santuário e outros vinte minutos para caminhar pelo mato crescido até o lugar com os cogumelos roxos. Meu rosto ainda está doendo quando me deito na grama alta e escuto o vento brincando nos galhos lá em cima. É aquela hora que emenda o dia e a noite.

Devo ter tido uma concussão, porque acabo dormindo. Está escuro quando acordo e não tenho luz na bicicleta, e provavelmente vou ficar de castigo por perder o jantar. Mas vale a pena, porque sonhei com minha mãe.

No meu sonho, eu era muito pequena, no jardim de infância. Minha mãe tinha insistido para eu ir para a escola, porque não era normal uma criança de três anos se socializar apenas com adultos estudiosos do comportamento animal e um bando de elefantes. Minha classe tinha feito um estudo do meio para conhecer Maura; depois, as outras crianças pintaram animais de formas estranhas que as professoras encheram de elogios, por mais biologicamente imprecisos que fossem: *É tão cinza! Que criativo fazer duas trombas! Muito bom!* Os meus desenhos de elefantes eram não só precisos como detalhados. Coloquei o entalhe na orelha de Maura, do mesmo jeito que minha mãe fazia quando desenhava o elefante; fiz os pelos da cauda retorcidos, quando todas as outras crianças da minha classe haviam ignorado completamente sua presença. Sabia exatamente quantas unhas havia em cada pé (três nas patas traseiras, quatro nas dianteiras). Minhas professoras, a srta. Kate e a srta. Harriet, disseram que eu era uma pequena Audubon, embora eu nem imaginasse o que isso significava na época.

Eu era um mistério para elas em outras coisas além dessa: não via televisão, então não tinha ideia de quem eram as Meninas Superpoderosas. Não sabia diferenciar as princesas da Disney. Na maior parte do tempo, as professoras não se importavam muito com as esquisitices de minha criação — afinal, era um jardim de infância, não um curso preparatório para o vestibular. Mas um dia, perto das férias, recebemos folhas de um papel branco bonito para fazer um desenho de nossa família. Depois, íamos fazer uma moldura de macarrão, pintá-la de dourado e pôr o desenho dentro como um presente.

As outras crianças começaram a desenhar de imediato. Havia todo tipo de família. Logan morava só com a mãe. Yasmina tinha dois pais. Sly tinha um irmão bebê e outros dois mais velhos com uma mãe diferente da dele. Havia muitas combinações de irmãos, mas era claro que, se houvesse pessoas extras na família, elas eram crianças.

Mas eu me desenhei com cinco adultos.

Havia meu pai, com seus óculos. Minha mãe, com o rabo de cavalo muito ruivo. Gideon, Grace e Nevvie, todos usando short bege e a camisa polo vermelha que era o uniforme do santuário.

A srta. Kate se sentou ao meu lado.

— Quem são todas essas pessoas, Jenna? Estes são sua avó e seu avô?

— Não — expliquei, apontando. — Esta é a mamãe e este é o papai.

Isso levou minha mãe a ser chamada de lado na hora de me buscar na escola.

— Dra. Metcalf — disse a srta. Harriet —, a Jenna parece ter um pouco de dificuldade para identificar sua família imediata.

E mostrou o desenho para minha mãe.

— Parece bem correto para mim — minha mãe respondeu. — Todos esses cinco adultos cuidam da Jenna.

— Não é essa a preocupação — disse a srta. Harriet.

Foi então que ela apontou as letras mal rabiscadas, minhas tentativas desastrosas de identificar aquelas pessoas. Havia MAMÃE, segurando uma de minhas mãos, e havia PAPAI, segurando a outra. Só que PAPAI não era o homem que eu tinha desenhado de óculos. *Ele* estava em um canto, quase caindo da página.

Minha pequena e feliz unidade familiar ou era um desejo, ou a observação inquietante de uma criança de três anos que via mais do que qualquer um esperava.

Vou encontrar minha mãe, antes que Virgil consiga fazer isso. Talvez eu possa salvá-la de ser presa; talvez possa alertá-la. Talvez nós duas possamos fugir juntas dessa vez. É verdade que vou competir com um investigador particular que desvenda mistérios para ganhar a vida. Mas eu sei uma coisa que ele não sabe.

Meu sonho embaixo da árvore foi o que trouxe à superfície algo que acho que eu sempre soube. Eu sei quem deu aquele colar para minha mãe. Sei por que meus pais estavam brigando naquela época. Sei quem, tantos anos atrás, eu *queria* que fosse meu pai.

Agora só tenho que encontrar Gideon outra vez.

PARTE II

Os filhos são para as mães a âncora de sua vida.

— SÓFOCLES, *Fedra*, fragmento 612

ALICE

Na natureza, muitas vezes não percebíamos que uma elefanta estava prenha até ela estar prestes a ter o bebê. As glândulas mamárias se avolumavam mais ou menos aos vinte e um meses, mas, antes disso, sem fazer um exame de sangue ou ter testemunhado um macho acasalando com uma fêmea específica quase dois anos antes, era muito difícil prever um nascimento iminente.

Kagiso tinha quinze anos e só recentemente havíamos descoberto que ela ia ter um bebê. Todos os dias meus colegas tentavam localizá-la, para ver se o bebê já havia nascido. Para eles, esse era um bom campo de trabalho. Mas, para mim, tornou-se uma razão para sair da cama.

Eu ainda não sabia que estava grávida. Só sabia que andava mais cansada do que de costume, com o corpo mole no calor. Pesquisas que antes me energizavam agora pareciam rotina. Se por acaso eu testemunhava alguma coisa notável no campo, o primeiro pensamento a atravessar minha mente era: *O que será que o Thomas acharia disso?*

Eu dissera a mim mesma que meu interesse por ele se devia unicamente ao fato de ser o primeiro colega que não riu da minha pesquisa. Quando Thomas foi embora, deixou a sensação de um romance de verão — uma lembrança que eu poderia levar e examinar pelo resto da vida, do mesmo modo que poderia guardar uma concha depois de férias na praia ou o ingresso depois de ver meu primeiro musical da Broadway. Mesmo que eu quisesse testar se aquela moldura frágil de uma noite de sexo casual poderia aguentar a carga de um relacionamento de verdade, isso não era praticável. Ele morava em outro continente; nós dois tínhamos nossas respectivas pesquisas.

Mas, como Thomas comentara de passagem, não era como se um de nós estudasse elefantes e o outro pinguins. E, devido ao trauma de uma vida em cativeiro, havia com frequência mais mortes e rituais de luto para observar em santuários de elefantes do que na natureza. A oportunidade de continuar minha pesquisa não estava limitada ao Tuli Block.

Depois que Thomas partiu para New Hampshire, passamos a nos comunicar pelo código secreto dos artigos científicos. Eu enviei a ele anotações detalhadas sobre a manada de Mmaabo, que ainda estava visitando os ossos dela um mês depois de sua morte. Ele me enviou a história da morte de uma de suas elefantas e contou que três de suas companheiras permaneceram no compartimento do galpão onde ela havia caído, velando seu corpo por várias horas. O que eu realmente queria dizer quando escrevi *Isso talvez interesse a você* foi *Estou com saudade*. O que ele realmente quis dizer quando escreveu *Pensei em você outro dia* foi *Você está sempre na minha cabeça*.

Era quase como se houvesse um rasgo no tecido de que eu era feita e ele fosse o único fio da cor que combinava para costurá-lo de novo.

Uma manhã, quando saí atrás de Kagiso, percebi que ela não estava mais caminhando com sua manada. Comecei a procurar nas redondezas e a encontrei a mais ou menos um quilômetro de distância. Pelo binóculo, avistei uma pequena forma a seus pés e corri para um ponto de onde pudesse enxergar melhor.

Ao contrário da maioria das elefantas que dão à luz na natureza, Kagiso estava sozinha. Sua manada não estava lá, comemorando com uma cacofonia de sons e um pandemônio de toques, como uma reunião de família em que todas as tias mais velhas correm para apertar as bochechas do recém-nascido. Kagiso também não estava comemorando. Ela empurrava o filhote imóvel com a pata, tentando fazê-lo levantar. Depois baixou a tromba e a entrelaçou na do bebê, que deslizou, mole, de seu toque.

Eu já tinha visto nascimentos antes em que o filhote era fraco e instável, em que demorou mais que a habitual meia hora para que ele ficasse de pé e começasse a cambalear ao lado da mãe. Apertei os olhos, tentando enxergar se havia algum movimento no peito do filhote. Mas, na verdade, tudo que precisei examinar foi a posição da cabeça de Kagiso, sua boca entreaberta, as orelhas murchas. Tudo nela parecia esvaziado. Ela já sabia, antes de mim.

Tive uma súbita lembrança de Lorato, descendo velozmente a colina para proteger seu filho adulto quando ele recebeu o tiro.

Quando se é mãe, é preciso ter alguém de quem cuidar.

Se esse alguém lhe for tirado, seja um recém-nascido ou um indivíduo crescido o bastante para ter seus próprios filhos, você ainda pode chamar a si própria de mãe?

Olhando para Kagiso, me dei conta de que ela não havia perdido apenas seu filhote. Ela havia perdido a si mesma. E, embora meu trabalho fosse estudar o luto em elefantes, embora já tivesse visto muitas mortes na natureza e as houvesse registrado objetivamente, como um observador deve fazer, naquele momento eu desabei e comecei a chorar.

A natureza é cruel. Nós, pesquisadores, não devemos interferir, por que o reino animal se resolve sem a nossa intervenção. Mas eu me perguntei se as coisas poderiam ter sido diferentes se tivéssemos monitorado Kagiso meses antes, mesmo sabendo que era improvável que pudéssemos perceber com antecedência que ela ia ter um bebê.

Eu mesma, por outro lado, não tinha desculpa.

* * *

Nem percebi que minha menstruação não tinha vindo até que meu short começou a não fechar e eu tive de prendê-lo com um alfinete de segurança. Depois da morte do filhote de Kagiso, passei cinco dias registrando seu luto e então fui da reserva até Polokwane comprar um teste de gravidez de farmácia. Sentei no banheiro de um restaurante de frango peri-peri, olhando para a pequena linha cor-de-rosa e soluçando.

Quando voltei ao acampamento, já havia me recomposto. Conversei com Grant e pedi a ele três semanas de licença. Depois deixei uma mensagem de voz para Thomas, aceitando seu convite para visitar o Santuário de Elefantes de New England. Levou menos de vinte minutos para Thomas me ligar com mil perguntas. Eu me incomodaria de ficar hospedada no santuário? Quanto tempo eu podia ficar? Ele podia ir me buscar no Aeroporto Logan? Forneci todas as informações que ele queria, deixando de fora um único detalhe crucial: que eu estava grávida.

Era certo esconder isso dele? Não. Pode atribuir minha atitude ao fato de eu estar imersa todos os dias em uma sociedade matriarcal, ou então atribua à covardia: eu só queria dar uma boa e cuidadosa olhada em Thomas antes de deixá-lo reivindicar a propriedade parcial da criança. Naquele ponto, eu ainda não sabia sequer se ia manter o bebê. E, se resolvesse tê-lo, evidentemente ia criá-lo na África, comigo. Não sentia que uma noite sob um baobá significava que Thomas necessariamente merecesse um voto matrimonial.

Em Boston, saí do avião amarfanhada e cansada, fiquei na fila de controle de passaportes, peguei minha bagagem. Quando as portas me lançaram no saguão de desembarque, vi Thomas na mesma hora. Ele estava atrás da grade, espremido entre dois motoristas de terno preto. Na mão, segurava uma planta arrancada de cabeça para baixo, como o buquê de uma bruxa.

Puxei minha mala para o outro lado da barreira.

— Você sempre traz flores mortas para as garotas que vem receber no aeroporto? — perguntei.

Ele sacudiu a planta e um pouco de terra choveu sobre meus tênis.

— Foi o mais perto que consegui chegar de um baobá — disse Thomas. — A florista não pôde me ajudar, então eu tive que improvisar.

Tentei não me permitir ver isso como um sinal de que ele também esperava que pudéssemos recomeçar de onde paramos, de que havíamos tido mais que só um flerte. Apesar das borbulhas de esperança dentro de mim, eu estava decidida a me fazer de boba.

— Por que você queria me trazer um baobá?

— Porque um elefante não ia caber no carro — Thomas respondeu e sorriu para mim.

Os médicos dirão que não era fisiologicamente possível, que era cedo demais na gravidez. Mas, naquele momento, senti a pequena agitação de nossa bebê, como se a eletricidade entre nós fosse tudo de que ela precisava para ganhar vida.

* * *

Na longa viagem para New Hampshire, conversamos sobre minha pesquisa: como a manada de Mmaabo estava lidando com a situação depois de sua morte; como foi doloroso ver Kagiso sofrendo pelo filhote morto. Thomas me contou, com muito entusiasmo, que eu estaria presente na chegada de sua sétima elefanta ao santuário: uma africana chamada Maura.

Não falamos sobre o que havia acontecido entre nós embaixo daquele baobá.

Também não falamos sobre como eu me percebia sentindo falta de Thomas nos momentos mais aleatórios, como quando vi dois jovens elefantes machos chutando uma bola de cocô como se fossem astros de futebol e quis compartilhar com alguém que sentisse o mesmo que eu em relação àquilo. Ou como eu às vezes acordava com a sensação dele em minha pele, como se seus dedos tivessem deixado uma cicatriz.

Na verdade, com exceção da planta que ele levara à sala de desembarque, Thomas não fizera nenhuma menção a nada além de nossa relação como colegas de profissão. Tanto que eu estava começando a me perguntar se havia sonhado com a noite entre nós; se aquele bebê era um produto da minha imaginação.

Quando chegamos ao santuário, era noite e eu mal podia manter os olhos abertos. Esperei no carro enquanto Thomas abria um portão eletrônico, depois outro mais para dentro.

— Os elefantes são muito bons em nos mostrar como são fortes. Quase sempre que erguemos uma cerca, uma elefanta a derruba só para deixar bem claro para nós que ela *pode*. — Ele olhou para mim. — Tivemos uma chuva de telefonemas quando abrimos o santuário... vizinhos avisando que havia um elefante no quintal.

— E o que acontece quando elas saem?

— Nós as trazemos de volta — disse Thomas. — O grande motivo de elas viverem aqui é que não são espancadas nem machucadas quando escapam, como seriam em um zoológico ou circo. Eles são como bebês. Você não deixa de amar uma criança só porque ela ultrapassa os limites.

A menção a bebês me fez cruzar os braços sobre a barriga.

— Você já pensou nisso? — perguntei. — Em ter uma família?

— Eu tenho — Thomas respondeu. — Nevvie, Gideon e Grace. Você vai conhecê-los amanhã.

Eu me senti como se uma lança tivesse sido enfiada em meu peito. Nunca nem sequer havia *perguntado* a Thomas se ele era casado? Como pude ter sido tão burra?

— Eu não poderia administrar este lugar sem eles — Thomas continuou, sem perceber o colapso interno que acontecia no banco do passageiro. — A Nevvie trabalhou por vinte anos em um circo no sul como treinadora de elefantes. O Gideon era seu aprendiz. Ele é casado com a Grace.

Lentamente, comecei a montar o quebra-cabeça dos relacionamentos. E a perceber que nenhuma daquelas três pessoas parecia ser sua esposa ou filhos.

— Eles têm filhos?

— Não, graças a Deus — respondeu Thomas. — Meu seguro já é estratosférico. Nem posso imaginar como seria se tivesse uma criança andando por aí.

Essa, claro, foi a resposta certa. Seria absurdo criar uma criança em uma reserva de elefantes, da mesma maneira que seria loucura criar uma no terreno de um santuário. Por definição, os animais que Thomas recebia eram elefantes "problema": os que haviam matado treinadores ou agido de alguma maneira que fez o zoológico ou circo não querer mais ficar com eles. Mas a resposta me fez sentir como se ele tivesse sido reprovado em um exame que nem sabia que estava fazendo.

Estava muito escuro para enxergar alguma coisa nos recintos, mas, quando passamos por mais uma cerca alta, abri a janela do carro para sentir o cheiro de terra e grama tão característico dos elefantes. Na distância, ouvi um ronco baixo que soava como trovão.

— Essa deve ser a Syrah — disse Thomas. — Ela é o nosso comitê de boas-vindas.

Ele estacionou na frente de seu chalé e tirou minha bagagem do carro. Sua casa era bem pequena: uma sala de estar, uma cozinha diminuta, um quarto, um escritório do tamanho de um armário. Não havia quarto de hóspedes, mas Thomas não levou minha mala gasta para seu quarto.

Ele ficou parado, desajeitado, no meio de sua própria casa, empurrando os óculos no nariz.

— Lar, doce lar — disse ele.

De repente, eu me perguntei o que estava fazendo ali. Mal conhecia Thomas Metcalf. Ele podia ser um psicopata. Podia ser um serial killer.

Ele podia ser um monte de coisas, mas *era* o pai daquele bebê.

— Bom — falei, constrangida. — Foi um dia cansativo. Será que eu posso tomar um banho?

O banheiro de Thomas era, para minha surpresa, patologicamente organizado. A escova de dentes estava em uma gaveta, paralela ao tubo de pasta de dente. O vaso sanitário era impecável. Os frascos de comprimidos no armário estavam arrumados em ordem alfabética. Deixei a água correr no chuveiro até o pequeno aposento estar cheio de vapor, até eu ficar como um fantasma na frente do espelho, tentando ver meu futuro. Tomei um banho muito quente, até a pele ficar vermelha, até eu pensar na melhor maneira de encerrar logo aquela visita, porque, claramente, vir aqui tinha sido um erro. Não sei o que eu estava esperando. Que Thomas, a treze mil quilômetros de distância, estivesse chorando por mim? Que ele estivesse secretamente desejando que eu percorresse metade do planeta para recomeçar de onde havíamos parado? É evidente que os hormônios nadando em minha corrente sanguínea estavam me fazendo ter ilusões.

Quando saí enrolada em uma toalha, o cabelo penteado e os calcanhares deixando pegadas úmidas no chão de madeira, Thomas estava arrumando lençóis e cobertores no sofá. Se eu tivesse precisado de uma prova mais clara de que aquilo que acontecera na África havia sido um erro ocasional e não um começo, ali estava ela, bem na minha cara.

— Ah — eu disse, enquanto algo se quebrava dentro de mim. — Obrigada.

— Isto é para mim — ele respondeu, evitando meus olhos. — Você fica com a cama.

Senti o calor subindo pelo rosto.

— Se é o que você quer.

É preciso entender que há romance na África. Pode-se ver um pôr do sol e acreditar que se testemunhou a mão de Deus. Observamos o movimento lento de uma leoa e esquecemos de respirar. Nos maravilhamos diante do tripé de uma girafa inclinada para a água. Na África existem azuis iridescentes nas asas de aves que não se veem em nenhum outro lugar na natureza. Na África, no calor do meio-dia, você vê bolhas na atmosfera. Quando estamos na África, nós nos sentimos primordiais, embalados no berço do mundo. Nesse tipo de cenário, é alguma surpresa que as lembranças possam ser cor-de-rosa?

— Você é a hóspede — Thomas disse, educado. — É como *você* quiser.

O que eu queria?

Eu poderia ter pegado a roupa de cama e dormido sozinha no sofá. Ou poderia ter contado a Thomas sobre o bebê. Em vez disso, caminhei para ele e deixei a toalha cair no chão.

Por um instante, Thomas só ficou olhando. Ele estendeu um dedo e traçou a curva de meu pescoço até o ombro.

Uma vez, na época da faculdade, eu tinha ido nadar à noite em uma baía bioluminescente em Porto Rico. Toda vez que movia os braços ou pernas, havia uma nova chuva de fagulhas, como se eu estivesse criando estrelas cadentes. Foi assim que me senti quando Thomas me tocou — como se eu tivesse engolido luz. Nós ricocheteamos em móveis e paredes; nem chegamos até o sofá. Depois, fiquei deitada nos braços dele no chão duro de madeira.

— Você me disse que a *Syrah* era o comitê de boas-vindas.

Ele riu.

— Eu posso ir buscá-la se você quiser.

— Não precisa. Estou ótima.

— Não se diminua. Você é incrível.

Eu me virei nos braços dele.

— Achei que você não quisesse fazer isso.

— E eu achei que *você* não quisesse — disse Thomas. — Não queria tirar nenhuma conclusão apressada de que poderia acontecer outra vez. — Ele enfiou a mão no meu cabelo. — No que você está pensando?

Eu estava pensando nisto: que os gorilas mentem para tirar a culpa de si mesmos. Que os chimpanzés enganam. E os macacos se sentam bem no alto de uma árvore e fingem que há perigo, mesmo que não haja. Mas não as elefantas. Uma elefanta nunca finge ser algo que não é.

E isto foi o que eu disse:

— Eu só estava imaginando se um dia a gente vai conseguir ficar junto em uma cama.

Uma mentirinha a mais, uma a menos...

* * *

A terra na África do Sul muitas vezes parece ressecada, seus calcanhares e cotovelos rachados de seca, seus vales vermelhos assados do sol. O santuário, em comparação, era um luxuriante Jardim do Éden: colinas verdejantes e campos úmidos, carvalhos musculosos em floração com os braços curvados em posições de balé. E, claro, havia os elefantes.

Eram cinco elefantes asiáticas, uma africana e outra africana a caminho. Ao contrário do que acontece na natureza, os vínculos sociais aqui não eram formados pela genética. As manadas eram limitadas a duas ou três elefantas, que haviam escolhido caminhar pela propriedade juntas por sua própria vontade. Havia algumas elefantas, Thomas me contou, que simplesmente não se davam umas com as outras; algumas preferiam ficar sozinhas; havia outras que não se afastavam quatro passos de sua companhia escolhida.

Mas eu me surpreendi ao ver quanto a filosofia do santuário era semelhante à nossa no campo. Como quando tínhamos vontade de correr e salvar um elefante gravemente ferido, mas não o fazíamos, porque isso perturbava a natureza. Nós deixávamos que os elefantes nos orientassem e nos considerávamos felizes por ter a chance de observá-los sem interferir. Da mesma forma, Thomas e sua equipe queriam dar a suas elefantas aposentadas tanta liberdade quanto possível, em vez de microadministrar sua existência Elas não podiam ser libertadas na natureza em sua idade avançada, mas aquilo era o melhor substituto que poderiam ter. As elefantas daqui haviam passado a maior parte da vida sendo puxadas, acorrentadas e agredidas para forçar comportamentos. Thomas acreditava no contato livre — ele e sua equipe entravam nos recintos para alimentar as elefantas e fornecer cuidados médicos quando necessário —, mas modificações de comportamento eram feitas apenas com recompensas e reforço positivo.

Thomas me levou para conhecer o santuário em um quadriciclo, para eu começar a me orientar pelo espaço. Sentei atrás dele, os braços envolvendo sua cintura e o rosto pressionado no calor de suas costas. Os portões eram projetados com aberturas suficientemente grandes para os veículos passarem, mas pequenas demais para um elefante escapar. Havia recintos separados para as elefantas asiáticas e as africanas, e cada recinto tinha seu próprio galpão — embora, no momento, Hester fosse a única elefanta africana no seu. Os galpões eram hangares gigantes, tão limpos que praticamente se poderia comer no chão. Havia aquecedores sob o concreto para manter os pés dos elefantes quentes no inverno e longas faixas de tecido na frente das portas, como as de um lava-jato de veículos, para reter o calor no inverno e, ao mesmo tempo, permitir que os elefantes escolhessem se queriam entrar ou sair. Havia mecanismos automáticos de fornecimento de água em cada baia.

— Deve custar uma fortuna para manter este lugar — murmurei.

— Cento e trinta e três mil dólares — Thomas respondeu.

— Por ano?

— Por *elefante* — ele me disse e riu. — Ah, como eu gostaria que fosse por ano. Investi tudo que tinha para garantir este terreno quando vi a propriedade anunciada. E deixamos a Syrah fazer a propaganda quando convidamos todos os vizinhos e a imprensa para virem ver qual era o nosso trabalho. Conseguimos doações, mas isso é uma gota no oceano. Só a comida custa uns cinco mil dólares por elefante.

Meus elefantes no Tuli tinham anos de seca, quando se podia ver os nós de macramê de sua coluna e os sulcos de suas costelas sob a pele; a África do Sul era diferente do Quênia ou da Tanzânia, onde os elefantes sempre pareciam comparativamente gordos e felizes para mim. Mas pelo menos meus elefantes tinham *alguma* comida. A propriedade do santuário era vasta e cheia de verde, mas nunca haveria arbustos e vegetação suficientes para manter as elefantas aqui; e elas não dispunham do luxo de poder percorrer centenas de quilômetros por corredores de elefantes para encontrar mais — nem tinham uma matriarca para guiá-las.

— O que é aquilo? — perguntei, apontando para o que parecia um barril de azeitonas, amarrado na grade de aço da baia.

— Um brinquedo — Thomas explicou. — Há um buraco no fundo e, dentro, uma bola cheia de guloseimas. Dionne tem que pôr a tromba dentro do barril e mover a bola para tirá-la de lá.

Como se ele a tivesse chamado, nesse momento uma elefanta passou pelas faixas de tecido farfalhantes na porta do galpão. Ela era pequena e malhada, com um espanador de pelos no alto da cabeça. Suas orelhas eram minúsculas em comparação com as dos elefantes africanos com que eu estava acostumada, e tinha as bordas irregulares. As saliências ósseas acima dos olhos eram pronunciadas, uma crista projetada. E os olhos eram grandes e marrons, com cílios tão espessos que envergonhariam uma modelo, e estavam fixos em mim, a estranha. Eu me senti como se ela estivesse tentando, intensamente, me contar uma história, só que eu não era fluente em sua língua. De repente, ela sacudiu a cabeça, o mesmo comportamento desafiador de advertência que eu estava acostumada a ver na reserva quando invadíamos sem querer o espaço de uma manada. Isso me fez sorrir, porque suas orelhas menores não tinham o mesmo efeito de intimidação.

— Os elefantes asiáticos fazem isso também?

— Não. Mas a Dionne foi criada no zoológico da Filadélfia com elefantes africanos, então os gestos dela são um pouco maiores que os da maioria das outras meninas asiáticas. Não é isso, lindona? — Thomas estendeu o braço para que ela o pudesse cheirar com a tromba. De algum lugar, ele tirou uma banana e ela a pegou delicadamente de sua mão e a enfiou na lateral da boca.

— Não sabia que era seguro manter elefantes asiáticos e africanos juntos — falei.

— Não é. Ela se machucou durante uma brincadeira de empurrões e, depois disso, o pessoal do zoológico a isolou. Mas não tinham espaço para isso, então decidiram mandá-la aqui para o santuário.

O celular dele começou a tocar. Ele atendeu, virando-se de costas para mim e Dionne.

— Sim, é o dr. Metcalf. — Ele cobriu o receptor com a mão, olhou para trás e moveu os lábios: *A nova elefanta.*

Fiz sinal para ele se afastar para conversar e, então, cheguei um pouco mais perto de Dionne. No campo, mesmo com as manadas que estavam acostumadas a me ver, nunca me esqueci de que os elefantes eram animais selvagens. Com cautela, estendi a mão, do jeito como me aproximaria de um cachorro extraviado.

Eu sabia que Dionne podia sentir meu cheiro de onde estava, do outro lado da baia. Ela provavelmente poderia sentir meu cheiro até de fora do galpão! Sua tromba se levantou em um S, a ponta girando como um periscópio. Os dedos se apertaram e se enfiaram através das barras de metal da baia. Fiquei muito quieta, deixando-a roçar meu ombro, meu braço, meu rosto; ela estava me lendo pelo toque. A cada exalação, eu sentia o cheiro de feno e banana.

— É um prazer conhecer você — eu disse, baixinho, e ela desceu pelos meus braços, até que sua tromba encontrou a palma da minha mão.

Ela soprou uma framboesa e eu comecei a rir.

— Ela gosta de você — disse uma voz.

Eu me virei e encontrei uma mulher jovem atrás de mim, de cabelo curto muito loiro e pele clara, tão delicada que meu primeiro pensamento foi uma bolha de sabão destinada a estourar. Meu segundo pensamento foi que essa mulher era muito miúda para fazer o trabalho pesado necessário para cuidar de elefantes. Ela parecia jovem, frágil como cristal.

— Você deve ser a dra. Kingston — disse ela.

— Me chame de Alice, por favor. E você é... Grace?

Dionne começou a roncar.

— Ah, eu não estou te dando atenção, né? — Grace fez um afago na testa de Dionne. — O café da manhã vai estar pronto daqui a pouco, majestade.

Thomas voltou para o galpão.

— Desculpe. Tenho que correr para o escritório. É sobre o transporte da Maura...

— Não se preocupe comigo. Sério, sou bem grandinha e estou cercada de elefantes. Não poderia estar mais feliz. — Dei uma olhada para Grace. — Talvez eu possa até ajudar.

Grace encolheu os ombros.

— Tudo bem para mim. — Se ela viu Thomas me dar um beijo rápido antes de sair e subir a colina apressado, não fez nenhum comentário.

Se eu tinha achado que Grace era fraca, no entanto, na hora seguinte ela me provou que eu estava errada quando me contou como era seu dia. As elefantas eram alimentadas duas vezes, às oito da manhã e às quatro da tarde. Grace tinha que pegar a comida e preparar as refeições individuais. Ela limpava o estrume, lavava as baias com mangueiras de alta pressão, regava as árvores. Sua mãe, Nevvie, cuidava dos estoques de grãos para os elefantes e recolhia a comida deixada nos campos, que era levada para o campo de compostagem; ela também se responsabilizava pela horta que produzia alimentos para os elefantes e seus cuidadores e fazia trabalho de escritório para o santuário. Gideon cuidava da manutenção dos portões e da jardinagem; supervisionava a caldeira, as ferramentas e os quadriciclos; cortava a grama; cuidava do feno; carregava as caixas de alimentos; e se encarregava dos cuidados básicos de saúde e manutenção dos elefantes. Os três se revezavam nas tarefas de treinamento e de cuidados noturnos. E isso era apenas um dia comum, em que nada saía errado e nenhuma elefanta precisava de atenção especial.

Enquanto eu ajudava Grace a preparar o café da manhã para os elefantes na cozinha do galpão, pensei, mais uma vez, em como meu trabalho na reserva era bem mais fácil. Tudo que eu precisava fazer era estar presente, fazer anotações e analisar os dados; e, de vez em quando, ajudar um guarda-florestal ou veterinário a sedar um elefante ou aplicar alguma medicação quando um deles se machucava. Eu não estava *administrando* a natureza. E certamente não precisava financiá-la.

Grace me contou que nunca pretendera viver tão ao norte. Ela havia crescido na Geórgia e não suportava o frio. Mas Gideon foi trabalhar com sua mãe, e, quando Thomas pediu a ajuda deles para iniciar o santuário, Grace os acompanhou.

— Então você não trabalhava no circo? — perguntei.

Ela despejou as batatas em baldes individuais.

— Eu ia ser professora do ensino médio — disse.

— Existem escolas em New Hampshire.

Ela olhou para mim.

— É. Acho que sim.

Tive a sensação de que havia uma história ali que eu não entendia, mais ou menos como minha conversa silenciosa com Dionne. Será que

Grace tinha vindo por causa da mãe? Ou do marido? Ela era boa no trabalho, mas muitas pessoas são boas em seu trabalho mesmo sem gostar do que fazem.

Grace trabalhava com incrível velocidade e eficiência; eu tinha certeza de que só a estava atrapalhando. Havia verduras, cebolas, batatas-doces, repolho, brócolis, cenouras, grãos. Alguns elefantes precisavam de vitamina E ou Cosequin acrescentado à sua dieta; outros precisavam de comprimidos de suplementos: maçãs ocas com o remédio dentro e creme de amendoim por cima. Colocamos os baldes no quadriciclo e saímos para encontrar as elefantas, para que elas pudessem tomar o seu café da manhã.

Seguimos os excrementos, galhos quebrados e pegadas em poças de lama para rastrear as elefantas desde os locais onde elas haviam sido vistas pela última vez na noite anterior. Quando estava mais frio de manhã, como agora, era mais provável que elas tivessem se movido para um lugar mais alto.

As primeiras elefantas que avistamos foram Dionne, que tinha deixado o galpão quando fomos preparar a comida, e sua melhor amiga, Olive. Olive era maior, embora Dionne fosse mais alta. As orelhas de Olive dobravam-se em pregas suaves, como cortinas de veludo. Elas estavam próximas o bastante para se tocar, e suas trombas se entrelaçavam, como meninas de mãos dadas.

Eu estava quase sem respirar e nem percebi até ver Grace olhando para mim.

— Você é como o Gideon e a minha mãe — disse ela. — Está no seu sangue.

As elefantas deviam estar acostumadas com o veículo, mas ainda assim era espantoso para mim ficar tão perto delas enquanto Grace levantava os dois primeiros baldes e os despejava a uns seis metros um do outro. Dionne pegou imediatamente uma abóbora e a enfiou inteira na boca de uma só vez. Olive alternou os alimentos, seguindo cada pedaço de hortaliça ou fruta de um punhado de feno para limpar o palato.

Continuamos nossa caça ao tesouro atrás das outras elefantas. Conheci todas elas pelo nome, prestando atenção em qual tinha um corte em uma orelha, qual tinha um andar esquisito por causa de ferimentos anteriores, quais eram assustadiças, quais eram amistosas. Elas se congregavam em duplas e trios, me fazendo lembrar das mulheres da Red Hat Society que eu tinha visto uma vez em Johannesburgo, celebrando a alegria da terceira idade.

Foi só quando chegamos ao recinto da elefanta africana que percebi que Grace havia reduzido a velocidade do quadriciclo e hesitava do lado de fora do portão.

— Eu não gosto de entrar aí — ela admitiu. — O Gideon geralmente faz isso por mim. A Hester gosta de intimidar.

Eu entendia por que ela se sentia assim. Não demorou para Hester vir na corrida do meio das árvores, a cabeça balançando e as enormes orelhas sacudindo. Ela barriu tão alto que os pelos se arrepiaram em meus braços. Sorri na mesma hora. *Isso* eu conhecia. Com *isso* eu estava acostumada.

— Eu posso ir — sugeri.

Pela expressão de Grace, era como se eu tivesse sugerido sacrificar um bode com as próprias mãos.

— O dr. Metcalf ia me matar.

— Acredite em mim — menti. — Quem conhece um elefante africano conhece todos.

Antes que ela pudesse me deter, pulei do quadriciclo e arrastei o balde com a comida de Hester pela fresta na grade. A elefanta levantou a tromba e rugiu. Depois, pegou um graveto e atirou em mim.

— Errou — falei, com as mãos nos quadris, e voltei ao quadriciclo para pegar o fardo de feno.

Não vou nem começar a fazer uma lista de todas as razões pelas quais eu nunca deveria ter feito isso. Eu não conhecia essa elefanta ou sabia como ela reagia a estranhos. Não tinha a permissão de Thomas. E certamente não deveria estar levantando fardos pesados de feno ou me pondo em perigo se tivesse alguma intenção de manter o bebê.

Mas eu também sabia que nunca deveria demonstrar medo, então, quando Hester veio para cima de mim enquanto eu carregava o feno, suas patas voando na terra e levantando uma nuvem à minha volta, fiquei firme.

De repente, ouvi um grito alto e fui levantada do chão e levada para fora da brecha na cerca.

— Meu Deus — disse um homem. — Você está querendo morrer?

Hester levantou a cabeça ao som da voz, depois se inclinou sobre a comida, como se não tivesse tentado me apavorar apenas um momento antes. Eu me contorci, tentando me soltar das mãos de ferro daquele estranho, que olhava confuso para Grace no quadriciclo enquanto me segurava com firmeza.

— Quem é você? — ele perguntou.

— Alice — respondi, brusca. — É um prazer conhecê-lo. Pode me colocar no chão agora?

Ele me soltou.

— Você é alguma idiota? Este é um elefante africano.

— Na verdade, eu sou o oposto de idiota. Sou pós-doutoranda. E eu *estudo* os elefantes africanos.

Ele tinha mais de um metro e oitenta de altura, pele cor de café e olhos perturbadores, tão negros que me senti perdendo o equilíbrio.

— Você não estudou a Hester — ele disse baixinho, tão baixo que entendi que não era para eu ouvi-lo.

Gideon era pelo menos dez anos mais velho que a esposa, que eu calculava que devia ter pouco mais de vinte anos. Ele foi até o quadriciclo, onde Grace estava de pé.

— Por que você não me chamou pelo rádio?

— Como você não veio pegar o balde da Hester, achei que estivesse ocupado. — Ela ficou na ponta dos pés e envolveu o pescoço de Gideon com os braços.

Durante todo o tempo em que abraçou Grace, ele ficou me encarando sobre o ombro dela, como se ainda estivesse tentando decidir se eu era ou não uma imbecil. Nos braços dele, Grace foi levantada do chão. Não era nada mais que uma discrepância de altura, mas parecia que Grace estava pendurada na borda de um penhasco.

* * *

Quando voltei ao escritório principal, Thomas havia desaparecido. Tinha ido à cidade cuidar da chegada do trailer que traria sua mais nova elefanta para o santuário. Eu mal notei. Caminhei pelo terreno como se estivesse fazendo pesquisa de campo, aprendendo aqui o que não pude aprender na natureza.

Eu não havia tido muita exposição a elefantes asiáticos, então me sentei para observá-las por um tempo. Há aquela velha piada: qual é a diferença entre elefantes asiáticos e africanos? Cinco mil quilômetros. Mas eles *eram* diferentes, mais calmos que os elefantes africanos com que eu estava acostumada, sossegados, menos expressivos. Isso me fez pensar nas generalizações grosseiras que fazíamos sobre humanos dessas duas culturas e como os elefantes seguiam esse mesmo padrão. Na Ásia, era mais provável encontrar alguém evitando seus olhos para ser educado. Na África, a cabeça estaria inevitavelmente levantada e o olhar encontrava o seu diretamente, não para mostrar agressão, mas porque isso era aceitável para a cultura.

Syrah tinha acabado de entrar na lagoa; estava jogando água com a tromba, borrifando suas amigas. Um coro de guinchos e chiados se seguiu quando uma das outras elefantas deslizou delicadamente pela margem até a água.

— É como se elas estivessem fofocando, não é? — disse uma voz atrás de mim. — Eu sempre desejo que não estejam falando de mim.

A mulher tinha um desses rostos cuja idade é difícil adivinhar: seu cabelo era loiro e preso para trás em uma trança, e a pele era lisa o bastante para me deixar com inveja. Tinha ombros largos e músculos fortes nos braços. Lembrei minha mãe me dizendo que, quando se quer avaliar a idade de uma atriz, por mais plásticas faciais que ela tenha feito, deve-se olhar para as mãos. As dessa mulher eram enrugadas, ásperas e estavam carregadas de lixo.

— Me deixe ajudar você — falei, pegando alguns dos restos de comida com ela: cascas de abóbora e meia casca de melancia. Observando o que ela fazia, despejei-as em um balde, depois limpei as mãos na ponta da camiseta. — Você deve ser a Nevvie — disse.

— E você deve ser Alice Kingston.

As elefantas atrás de nós estavam rolando na água, brincando. Suas vocalizações pareciam musicais em comparação com as dos elefantes africanos, que eu conhecia de cor.

— Estas aí são como três comadres — disse Nevvie. — Estão sempre falando. Se a Wanda desce uma colina e some da vista para pastar e sobe de volta cinco minutos depois, as outras duas a recebem como se ela tivesse estado longe por anos.

— Você sabia que usaram o som de um elefante africano para fazer a voz do tiranossauro rex no filme *Jurassic Park*? — comentei.

Nevvie sacudiu a cabeça.

— E eu achando que era uma especialista.

— Mas você é, não é? — falei. — Trabalhava em um circo, certo?

Ela confirmou.

— Gosto de dizer que, quando Thomas Metcalf resgatou seu primeiro elefante, ele me resgatou também.

Eu queria ouvir mais sobre Thomas. Queria saber que ele tinha um bom coração, que havia salvado alguém em situação ruim, que eu podia confiar nele. Queria nele todas as características que qualquer fêmea deseja no macho que ela escolheu para ser o pai de seu filho.

— O primeiro elefante que eu vi na vida foi a Wimpy. Ela pertencia a um circo familiar que vinha todos os verões para a cidadezinha na Geórgia onde eu nasci. Ah, ela era maravilhosa. Esperta demais, adorava brincar, adorava pessoas. Com o passar do tempo, teve dois bebês, que também viraram parte daquele circo, e ela os tratava como se fossem seu orgulho e sua alegria.

Isso não era surpresa para mim; muito tempo antes eu havia aprendido que as mães elefantes deixam as mães humanas no chinelo.

— A Wimpy foi a razão de eu querer trabalhar com animais. Foi por causa dela que eu fui ser aprendiz em um zoológico quando era adolescente, e por causa dela eu arranjei um emprego como treinadora quando terminei o colégio. Foi em outro circo familiar, esse no Tennessee. Eu fui subindo dos cachorros para os pôneis, até chegar à elefanta deles, a Ursula. Fiquei com eles quinze anos. — Nevvie cruzou os braços. — Mas o circo faliu e foi liquidado. Então, fui trabalhar no Show de Variedades Itinerante dos Irmãos Bastion. O circo tinha dois elefantes que tinham sido rotulados como *perigosos*. Eu decidi avaliar isso por mim mesma, depois que os conhecesse. Imagine a minha surpresa quando fui apresentada aos animais e vi que um deles era a Wimpy, a mesma elefanta que eu via quando criança. Em algum ponto de sua vida, ela deve ter sido vendida para os irmãos Bastion.

Nevvie sacudiu a cabeça.

— Eu nunca a teria reconhecido. Estava acorrentada. Arredia. Eu não a teria identificado como a elefanta que eu conheci mesmo se a tivesse observado o dia inteiro. O segundo elefante era um filhote da Wimpy. Ele ficava na frente do trailer da mãe, em um cercado de arame eletrificado. Nas pontas das presas dele havia pequenas capas de metal que eu nunca tinha visto antes. Fiquei sabendo que o filhote queria a mãe e vivia arrebentando a cerca tentando chegar até ela. Então, um dos irmãos Bastion inventou aquela solução: colocar pontas de metal nas presas do filhote e conectá-las a uma placa de metal em sua boca. Toda vez que ele tentava romper o arame com as presas para chegar mais perto da mãe, levava um choque. Claro que, toda vez que ele urrava de dor, a Wimpy ouvia, e via. — Nevvie olhou para mim. — Um elefante não pode cometer suicídio. Mas tenho certeza de que a Wimpy estava tentando tanto quanto podia.

Na natureza, uma elefanta não se separa de seu filhote macho até que ele tenha de dez a treze anos. Ser artificialmente separada, forçada a ver um bebê em sofrimento e não ser capaz de fazer qualquer coisa... pensei em Lorato descendo a colina como louca para ficar sobre o corpo de Kenosi. Pensei no luto em elefantes e em como uma perda talvez nem sempre fosse sinônimo de morte. Antes de me dar conta, cruzei os braços sobre minha barriga.

— Eu rezei por um milagre, e, um dia, Thomas Metcalf chegou. Os irmãos Bosta queriam se livrar da Wimpy, porque achavam que ela ia morrer logo mesmo e, agora que tinham seu filhote, não precisavam mais dela. Thomas vendeu o carro dele para pagar um trailer alugado e transportar a Wimpy para o norte. Ela foi a primeira elefanta neste santuário.

— Eu achei que tinha sido a Syrah.

— Bom — disse Nevvie —, isso é verdade também. Porque a Wimpy morreu dois dias depois de chegar aqui. Era tarde demais para ela. Eu gosto de pensar que, pelo menos, quando morreu ela sabia que estava segura.

— E o bebê?

— Nós não tínhamos recursos aqui para trazer um elefante macho

— Mas devem ter procurado saber o que aconteceu com ele, não?

— O filhote é um macho adulto agora, em algum lugar — disse Nevvie. — Este não é um sistema perfeito. Mas nós fazemos o que é possível.

Olhei para Wanda, mergulhando delicadamente um dedo na água da lagoa, enquanto Syrah pacientemente soprava bolhas sob a água. Enquanto eu observava, Wanda entrou no lago, agitando a água com a tromba, lançando para o alto uma fonte de borrifos.

— Talvez o Thomas saiba — Nevvie falou, depois de um momento.

— O quê?

Seu rosto era impassível, ilegível.

— Sobre aquele bebê. — Então, ela pegou o balde de cascas e restos e subiu a colina para o jardim, como se tivesse estado falando apenas sobre elefantes.

* * *

A chegada de Maura, a nova elefanta, fora antecipada em uma semana, o que colocou o santuário inteiro em uma efervescência de preparações. Eu me enfiava onde podia, tentando ajudar a deixar o recinto das elefantas africanas pronto para abrigar sua segunda ocupante. Nesse frenesi, a última coisa que eu esperava encontrar era Gideon, no galpão das asiáticas, fazendo as unhas de Wanda.

Ele estava sentado em um banquinho do lado de fora da baia, com a pata dianteira direita da elefanta passando por uma abertura na grade de aço e pousada sobre uma trave de madeira. Gideon cantarolava enquanto usava um estilete X-Acto nas almofadas na base da pata, raspando os calos e aparando as cutículas. Para um homem tão grande, pensei, ele era surpreendentemente gentil.

— Não me diga que ela escolhe a cor do esmalte — falei, me aproximando por trás dele, na esperança de conseguir iniciar uma conversa que apagasse a maneira infeliz como havíamos nos conhecido.

— Metade dos elefantes de cativeiro morre por causa de doenças nos pés — Gideon explicou. — Dor nas articulações, artrite, osteomielite. Tente ficar pisando só em concreto pelos próximos sessenta anos.

Eu me agachei ao seu lado.

— Então você está fazendo um trabalho preventivo.

— Nós lixamos as rachaduras. Removemos pedras para elas não ficarem presas. Mergulhamos as patas em vinagre de cidra de maçã para tratar os abcessos. — Ele indicou a baia com o queixo, para que eu notasse o pé dianteiro esquerdo de Wanda imerso em uma grande banheira de borracha. — Uma das nossas meninas teve até sandálias gigantes feitas pela Teva, com sola de borracha, para ajudar a diminuir a dor.

Eu nunca teria imaginado que essa fosse uma preocupação para os elefantes, mas, claro, os elefantes que eu conhecia tinham o benefício do terreno irregular para condicionar naturalmente seus pés. E tinham espaço ilimitado para exercitar articulações endurecidas.

— Ela está tão calma — falei. — É como se você a tivesse hipnotizado.

Gideon ignorou o elogio.

— Ela nem sempre foi assim. Quando chegou aqui, era muito agitada. Enchia a tromba de água e depois esguichava a carga inteira em quem chegasse perto. Jogava gravetos. — Ele olhou para mim. — Como a Hester. Mas com uma mira menos impressionante.

Senti o rosto ficar vermelho.

— Desculpe por aquilo.

— A Grace devia ter avisado. Ela sabe muito bem como é.

— Não foi culpa da sua esposa.

Algo cintilou no rosto de Gideon. Pesar? Irritação? Eu não o conhecia suficientemente bem para ler sua expressão. Nesse momento, Wanda puxou o pé. Ela enfiou a tromba pelas barras da baia e virou a vasilha de água que estava ao lado de Gideon, encharcando o colo dele. Ele suspirou, endireitou a vasilha e ordenou:

— O pé aqui!

Wanda levantou a perna outra vez para ele terminar.

— Ela gosta de testar a gente — disse Gideon. — Acho que sempre foi esse tipo de elefante. Mas, de onde ela veio, se fizesse algo assim seria espancada. Se ela se recusasse a se mover, era arrastada por um trator. Quando chegou aqui, ela se jogava nas barras, fazendo um barulho enorme, como se estivesse nos desafiando a castigá-la. E nós a incentivávamos e dizíamos para fazer ainda *mais* barulho. — Gideon deu uma batidinha carinhosa no pé de Wanda e ela o puxou delicadamente de volta para dentro da baia. Saiu da cidra de maçã, levantou a banheira com a tromba, despejou o líquido em um ralo e a entregou a Gideon.

Eu ri, impressionada.

— Acho que agora ela é um modelo de educação.

— Nem tanto. Ela quebrou minha perna um ano atrás. Estava cuidando da pata traseira dela quando fui picado por uma vespa. Sacudi a mão para cima e ela deve ter se assustado com o jeito como acabei batendo em seu traseiro. Ela enfiou a tromba pela fresta, me pegou e me bateu nas barras várias vezes, como se estivesse tendo um surto. Foi preciso o dr. Metcalf e a minha sogra obrigarem a Wanda a me largar para eles poderem me resgatar — disse ele. — Três fraturas no fêmur.

— Você a perdoou.

— Não foi culpa dela — Gideon respondeu, sem hesitação. — A Wanda não tem como apagar o que fizeram com ela. Na verdade, é incrível até que ela deixe alguma pessoa chegar suficientemente perto para tocá-la, depois de tudo que passou. — Eu o observei sinalizar para que Wanda se virasse e apresentasse sua outra pata dianteira. — É surpreendente — Gideon falou — o que elas estão dispostas a desculpar.

Concordei com a cabeça, mas estava pensando em Grace, que queria ser professora e terminou raspando excrementos de elefantes do chão de galpões. Imaginei se essas elefantas, que haviam se acostumado com uma jaula, se lembrariam da pessoa que as pôs nela pela primeira vez.

Vi Gideon dar um tapinha no pé de Wanda e ela o puxar pela brecha na cerca e roçar a sola plana no chão do galpão, testando o trabalho dele. E pensei, não pela primeira vez, que perdoar e esquecer não se excluem mutuamente.

* * *

Quando Maura chegou, o trailer foi estacionado dentro do recinto das africanas. Hester não estava em nenhum lugar à vista. Ela estivera pastando no canto mais ao norte da propriedade; o trailer foi deixado na borda sul. Durante quatro horas, Grace, Nevvie e Gideon tentaram convencer

Maura a sair, subornando-a com melancias, maçãs e feno. Sacudiram tamborins, esperando que o barulho despertasse o interesse dela. Tocaram música clássica por alto-falantes portáteis e, quando isso falhou, mudaram para rock clássico.

— Isso já aconteceu antes? — sussurrei, de pé ao lado de Thomas.

Ele parecia exausto. Havia círculos sob seus olhos, e acho que não tinha conseguido se sentar para uma refeição inteira nos dois dias desde que recebera a notícia de que Maura estava a caminho.

— Tivemos um problema. Quando a Olive foi trazida pelo seu treinador do circo, ela pulou para fora do trailer e o golpeou duas vezes antes de sumir no meio das árvores. Mas tenho que lhe dizer que o cara era um imbecil. A Olive só fez o que todos nós estávamos *pensando* em fazer também. Mas todas as outras... ou elas ficavam muito curiosas ou estavam muito apertadas no trailer para continuar lá dentro por muito tempo.

A noite chegava violentamente, nuvens gritando com suas gargantas vermelhas. Logo estaria frio e escuro; se íamos ficar e esperar, precisaríamos de lampiões, holofotes, cobertores. Eu não tinha dúvida de que esse era o plano de Thomas; era o que eu teria feito — o que eu *havia* feito quando observava transições na natureza: não do cativeiro para o santuário, mas no nascimento ou na morte.

— Gideon — Thomas começou, pronto para dar as instruções, quando ouvimos um ruído entre as árvores.

Eu havia sido surpreendida centenas de vezes por elefantes que se deslocavam silenciosamente e rápido na savana; não deveria ter ficado tão espantada quanto fiquei pelo aparecimento de Hester. Ela se movia quase depressa demais para um animal de seu tamanho, de pés leves e intrigada com aquele grande e estranho objeto de metal em seu recinto. Thomas tinha dito que as elefantas ficavam agitadas se um trator era trazido para fazer escavações ou trabalhos de paisagismo; eram curiosas com coisas maiores do que elas.

Hester começou a andar de um lado para outro na frente da rampa do trailer. Ela roncou. Um alô. Isso durou uns dez segundos. Como não obteve resposta, o som evoluiu para um rugido curto.

De dentro do trailer veio um ronco.

Senti a mão de Thomas procurar a minha.

Maura desceu a rampa cautelosamente, seu corpo em silhueta, fazendo uma pausa no meio do trajeto. Hester parou de andar de um lado para outro. Seus roncos viraram um rugido, um barrido, depois um ronco, a mesma alegria cacofônica que eu tinha ouvido quando elefantes que haviam se separado de sua manada eram reunidos.

Hester levantou a cabeça e bateu as orelhas velozmente. Maura urinou e começou a secretar pelas glândulas temporais. Ela estendeu a tromba para Hester, mas ainda não teve coragem de acabar de descer aquela rampa. Ambas as elefantas continuaram a roncar enquanto Hester pôs as duas patas dianteiras na rampa e virou a cabeça até que sua orelha rasgada estivesse perto o bastante para Maura tocá-la. Então, Hester levantou a pata dianteira esquerda, apresentando-a para Maura. Era como se estivesse contando a história de sua vida. *Olhe como eu fiquei machucada. Olhe como eu sobrevivi.*

Assistindo a isso, comecei a chorar. Senti o braço de Thomas me envolver enquanto Hester finalmente enrolou a tromba na de Maura. Ela a soltou e recuou pela rampa, e Maura a seguiu, hesitante.

— Imagine ser parte de um circo itinerante — Thomas disse, com a voz tensa. — Esta é a última vez que ela vai ter que sair de um trailer.

As duas elefantas caminharam gingando uma atrás da outra na direção da linha das árvores. Estavam tão próximas que pareciam uma única criatura mítica gigante. Enquanto a noite se fechava em volta delas, apertei os olhos para distingui-las do bosque fechado onde desapareceram.

— Bem, Maura — murmurou Nevvie. — Bem-vinda ao seu lar para sempre.

Havia muitas explicações que eu poderia dar para a decisão que tomei naquele momento: que as elefantas daquele santuário precisavam de mim mais que os elefantes na natureza; que eu estava começando a pensar que o trabalho em torno do qual eu construíra minha pesquisa não era limitado por fronteiras geográficas; que o homem que segurava minha mão tinha ficado com os olhos cheios de lágrimas como eu pela chegada de uma elefanta resgatada. Mas nenhuma dessas era a razão.

Quando fui para Botswana, estava atrás de conhecimento, fama, uma maneira de contribuir para minha área. Mas, agora que as circunstâncias tinham mudado, minhas razões para estar naquela reserva mudaram também. Nos últimos tempos, meus braços não vinham mais se estendendo para abraçar o trabalho. Eles se estendiam para afastar pensamentos que me apavoravam. Eu não estava mais correndo para meu futuro. Estava correndo *para longe* de todo o resto.

Um lar para sempre. Eu queria isso. Queria isso para meu bebê.

Estava tão escuro agora que — como as elefantas — eu não conseguia enxergar e tinha que encontrar o caminho com os outros sentidos. Então, segurei o rosto dele entre as mãos, respirei o cheiro dele, toquei minha testa na dele.

— Thomas — sussurrei. — Eu tenho uma coisa para te contar.

VIRGIL

O que me deu a dica foi aquela pedra idiota.

No minuto em que Thomas Metcalf a viu, ele ficou louco. Certo, admito, ele não era exatamente o padrão ouro de sanidade, mas, no minuto em que focou naquele colar, houve uma lucidez em seus olhos que não estava lá quando entramos no quarto.

A raiva faz surgir a pessoa real.

Agora, sentado em meu escritório, enfio mais uma pastilha de antiácido na boca — acho que é a décima, não que eu esteja de fato contando — porque não consigo me livrar da pressão gasosa no peito. Joguei na conta da azia por causa daquele lixo que comemos no almoço no trailer de cachorro-quente. Mas há um ligeiro, tênue pensamento de que talvez não seja nenhum problema estomacal. Talvez seja a mais pura e verdadeira intuição. Um palpite nervoso. Que eu não sentia há muito, muito tempo.

Meu escritório está repleto de provas. Na frente de cada caixa que trouxemos da delegacia há vários sacos de papel virados de lado, com o conteúdo cuidadosamente arrumado em um semicírculo junto deles: um fluxograma do crime, uma árvore genealógica criminal. Tomo cuidado com os lugares onde piso, para não esmagar uma folha quebradiça com uma mancha preta de sangue ou deixar de perceber um embrulhinho de papel com uma fibra dentro.

Agradeço por minha própria ineficiência neste momento. Nossa sala de provas estava cheia de material que poderia ou deveria ter sido devolvido para seus donos, mas nunca foi — ou porque o investigador nunca avisou ao departamento de custódia de materiais que os itens poderiam ser destruídos ou devolvidos, ou porque o departamento de custódia não estava envolvido nas investigações e não teria essa informação por si só. Depois que a morte de Nevvie Ruehl foi declarada acidental, meu parceiro se aposentou e eu esqueci ou decidi subconscientemente não pedir a Ralph para remover as caixas. Talvez, em algum nível de consciência, eu me perguntasse se Gideon poderia abrir um processo contra o santuário. Ou talvez, em algum nível, eu me perguntasse sobre o papel de Gideon naquela noite. Qualquer que tenha sido a razão, eu de alguma forma sabia que precisaria examinar essas caixas outra vez.

É verdade que, sendo bem técnico, eu fui dispensado do caso. Se bem que Jenna Metcalf é uma menina de treze anos que provavelmente já mudou de ideia seis vezes esta manhã antes de decidir qual cereal ia comer. Ela me lançou palavras como montes de lama e, agora que elas secaram, é só limpá-las e pronto.

É verdade também que não tenho certeza se a morte de Nevvie Ruehl foi causada por Thomas ou por sua esposa, Alice. Imagino que Gideon também não possa ser excluído agora. Se ele estava dormindo com Alice, sua sogra talvez não tivesse ficado muito satisfeita. Eu só não acredito que a morte tenha sido por pisoteamento, apesar de ter assinado aquele relatório dez anos atrás. Mas, se quero tentar descobrir quem é o assassino, primeiro preciso de provas de que foi um homicídio.

Graças a Tallulah e ao laboratório, sei que o cabelo de Alice Metcalf foi encontrado na vítima. Mas ela encontrou o corpo de Nevvie depois do pisoteamento e deixou o cabelo cair antes de correr? Ou foi ela a razão de haver um corpo? Poderia a transferência do cabelo ter sido inocente, como Jenna quer acreditar — duas mulheres que roçaram uma na outra no escritório pela manhã, sem saber que, no fim do dia, uma delas estaria morta?

Alice, claro, é a chave. Se eu pudesse encontrá-la, teria minhas respostas. O que eu sei sobre ela é que ela fugiu. Pessoas que fogem ou têm algo que querem alcançar ou evitar. Não sei, nesse caso, qual seria? Mas, seja como for... por que ela não levou a filha?

Detesto dizer que Serenity possa estar certa sobre alguma coisa, mas seria consideravelmente mais fácil se Nevvie Ruehl estivesse por perto para me contar o que aconteceu naquela noite.

— Os mortos não falam — murmuro em voz alta.

— O quê?

Abigail, a proprietária, quase me mata de susto. De repente ela está ali parada à porta, a testa franzida para a parafernália espalhada pelo escritório.

—Que foda, Abby. Não chegue assim que nem um fantasma.

—Você tem mesmo que usar essa palavra?

—*Foda?* — repito. —Não sei o que você tem contra ela. Pode ser um verbo, um adjetivo, um substantivo. É muito versátil. —Eu lhe dou um largo sorriso.

Ela sente o cheiro dos detritos no chão.

— Devo lembrar a você que cada inquilino é responsável pela própria coleta de lixo.

— Isto não é lixo. É trabalho.

Abigail aperta os olhos.

— Parece um laboratório de caca.

— Pra começar, é de *coca...*

As mãos dela voam para a garganta.

—Eu *sabia!*

—Não! — digo. —Acredite em mim, ok? Isto não tem *nada* a ver com um laboratório de coca. São indícios de um caso.

Abigail leva as mãos aos quadris.

—Você já usou essa desculpa antes.

Olho para ela com ar de interrogação. E, então, me lembro: uma vez, em uma bebedeira não muito tempo atrás, fiquei chafurdando em meu próprio fedor por uma semana inteira sem sair do escritório e Abigail apareceu para investigar. Quando ela entrou, eu estava nocauteado sobre a mesa e parecia que uma bomba tinha explodido aqui dentro. Eu disse a ela que havia ficado trabalhando a noite inteira e devia ter cochilado. Disse que o lixo no chão eram os indícios físicos coletados pela unidade de crimes hediondos.

Se bem que quando foi a última vez em que alguém viu a unidade de crimes hediondos coletar pacotes vazios de pipoca de micro-ondas e *Playboy*s velhas?

—Você andou bebendo, Victor?

—Não — respondo e, com surpresa considerável, percebo que a ideia nem sequer passou pela minha cabeça nos dois últimos dias. Eu não quero beber. Não *preciso* beber. Jenna Metcalf não trouxe apenas um objetivo para minha vida. Ela conseguiu me recuperar do vício, me desintoxicar de uma maneira que três centros de tratamento não conseguiram.

Abigail avança até estar equilibrada entre os sacos de provas, a apenas alguns centímetros de mim. Ela se inclina para a frente sobre as pontas dos pés como se fosse me beijar, mas, em vez disso, cheira minha respiração.

— Ora, ora — diz ela. — Milagres acontecem. — E volta em passos cuidadosos até a porta outra vez. — Você está enganado. Os mortos *falam*. O meu falecido marido e eu temos um código, como aquele mágico que escapava de tudo, o judeu...

— Houdini?

— Esse. Ele vai me deixar uma mensagem, que só eu posso interpretar, se ele encontrar um jeito de voltar do além.

— *Você* acredita nessa bobagem, Abby? Eu nunca imaginaria. — Olho bem para ela. — Há quanto tempo ele foi embora?

— Vinte e dois anos.

— Me deixe adivinhar. Vocês dois conversam o tempo todo.

Ela hesita.

— Eu já teria posto você para fora anos atrás se não fosse por ele.

— Ele disse para você pegar leve comigo?

— Não exatamente — Abigail responde. — Mas ele também era Victor. — Ela sai e fecha a porta.

— Ainda bem que ela não sabe que o meu nome é Virgil — murmuro e me agacho ao lado de um saco de papel ainda fechado.

Dentro dele estão a camisa polo vermelha e o short que Nevvie Ruehl estava usando quando morreu. O mesmo uniforme que Gideon Cartwright usava naquela noite, e Thomas Metcalf também.

Abby tem razão: os mortos podem falar.

Pego um jornal velho da pilha atrás da cadeira e o abro sobre a mesa. Depois tiro cuidadosamente a camiseta vermelha e o short do saco de papel e os estendo. Há manchas no tecido: sangue e barro, imagino. Há partes que estão completamente rasgadas também, como resultado do pisoteamento. Pego a lupa na gaveta e começo a investigar cada rasgo esfiapado. Olho as bordas, tentando determinar se há alguma maneira de saber se o corte foi feito por uma lâmina em vez de estiramento e ruptura. Faço isso durante uma hora e nem sei mais quais buracos já examinei.

É só na terceira passada pela blusa que vejo um pequeno rasgo que não tinha notado antes. Porque não é o tecido que foi partido. É um buraco na costura, como se os pontos só tivessem se desfeito no lugar onde o ombro encontra a manga esquerda. São apenas alguns centímetros de diâmetro, o tipo de dano que acontece quando algo é puxado e não rasgado.

Presa na costura está a meia-lua de uma unha.

A imagem passa em um lampejo pela minha cabeça: uma luta, alguém segurando a frente da blusa de Nevvie.

O laboratório pode nos dizer se essa unha corresponde ao DNA mitocondrial de Alice. E, se não for, podemos obter uma amostra de Thomas. E, se não corresponder a nenhum dos dois, talvez pertença a Gideon Cartwright.

Ponho a unha em um envelope. Com cuidado, dobro a roupa e a coloco de volta no saco. É então que noto outro envelope, este com um papel menor dentro, além de fotos de uma impressão digital preservada. O pedaço de papel tinha sido mergulhado em ninidrina, deixando aquelas marcas roxas características de impressões digitais. Elas correspondiam ao polegar esquerdo de Nevvie Ruehl, conforme atestado pelo médico-legista no necrotério. Nenhuma surpresa aqui; era totalmente provável encontrar as impressões digitais dela em um recibo que estava no bolso de seu short.

Tiro do envelope o quadradinho de papel. O produto químico desbotou agora em um lilás-claro. Posso tentar fazer o laboratório processá-lo outra vez, para checar se há impressões adicionais, mas, a esta altura, elas provavelmente serão inconclusivas.

É só quando vou guardar o papel no envelope outra vez que reparo de onde ele é. GORDON ATACADISTA, está escrito. E a data e a hora, na manhã antes de Nevvie Ruehl morrer. Eu não sabia qual cuidador pegara a encomenda de alimentos. Mas talvez os funcionários do atacadista se lembrassem dos funcionários do santuário.

Se era de Thomas que Alice Metcalf estava fugindo, talvez tudo de que eu precise para encontrá-la seja descobrir para onde ela estava fugindo.

Alice Metcalf aparentemente desapareceu da face da Terra. Será que Gideon Cartwright desapareceu com ela?

* * *

Eu não *pretendia* telefonar para Serenity. Simplesmente aconteceu.

Em um minuto eu estava segurando o telefone e, no seguinte, ela estava atendendo do outro lado. Juro que não lembro de ter digitado o número e não bebi nem uma gota.

O que eu queria perguntar quando ouvi a voz dela era: *Você teve notícias da Jenna?*

Não sei por que eu me importava. Devia ter deixado que ela saísse batendo os pés como uma criança fazendo birra. Devia ter dito "vire-se".

Em vez disso, não consegui dormir a noite passada.

Acho que é porque, no minuto em que Jenna pisou pela primeira vez em meu escritório, com aquela voz que assombrava meus sonhos, ela arrancou um band-aid tão depressa que comecei a sangrar outra vez. Jenna pode estar certa sobre uma coisa: é *tudo* culpa minha, porque eu fui burro demais para enfrentar Donny Boylan dez anos atrás, quando ele quis varrer para debaixo do tapete uma inconsistência nos indícios. Mas ela está errada em outra: o que estou fazendo não tem a ver com ela, com encontrar sua mãe. Tem a ver comigo, com encontrar o meu caminho.

A questão é que meu histórico nisso não é muito bom.

Então, ali estava eu, segurando o telefone e, antes que me desse conta, estava pedindo a Serenity Jones, a tal médium com validade vencida, para me acompanhar em uma missão de investigação ao Gordon Mercado Atacadista. Foi só depois de ela aceitar, com o entusiasmo de uma competidora de programa de prêmios na TV, me pegar no escritório e ser minha parceira naquela missão que entendi por que foi ela que eu procurei. Não foi porque eu achava que ela seria de fato útil em minha investigação. Foi porque Serenity conhecia a sensação de não conseguir viver consigo mesmo sem tentar consertar o que se fez de errado.

Agora, uma hora mais tarde, estamos em seu carro lata de sardinha seguindo em direção aos subúrbios de Boone, onde o Gordon Atacadista existe desde que posso me lembrar. É o tipo de lugar que vende mangas no meio do inverno, quando o mundo inteiro está louco para conseguir uma e o único lugar onde elas crescem é o Chile ou o Paraguai. Os morangos de verão deles são do tamanho da cabeça de um recém-nascido.

Estendo a mão para ligar o rádio, só porque não sei o que dizer, e encontro um pequeno elefante de papel dobrado e enfiado no canto.

— Foi ela que fez — diz Serenity, e não precisa falar o nome de Jenna para eu entender.

O papel desliza de meus dedos como uma bolinha de futebol de botão. Descreve um arco perfeito até a enorme bolsa roxa de Serenity, que está aberta no console entre nós como a bolsa de tapete de Mary Poppins.

— Já teve notícias dela hoje?

— Não.

— Por que será?

— Porque são oito horas da manhã e ela é uma adolescente.

Eu me remexo no banco do passageiro.

— Você não acha que foi por eu ter sido um imbecil ontem?

— Depois das dez ou onze horas, vai ser, sim. Mas agora eu acho que é porque ela está dormindo como qualquer outra criança nas férias de verão.

Serenity flexiona as mãos no volante e eu me vejo olhando, não pela primeira vez, para a capa peluda que o reveste. É azul e tem olhos redondos e presas brancas. Parece um pouco o Come-Come, se o Come-Come tivesse engolido um volante.

— Que porra é essa coisa? — pergunto.

— Bruce — Serenity responde, como se fosse uma pergunta boba.

— Você deu um nome para o volante?

— Meu querido, o relacionamento mais longo que eu já tive é com este carro. Como o *seu* companheiro mais próximo tem o primeiro nome Jack e o sobrenome Daniel's, não acho que você esteja em posição de julgar. — Ela sorri radiante para mim. — Cara, eu senti falta disso.

— De encher o saco?

— Não, de trabalho de polícia. É como se nós fôssemos Cagney e Lacey, só que você é mais bonito que a Tyne Daly.

— Sem comentários — murmuro.

— Sabe, apesar do que você pensa, o que eu e você fazemos não é tão diferente assim.

Começo a rir.

— É, exceto por aquele meu desejo de ter indícios científicos mensuráveis. Ela me ignora.

— Pense nisso: nós dois sabemos que tipo de perguntas fazer. Nós dois sabemos que tipo de perguntas *não* fazer. Somos fluentes em linguagem corporal. Vivemos e respiramos intuição.

Sacudo a cabeça. De jeito nenhum o que eu faço poderia ser comparado com o que ela faz.

— Não há nada de paranormal no meu trabalho. Não tenho nenhuma visão. Eu me concentro no que está na minha frente. Os detetives são observadores. Eu vejo uma pessoa que não consegue me olhar nos olhos e tento deduzir se é dor ou vergonha. Presto atenção no que faz alguém chorar. Ouço mesmo quando ninguém está dizendo nenhuma palavra — falo. — Já passou pela sua cabeça que esse negócio de clarividência não existe? Que talvez os médiuns apenas sejam muito bons no trabalho de detetive?

— Ou talvez seja o contrário. Talvez a razão de um bom detetive conseguir ler as pessoas é por ele ter um pouquinho de mediunidade.

Ela entra no estacionamento do Gordon Atacadista.

— Esta é uma expedição de pesca — digo a Serenity, acendendo um cigarro enquanto saio do carro e ela se apressa para me alcançar. — E nós vamos fisgar Gideon Cartwright.

— Você não sabe para onde ele foi depois que o santuário fechou?

— Eu sei que ele ficou por aqui para ajudar a transferir os elefantes para seu novo lar. Depois disso... eu sei tanto quanto você — respondo. — Imagino que os cuidadores se revezassem para vir buscar os alimentos. Se o Gideon estivesse planejando fugir com a Alice, talvez tenha deixado escapar alguma coisa na conversa.

— Você não sabe se os mesmos funcionários ainda estão aqui depois de dez anos...

— Também não sei se não estão. É uma pesca, lembra? A gente nunca sabe o que vai pegar quando o anzol puxa. Só vá acompanhando o que eu falar.

Apago o cigarro sob o calcanhar e entro na loja. É um galpão de madeira metido a besta, com um monte de funcionários de vinte e poucos anos de dreadlocks e sandálias Birkenstock, mas há um homem mais velho que está arrumando os tomates em uma pirâmide gigante. É bem impressionante, mas, ao mesmo tempo, uma parte perversa de mim tem vontade de pegar um bem na base da pilha e fazer tudo desmoronar.

Uma funcionária, uma garota com uma argola no nariz, sorri para Serenity enquanto carrega uma grande cesta de milho doce na direção da caixa registradora.

— Me chame se precisar de ajuda — diz ela.

Imagino que a decisão do Gordon Atacadista de vender a preço de custo para o Santuário de Elefantes de New England teve que ser aprovada por quem quer que administre o negócio. E pode ser preconceituoso de minha parte, mas vou pressupor que o sujeito mais velho deve saber mais que o cara de olhos vermelhos.

Pego um pêssego e dou uma mordida.

— Meu Deus, o Gideon estava certo — digo para Serenity.

— Desculpe, mas o senhor não pode experimentar a mercadoria sem pagar — diz o homem.

— Ah, eu vou comprar este pêssego. Vou comprar tudo. Meu amigo estava certo. Sua fruta é a melhor que eu já experimentei. Ele disse: *Marcus, se você for a Boone, New Hampshire, e não parar no Gordon, não sabe o que vai perder.*

O homem sorri.

— Bem, eu não posso discordar. — Ele estende a mão. — Eu sou Gordon Gordon.

— Marcus Latoile — respondo. — E esta é minha... esposa, Helga.

Serenity sorri para ele.

— Nós estamos indo para uma convenção de colecionadores de dedais — ela diz —, mas o Marcus *insistiu* para a gente parar quando viu a loja. — Nesse instante, há um barulho alto do outro lado de uma cortina de contas.

Gordon suspira.

— Esses garotos de hoje... Eles só falam em sustentabilidade e vida verde, mas têm titica na cabeça. Vocês me dão licença um segundo?

No minuto em que ele se afasta, eu me viro para Serenity.

— Convenção de colecionadores de *dedais*?

— *Helga?* — ela revida. — E foi a primeira coisa que me veio na cabeça assim, de repente. Eu não estava esperando que você fosse *mentir* na cara do homem.

— Eu não estava mentindo, estava fazendo trabalho de detetive. Nós falamos o que é necessário para obter a confissão. As pessoas fecham a boca quando sabem que nós somos investigadores, porque acham que vão acabar criando problemas para si mesmas ou para outros.

— E você acha que os *médiuns* são vigaristas?

Gordon volta, com um pedido de desculpas nos lábios.

— O repolho-chinês veio com larvas.

— Eu odeio quando isso acontece — Serenity murmura.

— Querem ver os melões? — diz Gordon. — Eles estão um mel.

— Aposto que sim. O Gideon dizia que era uma pena os seus produtos serem desperdiçados com os elefantes — digo a ele.

— Os elefantes — Gordon repete. — Está falando de Gideon Cartwright?

—Você lembra dele? — pergunto, eufórico. — Não acredito. Não posso acreditar. Nós fomos colegas de quarto na faculdade e eu não o vi mais. Ei, ele ainda mora por aqui? Eu ia adorar pôr a conversa em dia...

— Ele saiu da cidade há muito tempo, depois que o santuário de elefantes fechou — diz Gordon.

— *Fechou?*

— Foi uma pena. Uma das funcionárias morreu pisoteada. Ela era sogra do Gideon.

— Deve ter sido um golpe e tanto para ele e a esposa — digo, me fingindo de sonso.

— Essa foi a única bênção, na verdade — Gordon responde. — A esposa, Grace, morreu um mês antes de isso acontecer. Ela não ficou sabendo.

Sinto Serenity enrijecer ao meu lado. Isso é novidade para ela, mas eu me lembro vagamente de Gideon ter dito durante a investigação que a esposa dele tinha morrido. Perder um membro da família é uma tragédia. Perder dois, um atrás do outro, parece mais que uma coincidência.

Gideon Cartwright era a própria imagem da angústia quando sua sogra morreu. Mas talvez eu devesse ter olhado mais atentamente para ele como suspeito.

— Você tem ideia de para onde ele foi depois que o santuário fechou? — pergunto. — Eu gostaria muito de encontrar com ele outra vez. Oferecer minhas condolências.

— Eu sei que ele ia para Nashville. Era para lá que os elefantes estavam indo, para um santuário nas proximidades. Foi lá que a Grace foi enterrada também.

— Você conheceu a esposa dele?

— Ah, uma moça muito doce. Não merecia morrer tão nova.

— Ela estava doente? — Serenity pergunta.

— Acho que sim, de certo modo — diz Gordon. — Ela entrou no rio Connecticut com pedras nos bolsos. Demoraram uma semana para encontrar o corpo.

ALICE

Vinte e dois meses é um longo tempo para estar grávida.

É um enorme investimento de tempo e energia para uma elefanta. Acrescente-se a isso o tempo e energia necessários para criar um filhote recém-nascido até o ponto em que ele possa sobreviver sozinho e pode-se começar a entender o que está em jogo para uma mãe elefante. Não importa quem você é ou o tipo de relação que construiu com uma elefanta: ponha-se entre ela e seu bebê e ela o matará.

Maura tinha sido uma elefanta de circo que posteriormente foi levada a um zoológico para acasalar com um elefante africano macho. Foi eletrizante, mas não do jeito que os tratadores do zoológico haviam pretendido. E não deveria ser surpresa, porque, na natureza, uma elefanta nunca viveria com um macho em estreita proximidade. Maura atacou seu amante, espremeu um tratador contra a cerca, esmagando sua coluna, e destruiu a cerca do recinto. Quando chegou a nós, estava rotulada como assassina. Como qualquer animal que chega em um santuário, ela foi submetida a dezenas de testes veterinários, incluindo um para tuberculose. Mas um teste de gravidez não era parte do protocolo, então não sabíamos que ela ia ter um filhote até muito pouco tempo antes de acontecer.

Quando descobrimos — pelo aumento das mamas e da barriga —, pusemos Maura em quarentena durante aqueles últimos dois meses. Era muito arriscado tentar adivinhar como Hester, a outra elefanta africana no recinto, reagiria, uma vez que ela nunca tivera um bebê. Também não sabíamos qual era a experiência de Maura como mãe até Thomas conseguir entrar em contato com o circo em que ela viajava e receber a informação de que ela já havia dado à luz uma vez, um filhote macho. Essa era uma das inúmeras razões que haviam feito o circo classificá-la como perigosa. Por não quererem correr o risco da agressividade materna de uma elefanta, eles a haviam acorrentado durante o nascimento, para poderem cuidar do bebê. Mas Maura ficou como louca, barrindo, rugindo, puxando as correntes, tentando chegar ao filhote. Assim que a deixaram tocá-lo, ela se acalmou.

Quando o filhote fez dois anos, foi vendido para um zoológico.

Depois que Thomas me contou isso, fui ao recinto onde Maura estava pastando e me sentei com minha própria bebê brincando aos meus pés.

— Não vou deixar isso acontecer de novo — eu disse a ela.

No santuário, estávamos todos entusiasmados, cada um por uma razão. Thomas via o potencial de entrada de dinheiro que um filhote representaria para o santuário, ainda que, ao contrário de um zoológico, que recebia dez mil visitantes quando havia um elefante recém-nascido, nós não pretendêssemos exibir o filhote. Mas as pessoas tendiam mais a fazer doações para sustentar um bebê. Não havia nada mais fofo do que fotografias de um bebê elefante, a vírgula de sua tromba balançando como uma adição tardia ao corpo, a cabeça espiando entre as colunas das pernas de sua mãe — e, esperávamos, nosso material para captação de recur sos estaria cheio delas. Grace nunca tinha visto um nascimento. Gideon e Nevvie, por outro lado, tinham visto dois no tempo que passaram no circo e estavam ansiosos para que este tivesse um resultado mais feliz.

E eu? Bom, eu sentia um parentesco com aquela gigante. Maura tinha feito do santuário o seu lar mais ou menos na mesma época que eu, e eu tinha tido minha própria filha seis meses depois. Nos últimos dezoito meses, quando eu ia observar Maura interagindo, às vezes nosso olhar se encontrava. Não é científico e é antropomórfico eu dizer isso, mas... aqui entre nós? Eu acho que ambas nos sentíamos felizardas por estar ali.

Eu tinha uma filhinha linda e um marido brilhante. Tinha conseguido coletar dados usando algumas das gravações em áudio de comunicações de elefantes feitas por Thomas e, com elas, estava preparando um artigo sobre luto e cognição em elefantes. Passava todos os dias aprendendo com esses animais compassivos e inteligentes. Com tudo isso, era fácil me concentrar nos pontos positivos e não nos negativos: as noites em que eu encontrava Thomas examinando os livros contábeis e tentando encontrar um jeito de manter o santuário aberto; os comprimidos que ele havia começado a tomar para conseguir dormir; o fato de que eu ainda não havia documentado nenhuma morte no santuário e já estava ali havia um ano e meio; a culpa que sentia por desejar que um animal morresse para poder avançar em minha pesquisa.

E havia meus problemas com Nevvie, que achava que sabia tudo porque trabalhava com elefantes fazia mais tempo que eu. Ela descartava qualquer contribuição que eu tivesse para dar, porque não acreditava que o modo como os elefantes se comportam na natureza pudesse ter relevância para a vida no santuário.

Alguns desses conflitos eram minúsculos: eu preparava a comida para os elefantes e Nevvie alterava as refeições individuais, porque achava que Syrah não gostava de morangos ou que o estômago de Olive não se dava bem com melão (embora eu não tivesse visto nenhum sinal que corroborasse alguma dessas alegações). Mas, às vezes, ela decidia impor sua vontade e isso me afetava pessoalmente, por exemplo, quando eu pus ossos de elefante asiático no recinto das africanas para medir a reação das elefantas e ela os removeu porque achava isso desrespeitoso com os elefantes que haviam morrido. Ou quando ela estava cuidando da Jenna e insistiu que não havia problema em dar mel a ela para ajudar na dentição, apesar de todos os livros sobre bebês dizerem que crianças não devem comer mel até os dois anos de idade. Assim que comentei sobre o assunto com Thomas, ele ficou irritado. "A Nevvie está comigo desde o começo", disse ele, como explicação. Como se não importasse que eu deveria estar com ele até o fim.

Como nenhum de nós sabia quando Maura havia ficado grávida, a data do parto era uma estimativa — e Nevvie e eu discordávamos sobre isso também. Com base no desenvolvimento das mamas de Maura, eu sabia que não ia demorar. Nevvie insistia que os nascimentos sempre acontecem na lua cheia e ainda faltavam três semanas.

Eu tinha visto só um nascimento na natureza, ainda que, considerando o número de bebês nas manadas, talvez alguém de fora imaginasse que eu teria tido oportunidade de ver mais. Foi uma elefanta chamada

Botshelo, a palavra tswana para "vida". Eu estava acompanhando outra manada quando passei por acaso pelo grupo dela ao lado de um leito de rio e notei que se comportavam de um modo muito estranho. Elas costumavam ser uma manada tranquila, mas, naquele dia, estavam agrupadas em volta de Botshelo, viradas para fora, protegendo-a. Por cerca de meia hora houve alguns roncos, depois um barulho de água. Elas se moveram o suficiente para que eu visse Botshelo rasgando a bolsa amniótica e jogando-a sobre a cabeça, como se fosse um abajur e ela fosse a luz da festa. Na grama sob ela havia um pequenino elefante, uma fêmea, cercado por uma explosão de sons: roncos, barridos, caos. A manada urinou, secretou pelas glândulas, e, quando voltaram o branco de seus olhos para mim, era quase como se estivessem tentando me dizer para comemorar também. O bebê foi tocado de cima a baixo por todos os elefantes da manada; Botshelo pôs a tromba em volta do filhote, e embaixo do filhote, e na boca de seu filhote: *Olá. Bem-vinda.*

O bebê estava rolando de lado, descoordenado, as pernas se abrindo em todas as direções. Botshelo usou as patas e a tromba para levantar o filhote, que conseguia erguer a parte dianteira e caía de cara quando a traseira levantava, ou vice-versa, um equilíbrio difícil com as patas nas distâncias erradas. Então, Botshelo ajoelhou, pressionou o rosto contra a cabeça do filhote, depois se levantou, como se estivesse tentando mostrar ao bebê como fazer. Quando o filhote tentou e escorregou, Botshelo chutou grama e terra suficiente para lhe dar um apoio mais firme. Depois de vinte minutos de assistência intensa, aquele pequeno bebê saiu cambaleante ao lado da mãe, com a tromba de Botshelo puxando-o para cima cada vez que ela caía. Por fim, o bebê se refugiou sob a mãe, sua tromba mole pressionada contra a barriga dela, enquanto se firmava para mamar. Todo o processo de nascimento foi natural, breve e também a experiência mais incrível que eu já havia testemunhado.

Uma manhã, quando fui ver Maura, como se tornara meu hábito, com Jenna presa às costas como uma indiazinha, notei uma protuberância na traseira da elefanta. Retornei com o carro até o galpão das asiáticas, onde Nevvie e Thomas estavam conversando sobre um fungo que tinha aparecido nas unhas de uma das elefantas.

— Está na hora — falei, ofegante.

Thomas agiu como havia feito quando eu lhe disse que minha bolsa havia rompido. Começou a correr de um lado para outro, entusiasmado, atrapalhado, atônito. Chamou Grace pelo rádio e lhe pediu que viesse, levasse Jenna para nosso chalé e ficasse com ela enquanto nós íamos para o recinto das africanas.

— Não há pressa — Nevvie insistiu. — Nunca ouvi falar de uma elefanta dando à luz durante o dia. Acontece à noite, para os olhos do bebê poderem se ajustar.

Se Maura demorasse todo esse tempo, eu saberia que algo estava errado. O corpo dela já mostrava todos os sinais de trabalho de parto avançado.

— Acho que temos no máximo meia hora — falei.

Vi o rosto de Thomas se virar de Nevvie para mim e, então, ele falou pelo rádio com Gideon.

— Vamos nos encontrar no galpão das africanas o mais rápido possível — disse ele, e eu desviei o rosto quando senti o olhar intenso de Nevvie sobre mim.

O estado de espírito, a princípio, era de comemoração. Thomas e Gideon discutiam se seria melhor o filhote ser macho ou fêmea; Nevvie contava como foi quando ela teve Grace. Eles brincaram que, se uma elefanta pudesse tomar anestesia durante o parto, ela se chamaria paquidural. Mas eu estava concentrada em Maura. Enquanto ela roncava, sofrendo as contrações, uma corrente sonora de sororidade se espalhou pelo terreno do santuário. Hester barriu de volta para Maura; em seguida as elefantas asiáticas, mais distantes, vocalizaram também.

Meia hora se passou desde que eu disse a Thomas para vir depressa, depois uma hora. Após duas horas se movendo em círculos, Maura ainda não havia conseguido nenhum progresso.

— Talvez seja melhor chamar o veterinário — sugeri, mas Nevvie achou que era bobagem.

— Eu avisei — disse ela. — Vai acontecer depois do pôr do sol.

Conheço muitos guardas-florestais que viram elefantas darem à luz em todas as horas do dia, mas mordi a língua. Gostaria que Maura estivesse na natureza, mesmo que fosse só para que uma das suas irmãs da manada pudesse lhe comunicar que não precisava se preocupar, que tudo ia dar certo.

Seis horas mais tarde, porém, eu tinha minhas dúvidas.

A essa altura, Gideon e Nevvie tinham ido preparar e distribuir a comida para as elefantas asiáticas e para Hester. Podíamos estar tendo um nascimento, mas ainda havia seis outras elefantas que precisavam de atenção.

— Acho que você devia chamar o veterinário — eu disse para Thomas, enquanto observava Maura cambalear, cansada. — Tem alguma coisa errada.

Ele não hesitou.

— Vou dar uma olhada na Jenna e ligar para ele. — E olhou para mim, preocupado. — Você fica com a Maura?

Confirmei com a cabeça e me sentei no lado mais distante do cercado, com os joelhos puxados contra o corpo, para observar Maura sofrer. Eu não queria dizer isso em voz alta, mas só conseguia pensar em Kagiso, a elefanta que eu havia encontrado com o filhote morto pouco antes de partir da África. Eu nem queria pensar nela, na verdade, por um medo supersticioso de trazer má sorte para aquele nascimento.

Não mais de cinco minutos depois de Thomas ter ido embora, Maura se virou, apresentando sua traseira para mim, de modo que pude ver com clareza a bolsa amniótica se estendendo entre suas pernas. Eu me levantei, dividida entre querer chamar Thomas e saber que não teria tempo. Antes que eu pudesse sequer hesitar, toda a bolsa amniótica deslizou em uma golfada de líquido e o filhote aterrissou na grama, ainda envolto na membrana branca.

Se Maura tivesse irmãs em uma manada, elas estariam lhe dizendo o que fazer. Iriam incentivá-la a romper a bolsa, ajudar o bebê a ficar de pé. Mas Maura só tinha a mim. Pus a mão em concha na frente da boca e tentei imitar o chamado de perigo, o SOS que tinha ouvido elefantes fazerem quando havia um predador na área. Esperava impulsionar Maura à ação.

Precisei de três tentativas, mas, por fim, Maura usou a tromba para romper a bolsa. Mesmo enquanto ela fazia isso, porém, eu já sabia que havia algo errado. Em vez do júbilo de Botshelo e sua manada, o corpo de Maura estava curvado. Seus olhos estavam baixos, a boca semiaberta, as orelhas caídas e junto ao corpo.

Ela parecia Kagiso, quando o filhote desta nasceu morto.

Maura tentou levantar o pequeno macho natimorto. Ela o empurrou com a pata da frente, mas ele não se moveu. Tentou enrolar a tromba em volta do corpo e erguê-lo, mas ele deslizou. Afastou a placenta e rolou o corpo do filhote. Ela ainda estava sangrando, listras descendo por suas patas traseiras, tão escuras e pronunciadas quanto as secreções das glândulas temporais, mas ela continuava a limpar e empurrar o filhote, que não havia respirado nem uma única vez.

Eu estava chorando quando Thomas chegou de novo, trazendo Gideon e a notícia de que o veterinário chegaria em menos de uma hora. Todo o santuário ficara silencioso e estático; as outras elefantas haviam parado de chamar; até o vento morreu. O sol voltara sua face para os ombros da paisagem e, no traje de luto, o tecido da noite se rasgou, revelando uma estrela em cada pequena fenda. Maura estava de pé sobre o corpo de seu filho, seu próprio corpo como um guarda-chuva, abrigando-o.

— O que aconteceu? — perguntou Thomas, e, pelo resto da vida, eu sempre iria pensar que ele estava me acusando.

Sacudi a cabeça.

— Ligue de novo para o veterinário — falei. — Ele não precisa vir ainda. — O sangramento já havia parado. Não havia mais nada que pudesse ser feito.

— Ele vai querer fazer uma necrópsia no filhote...

— Só depois que ela tiver terminado o luto — interrompi, e a palavra acionou a lembrança de meu desejo silencioso de alguns dias antes: que uma daquelas elefantas morresse para eu poder continuar minha pesquisa de pós-doutorado.

Eu me senti como se tivesse, subconscientemente, desejado aquilo. Talvez Thomas estivesse certo em me acusar.

— Vou ficar aqui — anunciei.

Thomas se aproximou.

— Você não precisa...

— Isso é o que eu *faço* — respondi, com firmeza.

— E a Jenna?

Vi Gideon se afastar um pouco quando nossas vozes se elevaram.

— O que tem ela? — perguntei.

— Você é a mãe dela.

— E você é o pai. — Por aquela única noite em um ano de vida de Jenna, eu podia deixar de colocar meu bebê na cama para observar Maura de pé junto ao dela. Era o meu trabalho. Se eu fosse médica, isso seria o equivalente a ser chamada para uma emergência.

Mas Thomas não estava prestando atenção.

— Eu estava contando com esse filhote — ele murmurou. — Ele ia nos salvar.

Gideon pigarreou.

— Thomas? Que tal eu levar você de volta ao chalé e pedir para a Grace vir trazer um casaco para a Alice?

Depois que eles se foram, fiz anotações, marcando as vezes que Maura passava a tromba pela coluna do filhote, e seu lançamento apático da bolsa amniótica. Anotei as diferenças em suas vocalizações, de um ronco suave e tranquilizador ao chamado de uma mãe tentando fazer o filhote voltar para o seu lado, mas era uma conversa unilateral.

Grace veio com um casaco e um saco de dormir e se sentou comigo por um tempo em silêncio, só observando Maura e sentindo sua tristeza.

— Está mais pesado aqui — ela comentou. — O ar. — Embora eu soubesse que a pressão barométrica não podia ser afetada pela morte de um elefante, entendi o que ela quis dizer. O silêncio pressionava o fundo de minha garganta, meus tímpanos, ameaçando nos sufocar.

Nevvie também veio prestar sua homenagem. Ela não disse nada, só me deu uma garrafa de água e um sanduíche e ficou a alguma distância, aparentemente remexendo um baralho de lembranças que não quis compartilhar.

Quando eu já estava cochilando, às três da manhã, Maura finalmente se afastou de cima do filhote. Ela levantou o bebê na tromba, mas ele deslizou duas vezes. Tentou erguê-lo pelo pescoço e, não tendo sucesso, pelas pernas. Depois de várias tentativas fracassadas, conseguiu enrolar o corpo do bebê na tromba, do jeito como carregaria um fardo de feno.

Com cuidado, lentamente, Maura começou a caminhar para o norte. A distância, ouvi um chamado de contato de Hester. Maura respondeu baixinho, como se estivesse preocupada em não acordar o filhote.

Gideon e Nevvie haviam levado embora os veículos, então não tive escolha a não ser ir a pé. Eu não sabia para onde Maura estava indo, então fiz exatamente o que não deveria ter feito: passei pela abertura no portão feita para os veículos e caminhei nas sombras atrás dela.

Por sorte, Maura estava muito perdida em sua própria dor ou focada demais em sua carga preciosa para me notar, enquanto eu avançava me escondendo atrás das árvores, tão silenciosamente quanto possível. Nós andamos, com vinte metros entre nós, passando pelo lago, entrando no bosque de bétulas e atravessando uma campina, até Maura chegar ao local onde gostava de ficar na parte mais quente do dia. Sob um grande carvalho, havia um tapete de agulhas de pinheiro; Maura se deitava de lado e cochilava à sombra.

Naquele dia, porém, ela depositou o filhote ali e começou a cobri-lo com galhos, quebrando ramos de pinheiro e chutando agulhas caídas e tufos de musgo, até o corpo estar parcialmente coberto. Então, parou sobre ele outra vez, fazendo de seu próprio corpo um templo sustentado por pilares.

E eu cultuei. E rezei.

* * *

Vinte e quatro horas depois de Maura ter tido o filhote, eu ainda não havia dormido, nem ela. O mais grave é que ela ainda não havia comido nem bebido nada. Embora eu soubesse que ela podia viver sem comida por algum tempo, a água era necessária. Então, quando Gideon me encontrou, em segurança, do lado mais distante do cercado outra vez, eu lhe pedi um favor.

Eu precisava que ele trouxesse uma das banheiras rasas que usávamos para mergulhar as patas das elefantas nos galpões e cinco garrafas de dois litros de água.

Quando ouvi o quadriciclo se aproximar atrás de mim, olhei para Maura para ver se ela ia reagir. As elefantas africanas costumavam ficar curiosas quando era hora da alimentação. Mas Maura nem virou a cabeça na direção de Gideon. Assim que ele desacelerou e parou na trilha, eu lhe disse:

— Desça.

O que eu ia fazer seria estritamente proibido na reserva, porque eu estava planejando interferir no ecossistema. Também era imprudente, porque eu ia entrar no espaço pessoal de uma mãe elefante em luto. E eu não estava nem aí.

— Não — respondeu Gideon, adivinhando exatamente o que eu ia fazer. — Você sabe.

Então eu subi no quadriciclo e segurei na cintura dele enquanto passávamos pela pequena abertura na cerca e entrávamos no recinto com a elefanta. Maura atacou, vindo a toda em nossa direção com as orelhas abertas e os pés pesados estrondando no chão. Senti Gideon engatar a ré no quadriciclo, mas pus a mão no braço dele.

— Não — falei. — Desligue o motor.

Ele olhou para mim sobre o ombro, de olhos arregalados, dividido entre obedecer à esposa do patrão ou a seus próprios instintos de autopreservação.

O veículo estremeceu e parou.

E Maura também.

Muito devagar, saí do quadriciclo e puxei a pesada banheira de borracha da traseira do veículo. Coloquei-a a uns três metros de distância e despejei a água dentro. Depois subi de novo atrás de Gideon.

— Dê meia-volta — sussurrei. — *Agora*.

Ele recuou enquanto a tromba de Maura se contorcia em nossa direção. Ela se aproximou e bebeu a banheira inteira de água de uma só vez.

Ela se inclinou de modo que suas presas ficaram a centímetros de minha pele, perto o bastante para eu ver as incisões e cicatrizes nelas de anos de uso, perto o bastante para ela me olhar nos olhos.

Maura estendeu a tromba e afagou meu ombro. Depois voltou para o corpo de seu filhote e retomou sua posição, abrigando-o.

Senti a mão de Gideon em minhas costas. Era parte conforto, parte reverência.

— Respire — ele instruiu.

* * *

Depois de trinta e seis horas, os urubus vieram. Eles circularam no alto como bruxas em sua vassoura. Toda vez que faziam um mergulho, Maura batia as orelhas e rugia, espantando-os. Naquela noite, vieram as martas. Seus olhos faiscavam em verde neon enquanto rastejavam para mais perto do corpo do filhote. Maura, saindo de seu transe como se tivessem apertado um botão, correu na direção delas com as presas voltadas para o chão.

Thomas tinha desistido de me pedir para voltar para casa. *Todos* tinham desistido de me pedir. Eu não sairia dali até Maura estar pronta para partir. Eu seria sua manada e a lembraria de que ela ainda tinha que viver, embora seu filhote não pudesse.

A ironia não me escapou: eu estava desempenhando o papel do elefante, enquanto Maura agia de maneira bastante humana, se recusando a parar de chorar pelo filho morto. Uma das coisas mais incríveis sobre o luto das elefantas na natureza é sua capacidade de sofrer muito, e depois verdadeira e inequivocamente deixar para trás. Os humanos não parecem fazer isso. Sempre imaginei que fosse por causa da religião. Nós esperamos reencontrar nossos entes queridos na próxima vida, o que quer que isso signifique. Os elefantes não têm essa esperança, apenas as lembranças *desta* vida. Talvez por isso lhes seja mais fácil seguir em frente.

Setenta e duas horas depois do parto, tentei imitar o ronco de "vamos embora" que tinha ouvido mil vezes na natureza e me virar nessa direção, como um elefante faria. Maura me ignorou. Eu mal conseguia me aguentar de pé a essa altura, e minha visão estava embaçada. Alucinei com a visão de um elefante macho atravessando a cerca, mas era só um quadriciclo se aproximando. Nele estavam Nevvie e Gideon. Ela olhou para mim e sacudiu a cabeça.

— Você tem razão, ela está péssima — Nevvie disse para Gideon. E, então, para mim: — Volte para casa. A sua menina precisa de você. Se não quer deixar a Maura sozinha, eu fico com ela.

Como Gideon não confiava que eu pudesse me segurar nele sem dormir, não subi atrás dele. Sentei no círculo de seus braços, do jeito que uma criança faria, e cochilei até ele estacionar na frente do chalé. Constrangida, saí do veículo, agradeci depressa e entrei.

Para minha surpresa, Grace estava dormindo no sofá ao lado do berço de Jenna, no meio da sala de estar, já que não tínhamos espaço para um quarto de bebê. Eu a acordei e lhe disse para ir para casa com Gideon, depois segui pelo corredor até o escritório de Thomas.

Como eu, ele usava as mesmas roupas de três dias antes. Estava inclinado sobre um livro-caixa, tão concentrado no que estudava que não notou minha entrada. Um frasco de comprimidos de prescrição médica estava virado sobre a mesa e uma garrafa de uísque vazia postava-se como sentinela ao lado dele. Achei que talvez tivesse adormecido enquanto trabalhava, mas, quando cheguei mais perto, vi que seus olhos estavam muito abertos, vidrados, sem ver.

— Thomas — falei delicadamente —, vamos dormir.

— Você não vê que eu estou ocupado? — ele respondeu, tão alto que, na sala, a bebê começou a chorar. — Cale a porra dessa boca! — ele gritou, levantou o livro e o atirou na parede atrás de mim. Eu desviei, depois me abaixei para pegá-lo. As páginas caíram abertas diante de mim.

O que quer que tenha deixado Thomas tão concentrado... não era este livro. Isto era um diário vazio, com todas as páginas em branco.

Eu entendia agora por que Grace não tinha deixado a bebê sozinha com ele.

Foi só depois de nossa cerimônia de casamento na Prefeitura de Boone que encontrei os frascos de comprimidos, alinhados como soldados de infantaria na cômoda de Thomas. Depressão, ele me disse quando perguntei. Depois que seu pai morreu — e ele não tinha mais a mãe —, Thomas não conseguia encontrar forças para sair da cama. Ouvi com atenção, tentando ser solidária. Estava menos desalentada com a notícia de sua angústia clínica do que com o fato de que havia entrado em um casamento com alguém tão depressa que nem sequer sabia que os pais dele já tinham morrido.

Thomas não tivera mais nenhum episódio depressivo desde então, ou pelo menos não me contou sobre nenhum, mas, para ser sincera, não perguntei. Não tinha certeza se queria saber a resposta.

Trêmula, saí do escritório e fechei a porta. Peguei Jenna, que se acalmou de imediato, e a levei para a cama que eu compartilhava com um estranho, que por acaso era o pai de minha filha. Contra todas as expectativas, caí imediatamente em um sono profundo e tranquilo, com a mãozinha de minha filha presa como uma estrela cadente na minha.

* * *

Quando acordei, o sol estava cortante feito um bisturi e uma mosca zumbia em meu ouvido. Passei a mão pelo rosto para espantá-la, mas então percebi que não era uma mosca e eu não conseguia me livrar do barulho. Era o som distante de uma maquinaria de construção, a retroescavadeira que usávamos para fazer trabalhos de paisagismo no santuário.

— Thomas — chamei, mas ele não respondeu. Peguei Jenna, que estava acordada e sorridente agora, e a carreguei para o escritório. Thomas estava sentado com o rosto pressionado contra o tampo da mesa, completamente inconsciente. Vi suas costas subirem e descerem duas vezes para ter certeza de que estava vivo, depois pus Jenna em um canguru em minhas costas, da forma como eu tinha aprendido com as africanas que cozinhavam no acampamento da reserva. Deixei o chalé, subi em um quadriciclo e fui para a borda norte do santuário, onde na noite anterior eu havia deixado Maura.

A primeira coisa que notei foi a cerca eletrificada. Maura andava de um lado para outro na frente dela, rugindo furiosa, sacudindo a cabeça e batendo as presas no chão, se aproximando da cerca o máximo possível sem levar um choque. Enquanto realizava todos esses movimentos agressivos, ela jamais tirava os olhos do filhote.

Que estava preso com correntes a uma grande plataforma de madeira ao lado de Nevvie, que instruía Gideon sobre onde cavar a sepultura.

Cruzei o portão com o quadriciclo, passei por Maura e pisei no freio a um pé de distância de Nevvie.

— Que porra é essa que você está fazendo?

Ela olhou para mim e para a bebê em minhas costas e, com esse único olhar, me mostrou o que achava de mim como mãe.

— O que nós sempre fazemos quando um elefante morre. As amostras para a necrópsia já foram coletadas pelo veterinário esta manhã.

O sangue me subiu à cabeça.

— Você separou uma mãe em luto do filhote dela?

— Faz três dias — disse Nevvie. — É para o bem dela. Eu já estive com mães que veem os filhotes sofrerem e isso acaba com elas. Aconteceu com a Wimpy, e vai acontecer de novo se não tomarmos uma atitude. É isso que você quer para a Maura?

— O que eu quero para a Maura é que ela mesma tome a decisão de quando é a hora de ir embora! — gritei. — Achei que fosse essa a filosofia deste santuário. — Me virei para Gideon, que tinha parado de usar o maquinário e estava esperando, constrangido, mais ao lado. — Vocês pelo menos *perguntaram* para o Thomas?

— Sim — respondeu Nevvie, erguendo o queixo. — Ele disse que confiava em mim para tomar a decisão sobre o que fazer.

— Você não sabe nada sobre o luto de uma mãe por seu filhote — falei. — Isso não é compaixão. É crueldade.

— O que está feito está feito — Nevvie afirmou. — Quanto mais rápido a Maura não precisar mais olhar para o filhote, mais depressa ela vai esquecer o que aconteceu.

— Ela *nunca* vai esquecer o que aconteceu — declarei. — Nem eu.

* * *

Não muito mais tarde, Thomas acordou sóbrio, em seu estado normal. Ele repreendeu Nevvie por ter tomado as decisões por conta própria, apagando convenientemente sua responsabilidade na situação por ter lhe dado autorização quando não estava em condição mental adequada para isso. Ele chorou e me pediu desculpa, e para Jenna, por ter deixado seus demônios assumirem o controle. Nevvie, ofendida, desapareceu pelo resto da tarde. Gideon e eu removemos as correntes do corpo do filhote, mas não tentamos deslizá-lo para fora da plataforma. No momento em que desliguei a eletricidade da cerca, Maura a rompeu como se fosse de palha e correu para o filho. Ela o afagou com a tromba, recuou para junto dele com as patas traseiras. Ficou ao seu lado por mais quarenta e cinco minutos, depois se afastou lentamente para a floresta de bétulas, deixando o filhote.

Esperei dez minutos, escutando os ruídos para checar se ela ia retornar, mas isso não aconteceu.

— Tudo bem agora — falei.

Gideon subiu na retroescavadeira e cavou a terra à sombra do carvalho onde Maura gostava de descansar. Prendi o corpo do filhote na plataforma outra vez, para que ele pudesse ser baixado no túmulo quando estivesse suficientemente fundo. Peguei a pá que Gideon trouxera e comecei a cobrir o corpo com terra, um pequeno gesto para se somar ao trabalho, antes que ele preenchesse o buraco com a máquina.

Quando alisei a terra jogada sobre a sepultura, de um marrom intenso como pó de café, meu cabelo se soltou do rabo de cavalo e a transpiração formou um círculo sob minhas axilas e encharcou minhas costas. Eu estava dolorida e exausta, e a emoção que eu havia controlado nas últimas cinco horas de repente tomou conta de mim e me derrubou. Caí de joelhos, soluçando.

Em um instante, Gideon estava ali, com os braços ao meu redor. Ele era um homem grande, mais alto e mais forte que Thomas; recostei nele do jeito como se pressiona o rosto sobre o chão sólido depois de ter sofrido uma grande queda.

— Tudo bem — disse ele, embora não estivesse. Eu não podia trazer o bebê de Maura de volta. — Você estava certa. Nunca devíamos ter separado a mãe do filhote.

Eu me afastei.

— Então por que foi que você fez aquilo?

Ele me fitou nos olhos.

— Porque às vezes, quando eu penso por mim mesmo, acabo arrumando problemas.

Eu sentia as mãos dele em meus ombros. Sentia o cheiro do sal de seu suor. Olhei para sua pele, escura junto da minha.

— Achei que vocês iam precisar disto — disse Grace. Ela segurava uma jarra de chá gelado.

Eu não sabia quando Grace tinha se aproximado; não sabia o que ela achara de encontrar o marido me reconfortando. Não era nada mais que isso, mas, mesmo assim, nós nos separamos de um pulo, como se tivéssemos algo a esconder. Enxuguei os olhos na barra da blusa enquanto Gideon pegava a jarra.

Mesmo depois que Gideon foi embora, de mãos dadas com Grace, eu ainda podia sentir o calor de suas palmas em mim. Isso me fez pensar em Maura de pé sobre seu filhote, tentando ser um porto seguro quando, claramente, já era tarde demais.

JENNA

Quando você tem a minha idade, a maioria das pessoas faz o possível e o impossível para não te notar. Homens e mulheres de negócios não olham porque estão ocupados com seus telefonemas ou mensagens de texto ou enviando e-mails para o chefe. Mães desviam o olhar porque você é um vislumbre do futuro, quando seu lindo bebê fofinho vai se tornar mais um adolescente antissocial, ouvindo música e incapaz de manter uma conversa que vá além de grunhidos. As únicas pessoas que realmente me olham nos olhos são senhoras solitárias ou crianças pequenas que querem atenção. Por essa razão, é incrivelmente fácil entrar em um ônibus intermunicipal Greyhound sem nem sequer comprar uma passagem, o que é excelente, porque quem tem cento e noventa dólares dando sopa por aí? Eu simplesmente fico nas proximidades de uma família que não dá conta nem de si mesma: há um bebê gritando, um menino de uns cinco anos com o polegar enfiado na boca e uma adolescente escrevendo mensagens de texto tão rápido que eu acho que seu Galaxy vai explodir. Quando é feita a chamada de embarque para Boston, e os pais descabelados tentam contar as malas *e* os filhos, eu sigo a menina mais velha para dentro do ônibus como se estivesse com eles.

Ninguém me para.

Eu sei que o motorista vai contar o número de passageiros antes de sair da estação, então vou imediatamente me trancar no banheiro. Fico ali dentro até sentir as rodas girando, até Boone, New Hampshire, ficar para trás. Depois deslizo para o banco no fundo do ônibus, aquele que ninguém quer porque tem cheiro de xixi, e finjo estar dormindo profundamente.

Vamos falar só por um segundo sobre o fato de que minha avó vai me pôr de castigo até eu ter uns sessenta anos. Deixei um bilhete para ela, mas desliguei o celular de propósito, porque não quero mesmo ouvir a reação dela quando o encontrar. Se ela já acha que as buscas pela minha mãe na internet estão arruinando minha vida, não vai ficar nada feliz ao saber que estou viajando clandestina dentro de um ônibus, indo para o Tennessee, para tentar rastreá-la em pessoa.

Estou um pouco irritada comigo mesma, na verdade, por não ter pensado em fazer isso antes. Talvez tenha sido a raiva do meu pai, totalmente inesperada para um cara que passa a maior parte do tempo quase catatônico, que reavivou minha memória. Seja como for, algo se encaixou para que eu me lembrasse de Gideon e de como ele era importante para mim e para minha mãe. O jeito como meu pai reagiu ao colar de pedra foi como uma carga de eletricidade, acendendo neurônios que haviam ficado silenciosamente em banho-maria durante anos, e então bandeiras acenaram e sinais de neon piscaram na minha mente: *Preste atenção*. É verdade que, mesmo que eu *tivesse* me lembrado de Gideon antes, não saberia para onde ele havia ido dez anos atrás. Mas sei de um lugar onde ele parou no caminho.

Quando minha mãe desapareceu e se tornou público que o santuário de meu pai estava falido, as elefantas foram enviadas para o Santuário de Elefantes em Hohenwald, Tennessee. Bastou uma pesquisa rápida no Google para ler que a diretoria de lá, ao saber do problema com o santuário de New England, improvisou para arrumar espaço e abrigar os animais desamparados. Quem acompanhou as elefantas foi o único funcionário que restara: Gideon.

Eu não sabia se o santuário o havia contratado para continuar cuidando de nossos animais ou se ele tinha deixado os elefantes e se mudado para outro lugar. Se ele tinha ido se encontrar com minha mãe. Se eles ainda ficavam de mãos dadas quando achavam que ninguém estava olhando.

Está vendo? Essa é outra coisa sobre as pessoas que pensam que as crianças são invisíveis: elas se esquecem de ser discretas perto de nós.

Eu sei que é idiotice, mas havia uma grande parte de mim que esperava que Gideon estivesse lá e não tivesse a menor ideia de onde minha mãe se encontrava, apesar de ela ser a razão de eu estar enfiada em um ônibus com o capuz do moletom puxado sobre a cabeça para ninguém tentar olhar para mim e eu conseguir chegar lá e descobrir o que havia acontecido. Eu não poderia lidar com o fato de minha mãe ter passado os últimos dez anos feliz. Não desejo que ela esteja morta e não desejo que sua vida tenha sido horrível. Mas será que *eu* não deveria ter sido parte dessa equação?

De qualquer modo, eu havia examinado os possíveis cenários na minha cabeça:

1. Gideon estava trabalhando no santuário e vivendo com minha mãe, que havia adotado um nome falso, como Mata Hari ou Euphonia Lalique ou algo igualmente misterioso, para poder permanecer escondida. (Nota: Eu não queria pensar de fato *do que* ela poderia estar se escondendo. Do meu pai, da polícia, de mim — nenhuma dessas era uma opção que eu tinha vontade de explorar.) Gideon me reconheceria ao primeiro olhar, claro, e me levaria para minha mãe, que se dissolveria em uma implosão de alegria, pediria perdão e diria que nunca parou de pensar em mim.

2. Gideon não estava mais trabalhando no santuário, mas, como a comunidade ligada a elefantes é muito pequena, ainda havia informações sobre ele nos arquivos. Eu apareceria na casa dele e minha mãe abriria a porta e, então, continuaria como no cenário 1.

3. Eu finalmente encontraria Gideon, onde quer que ele estivesse, e ele me diria que sentia muito, mas não tinha a menor ideia do que havia acontecido com a minha mãe. Que, sim, ele a amara. Que, sim, ela tivera vontade de fugir do meu pai com ele. Talvez até a morte de Nevvie estivesse de alguma forma ligada a esse malfadado caso de amor. Mas que, ao longo dos anos que eu passara crescendo, a coisa entre eles não tinha dado certo e ela o deixara da mesma forma como tinha feito comigo.

Esse, claro, era o pior de todos os cenários. Havia apenas um ainda mais sombrio, tão escuro que eu havia deixado a imaginação dar uma espiadinha pela fresta da porta, mas a fechara depressa antes que ele se espalhasse por cada canto da minha mente:

4. Por intermédio de Gideon, eu localizo minha mãe. Mas não há alegria, não há reunião, não há surpresa. Há apenas resignação, quando ela suspira e diz: *Eu gostaria que você não tivesse me encontrado.*

Como eu disse, não vou nem pensar nessa possibilidade, para não correr o risco de que — como diz Serenity — a energia enviada ao universo por um pensamento aleatório possa de fato produzir o resultado.

Não acho que Virgil vá demorar muito para descobrir para onde eu fui, ou para chegar à mesma conclusão que eu: que Gideon é a chave para encontrarmos minha mãe, talvez a razão de ela ter fugido, talvez até a ligação com a morte acidental que pode não ter sido um acidente. E eu me sinto um pouco mal por não ter contado a Serenity para onde estou indo. Mas ela ganha a vida como vidente; espero que consiga saber que tenho todas as intenções de voltar.

Só que não sozinha.

* * *

Há baldeações a serem feitas em Boston, Nova York e Cleveland. Em cada parada, saio do ônibus segurando a respiração, certa de que nesse lugar eu vou encontrar um policial esperando para me levar para casa. Mas, para isso, seria preciso que minha avó registrasse meu desaparecimento, e, sejamos sinceros, ela não tem um bom histórico nessa questão.

Mantenho o celular desligado, porque não quero que ela ligue, ou Virgil, ou Serenity. Sigo o mesmo padrão em cada terminal de ônibus, procurando uma família que talvez não me note andando em volta. Durmo em períodos curtos e faço jogos comigo mesma: se eu vir três carros vermelhos consecutivos na rodovia I-95, isso significa que minha mãe vai ficar contente por me ver. Se eu vir um Fusca antes de terminar de contar até cem, significa que ela fugiu porque não tinha outra escolha. Se eu vir um carro funerário, quer dizer que ela está morta e foi por isso que nunca voltou para mim.

Não vi nenhum carro funerário, para o caso de você estar se perguntando.

Um dia, três horas e quarenta e oito minutos depois de ter partido de Boone, New Hampshire, eu me vejo na rodoviária de Nashville, Tennessee, saindo para uma onda de calor que me atinge na cara como um soco.

O terminal fica no meio da cidade, e eu estou surpresa com a quantidade de atividade e barulho. É como andar para dentro de uma dor de cabeça. Há homens com gravata caubói, turistas com garrafas de água e pessoas tocando violão na frente de lojas para ganhar moedas. Todos parecem estar usando botas country.

Imediatamente, volto para dentro do terminal com ar-condicionado e procuro um mapa do Tennessee. Hohenwald — onde o santuário está localizado — fica a sudoeste da cidade, a cerca de uma hora e meia de distância. Imagino que não seja um grande destino turístico, então não há transporte público para lá. E não sou tão burra a ponto de pedir carona para estranhos. Será possível que estes últimos cento e trinta quilômetros vão ser mais difíceis que os milhares que já percorri?

Por algum tempo, fico parada na frente do mapa gigante do Tennessee que está na parede, me perguntando por que as crianças norte-americanas nunca estudam geografia, porque, se estudassem, talvez eu tivesse algum conhecimento desse estado. Respiro fundo e saio da rodoviária para o centro da cidade, onde entro e saio de lojas que vendem roupas country e restaurantes com música ao vivo. Há também carros e caminhonetes estacionados pelas ruas. Olho as placas: muitos deles provavelmente são alugados. Mas alguns têm cadeirinhas de bebê dentro, ou CDs espalhados pelo chão, indícios de um proprietário.

Então começo a ler os adesivos nos para-lamas. Há alguns esperados (AMERICANO POR NASCIMENTO, SULISTA PELA GRAÇA DE DEUS) e outros que me embrulham o estômago (SALVE OS BICHOS,

MATE AS BICHAS). Mas estou procurando dicas, pistas, do jeito como Virgil talvez tivesse procurado. Algo que me diga mais sobre a família que é dona do carro.

Por fim, em uma picape, encontro um adesivo que diz: ORGULHO DE ESTUDAR EM COLUMBIA! Isto é um achado em dose dupla: há uma caçamba onde posso me esconder e Columbia, de acordo com o mapa no terminal de ônibus, fica no caminho para Hohenwald. Ponho o pé no para-lama, pronta para pular para a traseira da picape e deitar lá dentro quando ninguém estiver olhando.

— O que você está fazendo?

Estive tão ocupada olhando as pessoas na rua para ver se estavam reparando em mim que não vi o menininho aparecer. Ele deve ter uns sete anos e tem tantos dentes faltando que os que ficaram parecem lápides em um cemitério.

Eu me agacho, pensando em todos os trabalhos de babá que já fiz ao longo dos anos.

— Estou brincando de esconde-esconde. Quer ajudar?

Ele faz que sim com a cabeça.

— Legal. Então você tem que guardar segredo. Acha que consegue fazer isso? Pode não contar para a sua mãe e o seu pai que estou escondida aqui?

O menino balança o queixo para cima e para baixo enfaticamente.

— Aí depois pode ser a minha vez?

— Combinado — prometo e subo na traseira da picape.

— Brian! — uma mulher grita, ofegando ao virar a esquina, seguida por uma adolescente de cara emburrada e braços cruzados. — Venha aqui!

O metal da carroceria está tão quente quanto a superfície do sol. Posso literalmente sentir as bolhas se formando na palma das minhas mãos e atrás das pernas. Levanto a cabeça só um pouquinho, para poder olhar para ele, e ponho o dedo sobre os lábios fechados, o sinal universal para *Shhh*.

A mãe dele está se aproximando de nós, então eu me deito, cruzo os braços e seguro a respiração.

— Depois sou eu — diz Brian.

— Com quem você está falando? — a mãe pergunta.

— Minha nova amiga.

— Nós já conversamos sobre mentiras — diz ela, e abre a porta do carro.

Eu me sinto mal por Brian, não só porque sua mãe não acredita nele, mas porque não tenho nenhum plano de revezar com ele no esconde--esconde. Já vou ter ido embora há tempos.

Alguém lá dentro abre o vidro traseiro da picape para ventilar. Pela fresta, escuto o rádio, enquanto Brian, a irmã e a mãe se dirigem à rodovia interestadual, indo, eu espero, para Columbia, Tennessee. Fecho os olhos, sinto o sol me assar e finjo estar em uma praia, não em uma prancha de metal.

As músicas no rádio falam de dirigir picapes como aquela, ou de meninas com coração de ouro que foram iludidas. Parecem todas iguais para mim. Minha mãe tinha uma aversão tão forte a banjo, quase uma alergia. Eu lembro que ela desligava o rádio toda vez que um cantor começava a cantar vibrando a voz. Será que uma mulher que detestava música country poderia ter escolhido morar tão perto do Grand Ole Opry? Ou será que havia usado essa aversão como uma cortina de fumaça, imaginando que ninguém que a conhecesse esperaria que ela se estabelecesse bem no coração da terra dos caubóis?

Enquanto balanço na traseira da picape, eu penso:

1. Os banjos até que são legais.
2. Talvez as pessoas mudem.

ALICE

Não é exagero dizer que, para os elefantes, o acasalamento é música e dança.

Como em todas as comunicações desses animais, as vocalizações se associam a gestos. Em um dia comum, por exemplo, uma matriarca pode fazer um ronco de "vamos lá" e, ao mesmo tempo, posicionar o corpo na direção em que deseja levar a manada.

Os sons de acasalamento, porém, são mais complicados. Na natureza, ouvimos os roncos de musth guturais e pulsáteis dos machos — profundos e graves, explosivos, o que se poderia imaginar ao lançar uma flecha feita de hormônios contra um instrumento de fúria. Um macho pode produzir um ronco de musth quando é desafiado por outro macho, quando é surpreendido pela aproximação de um veículo, quando está procurando uma parceira. Os sons diferem de um elefante para outro e são acompanhados por agitações das orelhas e gotejamento de urina frequente.

Quando um macho no musth está vocalizando, toda a manada de fêmeas começa a fazer um coro. Esses sons atraem não só o macho que iniciou a conversa, mas todos os solteiros qualificáveis, de modo que as fêmeas no estro têm agora a chance de escolher o parceiro mais atraente — e isso não significa o mais bonito, mas o que tem maior probabilidade de sobreviver, um elefante mais velho e saudável. Uma fêmea que não goste de um macho específico pode fugir dele, mesmo que ele já a tenha montado, para encontrar alguém melhor. Mas, claro, isso pressupõe que exista alguém melhor para ser encontrado.

Por essa razão, alguns dias antes de entrar no estro, a fêmea faz um rugido de estro — um chamado potente que traz ainda mais rapazes para as proximidades e, assim, proporciona um conjunto maior de parceiros dentre os quais ela poderá selecionar. Por fim, quando permite o acasalamento, ela emite um canto de estro. Ao contrário dos roncos de musth dos machos, esses cantos são líricos e repetitivos, ronronados guturais que se elevam rápido e se extinguem. A fêmea bate as orelhas fazendo sons altos e secreta pelas glândulas. Depois do acasalamento, as outras fêmeas de sua família se unem em uma sinfonia de rugidos e roncos e barridos como os que elas fazem em qualquer outro momento socialmente excitante: um nascimento, um reencontro.

Sabemos que, quando as baleias machos cantam, as que têm os cantos mais complexos são as que conseguem as fêmeas. Ao contrário, no mundo dos elefantes, um macho no musth acasalará com quem ele puder; é a fêmea que canta, e é por necessidade biológica. Uma elefante fêmea fica no estro por apenas seis dias, e os únicos machos disponíveis podem estar a quilômetros de distância. Os feromônios não funcionam a essa distância, então ela precisa fazer alguma coisa extra para atrair parceiros potenciais.

Foi provado que os cantos das baleias são transmitidos de uma geração para outra e que eles existem em todos os oceanos do mundo. Sempre me perguntei se o mesmo vale para os elefantes. Se as filhotes de elefantes aprendem o canto do estro com suas parentes fêmeas mais velhas durante a estação de acasalamento, para que, quando chegar sua vez, elas saibam cantar para atrair os machos mais fortes e resistentes. Se, fazendo isso, as filhas aprendem com os erros de suas mães.

SERENITY

Isto aqui é o que eu não contei: houve outra vez no passado, em meu auge como médium, em que perdi a capacidade de me comunicar com os espíritos.

Eu estava fazendo uma leitura para uma jovem universitária que queria contatar seu falecido pai. Ela veio com a mãe, cada uma com seu próprio gravador, para registrarem o que acontecesse em nossa sessão. Durante uma hora e meia, lancei o nome dele e me esforcei para fazer contato. E o único pensamento que vinha em minha cabeça era que esse homem tinha se matado com uma arma.

Fora isso: silêncio.

Exatamente como o que recebo agora quando tento me conectar com os mortos.

Eu me senti péssima. Estava cobrando daquelas mulheres por noventa minutos de nada. E, embora eu não oferecesse uma garantia de serviço bem-feito ou seu dinheiro de volta, nunca em minha vida como médium eu ficara tão sem resposta. Então, pedi desculpas.

Perturbada com aquele resultado, a garota começou a chorar e pediu para usar o banheiro. Assim que ela saiu, sua mãe, que permanecera praticamente em silêncio durante toda a experiência, me contou sobre seu marido e sobre o segredo que ela não confidenciara à filha.

Ele de fato havia cometido suicídio, usando uma espingarda. Era um treinador de basquete universitário muito conhecido na Carolina do Norte que tivera um caso com um dos garotos da equipe. Quando ela descobriu, disse ao marido que queria o divórcio e que arruinaria sua carreira se ele não lhe pagasse para manter a boca fechada. Ele se recusou e declarou que realmente gostava do garoto. Então a esposa lhe disse que ele podia ficar com o novo amante, mas ela o processaria, arrancaria até seu último centavo e tornaria público o que ele fizera. Esse era o custo do amor, ela alegou.

Ele desceu as escadas para o porão e deu um tiro na cabeça.

No velório, enquanto fazia suas despedidas sozinha, ela disse: "Seu filho da puta. Não pense que vou te perdoar agora que você está morto. Já vai tarde".

Dois dias depois, a filha me ligou para dizer que uma coisa muito estranha tinha acontecido. A gravação que ela havia feito estava completamente em branco. Embora tivéssemos falado entre nós na sessão, tudo o que era possível ouvir era um zumbido. E, ainda mais estranho: o mesmo tinha acontecido na gravação feita por sua mãe.

Ficou claro para mim que o marido morto tinha ouvido a esposa no funeral e levara as palavras a sério. Ela não queria saber de mais nada com ele, então ele permaneceu longe de todas nós. Permanentemente.

Falar com espíritos é um diálogo. São necessárias duas pessoas. Se você tenta com todo o seu empenho e não recebe nada de volta, ou é um espírito que *não quer* se comunicar, ou um médium que *não consegue* ouvir.

* * *

— Não funciona como uma torneira — digo, irritada, tentando pôr certa distância entre mim e Virgil. — Não posso ligar e desligar.

Estamos no estacionamento do lado de fora do Gordon Atacadista, processando as informações que acabamos de receber sobre o suicídio de Grace Cartwright. Tenho que admitir que não era isso que eu esperava ouvir, mas Virgil está convencido de que é uma parte do quebra-cabeça.

— Me deixe ver se entendi bem — ele fala, sério. — Eu te digo que estou disposto a realmente aceitar que poderes psíquicos não são só um monte de merda. Digo que estou disposto a dar uma chance ao seu... talento. E você não quer nem tentar?

— Está bem — respondo, a contragosto. Encosto no para-lama do meu carro e sacudo ombros e braços do jeito que um nadador faz antes da largada. Depois, fecho os olhos.

— Você pode fazer isso aqui? — Virgil interrompe.

Abro um pouquinho o olho esquerdo.

— Não era o que você queria?

Ele fica vermelho.

— Eu pensei que você precisasse... sei lá. De uma tenda ou algo assim.

— Posso dispensar a bola de cristal e as folhas de chá também — respondo, seca.

Não admiti nem para Jenna nem para Virgil que não consigo mais me comunicar com espíritos. Deixei que eles acreditassem que os atos de encontrar por acaso a carteira e o colar de Alice no terreno do antigo santuário de elefantes não haviam sido lances de sorte, mas momentos psíquicos.

Talvez eu tenha convencido até a mim mesma disso. Então, fecho os olhos e penso: *Grace. Grace, venha falar comigo.*

É como eu costumava fazer.

Mas não recebo nada. É tão vazio e cheio de estática como quando tentei contatar o treinador de basquetebol da Carolina do Norte que havia se matado.

Dou uma olhada para Virgil.

— Conseguiu alguma coisa? — pergunto. Ele está digitando em seu celular, procurando por Gideon Cartwright no Tennessee.

— Não — ele responde. — Mas, se eu fosse ele, estaria usando um nome falso.

— Também não estou conseguindo nada — digo a Virgil, e desta vez é a verdade.

— Será que você não devia tentar... mais alto?

Ponho as mãos nos quadris.

— Por acaso eu te digo como fazer o seu trabalho? Às vezes é assim com suicidas.

— Assim como?

— Como se eles estivessem constrangidos pelo que fizeram. — Os suicidas, quase por definição, são todos fantasmas, presos à Terra porque estão desesperados para se desculpar com as pessoas amadas, ou porque se envergonham de si mesmos.

Isso me faz pensar em Alice Metcalf outra vez. Talvez a razão de eu não conseguir me comunicar com ela seja porque, como Grace, ela se matou.

Afasto imediatamente esse pensamento. Deixei as expectativas de Virgil me subirem à cabeça. A razão de eu não conseguir me comunicar com Alice, ou com qualquer outro espírito potencial, tem muito mais a ver comigo do que com eles.

— Vou tentar de novo mais tarde — minto. — O que você quer com a Grace, afinal?

— Quero saber por que ela se matou — ele responde. — Por que uma mulher com um casamento feliz, um emprego estável e uma família põe pedras no bolso e entra em um rio ?

— Porque ela não era uma mulher com um casamento feliz — respondo.

— E temos um ganhador! — exclama Virgil. — Você descobre que seu marido está dormindo com outra pessoa. O que você faz?

— Respiro fundo e me alegro por pelo menos ter entrado de noiva na igreja em algum momento?

Virgil suspira.

— Não. Você o confronta. Ou vai embora.

Desdobro essa ideia.

— E se Gideon queria o divórcio e Grace disse não? E se ele a matou e tentou fazer parecer um suicídio?

— O legista teria descoberto de cara na autópsia se tivesse sido homicídio e não suicídio.

— É mesmo? Porque eu estava com a impressão de que a polícia nem sempre chega à conclusão mais correta quando se trata da causa da morte.

Virgil ignora minha provocação.

— E se Gideon estava planejando fugir com Alice e Thomas descobriu?

— Você internou Thomas na ala psiquiátrica antes que Alice desaparecesse do hospital.

— Mas ele pode muito bem ter brigado com ela mais cedo naquela noite e ela ter corrido para os recintos. Talvez Nevvie Ruehl estivesse no lugar errado na hora errada. Ela tentou parar Thomas e, em vez disso, ele *a* parou. Enquanto isso, Alice correu, bateu a cabeça em um galho e desmaiou a mais de um quilômetro de distância deles. Gideon a encontrou no hospital e eles montaram um plano para afastá-la do marido furioso. Sabemos que Gideon acompanhou os elefantes para o novo lar. Talvez Alice tenha escapado e se encontrado com ele lá.

Cruzo os braços, impressionada.

— Isso é brilhante.

— A menos — Virgil reflete — que tenha acontecido de outro jeito. Digamos que Gideon tenha falado para Grace que queria o divórcio, para poder ir embora com Alice. Grace, desesperada, cometeu suicídio. A culpa pela morte de Grace fez Alice repensar o plano, mas Gideon não estava disposto a deixar que ela o abandonasse. Não viva, pelo menos.

Penso nisso por um momento. Gideon pode ter ido ao hospital e convencido Alice de que a filhinha dela estava em perigo, ou qualquer outra mentira que a fizesse sair abruptamente com ele. Não sou burra; eu vejo *Law & Order*. Muitos assassinatos acontecem porque a vítima confia no cara que vem até sua casa, ou pede ajuda, ou oferece uma carona.

— Então como foi que Nevvie morreu?

— Gideon a matou também.

— Por que ele mataria a própria sogra? — pergunto.

— Você deve estar brincando, não é? — diz Virgil. — Essa não é a fantasia de todo homem? Se Nevvie ficou sabendo que Gideon e Alice estavam dormindo juntos, provavelmente foi ela que começou a briga.

— Ou talvez ela não tenha feito nada com Gideon. Talvez tenha ido atrás de Alice no recinto. E Alice correu para se salvar e desmaiou. — Dou uma olhada para ele. — Que é o que Jenna vem dizendo todo o tempo.

— Não olhe para mim desse jeito — Virgil diz e franze a testa.

— Você devia ligar para ela. Talvez ela se lembre de alguma coisa sobre Gideon e sua mãe.

— Nós não precisamos da ajuda de Jenna. Temos que ir a Nashville e..

— Ela não merece ser deixada para trás.

Por um momento, Virgil me encara como se fosse discutir. Mas, então, pega o celular e olha para ele.

— Você tem o número dela?

Liguei para ela uma vez, mas foi de casa, não do celular. Não tenho o número comigo. Ao contrário de Virgil, porém, sei onde procurá-lo.

Dirigimos até meu apartamento. Ele lança um olhar comprido para o bar por onde temos que passar para chegar à escada.

— Como você resiste? — ele murmura. — É como morar em cima de um restaurante chinês.

Virgil fica esperando na porta enquanto eu remexo a pilha de correspondência sobre a mesa de jantar para encontrar o caderno que peço para minhas clientes assinarem. Jenna, claro, foi a aquisição mais recente.

— Pode entrar se quiser — falo.

Levo mais um momento para localizar o telefone, que está escondido embaixo de um pano de prato no balcão da cozinha. Eu o pego e digito o número de Jenna, mas o telefone parece estar sem linha.

Virgil está olhando a fotografia sobre a lareira, eu entre George e Barbara Bush.

— É muita gentileza sua se rebaixar a andar com gente como Jenna e eu — diz ele.

— Eu era uma pessoa diferente nessa época — respondo. — Além disso, a vida de celebridade não é tudo isso que dizem. Não dá para ver aí na foto, mas a mão do presidente estava na minha bunda.

— Podia ter sido pior — Virgil murmura. — Podia ter sido a mão da Barbara.

Tento o número de Jenna outra vez, mas nada acontece.

— Estranho. Tem alguma coisa errada com a minha linha — digo a Virgil, que pega seu celular no bolso.

— Me deixe tentar — ele sugere.

— Esqueça. Não consigo sinal de celular aqui a não ser que ponha papel-alumínio na cabeça e fique pendurada na saída de incêndio. As alegrias de viver no campo.

— Podemos usar o telefone do bar — diz Virgil.

— Só porque você quer — respondo e me imagino tentando arrancá-lo de um uísque. — Você era um policial que fazia rondas antes de ser detetive, certo?

— Era.

Enfio o caderno na bolsa.

— Então pode me mostrar como chegar na Greenleaf Street.

* * *

A área onde Jenna mora é como uma centena de outras áreas: gramados bem aparados em forma de quadrados, casas vestidas de persianas vermelhas e pretas, cachorros latindo atrás de cercas invisíveis. Crianças pequenas andam de bicicleta pelas calçadas quando eu estaciono o carro.

Virgil dá uma olhada para o jardim da casa de Jenna.

— Dá para saber muito sobre uma pessoa pela casa onde ela mora — ele comenta.

— O que, por exemplo?

— Ah, uma bandeira significa que são conservadores. Se o carro for um Prius, eles são mais liberais. Metade do tempo isso é só bobagem, mas é uma ciência interessante.

— Parece muito com leitura a frio. E deve ter o mesmo grau de acerto.

— Bom, seja como for... acho que eu não esperava que Jenna fosse tão... classe média convencional. Se você entende o que eu quero dizer.

Eu entendo. As ruas sem saída, as casas meticulosas, as latas de lixo reciclável enfileiradas na calçada, as 2,4 crianças em cada quintal... tudo parece tão certinho. Há algo instável em Jenna, algo irregular, que não combina com este lugar.

— Como é o nome da avó dela? — pergunto a Virgil.

— Como eu vou saber? Mas não importa; ela trabalha durante o dia

— Então é melhor você ficar aqui — sugiro.

— Por quê?

— Porque tem menos chance de a Jenna bater a porta na minha cara se você não estiver junto — respondo.

Virgil pode ser um chato, mas não é burro. Ele recosta no assento de passageiro.

— Tudo bem.

Então eu vou sozinha pelo caminho de pedras até a porta da frente. Ela é lilás e tem um pequeno coração de madeira pregado, pintado com as palavras bem-vindos, amigos. Aperto a campainha e, um momento depois, a porta abre sozinha.

Pelo menos isso é o que eu acho, até perceber que há um menininho na minha frente, chupando o polegar. Deve ter uns três anos e eu não sou muito boa com pequenos humanos. Eles me fazem pensar em roedores, mascando nossos bons sapatos de couro e deixando migalhas e cocô atrás de si. Fico tão atônita com a ideia de que Jenna tenha um irmão — que, aparentemente, nasceu depois que ela foi morar com a avó — que nem encontro as palavras para dizer oi.

O polegar da criança sai da boca como um tampão de um dique e, sem surpresa, as lágrimas começam a jorrar.

Imediatamente, uma jovem vem correndo e o pega no colo.

— Desculpe — diz ela. — Eu não ouvi a campainha. Pois não?

Ela está gritando, claro, porque a criança chora ainda mais alto. E já está me olhando com ar zangado, como se eu tivesse feito algum mal físico a seu filho. Enquanto isso, estou tentando entender quem é essa mulher e o que ela está fazendo na casa de Jenna.

Ofereço meu mais lindo sorriso de televisão.

— Acho que vim em um mau momento — digo. Alto. — Estou procurando a Jenna.

— Jenna?

— Metcalf — esclareço.

A mulher puxa o filho sobre o quadril.

— Acho que você está com o endereço errado.

Ela começa a fechar a porta, mas eu ponho o pé na fresta e procuro o caderno na bolsa. Ele se abre com facilidade na página em que Jenna escreveu, com sua caligrafia redonda de adolescente, Greenleaf Street, 145, Boone.

— Greenleaf Street, 145? — pergunto.

— O endereço é esse — ela responde —, mas não tem ninguém aqui com esse nome.

Ela fecha a porta e eu olho para o caderno na minha mão. Atordoada, volto para o carro, entro e jogo o caderno para Virgil.

— Ela me enganou — conto. — Deu um endereço falso.

— Por que ela faria isso?

Sacudo a cabeça.

— Não sei. Talvez não quisesse receber propaganda pelo correio.

— Ou talvez não confie em você — Virgil sugere. — Ela não confia em nenhum de nós dois. E você sabe o que isso significa. — Ele espera até que eu esteja olhando. — Ela está um passo à nossa frente.

— Como assim?

— Ela é suficientemente esperta para ter entendido por que o pai reagiu daquele jeito. Já deve saber sobre a mãe dela e Gideon e está fazendo exatamente o que nós devíamos ter feito uma hora atrás. — Ele estende o braço e vira a chave na ignição. — Nós vamos para o Tennessee, porque eu aposto cem dólares que a Jenna já está lá.

ALICE

Morrer de tristeza é o sacrifício maior de todos, mas não é evolutivamente viável. Se a tristeza fosse tão insuportável assim, uma espécie seria simplesmente apagada. Isso não quer dizer que não tenham existido casos no reino animal. Eu soube de um cavalo que morreu de repente e o animal que era seu colega de estábulo há muito tempo morreu pouco depois. Houve uma dupla de golfinhos que tinham trabalhado juntos em um parque temático; quando a fêmea morreu, o macho ficou nadando em círculos com os olhos fechados por semanas.

Depois que o bebê de Maura morreu, a dor estava escrita no seu rosto e no modo como ela movia o corpo lentamente, como se a fricção do ar contra ele fosse excruciante. Ela se isolou nas proximidades da sepultura; não retornava ao galpão à noite. Não tinha o consolo de uma família ao seu redor, para trazê-la de volta ao mundo dos vivos.

Eu estava determinada a não deixar que ela fosse uma vítima de seu próprio sofrimento.

Gideon prendeu à grade uma escova de cerdas gigante que tinha sido um presente do departamento de obras públicas depois da compra de uma nova máquina de varrição de ruas. Era um equipamento extra em que, antes, Maura teria adorado se esfregar. Mas Maura nem mesmo olhou na direção das marteladas enquanto ele a instalava. Grace tentou alegrar Maura lhe dando uvas vermelhas e melancia, suas comidas favoritas, mas Maura parou de se alimentar. O olhar vazio, o jeito como ela parecia ocupar menos espaço material do que antes, tudo isso me fazia pensar em Thomas, olhando fixamente para o livro em branco em seu escritório três noites depois da morte do filhote. Fisicamente presente, mas mentalmente em algum outro lugar.

Nevvie achava que deveríamos deixar Hester entrar no recinto para ver se ela conseguia consolar Maura, mas eu acreditava que ainda não era o momento certo. Já tinha visto matriarcas atacarem elefantas de sua própria manada, parentes próximas, se elas chegassem perto demais de um filhote que estava vivo. Quem poderia saber o que Maura, em seu sofrimento, faria para proteger um filhote morto?

— Ainda não — eu disse a Nevvie. — Assim que eu vir que ela está pronta para seguir em frente.

Era academicamente interessante registrar como uma elefanta solitária se recuperaria da perda sem uma manada para apoiá-la. Era também de partir o coração. Eu passava horas anotando o comportamento de Maura, porque esse era o meu trabalho. Levava Jenna comigo sempre que Grace não podia ficar com ela, porque Thomas andava muito ocupado.

Enquanto ainda nos movíamos em câmera lenta, presos na tristeza viscosa que cercava Maura, Thomas havia voltado rapidamente a um modelo de eficiência. Estava tão focado e energizado que eu me perguntava se não teria sido alucinação minha a imagem dele catatônico em sua mesa naquela noite depois da morte do filhote. O dinheiro com que ele contava, vindo de doadores entusiasmados com a chegada de um bebê elefante, não se materializou, mas ele teve uma nova ideia para manter o financiamento, e ela o consumia.

Para ser bem sincera, eu não me importava de assumir o trabalho extra de administrar o santuário enquanto Thomas estava ocupado. Qualquer coisa era melhor que o choque de vê-lo daquela maneira, angustiado e inacessível. *Aquele* Thomas, o que aparentemente existia antes de eu o conhecer, era um que eu não queria ver nunca mais. Eu esperava talvez ser o ingrediente necessário na equação, que minha presença fosse suficiente para impedir que sua depressão retornasse no futuro. E, como eu não queria ser o gatilho que pudesse detoná-lo, estava disposta a fazer o que ele quisesse ou precisasse. Eu seria sua maior incentivadora.

Duas semanas depois da morte do filhote, que passou a ser minha referência para marcar o tempo, fui ao Gordon Atacadista pegar nossa encomenda semanal. Mas, quando apresentei nosso cartão de crédito para pagar, ele foi recusado.

— Passe de novo — sugeri, mas não fez diferença.

Constrangida — não era um segredo de Estado que o santuário estava sempre com saldo baixo —, eu disse a Gordon que ia até um caixa eletrônico e pagaria em dinheiro.

Quando tentei, porém, a máquina não liberou nenhum dinheiro. Conta encerrada, apareceu na tela. Entrei no banco e pedi para falar com um gerente. Devia ser um erro.

— Seu marido sacou todo o dinheiro dessa conta — a mulher me disse.

— O quê? — perguntei, atônita.

Ela verificou no computador.

— Quinta-feira passada. No mesmo dia em que solicitou uma segunda hipoteca.

Senti as faces queimarem. Eu era a esposa de Thomas. Como ele podia tomar esse tipo de decisão sem conversar comigo? Tínhamos sete elefantas cuja dieta ficaria seriamente prejudicada sem a entrega de alimentos da semana. Tínhamos três funcionários que esperavam ser pagos na sexta-feira. E, até onde eu podia ver, não tínhamos mais dinheiro.

Não voltei ao Gordon Atacadista. Em vez disso, fui para casa e tirei Jenna de sua cadeirinha no carro tão depressa que ela começou a chorar. Entrei furiosa pela porta do chalé chamando Thomas, que não respondeu. Encontrei Grace cortando abóboras no galpão das asiáticas e Nevvie podando videiras selvagens, mas nenhuma delas tinha visto Thomas.

Quando cheguei de volta em casa, Gideon estava esperando.

— Você sabe alguma coisa sobre uma entrega para uma estufa? — ele perguntou.

— Estufa? — repeti, pensando em recém-nascidos. Em Maura.

— De plantas.

— Não aceite a entrega — eu disse. — Faça com que parem. — Nesse momento, Thomas passou por nós, acenando para o caminhão cruzar o portão.

Pus Jenna no colo de Gideon e agarrei Thomas pelo braço.

— Você tem um minuto?

— Agora não — ele respondeu.

— Acho que agora sim — revidei, o arrastei para dentro do escritório e fechei a porta para termos privacidade. — O que tem naquele caminhão?

— Orquídeas — Thomas respondeu. — Você consegue imaginar? Um campo inteiro de orquídeas roxas se estendendo até o galpão das asiáticas? — Ele sorriu. — Eu sonhei com isso.

Ele tinha comprado um caminhão de flores exóticas de que não precisávamos por causa de um sonho? Orquídeas não iam crescer naquele solo. E não eram baratas. Aquela compra era dinheiro jogado fora.

— Você comprou *flores*… quando o nosso cartão de crédito foi cancelado e a nossa conta foi encerrada?

Para meu espanto, o rosto de Thomas se iluminou.

— Não se trata só de comprar flores. Eu investi no futuro. Não sei por que não pensei nisso antes, Alice — ele falou. — Sabe o espaço de armazenamento em cima do galpão das africanas? Eu vou transformá-lo em um deque de observação. — Ele falava tão depressa que as palavras se embaralhavam, como um rolo de barbante se desenrolando do colo. — Dá para ver tudo lá de cima. Toda a propriedade. Eu me sinto o rei do mundo quando olho pela janela. Imagine *dez* janelas. Uma parede de vidro. E grandes doadores vindo ver os elefantes daquele deque. Ou alugando o espaço para eventos…

Não era uma ideia ruim. Mas vinha em um momento inadequado. Não tínhamos nenhum recurso extra para alocar para um projeto de reforma. Mal tínhamos o suficiente para cobrir as despesas operacionais do mês.

— Thomas, nós não temos dinheiro para isso.

— Vamos ter se não contratarmos ninguém para fazer a construção.

— O Gideon não tem tempo para…

— O Gideon? — Ele riu. — Não preciso do Gideon. Eu mesmo posso fazer.

— Como? — perguntei. — Você não sabe nada de construção.

Ele se voltou para mim com uma expressão furiosa.

— Você não sabe nada de mim.

Enquanto o via sair pela porta do escritório, pensei que isso devia ser mesmo verdade.

* * *

Eu disse a Gideon que tinha havido um engano, que as orquídeas precisavam ser devolvidas. Ainda não sei bem como ele conseguiu esse milagre, mas voltou com o dinheiro reembolsado nas mãos, o qual foi diretamente para o Gordon Atacadista, para pagar nossos engradados de repolho, abóboras gordas e melões muito maduros. Thomas nem pareceu perceber que as orquídeas não haviam sido entregues; estava ocupado demais martelando e serrando no velho espaço do sótão sobre o galpão das africanas, do amanhecer ao pôr do sol. No entanto, toda vez que eu lhe pedia para ver como estava o andamento do trabalho, ele era ríspido comigo.

Talvez, pensei cientificamente, essa fosse a reação de Thomas ao luto. Talvez ele estivesse se atirando em um projeto para não pensar no que havíamos perdido. Por isso, decidi que a melhor maneira de tirá-lo daquela reação maníaca era ajudá-lo a se lembrar do que ele ainda *tinha*. Então eu cozinhava refeições elaboradas, embora nunca tenha dominado de fato muito mais que macarrão com queijo. Preparava piqueniques, levava Jenna para o galpão das africanas e chamava Thomas para almoçar conosco. Uma tarde, eu lhe perguntei sobre seu projeto.

— Me deixe dar uma espiadinha — pedi. — Não vou contar nada a ninguém até que esteja pronto.

Mas ele sacudiu a cabeça.

— Vai valer a espera — prometeu.

— Eu poderia ajudar você. Sou boa em pintura...

— Você é boa em muitas coisas — Thomas disse e me beijou.

Nós vínhamos transando muito. Depois que Jenna dormia, Thomas vinha do galpão das africanas, tomava um banho e se deitava na cama ao meu lado. Faziamos amor quase com desespero — se eu estava tentando escapar da lembrança do filhote de Maura, Thomas parecia estar tentando se manter preso a algo. Era quase como se eu não importasse, como se qualquer corpo sob ele pudesse cumprir a função, mas eu não podia culpá-lo, porque também estava usando Thomas para esquecer. Eu dormia, exausta, e no meio da noite, quando minha mão deslizava sob os lençóis para encontrá-lo, ele já não estava mais lá.

A princípio, no piquenique, eu o beijei de volta. Mas então a mão dele subiu por dentro da minha blusa, procurando o fecho do sutiã.

— *Thomas* — sussurrei. — Nós estamos *em público*.

Não só estávamos sentados à sombra do galpão das africanas, onde qualquer funcionário poderia passar, como Jenna estava olhando fixamente para nós. Ela se ergueu sobre os pés e cambaleou em nossa direção, como um pequenino zumbi.

Soltei um som de surpresa.

— Thomas! Ela está andando!

O rosto dele estava enterrado na curva do meu pescoço. Sua mão cobria meu seio.

— Thomas — falei, empurrando-o. — *Olhe.*

Ele recuou, aborrecido. Seus olhos eram quase negros atrás dos óculos, e, embora ele não tenha dito nada, eu podia ouvi-lo claramente: *Como você ousa?* Mas, então, Jenna caiu no seu colo e ele a segurou e a beijou na testa e em cada face.

— Que menina grande — ele disse, enquanto Jenna balbuciava de encontro ao seu ombro. Ele a colocou de pé no chão e a apontou em minha direção. — Isso foi um acaso ou uma nova habilidade? — ele perguntou. — Vamos repetir a experiência?

Eu ri.

— Essa menina está perdida, tendo dois cientistas como pais. — Estendi os braços. — Venha de volta para mim — incentivei.

Eu estava falando com minha filha. Mas poderia muito bem estar fazendo aquele pedido para Thomas também.

* * *

Alguns dias depois, quando eu ajudava Grace a preparar as refeições para as elefantas asiáticas, perguntei se ela discutia com Gideon.

— Por quê? — ela disse, subitamente na defensiva.

— É que parece que vocês se dão tão bem — respondi. — É um pouco surpreendente.

Grace relaxou.

— Ele não abaixa a tampa da privada. Fico louca com isso.

— Se esse for o único defeito dele, você é muito sortuda. — Levantei o cutelo e parti um melão ao meio, focando a atenção no sumo que fluiu. — Ele guarda segredos de você?

— Tipo o que ele vai me dar de presente de aniversário? — Ela encolheu os ombros. — Claro.

— Não esse tipo de segredo. Estou falando do tipo que faz você pensar que ele está escondendo alguma coisa. — Baixei a faca e a olhei nos olhos. — Quando o filhote morreu... você viu o Thomas no escritório, não viu?

Nunca tínhamos conversado sobre isso. Mas eu sabia que Grace devia tê-lo visto, balançando para a frente e para trás em sua cadeira, os olhos vazios, as mãos trêmulas. Eu sabia que tinha sido por isso que ela decidira não deixar Jenna sozinha com ele.

O olhar de Grace deslizou do meu.

— Todo mundo tem seus demônios — ela murmurou.

Eu soube, pelo modo como ela falou, que não tinha sido a primeira vez que vira Thomas daquele jeito.

— Já aconteceu antes?

— Depois ele sempre fica bem.

Será que eu era a única pessoa no santuário que não sabia?

— Ele me disse que foi só uma vez, depois que os pais dele morreram — falei, sentindo as faces quentes. — Eu achava que o casamento fosse uma parceria, entende? Na alegria e na tristeza. Na saúde e na doença. Por que ele mentiria para mim?

— Guardar um segredo nem sempre é mentir. Às vezes é o único jeito de proteger a pessoa que você ama.

Eu ri.

— Você só diz isso porque não foi a última a saber.

— É — Grace disse baixinho. — Mas fui a que guardou o segredo. — Ela começou a colocar amendoins nas barrigas vazias dos melões cortados ao meio, as mãos rápidas e habilidosas. — Eu adoro cuidar da sua filha — acrescentou, em uma mudança inesperada.

— Eu sei. E fico grata.

— Adoro cuidar da sua filha — Grace repetiu — porque nunca vou ter meus próprios filhos.

Eu a encarei e, naquele momento, ela me fez lembrar de Maura: havia uma sombra em seus olhos que eu já notara antes, que atribuíra à juventude e à insegurança, mas que talvez fosse de fato a perda de algo que ela nunca teve.

— Você é jovem — falei.

Grace sacudiu a cabeça.

— Eu tenho síndrome do ovário policístico — ela explicou. — É uma coisa hormonal.

— Você pode usar uma barriga de aluguel. Ou adotar. Já conversou com o Gideon sobre as alternativas? — Ela só ficou olhando para mim e eu entendi: *Gideon não sabe*. Esse era o segredo que ela escondia dele.

De repente, Grace agarrou meu braço, tão forte que doeu.

— Você não vai contar?

— Não — prometi.

Ela se acalmou e pegou sua faca de novo para começar a cortar. Trabalhamos em silêncio por alguns momentos antes de Grace falar outra vez.

— Não é que ele não ame você o suficiente para contar a verdade — disse ela. — É que ele a ama demais para arriscar.

* * *

Naquela noite, depois que Thomas entrou no chalé, passando de meia-noite, fingi estar dormindo quando ele espiou no quarto. Esperei até ouvir o chuveiro ligado, então saí da cama e caminhei para fora do chalé, com cuidado para não acordar Jenna. No escuro, enquanto meus olhos se ajustavam, passei pelo chalé de Grace e Gideon, onde as luzes estavam apagadas. Pensei neles enlaçados na cama, com um espaço infinitesimal entre ambos em cada ponto em que se tocavam.

A escada em espiral era pintada de preto, e eu bati o tornozelo nela antes de perceber que já havia chegado à borda mais distante do galpão das africanas. Me movendo em silêncio, porque não queria acordar as elefantas e fazê-las emitir um alerta não intencional, me esgueirei escada acima, mordendo o lábio por causa da dor. No alto, a porta estava trancada, mas uma chave mestra abria tudo no santuário, portanto eu sabia que poderia entrar.

A primeira coisa que notei foi que, como Thomas havia dito, a vista iluminada pelo luar era fantástica. Embora Thomas ainda não tivesse instalado as vidraças, ele havia cortado aberturas provisórias, que estavam cobertas com folhas de plástico transparente. Através delas eu podia ver cada metro do santuário, sob a luminosidade da lua cheia. Dava para imaginar facilmente uma plataforma panorâmica, um observatório, um modo para que as pessoas pudessem ver os animais incríveis que abrigávamos sem ter que perturbar seu habitat ou fazer deles parte de uma exibição, como se estivessem em zoológicos e circos.

Talvez eu estivesse me preocupando à toa. Talvez Thomas estivesse apenas tentando fazer o que havia dito: salvar o santuário. Eu me virei, tateando na parede até localizar o interruptor. O aposento se encheu de luz, tão brilhante que, por um momento, não pude enxergar.

O espaço estava vazio. Não havia móveis, caixas, ferramentas, nem mesmo um pedaço de madeira. As paredes tinham sido pintadas de um branco ofuscante, assim como o teto e o chão. Mas, rabiscados em cada centímetro, havia letras e números, escritos repetidamente em um código em looping.

C14H19NO4C18H16N6S2C16H21NO2C3H6N2O2C189H285N55O57S.

Era como entrar em uma igreja e encontrar símbolos misteriosos escritos com sangue pelas paredes. Minha respiração parou na garganta. O aposento estava se fechando sobre mim, os números cintilando e se fundindo uns nos outros. Percebi, quando desabei no chão, que isso era porque eu estava chorando.

Thomas estava doente.

Thomas precisava de ajuda.

E, embora eu não fosse psiquiatra, embora não tivesse experiência com nada daquilo, não parecia depressão para mim.

Parecia... loucura.

Eu me levantei e saí da sala, deixando a porta destrancada. Não tinha muito tempo. Mas, em vez de ir para nosso chalé, fui para o de Gideon e Grace e bati na porta. Grace atendeu usando uma camiseta masculina, os cabelos revoltos.

— Alice? — disse ela. — O que foi?

Meu marido está com uma doença mental. Este santuário está morrendo. Maura perdeu o filhote.

Pode escolher.

— O Gideon está aqui? — perguntei, mesmo sabendo que estava. Nem todas tinham um marido que saía furtivamente no meio da noite para escrever coisas sem nexo no teto, chão e paredes de uma sala vazia.

Ele veio até a porta de short, o peito nu, uma camiseta na mão.

— Preciso da sua ajuda — falei.

— Uma das elefantas? Aconteceu alguma coisa?

Não respondi, só me virei e comecei a andar de novo em direção ao galpão das africanas. Gideon me alcançou, enfiando a blusa pela cabeça.

— Foi qual das meninas?

— As elefantas estão bem — respondi, com a voz trêmula. Havíamos chegado à base da escada em espiral. — Preciso que você faça uma coisa e preciso que não me faça perguntas. Acha que pode me ajudar?

Gideon deu uma olhada no meu rosto e concordou com a cabeça.

Subi como se estivesse indo para minha própria execução. Em retrospectiva, talvez eu estivesse. Talvez esse tenha sido o primeiro passo de uma queda longa e fatal. Abri a porta para que Gideon pudesse ver o interior.

— Caramba — ele sussurrou. — O que é isso?

— Não sei. Mas você tem que pintar por cima antes de amanhecer. — De repente, os fios do meu autocontrole se romperam e eu me dobrei, incapaz de respirar, incapaz de segurar as lágrimas. Gideon se aproximou imediatamente para me segurar, mas eu recuei. — Depressa — ofeguei e corri para a escada, de volta para meu chalé, onde encontrei Thomas abrindo a porta do banheiro, uma nuvem de vapor formando um halo em volta de seu corpo.

— Acordei você? — ele perguntou e sorriu, aquele sorriso de lado que me fez ficar hipnotizada pelas suas palavras na África, que eu via sempre que fechava os olhos.

Se eu tinha alguma chance de salvar Thomas dele mesmo, precisava fazê-lo acreditar que eu não era uma inimiga. Tinha que fazê-lo crer que eu acreditava nele. Então, colei no rosto o que eu esperava que fosse um sorriso similar.

— Achei que tinha ouvido a Jenna chorar.

— Ela está bem?

— Dormindo profundamente — eu disse a Thomas, engolindo em volta do osso da verdade preso em minha garganta. — Deve ter sido um pesadelo.

* * *

Eu tinha mentido para Gideon quando ele perguntou o que estava escrito na parede. Eu *sabia*.

Não era uma sequência aleatória de letras e números. Eram fórmulas de substâncias químicas: anisomicina, U0126, propanolol, D-cicloserina e neuropeptídeo Y. Eu havia escrito sobre elas em um artigo anterior, quando estava tentando encontrar ligações entre a memória dos elefantes e a cognição. Eram compostos que, se administrados rapidamente depois de um trauma, interagiam com a amígdala para impedir que uma lembrança fosse codificada como dolorosa ou perturbadora. Usando ratos, os cientistas haviam obtido sucesso em eliminar o estresse e o medo causados por certas memórias.

É possível imaginar as implicações disso e, recentemente, alguns profissionais médicos realmente o *fizeram*. Surgiram controvérsias em relação a hospitais que queriam administrar drogas desse tipo a vítimas de estupro. Além da questão prática de saber se a memória bloqueada ficaria ou não de fato bloqueada para sempre, havia um problema moral: poderia uma vítima traumatizada dar autorização para receber a droga se, por definição, ela estaria traumatizada e incapaz de pensar com clareza?

O que Thomas andava fazendo com o meu artigo e como isso se associava a seus planos de levantar dinheiro para o santuário? Se bem que talvez não tivesse associação nenhuma. Se Thomas tivesse realmente surtado, poderia ver relevância nas dicas de um jogo de palavras cruzadas; poderia ver significado na previsão do tempo. Devia estar construindo uma realidade cheia de ligações causais que, para o resto de nós, não tinham nenhuma relação.

Fazia muito tempo, mas a conclusão de meu artigo foi que havia uma razão para o cérebro ter evoluído de uma maneira que permitisse marcar uma memória com um sinal de alerta. Se as memórias nos protegem de situações perigosas futuras, seria proveitoso para nós esquecê-las por meio de recursos químicos?

Será que um dia eu conseguiria "desver" aquela sala, com sua repetição em looping dos grafites das fórmulas químicas? Não, nem mesmo depois de Gideon as ter pintado de branco outra vez. E talvez fosse melhor assim, porque isso me lembraria de que o homem por quem eu achei que havia me apaixonado não era o mesmo que entrou na cozinha naquela manhã, assobiando.

Eu tinha planos. Queria obter ajuda para Thomas. Mas, assim que ele saiu para o deque de observação, Nevvie apareceu com Grace.

— Preciso da sua ajuda para mover a Hester — disse Nevvie, e eu lembrei que havia prometido a ela que tentaríamos pôr as duas elefantas africanas juntas hoje.

Eu poderia ter adiado, mas Nevvie me perguntaria por quê. E eu não estava com vontade de falar sobre a noite anterior.

Grace estendeu os braços para Jenna e eu pensei em nossa conversa na cozinha.

— O Gideon... — comecei.

— Ele terminou — ela disse, e isso era tudo que eu precisava saber.

Segui Nevvie para os recintos das africanas, dando uma olhada para o piso superior do galpão, com suas folhas de plástico nas aberturas e o cheiro forte de tinta fresca. Será que Thomas estava lá agora? Estaria bravo por encontrar seu trabalho destruído? Arrasado? Indiferente?

Será que desconfiava de mim?

— Onde você está? — Nevvie falou. — Eu te fiz uma pergunta.

— Desculpe. Não dormi bem esta noite.

— Quer cuidar da cerca ou trazer a Hester?

— Eu fico no portão — respondi.

Tínhamos construído uma cerca eletrificada para separar Hester de Maura quando percebemos que Maura estava grávida. Para dizer a verdade, se uma das duas quisesse mesmo chegar ao outro lado, teria rompido a cerca com facilidade. Mas essas duas elefantas não estavam juntas havia tempo suficiente para criar um vínculo antes de terem sido separadas. Elas eram conhecidas, não amigas. Ainda não tinham um grande afeto uma pela outra. E era por isso que eu não achava que a ideia de Nevvie fosse funcionar.

Em tswana, há um ditado: *Go o ra motho, ga go lelwe.* Onde há apoio não há sofrimento. Vemos isso na natureza, quando os elefantes ficam de luto pela morte de um membro da manada. Depois de um tempo, alguns saem para beber água. Outros investigam os arbustos em busca de alimentos. Acabam ficando para trás um ou dois elefantes, em geral as filhas ou filhos jovens da elefanta morta, que relutam em retomar a vida cotidiana. Mas a manada sempre volta para buscá-los. Pode ser o grupo todo, ou apenas um ou dois emissários. Eles vocalizam com roncos de "vamos" e inclinam o corpo para incentivar os elefantes em luto a acompanhá-los. Por fim, todos eles vão. Mas Hester não era prima ou irmã de Maura. Ela era apenas outra elefanta. Maura não tinha nenhum incentivo para escutá-la, não mais do que eu teria seguido um completo estranho que viesse até mim e sugerisse que fôssemos almoçar.

Enquanto Nevvie ia procurar Hester no quadriciclo, desconectei a cerca da eletricidade e enrolei o arame, criando um portão aberto. Esperei até ouvir o ronco do motor e avistar a elefanta seguindo Nevvie placidamente. Hester era louca por melancia e havia uma inteira no quadriciclo para ela, que seria colocada mais perto de Maura.

Entrei no veículo e seguimos para o local da sepultura do filhote, onde Maura ainda estava, com os ombros curvados e a tromba arrastando no chão. Nevvie desligou o motor e eu saí e pus a comida para Hester a alguma distância de Maura. Tínhamos trazido uma guloseima para Maura também, mas, ao contrário de Hester, ela não a tocou.

Hester espetou a melancia com a presa e deixou o sumo pingar em sua boca. Depois curvou a tromba em volta da fruta, arrancou-a do espeto de marfim e a esmagou entre os maxilares.

Maura não deu sinal de se importar com a presença dela, mas vi sua coluna se enrijecer ao ouvir o som de Hester mastigando.

— Nevvie — eu disse baixinho, subindo no quadriciclo outra vez. — Ligue o motor.

Como um raio, Maura se virou e disparou na direção de Hester, a cabeça sacudindo e as orelhas balançando. A terra subiu em uma nuvem de intimidação. Hester guinchou e lançou a tromba para trás, igualmente disposta a defender seu terreno.

— *Vá* — eu disse, e Nevvie virou o quadriciclo e desviou Hester antes que ela pudesse chegar perto de Maura, que nem olhou para nós enquanto espantávamos Hester para o outro lado da cerca eletrificada. Ela se virou para a sepultura escura e revolvida do filhote, que se estendia como um bocejo sobre a terra.

Suando e com o coração ainda acelerado pelo confronto, deixei Nevvie levar Hester mais para o fundo do recinto das africanas, enquanto rejuntava os arames, fechava-os e religava os grampos das baterias. Nevvie voltou alguns minutos depois, quando eu estava terminando.

— Eu falei — disse a ela.

* * *

Aproveitei que Grace ainda estava com Jenna e parei no galpão das africanas para falar com Thomas. Enquanto subia a escada em espiral, não ouvi nenhum som vindo do espaço em cima. Imaginei se Thomas tinha encontrado as paredes pintadas e se isso tinha sido o suficiente para fazê-lo voltar ao equilíbrio. Mas, quando cheguei à porta, virei a maçaneta e entrei na sala, encontrei uma parede inteiramente coberta com os mesmos símbolos que tinha visto na noite anterior e uma segunda parede grafitada até a metade. Thomas estava de pé em uma cadeira, escrevendo tão furiosamente que eu achei que o estuque poderia pegar fogo. Senti como se meu esqueleto tivesse se transformado em pedra.

— Thomas — eu disse. — Acho que precisamos conversar.

Ele olhou sobre o ombro, tão absorto em seu trabalho que nem tinha me ouvido entrar. Não parecia constrangido ou surpreso. Apenas decepcionado.

— Era para ser uma surpresa — disse ele. — Eu estava fazendo para você.

— Fazendo o quê?

Ele desceu da cadeira.

— Chama-se teoria da consolidação molecular. Foi provado que as memórias permanecem em estado elástico antes de serem quimicamente codificadas no cérebro. Se esse processo for perturbado, é possível alterar a maneira como a memória é recuperada. Até o momento, os únicos sucessos científicos aconteceram quando os inibidores foram administrados imediatamente após o trauma. Mas digamos que o trauma já tenha ocorrido no passado. E se pudéssemos regredir a mente de volta para aquele momento e administrar a droga? O trauma seria esquecido?

Fico olhando para ele, totalmente perdida.

— Isso não é possível.

— É possível, se pudermos voltar no tempo.

— O *quê*?

Ele virou os olhos.

— Não estou construindo uma TARDIS, uma máquina do tempo — disse Thomas. — Isso seria insano.

— Insano — repeti, a palavra colidindo no quebra-mar de um soluço.

— Não é uma dobra literal da quarta dimensão. Mas é possível alterar a percepção para um *indivíduo*, de modo que o tempo seja efetivamente revertido. Você leva o indivíduo de volta ao estresse por meio de uma alteração da consciência e faz essa pessoa reviver a experiência do trauma emocional por tempo suficiente para que a droga faça efeito. E aqui está a parte que é uma surpresa para você. A Maura vai ser o sujeito do teste.

Ao ouvir o nome da elefanta, meu olhar voou para o dele.

— Você não vai tocar na Maura.

— Nem mesmo se eu puder ajudá-la? Se eu puder fazê-la esquecer a morte do seu filhote?

Sacudi a cabeça.

— Não funciona assim, Thomas...

— E se funcionasse? E se houvesse implicações para os humanos? Imagine o trabalho que poderia ser feito com veteranos que sofrem de estresse pós-traumático. Imagine se o santuário consolidasse o seu nome como um importante centro de pesquisa. Nós poderíamos conseguir um financiamento do Centro de Neurociências da Universidade de Nova York. E, se eles concordassem em fazer uma parceria comigo, a atenção da mídia traria investidores para compensar a perda da receita que havíamos projetado com o filhote. Eu poderia ganhar um Nobel.

Engoli em seco.

— O que faz você pensar que pode regredir a mente?

— Fui informado de que podia.

— Por *quem?*

Ele enfiou a mão no bolso de trás e tirou um pedaço de papel com o timbre do santuário no alto. Escrito nele estava um número de telefone que eu reconheci. Eu havia ligado para lá na semana anterior, quando o cartão de crédito foi recusado no atacadista.

Bem-vindo ao Citibank MasterCard.

Embaixo do número de telefone de atendimento aos clientes, havia uma lista de anagramas para as palavras *Cartão recusado*:

Carrasco toda eu, desatacar rouco, atracador sueco, coacusado terra, escoadura troca, atacado recurso, acusador recato, croata cosedura, causar octaedro, casa torcedoura, atroador cuecas, orada crustáceo, casaca duro teor, arcada eco surto, carrada toco seu, atacar curso ode, *causador acerto.*

As últimas palavras estavam circuladas com tanta força que o papel tinha começado a se desintegrar.

— Está vendo? Está em código. *Causador acerto.* — Os olhos de Thomas queimavam nos meus como se ele estivesse explicando o sentido da vida. — O que você vê não é o que você pensa.

Eu me aproximei dele até estarmos a poucos centímetros de distância.

— Thomas — murmurei, levando a mão ao rosto dele. — Amor. Você está doente.

Ele segurou minha mão, o bote salva-vidas que eu lhe lançava. Até então, não tinha percebido quanto eu estava tremendo.

— Tem razão, estou mesmo doente — ele murmurou de volta, apertando tanto a minha mão que eu fiz uma careta de dor. — Estou doente de tanto que você *duvida* de mim. — Ele se inclinou mais e eu pude ver o anel cor de laranja em volta de suas pupilas e a pulsação em suas têmporas. — Estou fazendo isso por *você* — ele disse, mordendo cada palavra, cuspindo-as em meu rosto.

— Estou fazendo isso por você também — gritei e corri para fora daquele aposento sem ar, descendo a escada em espiral.

* * *

O Dartmouth College ficava cem quilômetros para o sul. Eles tinham um hospital-modelo lá. E por acaso era a clínica psiquiátrica mais próxima de Boone. Não sei o que fez o psiquiatra concordar em me receber, considerando que eu não tinha consulta marcada e havia uma sala de espera cheia de pessoas com problemas igualmente urgentes. Só o que pude pensar, enquanto mantinha Jenna apertada contra mim na frente da mesa do dr. Thibodeau, foi que a recepcionista deve ter dado uma olhada em mim e achado que eu estava inventando a história. *Marido uma ova*, ela deve ter pensado, vendo meu uniforme amassado, meu cabelo sujo, meu bebê chorando. *É ela que está em crise.*

Passei meia hora contando ao médico o que eu sabia do histórico de Thomas e o que tinha visto na noite anterior.

— Acho que a pressão foi demais para ele — falei. Depois de pronunciadas, as palavras incharam como balões coloridos e ocuparam todo o espaço da sala.

— É possível que isso que você está descrevendo sejam sintomas de mania — disse o médico. — É parte da doença bipolar, o que antes chamávamos de transtorno maníaco-depressivo. — Ele sorriu para mim. — Ser bipolar é como ser forçado a tomar LSD. Faz as sensações, emoções e criatividade ficarem aguçadas, mas também significa que os momentos de animação são mais intensos e os momentos ruins, mais sofridos. É como dizem: se um maníaco faz uma coisa bizarra e dá certo, ele é um gênio; se dá errado, é maluco. — O dr. Thibodeau sorriu para Jenna, que estava mordendo um de seus pesos para papel. — A boa notícia é que, se realmente for esse o problema do seu marido, é tratável. A medicação que nós prescrevemos para controlar essas oscilações de humor trazem as pessoas de volta ao centro. Quando o Thomas perceber que não está vivendo uma realidade, mas apenas um episódio maníaco, ele vai oscilar na outra direção e ficar muito deprimido, por não ser o homem que achava que era.

E não é só ele, pensei.

— O seu marido machucou você?

Pensei no momento em que ele agarrou minha mão. Gritei quando ouvi o rangido dos ossos.

— Não — respondi. Já havia traído Thomas o bastante; não faria isso também.

— Acha que ele poderia machucá-la?

Olho para Jenna.

— Não sei.

— Ele tem que ser avaliado por um psiquiatra. Se for transtorno bipolar, talvez ele precise ser hospitalizado para se estabilizar.

Com esperança, eu olhei para o médico.

— Então o senhor pode trazê-lo para cá?

— Não — disse o dr. Thibodeau. — Internar uma pessoa é uma privação de direitos. Não podemos trazê-lo à força a não ser que ele machuque você.

— E o que eu faço? — perguntei.

O médico encontrou meu olhar.

— Você vai ter que convencê-lo a vir aqui voluntariamente.

Ele me deu seu cartão e me disse para ligar quando achasse que Thomas estaria pronto para ser internado. Durante a viagem de volta a Boone, tentei pensar no que poderia dizer para convencer Thomas a ir ao hospital em Lebanon. Eu poderia lhe dizer que Jenna estava doente, mas por que não iríamos ao pediatra dela na cidade mais próxima? Mesmo que eu lhe dissesse que havia encontrado um doador ou um neurocientista interessado em sua experiência, isso só o levaria até a porta. No minuto em que parássemos na recepção do psiquiatra, ele saberia o que eu estava realmente fazendo.

Cheguei à conclusão de que a única maneira de convencer Thomas a ir voluntariamente a uma clínica psiquiátrica era fazê-lo ver, de forma simples e honesta, que isso era o melhor para ele. Que eu ainda o amava. Que estávamos juntos nisso.

Fortificada, entrei no santuário, estacionei diante do chalé e carreguei uma Jenna sonolenta para dentro. Coloquei-a no sofá e voltei para fechar a porta que tinha deixado aberta.

Quando Thomas me agarrou por trás, eu gritei.

— Você me assustou — falei, me virando em seus braços e tentando ler sua expressão.

— Eu pensei que você tivesse me deixado. Pensei que tivesse levado a Jenna e que não fossem mais voltar.

Passei a mão no cabelo dele.

— Não. Eu nunca faria isso.

Quando ele me beijou, foi com o desespero de um homem que estava tentando se salvar. Quando ele me beijou, acreditei que Thomas ficaria bem. Acreditei que talvez nunca tivesse que ligar para o dr. Thibodeau, que aquele era o começo da oscilação de Thomas para o centro. Disse a mim mesma que podia acreditar em tudo aquilo, por mais infundado ou improvável que fosse, sem perceber quanto essa atitude me fazia parecida com Thomas.

Há algo mais sobre a memória, algo que Thomas não mencionou. Ela não é como uma gravação em vídeo. É subjetiva. É um relato culturalmente relevante do que aconteceu. Não importa se é correta; importa se é importante de alguma maneira para *você*. Se ensina alguma coisa que você precisa aprender.

* * *

Por alguns meses, parecia que a vida no santuário estava voltando ao normal. Maura dava longas caminhadas longe da sepultura de seu filhote antes de voltar para lá todas as noites. Thomas começou a trabalhar no escritório de novo, em vez de construir o deque de observação. Nós deixamos o espaço trancado e com tábuas pregadas nas janelas, como uma vila fantasma. Uma doação que ele havia solicitado meses antes chegou inesperadamente, nos dando um pouco de folga para suprimentos e salários.

Comecei a comparar minhas anotações sobre Maura e seu luto com as de outras mães elefantes que eu tinha visto perder filhotes. Passava longas horas caminhando com Jenna, a passo de bebê; apontava flores silvestres pelas cores, para ensinar a ela palavras novas. Thomas e eu discutíamos sobre os recintos serem ou não seguros para ela. Eu adorava essas discussões por sua simplicidade. Por sua sanidade.

Em uma manhã preguiçosa, enquanto Grace cuidava de Jenna no calor estagnado, eu estava fazendo uma lavagem de tromba no galpão das asiáticas com Dionne. Nós treinamos esse comportamento nas elefantas para poder fazer testes de tuberculose. Enchíamos uma seringa com soro fisiológico, injetávamos em uma narina e fazíamos a elefanta levantar a tromba o mais alto possível. Depois, segurávamos um saco plástico com fecho ziplock de quatro litros envolvendo a ponta da tromba quando ela a baixava e o líquido escorria. A amostra era acondicionada em um contêiner e enviada para o laboratório. Algumas das elefantas detestavam o processo; Dionne era das mais fáceis. Então, talvez minha guarda estivesse baixa e por isso não notei quando Thomas entrou de repente no galpão. Ele me agarrou pelo pescoço e me arrastou para longe da elefanta, para que ela não pudesse nos alcançar através das barras de metal.

— Quem é Thibodeau? — Thomas gritou, batendo minha cabeça contra o aço com tanta força que minha visão embaçou.

Eu nem sabia do que ele estava falando.

— Thi... bo... deau — Thomas repetiu. — Você deve saber. O cartão dele estava na *sua* carteira. — A mão dele era como um torno em volta do meu pescoço. Meus pulmões pareciam estar em brasa. Enfiei as unhas nos dedos dele, em seus pulsos. Ele levantou um pequeno retângulo de papel branco na frente do meu rosto. — Lembrou agora?

Eu mal podia enxergar qualquer coisa além de estrelas nas bordas de minha visão. Mas, de alguma maneira, consegui identificar o logotipo do hospital Dartmouth-Hitchcock. Era o psiquiatra que eu havia consultado, o que tinha me dado seu cartão.

— Você quer me tirar do caminho — Thomas acusou. — Está tentando roubar minha pesquisa. Provavelmente já falou com a Universidade de Nova York para ficar com o crédito, mas não vai funcionar, Alice, porque você não tem o código para ligar para a linha de conferência privativa do colóquio, e não ter *essa* informação marca você como uma impostora...

Dionne estava rugindo, batendo contra as barras reforçadas do galpão. Tentei explicar; tentei falar. Thomas me bateu com mais força contra a parede de aço, e achei que fosse desmaiar.

De repente, havia ar, e luz, e eu estava caindo no chão de cimento, ofegante enquanto meu peito se enchia de fogo. Rolei de lado e vi Gideon socar Thomas com tanta força que a cabeça dele foi para trás e sangue brotou em seu nariz e sua boca.

Levantei apressada e corri para fora do galpão. Não cheguei muito longe antes que as pernas cedessem sob mim, mas, para minha surpresa, eu não caí. Fui pega nos braços de Gideon. Ele arregalou os olhos para minha garganta e tocou com um dedo o colar vermelho produzido pelas mãos de Thomas. Foi tão gentil, como seda sobre uma cicatriz, que algo dentro de mim estalou.

Eu o empurrei.

— Não pedi sua ajuda!

Ele me soltou, surpreso. Cambaleei para longe dele, evitando o lugar em que sabia que Grace estava nadando com Jenna, e voltei para o chalé. Fui direto para o escritório de Thomas, onde ele vinha passando o tempo cuidando dos livros contábeis e atualizando os arquivos das elefantas. Em sua mesa estava o livro que usávamos para registrar as receitas e despesas do santuário. Me sentei e virei as primeiras páginas, que registravam as entregas de feno e os pagamentos ao veterinário, as contas de laboratório e o contrato de compra da alimentação. Depois, pulei para o fim.

C14H19NO4C18H16N6S2C16H21NO2C3H6N2O2C189H285N55O57S.
C14H19NO4C18H16N6S2C16H21NO2C3H6N2O2C189H285N55O57S.
C14H19NO4C18H16N6S2C16H21NO2C3H6N2O2C189H285N55O57S.

Baixei a cabeça na mesa e chorei.

* * *

Enrolei um lenço azul fino no pescoço e fui me sentar com Maura perto da sepultura do filhote. Estava lá havia talvez uma hora quando Thomas se aproximou, a pé. Ele parou do outro lado da cerca, com as mãos nos bolsos.

— Eu só queria te dizer que vou passar um tempo fora — ele falou.
— É um lugar onde já estive antes. Eles podem me ajudar.

Não olhei para ele.

— Acho que é uma boa ideia.

— Deixei as informações de contato no balcão da cozinha. Mas eles não vão deixar você falar comigo. É... parte da forma como trabalham.

Eu não achava que fosse precisar de Thomas enquanto ele estivesse fora. Estávamos administrando este santuário em sua ausência mesmo com ele lá.

— Diga a Jenna... — Ele sacudiu a cabeça. — Bom. Não diga nada a Jenna, só que eu a amo. — Thomas deu um passo para a frente. — Sei que não adianta muito, mas me perdoe. Eu não... eu não sou *eu mesmo* agora. Isso não é uma desculpa. Mas é tudo que eu tenho.

Não olhei enquanto ele ia embora. Fiquei sentada abraçando as pernas com força. A seis metros de distância, Maura pegou um galho caído com um pincel de agulhas de pinheiro na ponta e começou a varrer o chão à sua frente.

Ela fez isso por vários minutos, depois se afastou da sepultura. Após avançar alguns metros, ela se virou e olhou para mim. Então andou mais um pouco e parou, esperando.

Eu me levantei e a segui.

Estava úmido; minhas roupas grudaram na pele. Eu não podia falar; a garganta doía muito. As pontas do lenço que eu usava se moviam como borboletas em meus ombros na respiração quente da brisa. Maura se movia devagar e deliberadamente, até chegar à cerca eletrificada. Então parou e olhou com tristeza para o lago distante, do outro lado.

Eu não tinha ferramentas ou luvas. Não tinha nada de que precisava para desativar a cerca elétrica. Mas abri a caixa com as unhas e tirei as baterias. Usei toda a minha força para soltar os arames do portão improvisado que eu havia prendido semanas antes, embora os fios machucassem meus dedos e as mãos ficassem escorregadias com o sangue. Depois arrastei a cerca para abri-la e deixar Maura atravessar.

Ela atravessou, mas parou na beira da lagoa.

Não tínhamos andado tudo isso para nada.

— Vamos lá — falei, rouca. Tirei os sapatos e entrei na água.

Estava fria e transparente, deliciosamente fresca. A camiseta e o lenço grudaram na minha pele, e o short inflou em volta das coxas. Afundei a cabeça na água, deixando o cabelo se soltar do rabo de cavalo, e voltei à superfície, batendo os pés para me manter à tona. Então joguei um punhado de água em Maura.

Ela deu dois passos para trás, depois levou a tromba até a água e esguichou um jato sobre minha cabeça como chuva.

O movimento dela foi tão calculado, tão inesperado, tão *brincalhão*, depois de semanas de desespero, que eu ri alto. Não parecia minha voz. Era rouca e irregular, mas era alegria.

Maura entrou cautelosamente no lago, rolando para o lado esquerdo, depois para o direito, lançando um jorro de água nas costas e depois em mim outra vez. Isso me fez lembrar da manada que eu havia levado Thomas para ver na água em Botswana, quando achava que minha vida seria diferente do que acabou sendo. Observei Maura chapinhar e rolar, boiando com a água, mais leve do que havia estado em muito tempo e, lentamente, me deixei flutuar também.

— Ela está brincando — Gideon disse, da margem mais distante. — Isso quer dizer que está se recuperando.

Não tinha notado que ele estava lá; não sabia que estávamos sendo observadas. Devia desculpas a Gideon. Eu não tinha pedido para ser resgatada, é verdade, mas isso não significava que não precisasse ser salva.

Eu me sentia boba, não profissional. Atravessei o lago a nado, deixando Maura sozinha, e saí pingando na margem oposta, sem saber direito o que dizer.

— Desculpe — falei. — Eu não devia ter dito aquilo para você.

— Como você está? — Gideon perguntou, preocupado.

— Estou... — Fiz uma pausa, porque não sabia como responder. Aliviada? Nervosa? Assustada? Então, sorri um pouco. — Molhada.

Gideon sorriu também, entendendo o espírito da resposta. Ele estendeu as mãos vazias.

— Não trouxe toalha.

— Eu não sabia que ia nadar. A Maura precisou de um pouco de incentivo.

Ele manteve os olhos firmes em mim.

— Talvez ela só precisasse saber que alguém estava do lado dela.

Fiquei olhando nos olhos dele, até que Maura nos esguichou com uma névoa fina. Gideon se afastou do jorro de água fria. Mas, para mim, aquilo era como um batismo. Como começar de novo.

* * *

Naquela noite, convoquei uma reunião com a equipe. Disse a Nevvie, Grace e Gideon que Thomas passaria um tempo fora visitando investidores e que nós teríamos que administrar o santuário sem ele. Pude ver que nenhum deles acreditou em mim, mas tiveram compaixão suficiente para fingir. Dei sorvete de jantar para Jenna, só porque tive vontade, e a pus para dormir em minha cama.

Depois, fui ao banheiro e desenrolei o lenço do pescoço, onde ele havia secado em pregas depois de meu mergulho com Maura. Havia uma fila de marcas de dedos, escuras como pérolas dos Mares do Sul, contornando minha garganta.

Um hematoma é como o corpo se lembra de que foi maltratado.

Segui pelo corredor no escuro e encontrei o post-it que Thomas tinha deixado na cozinha. MORGAN HOUSE, ele havia escrito, em sua caligrafia linear, arquitetônica. STOWE, VT. 802-555-6868.

Peguei o telefone e digitei. Não precisava falar com ele, mas queria saber que havia chegado bem. Que ia ficar bem.

O número que você discou não existe mais. Confira o número e ligue outra vez.

Tentei de novo. Depois fui ao computador no escritório de Thomas e procurei Morgan House na internet, mas aparecia apenas como o nome de um jogador de pôquer profissional em Las Vegas e um lar temporário para adolescentes grávidas em Utah. Não havia nenhuma clínica para internação, em nenhum lugar, com esse nome.

VIRGIL

Nós vamos perder a merda do voo.

Serenity comprou as passagens por telefone. Elas custaram o valor do meu aluguel. (Quando eu lhe disse que não tinha a menor chance de pagar agora, Serenity descartou com um aceno minha preocupação constrangida. *Meu querido,* disse ela, *foi para isso que Deus criou o cartão de crédito.*) Depois dirigimos a cento e quarenta por hora até o aeroporto, porque o voo para o Tennessee partia em uma hora. Como não tínhamos bagagem, corremos para as máquinas de check-in, esperando evitar a fila de passageiros com malas para despachar. O cartão de embarque de Serenity foi rapidamente emitido, com um cupom para uma bebida cortesia. Quando digitei meu localizador, no entanto, uma imagem piscou na tela: "Dirija-se ao balcão da companhia aérea".

— Mas que merda é essa? — murmuro, dando uma olhada na fila. Pelo alto-falante, ouço o voo 5660 para Nashville sendo anunciado, com embarque pelo portão 12.

Serenity olha para a escada rolante que leva aos portões de embarque.

— Vai haver outro voo — diz ela.

Mas, até lá, quem sabe onde Jenna vai estar, ou se terá encontrado Gideon primeiro. E se Jenna chegou à mesma conclusão que eu, de que Gideon talvez tenha sido responsável pelo desaparecimento e possível morte de sua mãe, quem pode saber o que ele vai fazer para impedir que ela conte isso ao resto do mundo?

— Pegue esse avião — digo. — Mesmo que eu não consiga ir junto. É tão importante encontrar a Jenna quanto encontrar o Gideon, porque, se ela o encontrar primeiro, a coisa pode não acabar bem.

Serenity deve ter percebido a urgência em minha voz, porque quase voa escada rolante acima e é engolida pela fila de viajantes carrancudos tirando sapatos, cintos e computadores para a inspeção.

A fila para o balcão não anda. Mudo de um pé para o outro, impaciente. Olho para o relógio. Então me desligo do bando como um tigre que acaba de ser libertado e vou cortando até o início da fila.

— Com licença — digo. — Vou perder o meu voo.

Espero reações de ultraje, espanto, xingamentos. Tenho até uma desculpa pronta sobre minha esposa estar em trabalho de parto. Mas, antes que alguém possa reclamar, uma funcionária da companhia aérea me intercepta.

— O senhor não pode fazer isso.

— Desculpe — digo a ela. — Mas o meu voo vai sair *agora!*

Ela parece já ter passado muito da idade da aposentadoria compulsória, e, claro, é esse o argumento que usa em sua resposta.

— Eu provavelmente trabalho aqui desde antes de você nascer. Por isso posso lhe afirmar com certeza que regras são regras.

— Por favor. É uma emergência.

Ela me encara.

— O seu lugar não é aqui.

Ao meu lado, o cara seguinte na fila é chamado ao balcão. Penso em empurrá-lo e passar na frente. Em vez disso, olho para a funcionária idosa, com a mentira sobre minha esposa grávida pronta entre os dentes. No entanto, não é o que lhe digo.

— Tem razão, estou errado. Mas eu preciso tentar qualquer coisa para chegar lá, porque alguém de quem eu gosto está em perigo.

Percebo que, em todos os meus anos como policial e todas as investigações particulares, essa talvez seja minha primeira confissão verdadeira.

A funcionária suspira, caminha até um terminal de computador vago atrás do balcão e faz um sinal para eu me aproximar. Pega o localizador que eu lhe apresento e digita as letras tão devagar que eu poderia inventar alfabetos inteiros entre os toques de seus dedos.

— Eu trabalho aqui há quarenta anos — ela me diz. — Não aparecem muitas pessoas como você.

Essa mulher está me ajudando; ela é um ser humano bem-intencionado disposto a usar o seu poder em vez de me deixar à mercê de um terminal de computador com defeito, então eu mordo a língua. Depois de uma eternidade, ela me entrega o cartão de embarque.

—Apenas tenha em mente que, aconteça o que acontecer, você vai acabar chegando lá.

Pego o cartão de embarque e começo a correr rumo ao portão. Subo os degraus da escada rolante de dois em dois. Para ser totalmente sincero, nem me lembro de ter passado pela segurança, só sei que estou correndo em direção ao portão 12 quando ouço o alto-falante anunciar a última chamada para os passageiros com destino a Nashville, como um narrador transmitindo meu destino. Dou uma arrancada final até a funcionária do portão, que está prestes a fechar a porta, e sacudo o cartão de embarque na cara dela.

Entro no avião tão sem fôlego que mal consigo falar e imediatamente vejo Serenity sentada umas cinco fileiras adiante. Despenco ao lado dela enquanto a comissária de bordo começa a falação de sempre antes da decolagem.

—Você conseguiu — ela diz, quase tão surpresa quanto eu. Ela se vira para o homem no assento da janela, à sua esquerda. — Parece que eu fiquei tão nervosa à toa.

O homem dá um sorriso tenso e enfia o nariz na revista de bordo como se tivesse esperado a vida toda para ler sobre os melhores campos de golfe no Havaí. Pelo jeito dele, posso imaginar como Serenity deve ter enchido seus ouvidos. Quase tenho vontade de lhe pedir desculpas.

Em vez disso, dou uma batidinha na mão de Serenity, apoiada no braço do assento entre nós.

—Mulher de pouca fé — digo.

* * *

Nosso voo não é exatamente tranquilo.

Depois do pouso forçado em Baltimore por causa de tempestades, dormimos sentados nas cadeiras da sala de embarque, esperando a liberação para o voo prosseguir. A autorização vem pouco depois das seis da manhã, e às oito estamos em Nashville, amarfanhados e exaustos. Serenity aluga um carro com o mesmo cartão de crédito que usou para comprar nossas passagens aéreas. Ela pergunta ao funcionário da locadora como chegar a Hohenwald, Tennessee, e, enquanto ele procura um mapa, eu me sento e tento ficar acordado. Sobre uma mesinha há uma edição da *Sports Illustrated* e uma lista telefônica muito manuseada de 2010.

O Santuário de Elefantes não está lá, o que faz sentido, porque é uma empresa, embora eu tenha procurado, mesmo assim, em "Elefante" e em "Santuário". Mas há um Cartwright, G., em Brentwood.

De repente, estou alerta outra vez. Como Serenity diz, é quase como se o universo estivesse tentando me dizer alguma coisa.

Qual é a probabilidade de G. Cartwright ser o mesmo Gideon Cartwright que estamos procurando? É quase fácil demais, mas como é que podemos ter vindo até aqui e não checar? Especialmente se Jenna também estiver tentando encontrá-lo.

Não há número de telefone, apenas o endereço. Então, em vez de ir para Hohenwald, Tennessee, procurar às cegas por Gideon Cartwright, seguimos primeiro para um lugar chamado Brentwood, nas proximidades de Nashville, e para a residência que talvez pertença a ele.

É uma rua sem saída, o que combina bem com a situação. Serenity estaciona o carro e, por um momento, só ficamos olhando para a casa na ladeira, que parece não ser habitada há algum tempo. As venezianas nas janelas superiores estão quebradas e penduradas em ângulos estranhos; todo o exterior precisa de uma boa raspagem e de uma demão de tinta. O mato cresce até a altura dos joelhos no que, em algum momento do passado, deve ter sido um gramado e um jardim bem cuidados.

— Gideon Cartwright é desleixado — diz Serenity.

— De pleno acordo — murmuro.

— Não posso imaginar Alice Metcalf morando aqui.

— Eu não posso imaginar *ninguém* morando aqui. — Saio do carro e percorro as pedras desiguais do caminho até a porta. Na varanda há uma planta ornamental em um vaso, agora marrom e quebradiça, e uma placa da prefeitura de Brentwood, desbotada pela chuva e pelo sol: ESTA PROPRIEDADE ESTÁ CONDENADA.

A tela cai quando a abro para bater na porta da frente. Eu a apoio na parede.

— Está na cara que, se o Gideon morou aqui, foi há muito tempo — diz Serenity. — É como se estivesse escrito: *Foi embora há séculos.*

Não discordo dela. Mas também não lhe digo o que estou pensando: que se, no fim, Gideon acabar sendo o ponto de conexão entre a morte de Nevvie Ruehl, a fúria de Thomas Metcalf e o desaparecimento de Alice, ele tem muito a perder se uma criança como Jenna começar a fazer as perguntas erradas. E, se quisesse se livrar dela, este é o tipo de lugar onde ninguém nem olharia duas vezes.

Bato de novo, com mais força.

— Deixe que eu falo — digo.

Não sei qual de nós fica mais surpreso quando ouvimos passos se aproximando da porta. Ela se abre, e à minha frente está uma mulher em completo desalinho. O cabelo grisalho está emaranhado em uma trança malfeita, a blusa está manchada. Os pés calçam dois sapatos diferentes.

— Pois não? — ela pergunta, mas não me olha nos olhos.

— Desculpe incomodá-la, senhora. Estamos procurando Gideon Cartwright.

Meu cérebro de investigador está aceso. Meu olhar registra tudo atrás dela: a saleta oca, sem nenhuma mobília. As teias de aranha adornando os cantos de cada porta. Os tapetes roídos por traças e os jornais e cartas espalhados no chão.

— Gideon? — ela diz e sacode a cabeça. — Eu não vejo ele há anos. — Ri, depois bate a bengala no batente da porta. É então que reparo na ponta branca.

— Na verdade, não vejo *ninguém* há anos.

Ela é cega.

Seria fantasticamente conveniente dividir uma casa com uma pessoa assim, se Gideon morasse ali e tivesse algo a esconder. Mais do que nunca, quero entrar nessa casa e ter certeza de que Jenna não está presa em algum quartinho no porão ou em um cubículo de concreto no quintal murado.

— Mas esta *é* a casa de Gideon Cartwright? — insisto, para que, antes de infringir oficialmente a lei invadindo a casa sem um mandado, eu tenha certeza de que é por uma boa razão.

— Não — a mulher diz. — É da minha filha, Grace.

Cartwright, G.

Os olhos de Serenity voam para os meus. Seguro a mão dela e a aperto antes que ela possa abrir a boca.

— Quem você disse que é mesmo? — a mulher pergunta, franzindo a testa.

— Eu não disse — admito. — Mas fico surpreso por você não ter me reconhecido pela voz. — Estendo o braço e seguro a mão da velha senhora. — Sou eu, Nevvie. Thomas Metcalf.

Pela expressão de Serenity, acho que ela pode ter engolido a própria língua. O que não seria necessariamente um desastre.

— Thomas — a mulher arfa. — Faz muito tempo.

Serenity me cutuca com o cotovelo. *O que você está fazendo?*, ela pergunta só com o movimento dos lábios.

A resposta é: não tenho a menor ideia. Estou tendo uma conversa com a mulher que eu vi ser colocada em um saco de necrotério e que agora parece viver com a filha, uma jovem que, supostamente, cometeu suicídio. E estou fingindo ser seu ex-patrão, que talvez tenha enlouquecido e a atacado dez anos atrás.

Nevvie estende o braço até sua mão tateante encontrar meu rosto. Com os dedos, ela percorre os contornos de meu nariz, lábios, faces.

— Eu sabia que um dia você viria nos procurar.

Eu me afasto, antes que ela possa perceber que eu não sou quem disse que era.

— Claro — minto. — Nós somos uma família.

— É melhor você entrar. A Grace logo vai estar de volta e nós podemos conversar enquanto isso...

— Vai ser um prazer — respondo.

Serenity e eu seguimos Nevvie para dentro. Nem uma única janela na casa está aberta, o ar não circula.

— Seria muito incômodo se eu lhe pedisse um copo de água? — pergunto.

— De modo algum — diz Nevvie. Ela me conduz a uma sala de estar, um espaço grande com teto inclinado e várias poltronas e mesas cobertas com lençóis brancos. A cobertura de proteção foi removida de um dos sofás. Serenity senta-se nele enquanto eu espio por baixo dos lençóis, tentando encontrar uma escrivaninha, um gaveteiro, qualquer coisa que me dê alguma informação para explicar essa virada nos acontecimentos.

— Que porra é essa que está acontecendo? — Serenity sussurra para mim assim que Nevvie se dirige para a cozinha. — A Grace logo vai estar de volta? Mas ela não está *morta*? A Nevvie não foi *pisoteada*?

314

— Era o que eu achava também — admito. — Eu vi um corpo, disso tenho certeza.

— Era o *dela*?

Isso eu não posso responder. Quando cheguei à cena do crime, Gideon estava segurando a vítima no colo. Lembro do crânio partido como um melão, do cabelo lavado de sangue. Mas não sei se cheguei perto o bastante para ver o rosto. Mesmo que tivesse feito isso, eu não poderia dizer que era Nevvie Ruehl, porque nunca tinha visto sequer uma foto dela; confiei em Thomas quando ele identificou a vítima, porque ele teria reconhecido sua própria funcionária.

— Quem chamou a polícia naquele dia? — pergunta Serenity.

— Thomas.

— Então talvez tenha sido ele que queria que vocês acreditassem que a Nevvie estava morta.

Mas eu sacudo a cabeça.

— Se fosse o Thomas que tivesse ido atrás dela no recinto, ela estaria muito mais nervosa do que está agora e certamente não teria convidado a gente para entrar na sua casa.

— A não ser que ela esteja planejando nos envenenar.

— Então não beba a água — sugiro. — Foi o Gideon que encontrou o corpo. Então, ou ele se enganou, o que não cola, ou queria que as pessoas pensassem que era a Nevvie.

— Bom, ela não saiu andando da mesa de autópsia — diz Serenity.

Eu a encaro. E não tenho que dizer mais nada.

Uma vítima foi retirada do santuário naquele dia em um saco de necrotério. Outra vítima foi encontrada inconsciente, com uma pancada na cabeça que talvez pudesse até ter resultado em cegueira latente, e levada para o hospital.

Nesse momento, Nevvie entra na sala, trazendo uma bandeja com uma jarra de água e dois copos.

— Me deixe ajudar você — digo, pegando a bandeja das mãos dela e a colocando sobre uma mesinha de centro coberta com um pano. Pego a jarra e encho os copos.

Há um relógio em algum lugar; ouço o tique-taque, embora não possa vê-lo. Provavelmente apodrecendo embaixo de um dos lençóis. É como se toda a sala estivesse cheia de fantasmas de móveis antigos.

— Há quanto tempo você mora aqui? — pergunto.

— Já perdi a conta. Foi a Grace quem tomou conta de mim depois do acidente. Não sei o que eu teria feito sem ela.

— Acidente?

— Você sabe. Aquela noite no santuário. Quando eu perdi a visão. Depois que eu bati a cabeça daquele jeito, acho que poderia ter sido muito pior. Tive sorte. Ou pelo menos é o que me dizem. — Ela se senta, sem ligar para o lençol que cobre a poltrona. — Eu não lembro de nada, o que provavelmente é uma bênção. Quando a Grace chegar, ela vai poder explicar tudo. — Ela olha na minha direção. — Nunca culpei você nem a Maura, Thomas. Espero que você saiba disso.

— Quem é Maura? — Serenity intervém.

Até esse momento, ela não havia falado na presença de Nevvie, que se vira, com um sorriso hesitante brincando nos lábios.

— Que falta de educação a minha. Não me dei conta de que você tinha trazido uma convidada.

Olho para Serenity, em pânico. Tenho que apresentá-la de uma maneira que acompanhe a ficção que criei, em que estou no papel de Thomas Metcalf.

— Não, o erro foi meu — digo. — Você se lembra da minha esposa, Alice?

O copo escorrega da mão de Nevvie e se estilhaça no chão. Eu me abaixo para limpar a água usando um dos lençóis que cobrem a mobília.

Mas não estou limpando suficientemente rápido. A água embebe o lençol e a poça se alarga. Os joelhos do meu jeans estão encharcados e o líquido no chão formou uma poça. Ele cobre os pés de Nevvie, os sapatos descombinados.

Serenity estende o pescoço e olha em volta.

— Meu Deus...

O papel de parede está chorando. Água pinga do teto. Dou uma olhada para Nevvie e a vejo recostada na poltrona, as mãos apertando os apoios para os braços, o rosto molhado com as próprias lágrimas e os soluços dessa casa.

Não consigo me mover. Não sei explicar que merda é essa que está acontecendo. No alto, vejo uma rachadura se formar no centro do teto e se estender, como se fosse apenas questão de tempo até o estuque ceder.

Serenity agarra meu braço.

— Corra! — ela grita, e eu a sigo para fora da casa. Meus sapatos chapinham nas poças que se formaram no piso de madeira. Não paramos até estarmos na calçada, ofegantes. — Acho que perdi a minha trança postiça — diz Serenity, passando a mão pela parte de trás da cabeça. Seu cabelo cor-de-rosa, totalmente molhado, me faz pensar no crânio ensanguentado da vítima no santuário de elefantes.

Eu me recosto no carro, ainda sem ar. A casa na ladeira parece tão decrépita e pouco hospitaleira como quando chegamos; o único sinal de nossa visita é a trilha molhada e frenética de pegadas no caminho — pegadas que estão desaparecendo rapidamente no calor, como se nunca tivessem estado ali

ALICE

Dois meses é um longo tempo para ficar longe. Muita coisa pode acontecer em dois meses.

Eu não sabia onde Thomas estava e não tinha certeza se queria descobrir. Não sabia se ele ia voltar. Mas não foi só a Jenna e a mim que ele abandonou; ele deixou para trás sete elefantas e os funcionários de um santuário. O que significava que alguém precisava assumir o trabalho.

Em dois meses dá para começar a se sentir autoconfiante outra vez.

Em dois meses dá para descobrir que, além de cientista, eu também era uma administradora muito boa.

Em dois meses uma criança pode começar a falar muito, frases remendadas e sílabas torcidas, nomeando o mundo que parece tão novo para ela quanto para mim.

Em dois meses dá para recomeçar.

Gideon se tornara meu braço-direito. Falamos sobre contratar mais um funcionário, mas não tínhamos dinheiro. Nós daríamos um jeito, ele me garantiu. Se eu conseguisse equilibrar minha pesquisa com o trabalho financeiro mais cerebral, ele seria os músculos. Por causa disso, Gideon muitas vezes trabalhava cerca de dezoito horas por dia. Uma noite, depois do jantar, peguei Jenna e caminhei até onde ele tentava remendar uma cerca. Encontrei um alicate e fui trabalhar ao lado dele.

— Você não precisa fazer isso — ele me disse.

— Nem você — respondi.

Virou uma rotina: depois das seis da tarde, nós trabalhávamos juntos no que quer que ainda faltasse da lista interminável de coisas a fazer. Levávamos Jenna conosco, e ela colhia flores e corria atrás dos coelhos silvestres pela grama alta.

De alguma maneira, nós nos acostumamos.

De alguma maneira, nós nos encontramos.

* * *

Maura e Hester estavam juntas outra vez no recinto das africanas. Elas haviam começado a formar um vínculo e raramente eram vistas separadas. Maura era definitivamente a líder; quando ela contestava Hester, a elefanta mais jovem se virava e lhe exibia o traseiro, um sinal de subordinação. Eu tinha visto Maura voltando à sepultura de seu filhote apenas uma vez depois de nosso fim de tarde na lagoa. Ela conseguira compartimentalizar sua dor e seguir em frente.

Eu levava Jenna comigo todos os dias para observar os elefantes, mesmo sabendo que Thomas considerava perigoso. Ele não estava ali, não tinha mais direito de voto. Minha bebê era uma cientista nata. Ela andava pelos recintos coletando pedras, gramas e flores silvestres e nós as separávamos em pilhas. Na maioria dessas tardes, Gideon encontrava algo para fazer por perto, para poder se sentar e descansar conosco por um tempo. Comecei a trazer um lanche a mais para ele, e mais chá gelado.

Gideon e eu conversávamos sobre Botswana, sobre os elefantes que eu tinha conhecido por lá e como eles eram tão diferentes dos animais daqui. Falávamos sobre as histórias que ele tinha ouvido dos tratadores que trouxeram as elefantas quando elas chegaram ao santuário, sobre animais sendo agredidos ou enfiados em corredores apertados durante o treinamento. Um dia, ele estava me contando sobre Lilly, a elefanta com uma perna que, depois de quebrada, nunca mais ficou boa.

— Ela estava em outro circo antes — disse Gideon. — O navio em que ela viajava tinha ancorado em Nova Scotia quando pegou fogo. Ele afundou; alguns dos animais morreram. Lilly conseguiu sair viva, mas com queimaduras de segundo grau nas costas e nas pernas.

Lilly, de quem eu vinha cuidando havia quase dois anos, tinha se machucado mais ainda do que eu imaginara.

— É incrível — falei — como elas não nos culpam pelo que outras pessoas lhes fizeram.

— Acho que elas perdoam. — Gideon olhou para Maura, com os cantos da boca curvados para baixo. — *Espero* que elas perdoem. Você acha que ela lembra que eu tirei o bebê dela?

— Acho — respondi, sem rodeios. — Mas ela não guarda mais ressentimento contra você.

Gideon parecia que ia dizer alguma coisa, mas, de repente, seu rosto paralisou, ele levantou de um salto e correu.

Jenna, que sabia muito bem que não devia se aproximar das elefantas, e que nunca testara seus limites antes, estava de pé a menos de um metro de Maura, olhando para ela como em um transe. Ela se virou para mim, sorrindo.

— Elefante! — anunciou.

Maura estendeu a tromba e soprou nas tranças delicadas de Jenna.

Foi um momento mágico, e de extremo perigo. Crianças, e elefantes, são imprevisíveis. Um movimento súbito e Jenna poderia ter sido pisoteada.

Eu me levantei, com a boca seca. Gideon já estava lá, se movendo devagar para não assustar Maura. Ele pegou Jenna no colo, como se aquilo tudo fosse uma brincadeira.

— Vou levar você de volta para sua mãe — disse ele, e deu uma olhada sobre o ombro para Maura.

Foi quando Jenna começou a gritar.

— Elefante! Eu quero! — Ela chutava a barriga de Gideon e se contorcia como um peixe no anzol.

Foi um ataque de birra completo. O barulho assustou Maura, que correu para o meio das árvores, rugindo.

— Jenna! — exclamei. — Você não pode chegar perto dos animais! Eu já avisei! — Mas o medo em minha voz só a fez chorar com mais força.

Gideon gemeu quando um dos pequenos tênis dela se chocou contra sua virilha.

— Desculpe... — eu disse, estendendo os braços para pegá-la, mas Gideon se virou. Ele continuou embalando Jenna, balançando-a em seus braços, até que os gritos foram diminuindo e os soluços quase pararam. Ela apertou no punho a gola da camisa vermelha do uniforme dele e começou a esfregá-la no rosto, do jeito que fazia com o cobertor quando ia dormir.

Alguns minutos depois, ele depositou minha filha adormecida aos meus pés. As faces de Jenna estavam coradas, os lábios semiabertos. Agachei ao lado dela, que parecia feita de porcelana, de luar.

— Ela está cansada — falei.

— Ela se assustou — Gideon corrigiu, se sentando ao meu lado outra vez. — Depois do fato.

Olhei para ele.

— Obrigada.

Ele voltou os olhos para as árvores, onde Maura havia desaparecido.

— Ela fugiu?

Confirmei com a cabeça.

— Ficou assustada depois do fato também — falei. — Sabe que, em todos esses anos em que venho fazendo minha pesquisa, nunca vi uma mãe elefante perder a calma com um bebê? Por mais irritante, manhoso ou difícil que o bebê estivesse sendo? — Puxei uma fita que estava escorregando do cabelo de Jenna depois da explosão. — Infelizmente, parece que eu não vim com essa mesma habilidade em meu equipamento de mãe.

— A Jenna tem sorte de ter você.

Eu sorri.

— Considerando que eu sou tudo que ela tem.

— Não — disse Gideon. — Eu observo quando você está com ela. Você é uma boa mãe.

Encolhi os ombros, esperando o gracejo autodepreciativo vir aos meus lábios, mas aquelas palavras, aquela validação, significaram muito para mim. Então, em vez de levar na brincadeira, eu me ouvi dizer:

— Você também seria um bom pai.

Ele pegou um dos dentes-de-leão que Jenna havia arrancado e empilhado antes de caminhar em direção a Maura. Abriu uma fenda no caule com a unha do polegar e enfiou um segundo caule pelo meio do primeiro.

— Eu esperava que, a esta altura, já fosse mesmo.

Comprimi os lábios, porque o segredo de Grace não era meu.

Gideon continuou a juntar as flores.

321

— Já passou pela sua cabeça se a gente se apaixona por uma pessoa... ou apenas pela ideia que fazemos dela?

O que eu acho é que não há como enxergar com perspectiva no meio do sofrimento, ou do amor. Como *pode* haver, quando uma única pessoa se torna o centro do universo — ou por ter sido perdida, ou por ter sido encontrada?

Gideon pegou a coroa de flores silvestres e a pousou na cabeça de Jenna. O cordão se inclinou sobre o nó de uma das tranças e deslizou para a testa dela. Em seu sono, ela se mexeu.

— Às vezes eu acho que não existe essa coisa de se apaixonar. É só o medo de perder alguém.

Havia uma brisa, transportando o aroma de maçãs silvestres e grama; o cheiro terroso de pele e estrume de elefante; o sumo do pêssego que Jenna tinha comido antes, e que havia pingado em seu vestido de verão.

— Você se preocupa? — Gideon perguntou. — Com o que vai acontecer se ele não voltar?

Era a primeira vez que falávamos sobre Thomas ter ido embora. Já havíamos compartilhado as histórias de como conhecemos nossos cônjuges, mas a conversa tinha parado nisso: no pico mais alto de potencial, no momento nesses relacionamentos em que tudo ainda parecia possível.

Levantei o queixo e olhei diretamente para Gideon.

— Eu me preocupo com o que vai acontecer se ele *voltar* — respondi.

* * *

Era cólica. Não era incomum em elefantes, especialmente se tivessem comido feno de qualidade ruim ou se a dieta tivesse mudado rapida e radicalmente. Nenhum desses era o caso de Syrah, mesmo assim ela estava deitada de lado, letárgica, inchada. Não queria comer nem beber. Seu estômago roncava. Gertie, a cadelinha que era sua companheira constante, se sentou ao lado dela, uivando.

Grace estava em meu chalé, com Jenna. Ela passaria a noite lá, para podermos cuidar da elefanta. Gideon havia se oferecido para ficar, mas eu era a responsável agora. Não sairia dali de jeito nenhum.

Ficamos no galpão, de braços cruzados, observando enquanto o veterinário examinava a elefanta.

— Ele vai nos dizer o que já sabemos — Gideon sussurrou para mim.

— É, e vai dar remédios para ela se sentir melhor.

Ele sacudiu a cabeça.

— O que você pretende empenhar para pagar a conta dele?

Gideon tinha razão quanto a isso. O dinheiro estava tão curto agora que precisávamos pegar emprestado de nosso orçamento operacional para cobrir o custo de emergências como essa.

— Vou dar um jeito — falei, franzindo a testa.

Vimos o veterinário dar a Syrah um anti-inflamatório — flunixina — e um relaxante muscular. Gertie se enrolou ao lado dela na baia, ganindo.

— Só nos resta esperar e torcer para ela começar a eliminar os bolos alimentares — disse ele. — Enquanto isso, façam ela beber água.

Mas Syrah não queria beber. Toda vez que chegávamos perto dela com um balde, fosse aquecido ou resfriado, ela soprava e tentava desviar a cabeça. Depois de horas disso, Gideon e eu estávamos emocionalmente em frangalhos. O que quer que o veterinário tivesse administrado, não parecia estar funcionando.

Era doloroso ver aquele animal forte e majestoso tão abatido. Pensei nos elefantes que tinha visto na savana feridos por tiros de aldeões ou por armadilhas. E também sabia que cólicas deviam ser levadas a sério. A situação podia evoluir para uma obstrução intestinal, que podia levar à morte. Me ajoelhei ao lado de Syrah e a apalpei, sentindo a tensão do abdômen.

— Isso já aconteceu antes?

— Não com a Syrah — disse ele. — Mas não é a primeira vez que vejo. — Ele parecia estar ruminando um pensamento, hesitando. Então, olhou para mim. — Você usa óleo de bebê na pele da Jenna?

— Antes eu punha na água do banho — respondi. — Por quê?

— Onde está?

— Se eu ainda tiver, deve estar embaixo da pia do banheiro...

Ele se levantou e saiu do galpão.

— Aonde você vai? — perguntei, mas não pude segui-lo. Eu não deixaria Syrah.

Dez minutos depois, Gideon voltou. Estava trazendo dois frascos de óleo de bebê e um bolo inglês de pacote que estava em minha geladeira.

Fui atrás dele até a cozinha do galpão, onde preparamos as refeições para os elefantes. Ele começou a abrir a embalagem do bolo.

— Não estou com fome — eu disse.

— Não é para você. — Gideon pôs o bolo no balcão e começou a golpeá-lo com uma faca, repetidamente.

— Acho que já está morto — falei.

Ele abriu um frasco de óleo de bebê e o despejou sobre o bolo. O fluido começou a se impregnar na massa, enfiando-se pelos cortes que ele havia feito.

— No circo, os elefantes às vezes tinham cólica. O veterinário nos dizia que era para eles beberem óleo. Acho que isso põe as coisas em movimento.

— O veterinário não falou...

— Alice. — Gideon hesitou, e sua mão parou sobre o bolo. — Você confia em mim?

Olhei para aquele homem, que vinha trabalhando ao meu lado havia semanas para criar a ilusão de que o santuário poderia sobreviver. Que uma vez me salvara. E à minha filha.

Li uma vez, em uma dessas revistas femininas bobas do dentista, que, quando gostamos de alguém, nossas pupilas se dilatam. E que temos a tendência de gostar de pessoas cujas pupilas se dilatam ao olhar para nós. É um ciclo infinito: queremos as pessoas que nos querem. As íris de Gideon eram quase da mesma cor de suas pupilas, o que criava uma ilusão de óptica: um buraco negro, uma queda infinita. Imaginei como estariam as minhas, em resposta.

— Confio — falei.

Ele me instruiu a pegar um balde de água e eu o segui até a baia onde Syrah continuava deitada de lado, com a barriga subindo e descendo com esforço. Gertie levantou a cabeça, subitamente alerta.

— E aí, minha linda? — disse Gideon, se ajoelhando na frente da elefanta. Ele estendeu o bolo para ela. — A Syrah adora doces.

Ela cheirou o bolo com a tromba. Tocou-o com cautela. Gideon quebrou um pedacinho e o jogou na boca de Syrah, enquanto Gertie cheirava os dedos dele.

Um momento depois, Syrah pegou o bolo inteiro e o engoliu de uma vez.

— Água — disse Gideon.

Coloquei o balde onde Syrah pudesse alcançar e a vi sugar uma tromba inteira. Gideon se inclinou para a frente, as mãos fortes a acariciando, aprovando e elogiando seu comportamento.

Eu queria que ele me tocasse assim.

O pensamento veio tão rápido que me assustei.

— Eu tenho que... t-tenho que ver a Jenna — gaguejei.

Gideon levantou os olhos para mim.

— Ela e a Grace devem estar dormindo.

— Eu tenho que... — Minha voz falhou. Senti o rosto quente. Pressionei as mãos nas faces, me virei e saí apressada do galpão.

Gideon tinha razão; quando cheguei ao chalé, as duas estavam dormindo aconchegadas no sofá. A mão de Jenna estava presa na de Grace. Senti um vazio no estômago por saber que, enquanto Grace cuidava de alguém que eu amava, eu estava desejando fazer o mesmo com alguém que *ela* amava.

Ela se moveu e se sentou com cuidado para não acordar Jenna.

— E a Syrah? O que aconteceu?

Peguei minha filha nos braços. Ela despertou por um instante, mas seus olhos logo se fecharam outra vez. Eu não queria perturbá-la, mas era mais importante, naquele momento, me lembrar de quem eu era. Do que eu era.

Mãe. Esposa.

— Você devia contar para ele — falei a Grace. — Sobre não poder ter filhos.

Ela franziu a testa. Não havíamos mais tocado nesse assunto desde que ela me contara, semanas antes. Eu sabia que ela estava com medo de que eu talvez já tivesse dito alguma coisa a Gideon, mas não era nada disso. Eu queria que eles tivessem essa conversa para que Gideon soubesse que Grace confiava totalmente nele. Queria que eles tivessem essa conversa para que pudessem fazer planos para o futuro que incluíssem barriga de aluguel ou adoção. Queria que a ligação entre eles fosse tão forte que eu não pudesse, nem acidentalmente, encontrar uma fresta na parede de seu casamento pela qual espiar.

— Você devia contar a ele — repeti. — Porque ele merece saber.

* * *

Na manhã seguinte, aconteceram duas coisas maravilhosas. Syrah se levantou, aparentemente livre da cólica, e saiu caminhando para o recinto com Gertie pulando ao lado. E o corpo de bombeiros nos deixou um presente: uma mangueira usada que eles queriam doar, porque haviam renovado recentemente seu equipamento.

Gideon, que dormira ainda menos que eu, parecia estar de ótimo humor. Se Grace havia aceitado meu conselho e conversado com ele sobre seu segredo, ou ele recebera a notícia muito bem ou estava feliz demais por causa de Syrah para deixar que isso o afetasse. De qualquer modo, não parecia estar pensando em minha saída apressada na noite anterior.

— As meninas vão adorar isto — ele disse, sorrindo. — Vamos testar.

— Tenho um milhão de coisas para fazer — respondi. — E você também.

Eu estava sendo uma chata. Mas, se isso criasse uma parede entre nós, seria mais seguro.

O veterinário voltou para examinar Syrah e lhe deu alta. Eu me enfiei no escritório, conferindo contas, tentando encontrar de onde tirar de um lado para cobrir de outro e conseguir pagar o veterinário. Jenna estava sentada comigo, pintando as fotografias de jornais velhos com lápis de cera. Nevvie tinha levado uma das picapes à cidade para uma revisão e Grace estava limpando o galpão das africanas.

Foi só quando Jenna puxou meu short e me disse que estava com fome que percebi que horas haviam se passado. Fiz para ela um sanduíche de creme de amendoim e geleia, cortando o pão no tamanho certo para suas mãos. Tirei as cascas do pão e as guardei no bolso para Maura. E, então, ouvi o som de alguém morrendo.

Agarrei Jenna e comecei a correr para o galpão das africanas, de onde os sons estavam vindo. Tive uma série de pensamentos loucos, ameaçadores: *Maura e Hester estão brigando. Maura se machucou. Uma das elefantas machucou Grace.*

Uma das elefantas machucou Gideon.

Abri a porta do galpão e encontrei Hester e Maura em suas baias, com as barras retráteis que separavam as duas totalmente abertas. Nesse grande espaço, elas estavam brincando, dançando, emitindo sons de alegria na chuva artificial da mangueira dos bombeiros. Enquanto Gideon as molhava, elas giravam em torno de si mesmas e soltavam gritos.

Elas não estavam morrendo. Estavam se divertindo loucamente.

— O que você está fazendo? — gritei, enquanto Jenna se contorcia para sair do meu colo. Eu a pus no chão e ela começou imediatamente a pular nas poças no cimento.

Gideon sorriu, balançando a mangueira entre as barras de um lado para outro.

— Dando estímulos. Olhe para a Maura. Alguma vez você já viu ela tão animada?

Era verdade; Maura parecia ter perdido todos os vestígios de sofrimento. Estava sacudindo a cabeça e batendo as patas na água, levantando a tromba toda vez que cantava.

— A fornalha já foi consertada? — perguntei. — E o óleo do quadriciclo, já foi trocado? Você tirou a cerca do recinto das africanas e limpou os tocos de árvore do campo noroeste? Já arrumou a margem do lago no recinto das asiáticas? — Era uma lista de todas as coisas que precisávamos fazer.

Gideon virou o bocal da mangueira e a água diminuiu para um fio. As elefantas soltaram barridos e se viraram para ele, esperando mais. Desejando.

— Foi o que eu pensei — falei. — Jenna, meu amor, venha aqui. — Avancei na direção dela, mas ela correu de mim e pulou em outra poça.

Gideon apertou os lábios.

— Ei, chefe — ele disse e esperou que eu me virasse.

Assim que me virei, ele girou o bocal da mangueira de novo e o jato me atingiu bem no peito.

Foi gelado e repentino, tão forte que cambaleei para trás, puxando o cabelo molhado do rosto e olhando para minhas roupas encharcadas. Gideon direcionou a água da mangueira de volta para as elefantas e sorriu.

— Você precisava dar uma esfriada — disse ele.

Corri para segurar a mangueira. Ele era maior, mas eu era mais rápida. Virei o jato para Gideon, até que ele levantou as mãos na frente do rosto.

— Está bem! — Ele riu, engasgando sob a água. — Está bem! Eu me rendo!

— Foi você que começou — eu o lembrei, enquanto ele tentava tirar o bocal das minhas mãos. A mangueira ondulava como uma serpente entre nós, e éramos curandeiros místicos, brigando por um momento do divino. Escorregadio, ensopado, Gideon finalmente conseguiu me prender com os braços e imobilizar minhas mãos entre nós, de modo que o jato se voltou para nossos pés e eu não podia mais manobrar o bocal, que caiu no chão, girando em um semicírculo antes de parar e esguichar uma fonte na direção das elefantas.

Eu ria tanto que estava sem ar.

— Tudo bem, você ganhou. Pode me soltar — ofeguei.

Eu estava temporariamente sem visão, com o cabelo grudado no rosto. Gideon o afastou e pude vê-lo sorrindo. Seus dentes, que eram impossivelmente brancos. Eu não conseguia tirar os olhos de sua boca.

— Não — ele respondeu e me beijou.

O choque foi ainda mais intenso que o daquele primeiro jato da mangueira. Fiquei paralisada, só por um instante. E, então, meus braços estavam em volta da cintura dele, minhas palmas quentes na pele molhada de suas costas. Deslizei as mãos pelos contornos de seus braços, os vales em que os músculos se uniam. Bebi dele como se nunca tivesse visto um poço tão fundo.

— Molhada — disse Jenna. — Mamãe molhada.

Ela estava abaixo de nós, com uma das mãos na perna de cada um. Até esse momento, eu havia me esquecido completamente dela.

Como se já não tivesse o suficiente para me envergonhar.

Pela segunda vez, fugi de Gideon como se minha vida estivesse ameaçada. O que, eu acho, era a verdade.

* * *

Nas duas semanas seguintes, evitei Gideon, transmitindo mensagens por intermédio de Grace ou de Nevvie, tomando precauções para não ficar sozinha com ele em um galpão ou recinto em nenhum momento. Eu lhe deixava bilhetes nas cozinhas dos galpões, listas do que precisava ser feito. Em vez de me encontrar com Gideon no fim do dia, me sentava com Jenna no chão do chalé, brincando com quebra-cabeças, blocos e bichos de pelúcia.

Uma noite, Gideon me chamou pelo rádio do galpão do feno.

— Dra. Metcalf, nós temos um problema.

Eu não me lembrava da última vez em que ele tinha me chamado de dra. Metcalf. Ou essa era uma reação à frieza que eu vinha emitindo em ondas ou havia um problema real e urgente. Pus Jenna entre as pernas no quadriciclo e parei no galpão das asiáticas, onde sabia que Grace estaria preparando as refeições da noite.

— Você pode ficar com ela? — pedi. — O Gideon disse que é urgente.

Grace pegou um balde e o virou ao contrário para transformá-lo em um banquinho.

— Venha aqui, minha flor — disse ela. — Está vendo estas maçãs? Pode ir me passando uma de cada vez? — Ela deu uma olhada para mim. — Nós estamos bem.

Continuei até o galpão do feno, onde encontrei Gideon em um impasse com Clyde, que fornecia nossos fardos. Clyde era um cara em quem confiávamos; com muita frequência, fazendeiros tentavam empurrar seu feno mofado para nós, porque achavam que eram só elefantes, então que diferença fazia? Ele estava com os braços cruzados. Gideon aguardava com um pé apoiado sobre um fardo de feno. Apenas metade da carga tinha sido transferida do caminhão de Clyde para dentro do galpão.

— O que aconteceu? — perguntei.

— O Clyde está dizendo que não vai aceitar cheque, porque o último voltou. Mas eu não encontrei o dinheiro para as despesas, e, até ele aparecer, o Clyde não quer que eu descarregue o resto dos fardos — Gideon explicou. — Então, talvez você tenha uma solução.

A razão de o último cheque ter voltado foi a falta de dinheiro. A razão de não haver dinheiro para as despesas era que eu o havia usado para pagar os alimentos da semana. Se eu fizesse outro cheque, ele voltaria também. O resto do saldo de nossa conta fora usado para pagar o veterinário.

Eu não sabia como ia pagar a comida da minha filha na semana seguinte, quanto mais o feno dos elefantes.

— Clyde — falei —, nós estamos passando por um momento bem difícil.

— O país inteiro está.

— Mas nós temos uma boa relação — respondi. — Você faz negócios com o meu marido há anos, certo?

— Sim, e ele sempre conseguiu me pagar. — O homem franziu a testa. — Eu não posso entregar o feno de graça.

— Eu sei. E eu não posso deixar os elefantes passarem fome.

Eu me senti em areia movediça. Lenta, mas inexoravelmente, acabaria afundando. O que eu precisava fazer era arrecadar dinheiro, mas não tinha tempo para isso. Minha pesquisa tinha ficado esquecida; eu não tocava nela havia semanas. Mal conseguia manter as operações em dia sem ter que ficar pensando nas vantagens para atrair novos doadores.

Vantagens.

Olhei para Clyde.

— Eu pago dez por cento a mais se você me der o feno agora e me deixar acertar a conta no mês que vem.

— Por que eu faria isso?

— Porque, quer você queira admitir ou não, Clyde, nós temos uma história de parceria, e você nos deve o benefício da dúvida.

Ele não nos devia nada. Mas eu tinha esperança de que a culpa por ser a gota que faria transbordar o copo do santuário fosse suficiente para convencê-lo do contrário.

— Vinte por cento — Clyde negociou.

Apertei a mão dele, fechando o acordo. Depois, subi no caminhão e comecei a descarregar os fardos de feno.

Uma hora mais tarde, Clyde foi embora e eu me sentei na ponta de um fardo. Gideon ainda estava trabalhando, as costas se flexionando enquanto ele empilhava os fardos para ocupar menos espaço, levantando-os mais alto do que eu, fisicamente, poderia conseguir.

— E aí? — falei. — Vai ficar fingindo que eu não estou aqui?

Gideon não se virou.

— Acho que aprendi com a mestre.

— O que você esperava que eu fizesse, Gideon? Tem alguma resposta? Porque, juro, eu queria ouvir.

Ele me encarou, apoiando as mãos levemente nos quadris. Estava suado; havia pedaços de palha grudados nos seus braços.

— Estou cansado de ser seu quebra-galho. Devolva as orquídeas. Arranje feno de graça. Transforme a porra da água em vinho. Qual vai ser a próxima, Alice?

— O que eu devia fazer? Não pagar o veterinário quando a Syrah ficou doente?

— Eu não sei — ele respondeu, bruscamente. — Não me interessa.

Gideon passou direto por mim quando me levantei.

— Claro que interessa — falei, correndo atrás dele, enxugando os olhos com as mãos. — Eu não pedi nada disso. Não queria administrar um santuário. Não queria me preocupar com animais doentes, pagamento de salários e ameaça de falência.

Ele parou na porta. A luz contornou sua silhueta quando se virou.

— Então o *que* você quer, Alice?

Quando foi a última vez que alguém me perguntou isso?

— Eu quero ser cientista — respondi. — Quero fazer as pessoas enxergarem como os elefantes podem pensar e sentir.

Ele se aproximou, preenchendo meu campo de visão.

— E?

— Quero que a Jenna seja feliz.

Gideon deu mais um passo. Ele agora estava tão perto que sua pergunta tocou o arco de meu pescoço e fez minha pele cantar.

— E?

Eu me mantive firme diante do ataque de um elefante. Arrisquei minha credibilidade científica para seguir um instinto. Fiz as malas e comecei tudo de novo. Mas olhar Gideon de frente e dizer a verdade foi o ato mais corajoso de todos.

— Eu quero ser feliz também — murmurei.

E então estávamos tropeçando pelos degraus irregulares dos fardos de feno, até um ninho de palha no chão do galpão. As mãos de Gideon estavam em meu cabelo e sob as minhas roupas; meu suspiro se tornou a próxima respiração dele. Nossos corpos eram territórios, mapas ardentes sob a palma de nossas mãos, em todos os lugares que tocávamos. Quando ele se moveu dentro de mim, eu soube por quê: agora nós sempre encontraríamos nosso caminho de volta para casa.

Depois de tudo, com o feno arranhando minhas costas e as roupas emaranhadas em volta das pernas, tentei falar.

— Não — disse Gideon, tocando meus lábios com os dedos. — Não fale nada. — Ele rolou de costas. Minha cabeça se acomodou no braço dele como um travesseiro, em um ponto em que eu podia sentir cada batida de seu coração. — Quando eu era pequeno — ele contou —, meu tio me deu um boneco de Star Wars. Era assinado pelo George Lucas na caixa. Eu tinha, sei lá, uns seis ou sete anos. O meu tio me disse para não tirar da embalagem. Assim, um dia, aquilo teria valor.

Levantei o queixo para olhar para ele.

— Você tirou da embalagem?

— Porra, tirei.

Comecei a rir.

— Achei que você ia me contar que ainda tinha o boneco em uma prateleira por aí. E que podia vender para pagar o feno.

— Desculpe. Eu era criança. Que criança brinca com um brinquedo dentro da caixa? — Seu sorriso diminuiu um pouco. — Então eu tirei ele da caixa de um modo que ninguém notaria se não olhasse muito de perto. Eu brincava com aquele Luke Skywalker todo dia. Ele ia para a escola comigo. Para a banheira. Dormia do meu lado. Eu adorava aquela coisa. E, sim, ele podia não ser tão valioso daquele jeito, mas significava o mundo para mim.

Eu sabia o que ele ia dizer: que o item de colecionador intocado poderia ter algum valor, mas todos aqueles momentos escondidos não tinham preço.

Gideon sorriu.

— Estou feliz de verdade por ter tirado você da prateleira, Alice.

Dei um soco em seu braço.

— Você fala como se eu fosse uma encalhada.

— Se a carapuça serviu...

Rolei para cima dele.

— Pare de falar.

Ele me beijou.

— Achei que você nunca fosse pedir — disse ele, e seus braços se fecharam em torno de mim outra vez.

* * *

As estrelas piscavam para nós quando saímos do galpão. Ainda havia palha em meu cabelo e terra em minhas pernas. Gideon não estava muito melhor. Ele subiu em um quadriciclo e eu sentei atrás dele, a face pressionada contra suas costas. Sentia meu próprio cheiro em sua pele.

— O que nós vamos dizer? — perguntei.

Ele olhou por cima do ombro.

— Nada — respondeu, ligando o motor.

Gideon parou em seu chalé primeiro e saiu do quadriciclo. As luzes estavam apagadas; Grace continuava com Jenna. Ele não se arriscou a me tocar ali, à vista, mas me olhou intensamente.

— Amanhã? — perguntou.

Isso poderia não ter significado nada. Poderíamos estar combinando uma hora para mover os elefantes, para limpar o galpão, para trocar as velas de ignição da picape. Mas o que ele estava realmente querendo saber era se eu voltaria a evitá-lo, do jeito que tinha feito antes. Se isso ia acontecer outra vez.

— Amanhã — repeti.

Um minuto depois, cheguei a meu próprio chalé. Estacionei o quadriciclo e saí, tentando ajeitar o ninho de meu cabelo e limpar um pouco a roupa. Grace sabia que eu estava no galpão do feno, mas eu não parecia ter estado exatamente descarregando fardos. Parecia ter enfrentado uma guerra. Esfreguei a mão na boca, limpando o beijo de Gideon, deixando apenas desculpas.

Quando abri a porta, encontrei Grace na sala, e Jenna também. E, com ela no colo e um sorriso no rosto que poderia iluminar uma galáxia, estava Thomas. Quando me viu, ele passou nossa filha para Grace e pegou um pacote na mesinha de centro. Depois chegou mais perto, os olhos muito abertos e limpos, e me entregou uma planta de cabeça para baixo, com as raízes nodosas servindo de flores, exatamente como havia feito dois anos antes, quando cheguei ao aeroporto em Boston.

— Surpresa — ele disse.

JENNA

O Santuário de Elefantes no Tennessee tem uma bela loja no centro da cidade, com grandes fotografias nas paredes de todos os seus animais e placas que contam a história de cada elefante. É estranho ver os nomes das elefantas que antes estavam no Santuário de New England. Paro mais tempo diante da foto de Maura, a elefanta de que minha mãe mais gostava. Olho tão intensamente para ela que a imagem começa a embaçar.

Há uma mesa cheia de livros que a gente pode comprar, e enfeites de Natal, e marcadores de livros. Há uma cesta cheia de elefantes de pelúcia. Há um vídeo sendo exibido com um grupo de elefantes asiáticos fazendo sons como uma banda de suingue de New Orleans e outro de dois elefantes brincando sob uma mangueira de água, como crianças da cidade quando os hidrantes são ligados no verão. Outro equipamento de vídeo menor explica o que é o contato protegido. Em vez de usar aguilhões ou reforço negativo, que é mais ou menos como os elefantes haviam vivido a maior parte de sua vida, os cuidadores do santuário usam reforço positivo para o treinamento. Há sempre uma barreira entre o cuidador e os elefantes, não só para dar segurança ao cuidador, mas para relaxar o animal, que sempre pode ir embora se não quiser participar. É assim desde 2010 e isso realmente ajudou, diz o vídeo, com elefantes que tinham sérios problemas de confiança com humanos como resultado do contato livre.

Contato livre. Então é assim que se chama quando se pode entrar direto em um recinto, como minha mãe e nossos cuidadores faziam. Eu imagino se a morte em nosso santuário, e toda a tragédia que se seguiu, levou a essa mudança.

Há só mais dois visitantes no centro de boas-vindas comigo, ambos usando pochete e sandália com meia.

— Nós não fazemos tours pelas nossas instalações — um funcionário explica. — A nossa filosofia é deixar os elefantes viverem a vida como elefantes, em vez de ficarem em exposição. — Os turistas assentem, porque é a coisa politicamente correta a fazer, mas percebo que estão decepcionados.

Estou à procura de um mapa. O centro de Hohenwald não é mais que um quarteirão, e não há nenhum sinal dos onze quilômetros quadrados de amplas vistas com elefantes por perto. A menos que os animais estejam todos fazendo compras na loja de 1,99, não faço ideia de onde possam estar escondidos.

Saio pela porta da frente antes dos turistas e caminho para os fundos, até o pequeno estacionamento dos funcionários. Há três carros e duas picapes. Nenhum tem logotipos do Santuário de Elefantes nas portas; poderiam pertencer a qualquer pessoa. Mas eu me aproximo da janela do lado do passageiro de cada carro e espio dentro para ver se há algo que ajude a identificar os proprietários.

Um pertence a uma mãe; há copos para bebês e Cheerios espalhados pelo chão.

Dois são de homens: dados de pelúcia pendurados no espelho retrovisor, catálogos de caça.

Na primeira picape, porém, eu dou sorte. Saindo para fora do quebra-sol do lado do motorista há um punhado de papéis com o logotipo do Santuário de Elefantes.

A traseira da picape está cheia de restos de feno, o que é bom, porque o calor é tanto que o metal poderia me marcar a fogo. Eu me enfio na carroceria, que está se tornando rapidamente meu meio de transporte favorito.

Menos de uma hora depois, estou sacudindo por uma estrada até um portão alto de metal com um mecanismo eletrônico para abrir. A motorista — porque é uma mulher — digita um código e o portão abre.

Percorremos uns trinta metros até um segundo portão, em que ela faz o mesmo.

Enquanto ela dirige, olho em volta para ter uma ideia do terreno. O santuário é contornado por uma cerca de arame normal, mas o cercado interno é feito de tubos e cabos de aço. Não lembro como era o nosso santuário, mas este é impecável e organizado. O terreno se estende sem fim, colinas e florestas, lagos e gramados, pontilhados aqui e ali por vários grandes galpões. Tudo é tão verde que meus olhos doem.

A picape para junto a um dos galpões e eu me aperto no chão da carroceria, esperando não ser vista quando a motorista sair. Ouço a porta bater, e passos, depois o barrido feliz de um elefante quando essa cuidadora entra no galpão.

Saio da picape como um foguete. Caminho abaixada junto à parede do galpão, seguindo a cerca de cabos de aço pesados, até que vejo meu primeiro elefante.

É africano. Posso não ser especialista como minha mãe, mas isso eu sei. Não tenho como saber se é macho ou fêmea desta posição, mas é definitivamente *enorme*. Embora isso talvez seja redundante quando se está falando de um elefante e se está separada dele por apenas um metro e um pouco de aço.

Falando em aço... há metal nas presas do elefante. Como se as pontas delas tivessem sido mergulhadas em ouro.

De repente, o elefante sacode a cabeça, batendo as orelhas e levantando uma nuvem de terra avermelhada entre nós. É impressionante e inesperado. Eu recuo, tossindo.

— Quem deixou você entrar? — uma voz acusa.

Eu me viro e vejo um homem alto perto de mim. Seu cabelo é quase raspado; a pele é cor de mogno. Os dentes, em contraste, são quase eletroluminescentes. Acho que ele vai me agarrar pela gola e me arrastar para fora do santuário, ou chamar os guardas ou quem quer que mantenha os intrusos fora deste lugar, mas, em vez disso, seus olhos se arregalam e ele me encara como se eu fosse uma aparição.

— Você é muito parecida com ela — ele murmura.

Eu não esperava que fosse tão fácil encontrar Gideon. Mas, talvez, depois de viajar milhares de quilômetros para chegar aqui, eu merecesse mesmo um alívio.

— Sou a Jenna...

— Eu sei — diz Gideon, olhando em volta. — Onde ela está? Alice? A esperança é um balão, sempre por um fio.

— Eu esperava que ela estivesse *aqui*.

— Então ela não veio com você? — A decepção no rosto dele... bem, é como se eu estivesse olhando para um espelho.

— Quer dizer que você não sabe onde ela está? — digo. Meus joelhos estão fracos. Não acredito que vim até aqui, e o encontrei, e não adiantou nada.

— Tentei dar cobertura a ela quando a polícia veio. Eu não sabia o que tinha acontecido lá, mas a Nevvie estava morta, e a Alice tinha desaparecido... então eu disse para os policiais que achava que ela tinha pegado você e ido embora — ele explica. — Esse sempre foi o plano dela.

De repente, meu corpo se enche de luz. *Ela me queria, ela me queria, ela me queria.* Mas, em algum ponto entre planejar seu futuro e realizá--lo, as coisas deram terrivelmente errado para minha mãe. Gideon, que deveria ser a chave da fechadura, o antídoto que revelaria a mensagem secreta, está tão desinformado quanto eu.

— *Você* não fazia parte desse plano?

Ele me examina, tentando avaliar quanto eu sei sobre seu relacionamento com minha mãe.

— Eu achei que fosse, mas ela nunca tentou entrar em contato comigo. Ela desapareceu. Parece que eu era um meio para um fim — Gideon admite. — Ela me amava. Mas amava você muito mais.

Eu tinha esquecido onde estava até aquele momento, quando o elefante à nossa frente levanta a tromba e ruge. O sol está forte em minha cabeça. Eu me sinto tonta, como se estivesse à deriva no oceano há dias e tivesse acabado de usar meu último sinalizador um instante antes de descobrir que o barco de resgate que eu tinha tanta certeza de ter visto era uma miragem. O elefante, com suas presas metálicas extravagantes, me faz lembrar de um cavalo de carrossel que me apavorou quando eu era pequena. Nem sei quando ou onde meus pais podem ter me levado naquele parque, mas os aterrorizantes cavalos de madeira, com suas crinas imóveis e dentes à mostra, tinham me feito chorar.

Sinto vontade de fazer isso agora também.

Gideon continua olhando para mim, e é estranho, como se ele estivesse tentando enxergar sob a minha pele ou ler entre as pregas do meu cérebro.

— Acho que tem uma pessoa que você deveria ver — ele diz e começa a andar ao longo da cerca.

Talvez tenha sido um teste. Talvez ele precisasse ver que estou realmente arrasada antes de me levar para minha mãe. Não me permito ter esperança, mas, enquanto o sigo, ando cada vez mais rápido. *E se, e se, e se.*

Caminhamos pelo que parecem cinquenta quilômetros naquele calor horrível. Minha blusa está encharcada de suor quando subimos a colina e eu vejo, no topo, outro elefante. Gideon não precisa me contar que essa é Maura. Quando ela levanta a tromba delicadamente sobre o alto da cerca, os dedos abrindo e fechando como uma rosa, eu sei que ela se lembra de mim do mesmo jeito que eu me lembro dela: em algum nível interno, visceral.

Minha mãe realmente, verdadeiramente, não está aqui.

Os olhos da elefanta são escuros e semicerrados, suas orelhas translúcidas no sol, de modo que posso ver o mapa viário das veias que as percorrem. Calor irradia de sua pele. Ela parece terrosa, primitiva, cretácea. As pregas de acordeão de sua tromba rolam para cima como uma onda para alcançar sobre a cerca, em minha direção. Ela sopra em meu rosto e tem cheiro de verão e de palha.

— Foi por isso que eu fiquei — diz Gideon. — Achei que um dia a Alice viria para ver a Maura. — A elefanta enrola a tromba no braço dele. — Ela sofreu bastante quando chegou aqui. Não queria sair do galpão. Ficava dentro da baia, com o rosto pressionado no canto.

Penso nos longos relatos nos diários de minha mãe.

— Você acha que ela se sentiu culpada pelo pisoteamento?

— Talvez — responde Gideon. — Talvez tenha sido medo de ser castigada. Ou talvez sentisse falta da sua mãe também.

A elefanta ronca, como um carro acionando o motor. O ar à minha volta vibra.

Maura pega um tronco de pinheiro que está caído a seu lado. Ela o arranha com a presa, depois o levanta com a tromba e o pressiona contra a pesada cerca de aço. Arranha a casca outra vez, então deixa o tronco cair e o rola sob o pé.

— O que ela está fazendo?

— Brincando. Nós cortamos pedaços de árvores para ela arrancar a casca.

Depois de uns dez minutos, Maura ergue o tronco como se fosse um palito de dentes e o levanta até a altura da cerca.

— Jenna! — Gideon grita. — Saia daí!

Ele me empurra e aterrissa sobre mim, a poucos centímetros de onde o tronco caiu, exatamente no ponto onde eu estivera.

Suas mãos são quentes em meus ombros.

— Você está bem? — ele pergunta, me ajudando a levantar, e então sorri. — Da última vez que eu te segurei, você devia ter meio metro de altura.

Mas eu me afasto dele e agacho para olhar aquele presente que me foi dado. Tem mais ou menos um metro de comprimento e vinte e cinco centímetros de espessura, um porrete bem robusto. As presas de Maura criaram desenhos, linhas que atravessam e sulcos que se interceptam aleatoriamente.

Ou é o que parece, até eu examinar com atenção.

Traço as linhas com o dedo.

Com um pouco de imaginação, consigo identificar um U e um S. Aquele nó ondula pelo grão da madeira como um W. Do outro lado do tronco, há um semicírculo entre dois riscos longos: I-D-I.

Docinho, em xhosa.

Gideon pode achar que minha mãe nunca voltou, mas estou começando a acreditar que ela está em toda parte à minha volta.

Nesse instante, meu estômago ronca tão alto que parece o som de Maura.

— Você está com fome — diz Gideon.

— Eu estou bem.

— Vou arrumar alguma coisa para você comer — ele insiste. — Eu sei que isso é o que a Alice ia querer que eu fizesse.

— Tá bom — digo, e nós voltamos para o galpão que eu vi quando cheguei na picape. O carro de Gideon é uma grande van preta, e ele tem que tirar uma caixa de ferramentas do banco do passageiro para eu poder sentar.

Enquanto seguimos pela estrada, sinto Gideon ainda dando olhadas rápidas para mim. É como se ele estivesse tentando memorizar meu rosto ou algo assim. É quando percebo que ele está usando a camiseta vermelha e o short bege que eram o uniforme do Santuário de Elefantes de New England. Todos no Santuário de Elefantes aqui de Hohenwald usam um uniforme inteiro bege.

Isso não faz sentido.

— Há quanto tempo você trabalha aqui?

— Ah — ele diz. — Anos.

Qual é a probabilidade de que, em um santuário de onze quilômetros quadrados, eu desse de cara direto com Gideon antes de encontrar qualquer outra pessoa?

A menos, claro, que ele tivesse planejado isso.

E se eu não tiver encontrado Gideon Cartwright? E se foi ele que *me* encontrou?

Estou pensando como Virgil, mas isso não é necessariamente ruim, em termos de autopreservação. É verdade que eu vim para cá determinada a encontrar Gideon. Mas, agora que o achei, estou pensando se foi mesmo uma boa ideia. Sinto o gosto de medo, como uma moeda na boca. Pela primeira vez, imagino que talvez Gideon tenha algo a ver com o desaparecimento da minha mãe.

— Você lembra daquela noite? — ele pergunta. É como se tivesse puxado o pensamento para fora da minha mente.

Imagino Gideon tirando minha mãe de carro do hospital, depois desligando o motor e apertando a garganta dela com as mãos. E o imagino fazendo o mesmo comigo.

Eu me forço a manter a voz firme. Penso em como Virgil faria, se estivesse tentando extrair informações de um suspeito.

— Não. Eu era muito pequena; é bem possível que estivesse dormindo a maior parte do tempo. — Olho bem para ele. — *Você* lembra?

— Infelizmente, sim. Bem que eu gostaria de poder esquecer.

Estamos quase na cidade agora. A faixa de residências que passam velozmente pela janela começa a dar lugar a mercados e postos de gasolina.

— Por quê? — solto quase sem pensar. — Porque foi você que a matou?

Gideon vira o volante com o susto e breca. Ele me olha como se eu tivesse lhe dado um tapa na cara.

— Jenna... eu amava a sua mãe — ele jura. — Estava tentando protegê-la. Queria casar com ela. Queria cuidar de você. E do bebê.

Todo o ar no carro desaparece de repente. É como se uma faixa de plástico tivesse sido colocada sobre meu nariz e boca.

Talvez eu tenha ouvido errado. Talvez ele tenha dito que queria tomar conta de *mim, o bebê.* Mas sei que não foi.

Gideon desacelera o carro até parar e baixa os olhos para o colo.

— Você não sabia — ele murmura.

Em um único movimento rápido, solto o cinto de segurança e abro a porta do carro. Começo a correr.

Ouço a outra porta bater. É Gideon, vindo atrás de mim.

Entro no primeiro prédio que vejo, um restaurante, e passo correndo pela recepcionista em direção aos fundos, onde costumam estar os banheiros. No banheiro feminino, tranco a porta, subo na pia e abro a janela estreita na parede lateral. Ouço vozes do lado de fora do banheiro, Gideon implorando para alguém entrar e me pegar. Eu me espremo pela janela, caio na tampa fechada de uma caçamba de lixo na viela atrás do restaurante e saio em disparada.

Corro pelo meio do mato. Não paro até estar fora da cidade. Então, pela primeira vez em um dia e meio, ligo o celular.

Tenho sinal, três barras. Há quarenta e três mensagens da minha avó. Mas eu as ignoro e disco o número de Serenity.

Ela atende no terceiro toque, e eu fico tão agradecida por isso que começo a chorar.

— Por favor — digo. — Eu preciso de ajuda.

ALICE

Sentada no sótão do galpão das africanas, eu me perguntava, não pela primeira vez, se a louca não era *eu*.

Thomas tinha voltado havia cinco meses. Gideon pintara as paredes de novo. Havia panos de cobrir móveis espalhados pelo chão e latas de tinta alinhadas junto à parede, mas, fora isso, o espaço estava vazio. Não restava nenhum sinal da ruptura na realidade que havia engolido meu marido inteiro. Às vezes eu até conseguia me convencer de que tinha imaginado todo aquele episódio.

Estava chovendo forte. Jenna ficou muito entusiasmada por ir para a escola com suas galochas novas, que lembravam a forma de joaninhas. Tinham sido presente de Grace e Gideon em seu aniversário de dois anos. Por causa do tempo ruim, as elefantas tinham escolhido ficar dentro dos galpões. Nevvie e Grace estavam preparando materiais e envelopes para uma campanha de arrecadação de fundos. Thomas estava voltando de Nova York para casa, onde tivera uma reunião com executivos da organização de conservação ambiental Tusk.

Thomas nunca me contou onde foi se tratar, só disse que não era neste estado e que foi para lá quando descobriu que o primeiro centro onde pretendia se internar tinha fechado. Eu não sabia se devia acreditar ou não, mas ele parecia bem de novo, e, se eu tinha dúvidas, achava melhor guardá-las para mim. Não pedia para ver os livros contábeis nem o contradizia. Da última vez que fizera isso, quase fui estrangulada.

Ele tinha voltado da recuperação com uma medicação nova e com cheques de três investidores privados. (*Será que eram pacientes também?*, eu me

perguntei, mas não me importava de fato, contanto que tivessem fundos.)
Assumiu as rédeas da administração do santuário como se nunca tivesse
saído de lá. Mas, se essa transição foi tranquila, sua reintegração ao nosso casamento não foi. Embora ele não tivesse apresentado nenhum episódio maníaco ou depressivo por meses, eu ainda não confiava nele, e ele
sabia disso. Éramos círculos em um diagrama de conjuntos, com Jenna
em nossa interseção. Agora, quando ele passava longas horas em seu escritório, eu não conseguia deixar de pensar se estaria escondendo coisas
sem sentido como as que escrevera antes. Quando perguntei se ele se sentia estável, Thomas me acusou de estar me voltando contra ele e começou
a trancar a porta. Era um círculo vicioso.

Eu sonhava em ir embora. Pegar Jenna e fugir. Eu a buscaria na escolinha e simplesmente continuaria dirigindo. Às vezes até reunia coragem
suficiente para falar sobre isso em voz alta, quando Gideon e eu encontrávamos tempo para estar juntos.

Mas nunca levei adiante, porque desconfiava de que Thomas sabia que
eu estava dormindo com Gideon. E não sabia quem um juiz consideraria
mais adequado para ficar com a guarda de uma filha: o pai doente mental
ou a mãe traidora.

Fazia meses que Thomas eu e não transávamos. Eu me servia de uma
taça de vinho por volta das sete e meia da noite, logo depois de pôr Jenna
na cama, e ficava lendo no sofá até adormecer. Nossas interações se limitavam a conversas educadas na frente de Jenna quando ela estava acordada
e brigas feias enquanto ela dormia. Eu ainda levava Jenna para os recintos comigo — depois do incidente quando era bebê, ela havia aprendido
a lição; e como uma criança poderia crescer em um santuário sem se sentir à vontade perto de elefantes? Thomas ainda achava que isso era chamar por um acidente, quando, na verdade, eu tinha mais medo de deixar
minha filha sozinha com *ele*. Uma noite, depois de eu ter levado Jenna
comigo para o lado de dentro das cercas outra vez, ele segurou meus braços
com tanta força que deixou hematomas.

— Que juiz consideraria *você* uma mãe adequada? — ele ameaçou.

De repente, percebi que ele não estava só falando de eu levar Jenna
aos recintos. E que eu não era a única pensando em ter a guarda exclusiva.

Foi Grace quem sugeriu que talvez fosse hora de matricular Jenna na pré-escola. Ela estava com quase dois anos e meio, e sua única interação social era com adultos e elefantes. Eu adorei a ideia, porque isso me daria três horas por dia em que não teria que me preocupar se Jenna ficaria sozinha com Thomas.

Se você tivesse me perguntado quem eu era então, eu não saberia responder. A mãe que deixava Jenna na cidade com uma lancheira cheia de cenouras e maçãs fatiadas? A pesquisadora que enviou seu artigo sobre o luto de Maura para revistas acadêmicas, rezando sobre cada arquivo antes de pressionar o botão Enviar? A esposa de vestidinho preto que ficou ao lado de Thomas em um coquetel em Boston e aplaudiu entusiasticamente quando ele pegou o microfone para falar sobre a conservação de elefantes? A mulher que florescia nos braços de um amante, como se ele fosse o único raio de sol que restava no mundo para alimentá-la?

Durante três quartos da minha vida, eu sentia que estava desempenhando um papel, como se fosse possível sair do palco e parar de fingir. E, no minuto em que me via distante do público, eu queria estar com Gideon.

Eu era uma mentirosa. Estava machucando pessoas que nem sequer sabiam que estavam sendo machucadas. E, ainda assim, não tinha forças para pôr um fim nisso.

Mas um santuário de elefantes é um lugar muito movimentado, com pouca privacidade. Particularmente quando se está tendo um caso amoroso e os cônjuges de ambos também trabalham lá. Houve algumas poucas transas ao ar livre, e uma tão repentina atrás da porta do galpão das asiáticas que deixamos de lado qualquer prevenção, só pensando no alívio de nossos corpos. Então talvez não tenha sido ironia, mas só desespero, que me levou a pensar em um lugar reservado e seguro para nossos encontros: um local em que Thomas nunca se arriscaria a entrar e em que Nevvie e Grace jamais pensariam em olhar.

A porta se abriu e, como sempre, minha respiração parou em alerta. Gideon apareceu sob o aguaceiro e balançou o guarda-chuva para fechá-lo. Deixou-o apoiado no corrimão de metal da escada em espiral e entrou na sala.

Eu havia estendido um pano no chão enquanto o esperava.

— Está um dilúvio lá fora — Gideon resmungou.

Eu me levantei e comecei a desabotoar a camisa dele.

— Então nós temos que tirar você dessa roupa molhada — falei.

— Quanto tempo? — ele perguntou.

— Vinte minutos — respondi. Era o tempo que eu achava que poderia desaparecer sem ser notada. Devo dizer, em seu favor, que Gideon nunca reclamou e nunca tentou me segurar. Nós nos movíamos dentro dos parâmetros de nossas cercas. Mesmo uma pequena liberdade era melhor que nenhuma.

Eu me pressionei contra ele, apoiando a cabeça em seu peito. Fechei os olhos enquanto ele me beijava e me erguia para que eu enrolasse as pernas em volta de seu corpo. Sobre o ombro dele, através da folha de plástico que nunca havia sido substituída, eu vi a chuva descer como uma cortina, como uma limpeza.

Não sei há quanto tempo Grace estava parada na porta no topo da escada, nos olhando, com o guarda-chuva abaixado que já não servia de nada para protegê-la da tempestade.

* * *

Houve um telefonema da escola de Jenna. Ela estava com febre, tinha vomitado. Será que alguém poderia vir pegá-la?

Grace teria ido ela mesma. Mas achou que eu ia querer saber. Não me encontrou no galpão das africanas, que foi onde eu disse que estaria. Viu o guarda-chuva vermelho de Gideon. Achou que ele poderia saber onde eu estava.

Eu chorei. Pedi perdão. Implorei que ela perdoasse Gideon, que não contasse a Thomas.

Devolvi Gideon.

E me recolhi em minha pesquisa outra vez, porque não podia trabalhar com nenhum deles. Nevvie não falava comigo. Grace não conseguia falar sem se dissolver em lágrimas. E Gideon sabia que não devia. Fiquei em estado de suspense, à espera de que eles pedissem demissão a Thomas a qualquer momento. E, então, percebi que não fariam isso. Onde mais os três encontrariam emprego para cuidar de elefantes juntos? Este era o lar deles, talvez mais do que algum dia tinha sido o meu.

Comecei a planejar minha fuga. Tinha lido histórias sobre pais que raptaram os próprios filhos. Que tingiram o cabelo e passaram pela fronteira com identidades falsas e novos nomes. Jenna era pequena o bastante para crescer com meras lembranças vagas desta vida. E eu... bem, eu poderia encontrar alguma outra coisa para fazer.

Nunca voltaria a publicar. Não poderia fazer isso sem correr o risco de ser encontrada por Thomas, que, então, tiraria Jenna de mim. Mas, se o anonimato nos mantivesse seguras, não valeria a pena?

Cheguei ao ponto de preparar uma mochila com roupas de Jenna e minhas e de tirar alguns dólares aqui e ali, até ter uns duzentos enfiados no forro da capa de meu computador. Isso, eu esperava, seria suficiente para nos comprar o início de uma nova vida.

Na manhã em que eu pretendia fazer nossa escapada, percorri os passos em minha mente um milhão de vezes.

Vestiria Jenna com seu macacão favorito e os tênis cor-de-rosa. Prepararia waffles no café da manhã, sua refeição favorita, cortando-os em fatias para que ela pudesse mergulhá-las no xarope de bordo. Deixaria que ela pegasse um bichinho de pelúcia para levar no carro até a escola, como de hábito.

Mas não iríamos para a escola. Iríamos simplesmente passar pelo prédio e continuar para a estrada, e estar bem longe dali antes que qualquer pessoa sequer pensasse em questionar.

Eu havia percorrido os passos em minha mente um milhão de vezes, mas isso foi antes de Gideon irromper em meu chalé com um bilhete na mão, perguntando se eu tinha visto Grace, seus olhos suplicando para que a resposta fosse sim.

Ela havia escrito à mão. Dizia que, quando ele lesse, já seria tarde demais. O bilhete, como fiquei sabendo depois, estava esperando no gabinete do banheiro quando Gideon acordou. Sobre ele havia um montinho de pedras, uma pequena e perfeita pirâmide, talvez até do mesmo tipo que Grace enfiara nos bolsos antes de pousar no fundo do rio Connecticut, a menos de três quilômetros do lugar onde seu marido dormia profundamente.

SERENITY

Poltergeist é uma dessas palavras alemãs, como *zeitgeist* ou *schadenfreude*, que as pessoas acham que conhecem, mas ninguém de fato compreende. A tradução é "fantasma barulhento", e ela é legítima; eles são fanfarrões ruidosos do mundo psíquico. Têm uma tendência a se ligar a meninas adolescentes que brincam com o oculto ou que têm fortes oscilações de humor, que são duas circunstâncias que atraem energias zangadas. Eu costumava dizer aos meus clientes que *poltergeists* são apenas entes irritados. Geralmente são fantasmas de mulheres que foram maltratadas ou de homens traídos, pessoas que nunca tiveram chance de se defender. A frustração se manifesta em morder ou beliscar os moradores de uma casa, sacudir armários ou bater portas, fazer pratos voarem por um cômodo e abrir e fechar persianas. Em alguns casos, também, há uma conexão com um dos elementos: ventos espontâneos que sopram quadros das paredes. Fogos que se inflamam em tapetes.

Ou um dilúvio.

Virgil enxuga os olhos com a barra da camisa, tentando entender o que aconteceu.

— Então você acha que nós acabamos de ser expulsos daquela casa por um fantasma.

— Um *poltergeist* — digo. — Mas pra que complicar?

— E você acha que é a Grace.

— Faz sentido. Ela se afogou porque estava sendo traída pelo marido. Se é para alguém voltar e assombrar como um *poltergeist* de água, esse alguém é ela.

Virgil balança a cabeça, pensativo.

— A Nevvie parecia achar que a filha ainda está viva.

— Na verdade — eu o lembro —, a Nevvie disse que a filha dela logo *estaria de volta*. Ela não especificou em que *forma*.

— Mesmo que eu não estivesse completamente acabado depois de passar a noite toda sem dormir, ainda seria difícil isso entrar na minha cabeça — Virgil admite. — Estou acostumado com fatos.

Estendo a mão, seguro a bainha da camisa dele e espremo a água.

— É — digo, sarcástica. — Imagino que isto não conte como fato.

— Então o Gideon simula a morte da Nevvie e ela acaba no Tennessee em uma casa que em algum momento pertenceu à filha. — Ele sacode a cabeça. — Por quê?

Não sei como responder. Mas nem preciso, porque meu telefone começa a tocar.

Procuro na bolsa e finalmente o localizo. Conheço aquele número.

— Por favor — diz Jenna. — Eu preciso de ajuda.

* * *

— Calma — Virgil pede, pela quinta vez.

Ela engole, mas seus olhos estão vermelhos de chorar e o nariz ainda está escorrendo. Procuro um lenço de papel em minha bolsa e só encontro um lencinho de tecido para limpar as lentes dos óculos de sol. Eu o ofereço a ela.

As instruções que ela nos deu foram as de uma adolescente: *Você passa por um Walmart e mais para a frente tem um lugar para virar à esquerda. E uma loja de waffles.* Sinceramente, é um milagre que tenhamos conseguido encontrá-la. Quando chegamos, ela estava atrás da cerca de arame e da caçamba de lixo de um posto de gasolina, no meio dos galhos de uma árvore.

Jenna, caramba, onde você está?, Virgil gritou, e foi só depois de ouvir a voz dele que o rosto dela apareceu entre os galhos e as folhas, uma pequena lua em um campo verde de estrelas. Ela desceu com cuidado pelo tronco, até que perdeu o equilíbrio e caiu nos braços de Virgil. *Pronto, peguei*, ele disse. E não a soltou.

— Eu encontrei o Gideon — Jenna diz, com a voz falhando e irregular.

— Onde?

— No santuário.

Ela começa a chorar outra vez.

— Primeiro eu comecei a pensar que ele talvez tivesse machucado a minha mãe — diz Jenna, e vejo os dedos de Virgil se apertarem nos ombros dela.

— Ele encostou em você? — Virgil pergunta. Estou inteiramente convencida de que, se Jenna der uma resposta afirmativa, ele poderia matar Gideon com as próprias mãos.

Ela sacode a cabeça.

— Foi só uma... sensação.

— Muito bom que você ouviu sua intuição, meu bem — digo.

— Mas ele disse que nunca mais viu a minha mãe, depois que ela foi levada para o hospital.

Virgil comprime os lábios.

— Ele podia estar falando um monte de mentiras.

Os olhos de Jenna se enchem de lágrimas outra vez. Isso me faz pensar em Nevvie, e na sala que não parava de chorar.

— Ele disse que a minha mãe ia ter um bebê. Um bebê *dele*.

— Eu sei que os meus poderes psíquicos estão um pouco descalibrados — murmuro —, mas *não* senti isso.

Virgil coloca Jenna no chão e começa a andar de um lado para outro.

— Esse é um motivo. — Ele se põe a murmurar, tentando construir uma cronologia em sua cabeça. Eu o vejo destacar pontos com os dedos, sacudir a cabeça, começar de novo e, por fim, muito sério, se virar para ela. — Tem uma coisa que você precisa saber. Enquanto você estava com o Gideon no santuário, a Serenity e eu estávamos com Nevvie Ruehl.

Ela levanta a cabeça depressa.

— Nevvie Ruehl está morta.

— Não — Virgil corrige. — Alguém queria que nós *pensássemos* que Nevvie Ruehl está morta.

— Meu pai?

— Não foi o seu pai que encontrou o corpo pisoteado. Foi o Gideon. Ele estava sentado com ela quando o médico-legista e os policiais chegaram.

Ela enxuga os olhos.

— Mas *havia* um corpo.

Baixo os olhos para o chão, esperando que Jenna ligue os pontos.

Quando ela o faz, a flecha aponta em uma direção diferente do que eu esperava.

— Não foi o Gideon — ela insiste. — Eu pensei isso também, no começo. Mas ela estava grávida.

Virgil dá um passo à frente.

— Exatamente — diz ele. — É por isso que não foi o Gideon que a matou.

* * *

Antes de partirmos, Virgil segue até o banheiro no posto de gasolina, e Jenna e eu ficamos sozinhas. Os olhos dela ainda estão vermelhos.

— Se a minha mãe *estiver...* morta... — Ela deixa a voz sumir. — Ela poderia esperar por mim?

As pessoas gostam de pensar que vão poder reencontrar alguém amado que se foi. Mas há tantas camadas na vida após a morte; é como dizer que você vai acabar dando de cara com alguém porque ambos vivem no planeta Terra.

Mas acho que Jenna já teve notícias ruins suficientes para um dia.

— Meu bem, ela pode estar aqui com você agora mesmo.

— Não entendo.

— O mundo dos espíritos segue o modelo do mundo real e das coisas reais que nós vemos. Você pode entrar na cozinha da casa da sua avó e ela estar lá fazendo café. Pode estar arrumando a sua cama e ela entrar pela porta aberta. Mas, de vez em quando, os limites ficam imprecisos, porque vocês estão morando no mesmo espaço. São como óleo e vinagre no mesmo recipiente.

— Então — ela diz, a voz falhando —, eu nunca mais vou ter ela de volta.

Eu poderia mentir para ela. Poderia lhe dizer o que todos querem ouvir, mas não vou fazer isso.

— Não — digo a Jenna. — Não vai.

— E o que vai acontecer com o meu pai?

Não tenho como responder. Não sei se Virgil vai tentar provar que foi Thomas que matou a esposa naquela noite. Também não sei se isso iria funcionar, dado o estado mental do pobre homem.

Jenna senta na mesa de piquenique e puxa os joelhos de encontro ao peito.

— Eu tinha uma amiga, a Chatham, que sempre falava de Paris como se fosse praticamente o paraíso. Ela queria estudar na Sorbonne. Ia passear pela Champs-Élysées, ia sentar em um café e ficar observando as mulheres francesas magérrimas caminhando pela rua, todas essas coisas. Uma tia fez uma surpresa um dia e levou ela para lá em uma viagem de trabalho, quando ela estava com doze anos. Quando a Chatham voltou, eu perguntei se era mesmo tudo o que falavam, e sabe o que ela me respondeu? "Foi como qualquer outra cidade". — Jenna encolhe os ombros. — Eu não achei que seria assim quando chegasse aqui.

— Ao Tennessee?

— Não. Ao... fim, acho. — Ela olha para mim, com os olhos cheios de lágrimas. — Mesmo agora eu sabendo que ela não queria me deixar, isso não torna mais fácil, entende? Nada mudou. Ela não está aqui. Eu *estou*. E eu ainda me sinto vazia.

Passo um braço sobre seus ombros.

— Terminar uma jornada não é pouca coisa — elogio. — Mas o que ninguém nunca lembra é que, depois que a gente chega lá, ainda tem que virar e fazer todo o caminho de volta para casa.

Jenna passa a mão pelos olhos.

— Se o Virgil estiver certo, eu quero ver o meu pai antes que ele seja preso.

— Nós não sabemos se ele vai...

— Não foi culpa dele. Ele não sabia o que estava fazendo.

Ela diz isso com tanta convicção que percebo que não é necessariamente aquilo no que acredita. É algo em que *precisa* acreditar.

Eu a puxo para mais perto de mim e a deixo chorar um pouco no meu ombro.

— Serenity — Jenna pergunta, a voz abafada contra minha blusa. — Você me deixa conversar com ela sempre que eu precisar?

As pessoas estão mortas por uma razão. Na época em que eu *podia* ser médium, só fazia no máximo duas comunicações com um espírito para cada cliente. Eu queria ajudar as pessoas a superar seu luto, não ser um 0800-Fale-com-seu-Morto.

Quando eu era boa nisso, quando tinha Lucinda e Desmond para me proteger dos espíritos que precisavam de mim para fazer seus contatos, eu sabia erguer paredes. Era isso que evitava que eu fosse acordada no meio da noite por uma procissão de espíritos precisando enviar uma mensagem para os vivos. Era isso que me permitia usar meu Dom de acordo com minha vontade, não com a deles.

Agora, porém, eu abdicaria de minha privacidade se isso significasse poder me conectar com os espíritos outra vez. Nunca faria uma leitura falsa para Jenna, porque ela não merece isso, portanto não há maneira nenhuma de eu poder dar o que ela quer.

Mesmo assim, eu a olho nos olhos e digo:

— Claro.

* * *

É suficiente dizer que a viagem de volta para casa é longa, exaustiva e silenciosa. Não poderíamos entrar em um avião sem autorização da guardiã de Jenna, porque ela é menor de idade, então acabamos indo de carro noite afora. Ouço rádio para me manter acordada, depois Virgil começa a falar, em algum ponto próximo da divisa de Maryland. Ele dá uma olhada para trás primeiro, para ter certeza de que Jenna ainda está dormindo.

— Vamos dizer que ela esteja morta — diz Virgil. — O que eu faço?

Aquele jeito de começar uma conversa me pega de surpresa.

— Está falando da Alice?

— É.

Eu hesito.

— Acho que você tenta descobrir com certeza quem foi que fez isso e vai atrás da pessoa.

— Eu não sou policial, Serenity. E agora estou pensando que provavelmente nunca *deveria* ter sido. — Ele sacode a cabeça. — Todo esse tempo eu achei que o Donny era quem tinha feito merda. Mas fui eu.

Olho para ele.

— Estava uma confusão do caralho no santuário naquele dia. Ninguém sabia como isolar uma cena do crime com animais selvagens andando em volta. Thomas Metcalf estava pirado, embora a gente não soubesse disso a princípio. Havia pessoas desaparecidas que não tinham sido registradas como desaparecidas. Uma delas era uma mulher adulta. Isso era o que eu estava procurando. Então, quando encontrei um corpo inconsciente, sujo e coberto de sangue, já pressupus sem pensar duas vezes. Falei para os paramédicos que era Alice, e eles a levaram para o hospital e a internaram com esse nome. — Ele se vira e olha pela janela, de modo que seu perfil é delineado pelos faróis dos carros que passam. — Ela não estava com o documento de identidade. Eu devia ter acompanhado. Por que eu não consigo lembrar como ela era quando a vi? O cabelo era loiro ou ruivo? Por que eu não prestei atenção?

— Porque você estava focado em conseguir atendimento médico para ela — digo. — Não se culpe. Você não *tentou* induzir ninguém ao erro — comento, pensando em minha própria carreira recente de bruxa do pântano.

— Ah — ele diz —, aí é que você se engana. — E se vira para mim. — Eu escondi indícios. Sabe o cabelo ruivo que foi encontrado no corpo da Nevvie? Quando eu vi aquilo no relatório do legista, não sabia que pertencia à Alice, mas *sabia* que significava que o caso tinha sido mais que morte acidental. Mesmo assim, deixei o meu parceiro me convencer de que o público só queria se sentir seguro, que um pisoteamento já era suficientemente ruim, que um assassinato seria pior ainda. Então, dei um sumiço naquela página do relatório do legista e, exatamente como o Donny tinha dito, virei um herói. Fui o cara mais jovem a ser promovido a detetive, sabia disso? — Ele sacode a cabeça.

— O que você fez com aquela página?

— Enfiei no bolso na manhã da minha cerimônia de nomeação como detetive. Depois, entrei no carro e me joguei do alto de um penhasco.

Enfio o pé no freio.

— Você fez o *quê*?

— Os socorristas acharam que eu estava morto. Parece que o meu coração parou, mas, pelo jeito, até isso eu consegui foder. Porque eu acordei numa clínica, com uma porrada de oxicodona na veia e dor suficiente para matar dez homens bem mais fortes que eu. Nem preciso dizer que não voltei para o trabalho. O departamento de polícia não olha com bons olhos para caras que têm um desejo de morte. — Ele se vira para mim. — Então, agora você sabe quem eu realmente sou. Eu não ia suportar a ideia de passar os vinte anos seguintes fingindo ser o cara legal, sabendo que não era. Pelo menos agora, quando eu digo que sou um alcoólatra fracassado, não estou mentindo para as pessoas.

Penso em Jenna, contratando uma vidente que é uma fraude e um investigador que tem seus próprios segredos. Penso em todos os indícios cada vez maiores de que Alice Metcalf é o corpo que foi levado do santuário dez anos antes, e penso que nem uma única vez consegui sentir isso.

— Eu também tenho uma coisa para contar — confesso. — Lembra que você me perguntou várias vezes se eu conseguia me comunicar com o espírito de Alice Metcalf? E eu dizia que não, o que provavelmente significava que ela não estava morta?

— É. Acho que o seu Dom precisa de uma recalibragem.

— Ele precisa de mais que isso. Eu não recebi uma única sílaba de comunicação psíquica desde que dei a informação errada ao senador McCoy sobre o filho dele. Estou acabada. Liquidada. Seca. Esta alavanca de câmbio tem mais talento paranormal do que eu.

Virgil começa a rir.

— Está me dizendo que você é uma picareta?

— Pior. Porque eu nem sempre fui. — Olho para ele. Há uma máscara verde em torno de seus olhos, um reflexo do espelho, como se ele fosse uma espécie de super-homem. Mas ele não é. É imperfeito, sofrido e desgastado, como eu. Como todos nós.

Jenna perdeu a mãe. Eu perdi minha credibilidade. Virgil perdeu a fé. Todos nós temos pedaços faltando. Mas, por algum tempo, eu acreditei que, juntos, pudéssemos ser inteiros.

Atravessamos a divisa para Delaware.

— Acho que ela não poderia ter escolhido duas pessoas piores para ajudá-la nem que tivesse tentado — suspiro.

— Mais uma razão — diz Virgil — para nós fazermos certo agora.

ALICE

Eu não fui à Geórgia para o funeral de Grace.

Ela foi enterrada em um jazigo da família, ao lado de seu pai. Gideon foi, e Nevvie, claro, mas a realidade de administrar um santuário de animais significava que alguém precisava ficar para cuidar dos animais, por mais forte que fosse a razão para sair. Na semana horrível que levou para o corpo de Grace aparecer na margem do rio — uma semana em que Gideon e Nevvie ainda se agarravam à esperança de que ela estivesse viva em algum lugar —, todos nos revezamos para cobrir as tarefas dela. Thomas faria entrevistas para um novo cuidador, mas esse não era o tipo de contratação que podia ser feita rapidamente. E agora, com nossos funcionários viajando, Thomas e eu estávamos trabalhando quase sem parar.

Quando Thomas me contou que Gideon tinha voltado ao santuário depois do funeral, não fui presunçosa a ponto de pensar que ele tivesse retornado por minha causa. Eu não sabia, de fato, o que esperar. Havíamos tido um ano de segredos, um ano de felicidade. O que aconteceu com Grace foi o castigo, o pagamento devido.

Se bem que nada havia acontecido *com* Grace. Foi Grace que fez acontecer.

Eu não queria pensar nisso, então me ocupei em limpar os galpões até que o chão estivesse brilhando, em criar novos brinquedos estimulantes para as elefantas asiáticas. Cortei os arbustos que haviam começado a crescer acima da cerca no extremo norte do recinto das africanas. Isso teria sido tarefa de Gideon, pensei, enquanto manuseava as tesouras de poda.

Eu me mantive em movimento, para não pensar em nada a não ser no trabalho à minha frente.

Não vi Gideon até a manhã seguinte, quando ele chegou em um quadriciclo com uma carga de feno ao mesmo galpão em que eu preparava bolas de remédio em maçãs para juntar à alimentação daquele dia. Larguei a faca e corri para a porta, com a mão levantada para chamá-lo, mas, no último segundo, recuei de novo para a sombra.

O que eu poderia dizer a ele?

Fiquei observando por alguns minutos enquanto ele descarregava o feno, seus braços se flexionando ao empilhar os fardos em uma pirâmide. Por fim, juntando toda a minha coragem, eu saí ao sol.

Ele parou por um instante antes de depositar na pilha o fardo que estava carregando.

— A Syrah está mancando outra vez — falei. — Se você tiver uma chance, pode dar uma olhada?

Ele concordou com a cabeça, sem olhar para mim.

— O que mais você precisa que eu faça?

— O ar-condicionado do escritório está quebrado. Mas isso não é prioridade. — Cruzei os braços. — Eu sinto muito, Gideon.

Ele chutou o feno, levantando uma névoa de pó entre nós. Então me olhou pela primeira vez desde que me aproximei. Seus olhos estavam tão vermelhos que parecia que algo havia explodido dentro dele. Achei que talvez fosse vergonha.

Estendi o braço, mas ele se afastou, então meus dedos apenas o roçaram. Ele me deu as costas e pegou outro fardo de feno.

Pisquei com o sol em meus olhos enquanto voltava para a cozinha do galpão. Para minha surpresa, Nevvie estava no lugar onde eu havia estado minutos antes, usando uma colher para colocar creme de amendoim nas maçãs que eu havia escavado.

Nem Thomas nem eu esperávamos que Nevvie fosse voltar logo. Afinal, ela havia acabado de enterrar a filha.

— Nevvie... você está de volta?

Ela não me olhou enquanto trabalhava.

— Onde mais eu estaria? — disse.

* * *

Alguns dias depois, eu perdi minha própria filha.

Estávamos no chalé e Jenna estava chorando porque não queria se deitar para descansar. Nos últimos tempos, ela andava com medo de dormir. Dizia que era o Tempo de Partir. Tinha certeza de que, se fechasse os olhos, eu não estaria lá de novo quando ela os abrisse e, o que quer que eu fizesse ou falasse para convencê-la do contrário, ela soluçava e resistia ao cansaço até seu corpo triunfar sobre a vontade.

Tentei cantar para ela, embalá-la nos braços. Dobrei notas de um dólar em origamis de elefante, o que geralmente a distraía o suficiente para fazê-la parar de chorar. Ela finalmente adormeceu da única maneira que conseguia naqueles dias: com meu corpo enrolado no dela como uma concha de caramujo, uma casa protetora. Eu havia acabado de sair da posição quando Gideon bateu na porta. Ele precisava de ajuda para levantar uma cerca eletrificada, para poder nivelar uma parte do terreno no recinto das africanas. As elefantas gostavam de cavar em busca de água, mas os buracos que criavam eram perigosos para as próprias elefantas e para nós nos quadriciclos e a pé. Podíamos cair em um deles e quebrar a perna ou bater a cabeça; podíamos quebrar um eixo dos veículos.

A cerca eletrificada era trabalho para duas pessoas, sobretudo quando se referia às elefantas africanas. Um de nós tinha que estender a cerca enquanto o outro afastava os animais com um veículo. Eu estava relutante em ir com ele por dois motivos: não queria que Jenna acordasse e se deparasse com seu pior medo, que eu de fato não estivesse ali, realizado, e não sabia em que pé estava meu relacionamento com Gideon naquele momento.

— Chame o Thomas — sugeri.

— Ele foi para a cidade. E a Nevvie está fazendo uma lavagem de tromba com a Syrah.

Olhei para a minha filha, profundamente adormecida no sofá. Eu poderia acordá-la e levá-la comigo, mas ela tinha demorado tanto para dormir, e Thomas, se descobrisse, ficaria furioso, como sempre. Ou eu poderia dar a Gideon vinte minutos do meu tempo, no máximo, e voltar antes de Jenna acordar.

Escolhi a última opção, e levamos apenas quinze minutos; éramos rápidos e eficientes trabalhando juntos. Nossa sincronicidade fazia meu coração doer; havia tantas coisas que eu queria dizer a ele.

— Gideon — falei, quando terminamos. — O que eu posso fazer?

Ele desviou o olhar.

— Você sente falta dela?

— Sinto — murmurei. — Claro que sinto.

As narinas dele se alargaram, e seu queixo parecia feito de pedra.

— É por isso que nós não podemos mais fazer isso — ele sussurrou.

Eu não conseguia respirar.

— Porque eu sinto falta da Grace?

Ele sacudiu a cabeça.

— Não. Porque eu não sinto.

Sua boca se contorceu, se apertou em volta de um soluço, e ele caiu de joelhos, com o rosto enfiado na minha barriga.

Beijei o alto da cabeça de Gideon e o abracei. Segurei-o com muita força, para que ele não se desfizesse em pedaços.

* * *

Dez minutos depois, corri de volta para o chalé no quadriciclo e encontrei a porta da frente aberta. Talvez, na pressa, eu tivesse esquecido de fechá-la. Foi o que pensei, até entrar e perceber que Jenna tinha desaparecido.

— Thomas — gritei, correndo para fora outra vez. — Thomas!

Ele tinha que estar com ela; ele tinha que estar com ela. Essa era minha prece, minha ladainha. Pensei no momento em que ela havia acordado e não me encontrado. Será que tinha chorado? Entrado em pânico? Saído para me procurar?

Eu tinha tanta certeza de que havia ensinado a ela sobre segurança, de que ela era capaz de aprender e Thomas estava errado quando dizia que ela poderia se machucar. Agora, porém, olhei para os recintos, para as fendas nas cercas por onde uma criança pequena passaria com tanta facilidade. Jenna tinha três anos. Conhecia os caminhos. E se ela tivesse saído do chalé e passado pela cerca?

Chamei Gideon pelo rádio e ele veio imediatamente quando ouviu o terror em minha voz.

— Olhe nos galpões — implorei. — Olhe nos recintos.

Eu sabia que esses elefantes haviam trabalhado com humanos em zoológicos e circos, mas isso não significava que eles não atacariam alguém que invadisse seu território. Também sabia que elefantes preferem a voz mais grave de homens; eu sempre tentava fazer minha voz soar mais grossa quando falava com eles. Como vozes agudas são nervosas, os elefantes associam tons femininos com ansiedade. E uma voz de criança se encaixa nessa categoria.

Conheci um homem que tinha uma propriedade no alto da reserva na África e se viu cercado por uma manada de elefantes selvagens numa vez que saiu para andar na savana com as duas filhas pequenas. Ele disse às meninas para se enrolarem como uma bola e tentarem ficar tão pequenas quanto possível. *O que quer que aconteça*, disse ele, *não levantem a cabeça*. Duas grandes fêmeas avançaram para cheirar as meninas e as cutucaram um pouco, mas não causaram dano a nenhuma das crianças.

Mas eu não estaria lá para mandar Jenna se enrolar em uma bolinha. E ela estaria sem medo, porque já tinha me visto interagir com os elefantes.

Dirigi o quadriciclo para o recinto mais próximo, o das africanas, porque não achava que Jenna pudesse ter ido muito longe. Passei em velocidade pelo galpão, e pela lagoa, e pelo ponto elevado onde as elefantas às vezes ficavam nas manhãs frias. Parei no topo da colina mais alta, peguei o binóculo e tentei detectar movimento até tão longe quanto meus olhos pudessem ver.

Fiquei percorrendo o terreno no quadriciclo por vinte minutos, com lágrimas nos olhos, pensando em como explicar a Thomas que nossa filha tinha desaparecido. E, então, a voz de Gideon soou no rádio:

Estou com ela.

Ele me disse para encontrá-lo no chalé e lá eu vi minha bebê no colo de Nevvie, chupando um pirulito, com as mãos meladas e os lábios vermelhos.

— Mamãe — disse Jenna, estendendo-o para mim. — Pirulito.

Mas eu não pude olhar para ela. Estava muito ocupada com os olhos fixos em Nevvie, que parecia nem ter se dado conta de que eu estava tão brava que até tremia. A mão de Nevvie descansava na cabeça de minha filha, como em uma bênção.

— Alguém acordou chorando — disse ela. — Procurando *você*.

Isso não era uma desculpa. Era uma explicação. Na verdade, se alguém tinha culpa, era *eu*, por ter deixado minha bebê sozinha.

De repente, eu soube que não ia gritar e que não ia repreender Nevvie por ter levado minha filha sem me pedir permissão.

Jenna precisara de uma mãe e eu não estava lá. Nevvie precisara de uma filha, para ainda poder ser mãe para alguém.

Naquele momento, pareceu a combinação perfeita.

* * *

O comportamento mais estranho que já testemunhei entre elefantes aconteceu no Tuli Block, à margem de um leito de rio seco durante uma estiagem prolongada, em uma área em que muitos animais diferentes passavam. Na noite anterior, leões tinham sido avistados. Naquela manhã, havia um leopardo na margem mais acima. Mas os predadores tinham ido embora e uma elefanta chamada Marea dera à luz.

Foi um nascimento normal. A manada a protegeu durante o trabalho de parto, voltada para fora; elas barriram em êxtase quando o filhote chegou; e Marea conseguiu colocá-lo em pé, equilibrando-o junto à sua pata. Ela o limpou e o apresentou à manada, e cada membro da família tocou o bebê e o reconheceu.

De repente, uma elefanta chamada Thato começou a se aproximar pelo meio do leito seco do rio. Ela era conhecida por essa manada, mas não fazia parte dela. Não tenho ideia do que ela estava fazendo ali sozinha, separada do resto de sua própria família. Quando chegou perto do filhote recém-nascido, enrolou a tromba no pescoço dele e começou a levantá-lo.

Vemos todo o tempo como uma mãe pode tentar levantar seu recém-nascido para fazê-lo se mover, deslizando a tromba sob a barriga dele ou entre suas pernas. Mas não é normal pegar um filhote pelo pescoço. Nenhuma mãe faria isso intencionalmente. O pequeno filhote estava escorregando da tromba de Thato enquanto ela se afastava. Quanto mais ele escorregava, mais alto ela o levantava, tentando manter o bebê seguro. Por fim, ele caiu e bateu forte no chão.

Esse foi o catalisador que incitou a manada à ação. Houve roncos, barridos e caos e os membros da família tocaram o recém-nascido para conferir se ele estava bem, para ter certeza de que não estava machucado. Marea o puxou para perto e o abrigou entre as pernas.

Houve tanta coisa naquela situação que não entendi. Eu já tinha visto elefantas pegarem bebês quando eles estavam na água, para evitar que se afogassem. Tinha visto elefantas levantarem bebês que estavam deitados para fazê-los ficar de pé. Mas nunca tinha visto uma elefanta tentar carregar um filhote e levá-lo, como uma leoa com um leãozinho.

Eu não sabia o que tinha feito Thato pensar que poderia se dar bem raptando o filhote de outra mãe. Não sabia se essa tinha sido sua intenção, ou se ela sentiu o cheiro do leão e do leopardo e achou que ele estivesse em perigo.

Não sabia por que a manada não havia reagido quando Thato tentou levar o filhote. Ela era mais velha que Marea, com certeza, mas não era da família.

Demos ao bebê o nome de Molatlhegi. Em tswana, significa "o perdido".

* * *

Na noite depois de eu quase ter perdido Jenna, tive um pesadelo. Em meu sonho, eu estava sentada perto do lugar onde Molatlhegi quase foi levado por Thato. Enquanto eu observava, os elefantes se moviam para o terreno mais elevado e a água começava a fluir lentamente pela garganta seca do leito do rio. A água gorgolejava, tornando-se mais profunda e mais rápida, até passar sobre meus pés. No lado mais distante do rio, vi Grace Cartwright. Ela entrou na água totalmente vestida. Abaixou-se no leito do rio, pegou uma pedra e a enfiou na blusa. Fez isso de novo e de novo, enchendo a calça, os bolsos do casaco, até mal conseguir se inclinar e levantar outra vez.

Então, começou a entrar mais fundo na corrente do rio.

Eu sabia que a água ficaria funda e que isso podia acontecer rapidamente. Tentei gritar para Grace, mas não consegui emitir nenhum som. Quando abri a boca, mil pedras saíram dela.

E então, de repente, era *eu* que estava na água, cheia de pesos. Senti a corrente soltar meu cabelo da trança; me debati em busca de ar. Mas, a cada respiração, eu engolia pedras: ágata, cristais de calcita, basalto, ardósia, obsidiana. Olhei para cima, para o sol de aquarela, enquanto afundava.

Acordei em pânico, com a mão de Gideon tapando minha boca. Lutando com ele, eu chutei e rolei, até que ele estava em um lado da cama e eu no outro, e havia uma barricada entre nós das palavras que deveríamos ter dito, mas não dissemos.

— Você estava gritando — ele disse. — Ia acordar todo o acampamento.

Percebi que os primeiros riscos sanguíneos do amanhecer estavam no céu. Que eu havia dormido, quando só pretendia ficar uns minutos.

Quando Thomas acordou, uma hora mais tarde, eu estava de volta à sala do chalé, dormindo no sofá, com o braço sobre o pequeno corpo de Jenna, como se nada pudesse passar por mim e levá-la embora, como se jamais, de maneira nenhuma, eu pudesse deixá-la acordar e não me encontrar ali. Ele olhou para mim, aparentemente adormecida, e foi para a cozinha fazer o café.

Só que eu não estava de fato dormindo quando ele passou. Estava pensando em como minhas noites tinham sido escuras e sem sonhos a vida inteira, exceto por uma notável exceção, quando minha imaginação entrou em modo hiperativo e cada meia-noite era uma pantomima de meus maiores medos.

Na última vez em que isso havia acontecido, eu estava grávida.

JENNA

Minha avó me olha como se estivesse vendo um fantasma. Ela me segura com força e passa as mãos pelos meus ombros e pelo meu cabelo, como se precisasse fazer um inventário. Mas há uma violência em seu toque também, como se ela estivesse tentando me machucar tanto quanto eu a havia machucado.

— Jenna, meu Deus, por onde você *andou?*

Eu meio que desejo ter aceitado a oferta de Serenity ou Virgil para me trazer para casa e aplainar o terreno entre minha avó e eu. Neste instante, é como se um Monte Kilimanjaro tivesse se erguido entre nós.

— Desculpe — murmuro. — Eu tinha que fazer umas... coisas. — Uso Gertie como desculpa para me soltar dela. A cachorrinha começa a lamber minhas pernas como se não houvesse amanhã e, quando pula sobre mim, eu enfio o rosto nos pelos de seu pescoço.

— Eu achei que você tinha fugido — diz minha avó. — Achei que talvez estivesse usando drogas. Bebendo. Há histórias nos jornais o tempo todo de meninas que são sequestradas, boas meninas que cometem o erro de parar para dizer as horas para um estranho. Fiquei tão preocupada, Jenna.

Minha avó ainda está com o uniforme de agente de fiscalização de parquímetros, mas vejo que seus olhos estão vermelhos e sua pele muito pálida, como se não tivesse dormido.

— Liguei para todo mundo. Para o sr. Allen... que me disse que você *não* esteve cuidando do filho dele, porque a esposa e o bebê estão visitando a mãe dela na Califórnia... para a escola... as suas amigas...

Eu a encaro, horrorizada. Para quem ela ligou? Tirando Chatham, que nem mora mais aqui, eu não ando com ninguém. O que significa que minha avó ter telefonado para alguma menina aleatória para perguntar se eu tinha ido dormir na casa dela é ainda *mais* humilhante.

Acho que não posso mais voltar para a escola neste outono. Não sei se vou poder voltar nos próximos vinte anos. Estou envergonhada, e muito brava com ela, porque já é suficientemente ruim ser uma coitada cuja mãe morreu e cujo pai a matou em um acesso de loucura, sem se tornar também o motivo de riso do oitavo ano.

Empurro Gertie de cima de mim.

— Você chamou a polícia também? — pergunto. — Ou isso ainda é muito difícil para você?

Minha avó levanta a mão como se fosse me bater. Eu me encolho; seria a segunda vez naquela semana que eu sofreria uma agressão de alguém que deveria me amar. Mas ela não me toca. Levanta a mão a fim de apontar para a escada.

— Vá para o seu quarto — ela me diz. — E não saia até eu mandar.

* * *

Como faz dois dias e meio que não tomo banho, o banheiro é minha primeira parada. Encho a banheira com água tão quente que uma cortina de vapor ocupa todo o pequeno espaço e os espelhos embaçam, assim não tenho que olhar para mim mesma enquanto tiro a roupa. Depois me sento dentro da banheira, com os joelhos puxados para o peito, e deixo a água continuar correndo até chegar quase à borda.

Respiro fundo, deslizo pela lateral inclinada da banheira e deito no fundo. Cruzo os braços, como em um caixão, e abro os olhos o máximo que consigo.

A cortina do chuveiro, cor-de-rosa com flores brancas, parece um caleidoscópio. Há bolhas que escapam de meu nariz periodicamente, como pequenos guerreiros kamikazes. Meu cabelo se espalha em volta do rosto como algas.

E foi assim que eu a encontrei, imagino minha avó dizendo. *Como se tivesse dormido embaixo d'água.*

Imagino Serenity sentada com Virgil em meu funeral, dizendo que eu pareço estar tão em paz. Imagino que Virgil pode até ir depois para casa e virar um copo, ou seis, em minha homenagem.

Está ficando mais difícil não ceder ao impulso de me levantar para respirar. A pressão em meu peito é tão forte que tenho uma impressão súbita de minhas costelas partindo, o peito afundando. Meus olhos veem estrelas dançando à sua frente, fogos de artifício subaquáticos.

Nos minutos antes de acontecer, será que foi assim que minha mãe se sentiu?

Sei que ela não se afogou; seu peito foi esmagado. Eu li o relatório da autópsia. Seu crânio estava partido; será que ela levou o golpe na cabeça antes disso? Será que viu o golpe chegando? Será que o tempo desacelerou e o som se moveu em ondas de cor? Ela pôde sentir o movimento das células sanguíneas na pele fina de seus pulsos?

Eu só quero, uma única vez, compartilhar algo que ela sentiu.

Mesmo que seja a última coisa que eu sinta.

Quando estou certa de que vou implodir; que é a hora de deixar a água entrar pelas minhas narinas e me encher, me fazendo afundar como um navio abatido, minhas mãos agarram a borda da banheira e levantam o resto de mim no ar.

Eu ofego, e então tusso com tanta violência que vejo sangue na água. Meu cabelo está grudado no rosto e os ombros se movem em convulsões. Me inclino na lateral da banheira, com o peito pressionado na porcelana, e vomito no cesto de lixo.

De repente, me lembro de estar em uma banheira quando era muito pequena, quando mal conseguia me sentar sem tombar de lado como um ovo. Minha mãe se sentava atrás de mim, me apoiando no V de seu corpo. Ela se ensaboava e me ensaboava. Eu deslizava como um peixinho pelas suas mãos.

Às vezes ela cantava. Às vezes lia artigos de revistas científicas. Eu me sentava no círculo de suas pernas, brincando com copinhos de borracha de um arco-íris de cores: enchendo-os, despejando-os sobre minha cabeça e os joelhos dela.

Percebo então que já senti algo que minha mãe sentia.

Amada.

* * *

Como será que foi para o capitão Ahab, nos segundos antes que aquela corda de arpão o puxou para fora do barco? Será que ele disse para si mesmo: *Bom, fim da linha, mas aquela maldita baleia valeu?*

Quando Javert finalmente percebeu que Valjean tinha algo que ele mesmo não tinha — compaixão —, deu de ombros e encontrou uma nova obsessão, como tricô ou *Game of Thrones*? Não. Porque, sem Valjean para odiar, ele não sabia mais quem era.

Passei anos procurando minha mãe. E, agora, todos os sinais estão começando a apontar para o fato de que eu não poderia tê-la encontrado mesmo que tivesse percorrido cada centímetro da Terra. Porque ela a deixou, dez anos atrás.

Morta é tão *final*. Tão *definitivo*.

Mas não estou chorando, como achei que choraria. Não mais. E há o minúsculo rebento verde de alívio rompendo o solo árido de meus pensamentos: *Ela não me deixou por querer.*

E há o fato de que a pessoa que a matou é mais provavelmente meu próprio pai. Não sei por que isso não é um choque tão grande para mim. Talvez porque não me lembro de nada de meu pai. Ele já tinha ido embora quando o conheci, vivendo em um mundo que seu cérebro havia criado. E, como eu já o havia perdido uma vez, não me sinto perdendo-o de novo.

Mas minha mãe... é diferente. Eu *quis*. Eu *tive esperança*.

Virgil está decidido a fazer tudo com muito cuidado agora, porque tanta coisa já foi errada nessa investigação. Ele disse que amanhã vai dar um jeito de testar o DNA do corpo que todos acharam que era de Nevvie. Porque, então, nós vamos *saber*.

O engraçado é que, agora que esse momento chegou — o momento que eu havia definido como meu objetivo máximo por anos —, será que importa? Porque é o seguinte: eu posso finalmente ter a verdade. Posso ter um *fechamento*, que era o que a orientadora da escola sempre me dizia quando me encurralava na droga da sua sala. Mas há algo que eu não tenho: minha mãe.

Começo a reler os diários dela, mas não consigo; fica difícil respirar. Então, pego o dinheiro que me resta, que se reduz a literalmente seis notas de um dólar, e dobro cada uma delas em um pequeno elefante. Tenho uma manada marchando sobre minha mesa.

Depois, ligo o computador. Entro no site de pessoas desaparecidas e clico nos novos casos. Há um garoto de dezoito anos que desapareceu depois de deixar sua mãe no trabalho em Westminster, Carolina do Norte. Ele dirigia um Dodge Dart verde com placa 58U-7334. Tinha o cabelo loiro até os ombros e as unhas das mãos lixadas em pontas.

Uma mulher de setenta e dois anos de West Hartford, Connecticut, que toma medicação para esquizofrenia paranoide e saiu de uma casa comunitária depois de dizer para os funcionários que ia fazer um teste para o Cirque du Soleil. Estava usando jeans e um moletom com o desenho de um gato.

Uma menina de vinte e dois anos de Ellendale, Dakota do Norte, que saiu de casa com um homem mais velho não identificado e nunca mais voltou.

Eu poderia ficar clicando nesses links o dia inteiro. E, quando terminasse, haveria mais centenas. Há um número incontável de pessoas que deixaram um buraco em forma de amor no coração de alguém. Em algum momento, alguém corajoso e bobo vai aparecer e tentar preencher esse buraco. Mas nunca funciona, e, em vez disso, essa alma altruísta vai acabar com um buraco no *seu* coração também. E assim por diante. É um milagre que alguém sobreviva, quando há tanto de nós faltando.

Só por um momento, me permito imaginar como minha vida poderia ter sido: minha mãe, minha irmãzinha e eu, aconchegadas debaixo de um cobertor no sofá em um domingo chuvoso, os braços dela à nossa volta, uma de cada lado, enquanto assistimos a um filme romântico. Minha mãe gritando para eu pegar meu moletom, porque a sala não é meu cesto de roupa suja. Minha mãe arrumando meu cabelo para o baile do colégio, enquanto minha irmã finge passar rímel nos olhos na frente do espelho do banheiro. Minha mãe tirando um milhão de fotos enquanto eu prendo no vestido as flores que ganhei do meu par para o baile, e eu fingindo estar irritada, mas, na verdade, totalmente feliz por aquele momento ser tão incrível para ela quanto é para mim. Minha mãe afagando minhas costas quando aquele mesmo garoto rompe comigo um mês depois, me dizendo que ele era um idiota, porque quem não amaria uma menina como eu?

A porta de meu quarto se abre e minha avó entra. Ela se senta na cama.

— Primeiro eu pensei que você nem tivesse imaginado quanto eu poderia ficar preocupada quando você não apareceu em casa na primeira noite. E nem tentou entrar em contato comigo.

Baixo os olhos para o colo, com as faces quentes.

— Mas depois eu percebi que estava errada. Você entendia perfeitamente, melhor do que qualquer outra pessoa, porque sabe como é a experiência de alguém desaparecer.

— Eu fui para o Tennessee — confesso.

— Você foi para *onde? Como?*

— De ônibus — respondo. — Fui até o santuário para onde os nossos elefantes foram levados.

A mão de minha avó sobe para a garganta.

— Você viajou mais de mil quilômetros para ir a um zoológico?

— Não é um zoológico, é tipo um antizoológico — corrijo. — E, sim. Eu fui lá porque estava tentando encontrar alguém que conheceu a minha mãe. Achei que o Gideon poderia me dizer o que aconteceu com ela.

— Gideon — ela repete.

— Eles trabalhavam juntos — digo. E omito: *Eles estavam tendo um caso.*

— E? — pergunta minha avó.

Balanço a cabeça, puxando lentamente o lenço do meu pescoço. Ele é tão leve que imagino que nem seria registrado em uma balança: uma nuvem, uma respiração, uma lembrança.

— Vovó — murmuro. — Eu acho que ela morreu.

Até agora, eu não tinha percebido que as palavras têm bordas afiadas, que elas podem cortar a língua. Acho que não poderia falar mais nada neste instante, nem que tentasse.

Minha avó pega o lenço e o enrola na mão como uma bandagem.

— É — diz ela. — Eu também acho.

E, então, ela rasga o lenço no meio.

Eu grito, chocada.

— O que você está fazendo?

Minha avó pega a pilha de diários de minha mãe sobre a mesa também.

— É para o seu próprio bem, Jenna.

Lágrimas enchem meus olhos.

— Isso *não* é seu.

Dói vê-la com tudo que me resta de minha mãe. Ela está rasgando minha pele, e bem agora que estou em carne viva e exposta.

— E também não é *seu* — minha avó diz. — Não é a sua pesquisa, não é a sua história. Tennessee? Isso foi longe demais. Você precisa começar a viver a sua *própria* vida, não a *dela*.

— Eu odeio você! — grito.

Mas minha avó já está a caminho da porta. Ela para antes de sair.

— Você insiste em ficar procurando a sua família, Jenna. Mas ela sempre esteve bem debaixo do seu nariz.

Quando ela sai, pego o grampeador na mesa e o atiro na porta. Depois me sento, limpando o nariz com o dorso da mão. Começo a planejar como vou encontrar o lenço e costurá-lo de novo. Como vou pegar de volta aqueles diários.

Mas a verdade é que não tenho minha mãe. Nunca vou ter. Não posso reescrever minha história; só tenho que ir aos tropeços até o fim dela.

O caso do desaparecimento de minha mãe cintila na tela do computador à minha frente, cheio de detalhes que não importam mais.

Clico nas configurações do meu perfil no site e, com o toque de uma única tecla, eu o apago.

* * *

Uma das primeiras coisas que minha avó me ensinou quando eu era pequena foi como sair da casa durante um incêndio. Cada um dos nossos quartos tinha uma escada de emergência especial colocada sob a janela, como precaução. Se eu sentisse cheiro de fumaça, se pusesse a mão na porta e a sentisse quente, devia abrir a vidraça, prender a escada nos ganchos e descer pela lateral da casa em segurança.

Não importava que, com três anos de idade, eu não conseguisse levantar aquela escada, muito menos abrir a vidraça. Eu sabia qual era o protocolo, e isso deveria ser suficiente para afastar a possibilidade de qualquer mal me acontecer.

A superstição funcionou, imagino, porque nunca tivemos um incêndio nesta casa. Mas aquela velha escada empoeirada continua sob a janela do meu quarto, tendo servido como estante para meus livros, suporte para meus sapatos, mesa para minha mochila, mas nunca como um meio de escape. Até agora.

Dessa vez, porém, deixo um bilhete para minha avó. *Eu vou parar,* prometo. *Mas você tem que me dar uma última chance de dizer adeus. Prometo que vou estar de volta na hora do jantar amanhã.*

Abro a janela e prendo a escada nos ganchos. Ela não parece resistente o bastante para aguentar meu peso, e eu penso em como seria ridículo se você estivesse tentando sobreviver a um incêndio na casa e acabasse se matando em uma queda.

A escada me leva apenas até o telhado inclinado da garagem, o que não ajuda muito. Mas já virei especialista em fugas, então desço com muito cuidado até a borda e prendo os dedos na calha de chuva. De lá, é só uma queda de um metro e meio até o chão.

Minha bicicleta está onde a deixei, apoiada na grade da varanda. Subo nela e começo a pedalar.

É diferente andar de bicicleta no meio da noite. Eu me movo como o vento; sinto que sou invisível. As ruas estão molhadas porque esteve chovendo e o chão brilha por toda parte, exceto na trilha deixada pelos meus pneus. Os faróis dos carros que passam zunindo me lembram os fogos de estrelinhas com que eu brincava no Quatro de Julho: o modo como o brilho perdura no escuro, como se você pudesse balançar os braços e pintar um alfabeto de luz. Eu me oriento por intuição, porque não consigo ler as placas, mas, antes de me dar conta, já estou no centro de Boone, no bar embaixo do apartamento de Serenity.

O lugar está bombando. Em vez de uns poucos bêbados simbólicos, há garotas espremidas em vestidos muito justos, agarradas nos bíceps de motoqueiros; há uns caras magricelas encostados na parede de tijolos fumando cigarros entre os copos de bebida. O som do jukebox se esparrama pela rua, e ouço alguém incentivando: *Vira! Vira! Vira!*

— Ei, linda — um cara chama, com a voz enrolada. — Posso te pagar uma bebida?

— Eu sou *criança* — digo.

— Eu sou Raoul.

Baixo a cabeça e passo por ele, arrastando a bicicleta para a entrada do apartamento de Serenity. Carrego-a escada acima e para o pequeno saguão, com cuidado para não derrubar a mesa desta vez. Mas, antes que eu tenha tempo de bater de leve na porta — afinal, são duas da manhã —, ela se abre.

— Também não conseguiu dormir, meu bem? — diz Serenity.

— Como você sabia que eu estava aqui?

— Você não sobe a escada deslizando como uma fada quando está carregando essa coisa.

Ela recua para eu poder entrar em seu apartamento. Está do jeito como eu me lembrava da primeira vez que estive aqui. Quando ainda acreditava que encontrar minha mãe era o que eu mais queria neste mundo.

— Estou surpresa por sua avó ter deixado você vir aqui a esta hora — diz Serenity.

— Eu não dei essa escolha a ela. — Desabo no sofá e ela se senta ao meu lado. — Isso tudo é uma merda tão grande — digo.

Ela não finge não me entender.

— Bom, tente não tirar conclusões precipitadas. O Virgil disse...

— Foda-se o Virgil — interrompo. — Nada que ele disser vai trazer a minha mãe de volta à vida. Use a lógica. Se você diz para o seu marido que está grávida de outro homem, ele não vai fazer um chá de bebê para você.

Eu tentei, juro que tentei, mas não consigo ficar com ódio de meu pai. Só com pena, mesmo, uma dor funda. Se foi meu pai que matou minha mãe, não acho que ele vá acabar indo a julgamento. Ele já está internado como doente mental; nenhuma prisão vai ser castigo maior do que a cela de sua própria mente. Tudo que isso significa é exatamente o que minha avó me disse: ela é a única família que me restou.

Sei que a culpa é minha. Sei que fui eu que pedi a Serenity para me ajudar a encontrar minha mãe; fui eu que envolvi Virgil nessa história. É isso que a curiosidade faz. Você pode viver em cima do maior aterro sanitário tóxico do planeta, mas, se nunca tiver a ideia de cavar, tudo que vai saber é que sua grama é verde e seu jardim é bonito.

— As pessoas não percebem como é difícil — diz ela. — Quando meus clientes me procuram e pedem para conversar com o tio Sol ou com a sua vovó amada, só estão pensando no oi, na chance de dizer o que não disseram quando a pessoa estava viva. Mas, quando se abre uma porta, depois é preciso fechar. Você pode dizer oi, mas também acaba dizendo adeus.

Eu a encaro.

— Eu não estava dormindo. Sabe quando você e o Virgil conversaram no carro? Ouvi tudo que vocês disseram.

Serenity congela.

— Bom, então... já sabe que eu sou uma fraude.

— Mas você não é. Você encontrou aquele colar. E a carteira.

Ela sacode a cabeça.

— Eu só estava no lugar certo na hora certa.

Penso nisso por um momento.

— Mas não é isso que significa ter poderes psíquicos?

Dá para perceber que ela nunca havia pensado por esse aspecto. A coincidência de uma pessoa é a conexão de outra. Importa se é intuição, como diz Virgil, ou percepção psíquica, se fizer você chegar ao que está procurando?

Ela puxa um cobertor do chão para cobrir os pés e o abre para me cobrir também.

— Talvez — ela admite. — Mesmo assim, é bem diferente do que costumava ser. Os pensamentos das outras pessoas simplesmente *apareciam* de repente na minha cabeça. Às vezes a conexão era muito clara, e às vezes era como estar falando no celular nas montanhas, onde a gente só capta uma ou outra palavra. Mas era mais do que encontrar alguma coisa brilhante na grama.

Estamos aninhadas embaixo de um cobertor que cheira a sabão e comida indiana, e a chuva está batendo do lado de fora da janela. Percebo que isso é muito próximo da imagem que criei mais cedo, do que minha vida teria sido se minha mãe tivesse sobrevivido.

Dou uma olhada para Serenity.

— Você sente falta? De ouvir as pessoas que já foram embora?

— Sinto — ela confessa.

Apoio a cabeça no ombro dela.

— Eu também — digo.

ALICE

Os braços de Gideon eram o lugar mais seguro do mundo. Quando estava com ele, eu me esquecia: de como os altos e baixos de Thomas me apavoravam; de como todas as manhãs começavam com uma briga e todas as noites terminavam com meu marido trancado com seus segredos e as sombras de sua mente no escritório. Quando estava com Gideon, eu podia fingir que nós três éramos a família que eu havia esperado ter.

E, então, descobri que seríamos quatro.

— Vai ficar tudo bem — ele havia me assegurado quando lhe dei a notícia, embora eu não acreditasse nisso. Ele não podia prever o futuro. Ele só podia, eu esperava, ser meu. — Você não vê? — Gideon tinha dito, iluminado por dentro. — Nós nascemos para ficar juntos.

Talvez sim, mas a que preço. Seu casamento. O meu. A vida de Grace.

Ainda assim, nós sonhávamos alto e em tecnicolor. Eu queria levar Gideon para a África comigo, para que ele pudesse ver aqueles animais incríveis antes de serem arruinados por humanos. Gideon queria se mudar para o sul, de onde tinha vindo. Ressuscitei meu sonho de fugir com Jenna, mas, dessa vez, imaginei que ele viria conosco. Fingíamos estar correndo para a frente, mas não saíamos do lugar, por causa dos alçapões que ameaçavam nos engolir: ele tinha que contar para sua sogra; eu tinha que contar para meu marido.

Mas tínhamos um prazo, porque estava ficando muito difícil esconder as mudanças em meu corpo.

Um dia, Gideon me encontrou trabalhando no galpão das asiáticas.

— Eu contei para a Nevvie sobre o bebê — disse ele.

Fiquei paralisada.

— O que ela disse?

— Ela me disse que eu devo ter tudo que mereço. Depois foi embora.

E assim, de repente, não era mais uma fantasia. Era real e significava que, se ele tinha tido a coragem de confrontar Nevvie, eu também precisaria ter a coragem de confrontar Thomas.

Não vi Nevvie o dia inteiro, nem Gideon, na verdade. Procurei onde Thomas estava e o segui de um recinto para outro; fiz o jantar para ele. Pedi para ele me ajudar a pôr de molho o pé de Lilly, quando normalmente teria pedido ajuda a Gideon ou a Nevvie. Em vez de evitá-lo, como vinha fazendo por meses, conversei com ele sobre os currículos que ele havia recebido para um novo cuidador e perguntei se já tinha tomado a decisão de contratar alguém. Fiquei deitada com Jenna até ela dormir, depois fui ao escritório dele e comecei a ler um artigo, como se fosse normal nós compartilharmos o espaço.

Achei que talvez ele fosse me mandar cair fora, mas Thomas sorriu para mim, como um cachimbo da paz.

— Eu tinha esquecido como era bom — disse ele. — Quando você e eu trabalhávamos juntos.

As decisões são como porcelana, não é? A gente pode ter todas as melhores intenções, mas, no momento em que surge uma rachadura mínima, é só questão de tempo para se desfazer em pedaços. Thomas serviu um uísque para si e outro para mim. Deixei o meu parado sobre a mesa.

— Eu estou apaixonada pelo Gideon — disparei.

Suas mãos ficaram imóveis em volta da garrafa. Depois, ele pegou seu copo e virou a bebida.

— Você acha que eu sou cego?

— Nós vamos embora — contei a ele. — Eu estou grávida.

Thomas se sentou, baixou o rosto nas mãos e começou a chorar.

Fiquei olhando por um momento, dividida entre confortá-lo e odiar a mim mesma por ser quem o reduziu a isso, um homem arrasado com um santuário indo à falência, uma esposa infiel e uma doença mental.

— Thomas — pedi. — Diga alguma coisa.

A voz dele guinchou.

— O que eu fiz de errado?

Eu me ajoelhei na frente dele. Vi, naquele instante, o homem cujos óculos embaçaram no calor úmido de Botswana, o homem que me encontrou no aeroporto segurando as raízes de uma planta. O homem que tinha um sonho e me convidou para ser parte dele. Eu não via esse homem fazia muito tempo. Seria porque ele havia desaparecido? Ou porque eu tinha parado de olhar?

— Você não fez nada. Fui eu.

Ele estendeu o braço e segurou meu ombro com uma das mãos. Com a outra, me deu um tapa tão forte no rosto que senti gosto de sangue.

— Vagabunda.

Levei a mão ao rosto e caí para trás. Recuei enquanto ele avançava para cima de mim e me levantei de qualquer jeito para sair da sala.

Jenna ainda estava dormindo no sofá. Corri para ela, determinada a levá-la comigo enquanto saía por aquela porta pela última vez. Poderia comprar roupas, brinquedos e qualquer outra coisa de que ela precisasse mais tarde. Mas Thomas agarrou meu pulso e o torceu para trás, eu caí de novo e ele alcançou nossa filha primeiro. Levantou no colo seu pequeno corpo e ela se aconchegou nele.

— Papai? — ela suspirou, ainda enredada na teia entre sonhos e verdade.

Ele a envolveu nos braços e a virou, de modo que Jenna não estivesse mais de frente para mim.

— Você quer ir embora? — disse Thomas. — Fique à vontade. Mas levar minha filha junto? Só por cima do meu cadáver.

Ele sorriu para mim então, um sorriso terrível, terrível.

— Ou, melhor ainda — ele falou. — Por cima do seu.

Ela ia acordar e eu não estaria lá. Seu pior medo, realizado. *Desculpe, meu amor,* eu disse silenciosamente para Jenna. E, então, corri em busca de ajuda, deixando-a para trás.

VIRGIL

Mesmo que eu tivesse como encontrar o corpo que foi enterrado dez anos atrás, não teria conseguido obter uma ordem judicial. Não sei o que eu estava pensando em fazer, sem ser me esgueirar por um cemitério, no estilo Frankenstein, para desenterrar um corpo que eu havia suposto que fosse de Nevvie Ruehl. Mas, antes de um corpo ser liberado para o sepultamento, o legista faz uma autópsia. E a autópsia deve ter incluído uma amostra de DNA, colhida pelo laboratório estadual e agora armazenada em algum arquivo de cartões FTA para a posteridade.

Não há como eu conseguir que o laboratório estadual disponibilize provas para mim, agora que não sou da polícia. O que significa que preciso encontrar alguém para quem eles *concordariam* em liberar as provas. Então, meia hora mais tarde, estou inclinado sobre o balcão da sala de provas na delegacia de polícia de Boone, tentando passar uma conversa em Ralph outra vez.

— Você de novo? — ele suspira.

— O que eu posso dizer? Fiquei desesperado de saudade. Você assombra os meus sonhos.

— Eu já me arrisquei deixando você entrar da última vez, Virgil. Não vou perder o meu emprego por sua causa.

— Ralph, você e eu sabemos que o chefe não daria esse emprego a mais ninguém. Você é como o Hobbit guardando o anel, cara.

— O quê?

— Você é o Dee Brown do departamento. Sem ele, ninguém ia nem saber que os Celtics *existiam* nos anos 90, certo?

As rugas de Ralph se alargam em um sorriso.

— Ah, aí sim — diz ele. — Isso é uma verdade. Essa garotada de hoje não entende nada. Eu chego aqui todas as manhãs e alguém tirou as coisas do lugar, tentando classificar desse novo jeito moderno por computador, e sabe o que acontece? Ninguém acha mais nada. Então eu ponho de volta no lugar onde deve ficar. É como eu sempre digo: não se mexe em time que está ganhando.

Concordo com a cabeça, como se estivesse prestando atenção em cada palavra.

— É disso que eu estou falando. Você é o sistema nervoso central deste lugar, Ralph. Sem você, tudo desmorona. É por isso que eu sabia que você era a pessoa certa para me ajudar.

Ele dá de ombros, tentando parecer humilde. Eu me pergunto se ele percebe que estou só enrolando, adoçando a conversa para conseguir alguma coisa em troca. Na sala do cafezinho lá em cima, os policiais provavelmente ainda estão falando que ele está senil e tão lento que poderia cair morto na sala de provas e ninguém perceber por uma semana.

— Você lembra que eu estava examinando um caso antigo, certo? — digo, me inclinando mais, para mostrar que ele está incluído no segredo. — Estou tentando conseguir uma amostra de DNA do sangue que foi tirado pelo laboratório estadual. Alguma chance de você dar uns telefonemas e desenrolar isso para mim?

— Eu faria se pudesse, Virgil. Mas os encanamentos do laboratório estadual estouraram cinco anos atrás. Eles perderam oito anos inteiros de provas quando os cartões FTA foram destruídos. É como se o período de 1999 a 2007 nunca tivesse acontecido.

O sorriso em meu rosto some.

— Obrigado mesmo assim — digo e trato de sair depressa da delegacia, antes que alguém me veja.

Ainda estou tentando pensar em como dar essa notícia a Jenna quando chego ao prédio do meu escritório e vejo o Fusca de Serenity parado na frente. Assim que desço do carro, Jenna está na minha cara, me enchendo de perguntas.

— O que você descobriu? Tem como saber quem foi enterrado? Vai ser um problema já terem passado dez anos?

Eu olho para ela.

—Você me trouxe café?

—O quê? — diz ela. — Não.

— Então vá pegar e depois volte. É cedo demais para esse interrogatório.

Subo as escadas para o escritório, consciente de que Jenna e Serenity estão vindo atrás. Abro a porta e contorno as montanhas de indícios para chegar à minha cadeira, onde desabo.

— Vai ser mais difícil do que eu esperava encontrar uma amostra de DNA de quem quer que nós tenhamos identificado como Nevvie Ruehl dez anos atrás.

Serenity olha em volta para o escritório, que está um pouquinho mais desarrumado do que o local de uma explosão.

— É um espanto que você consiga encontrar *qualquer coisa* aqui, meu querido.

— Eu não estava procurando *aqui* — respondo, me perguntando por que passou pela minha cabeça explicar o fluxograma de preservação de provas da polícia para alguém que provavelmente acredita em mágica, e então meu olhar pousa no pequeno envelope jogado sobre os outros resíduos em cima da mesa.

Dentro dele está a unha que encontrei na costura da camiseta do uniforme da vítima.

A mesma camiseta de uniforme que havia assustado Jenna, porque estava dura de sangue seco.

* * *

Tallulah olha para Serenity e me abraça.

—Victor, que gentileza a sua. Nós nunca ficamos sabendo o resultado das coisas que fazemos aqui no laboratório no mundo real. — Ela sorri para Jenna. — Você deve estar tão contente por ter a sua mãe de volta.

— Ah, eu não... — diz Serenity, e Jenna, ao mesmo tempo:

— Não é bem...

— Na verdade — explico —, ainda não encontramos a mãe da Jenna. A Serenity está ajudando no caso. Ela é uma... médium.

Tallulah vai direto para Serenity.

— Eu tinha uma tia... ela me disse a vida inteira que ia me deixar os seus brincos de diamantes. Mas ela morreu sem testamento e, imagine, aqueles brincos nunca apareceram. Eu adoraria saber qual dos meus primos safados os roubou.

— Eu aviso a você se ouvir alguma coisa — Serenity murmura.

Eu levanto o saco de papel que trouxe para o laboratório.

— Preciso de mais um favor, Lulu.

Ela levanta uma sobrancelha.

— Pela minha conta, você ainda não me pagou o último.

Lanço meu melhor sorriso de covinhas.

— Eu prometo. Assim que este caso estiver resolvido.

— Isso é um suborno para passar o seu teste para o começo da fila?

— Depende — respondo, flertando. — Você gosta de subornos?

— Você sabe do que eu gosto... — Tallulah ofega.

Levo um momento para me desembaraçar dela e despejar o conteúdo do saco de papel em uma mesa estéril.

— O que *eu* gostaria é que você desse uma olhada nisto. — A camiseta está suja, rasgada, quase preta.

Tallulah pega um cotonete em um armário, umedece a ponta e esfrega na camiseta. A ponta do algodão sai marrom-rosado.

— Tem dez anos — eu informo. — Não sei quanto já está comprometida. Mas eu espero com todas as minhas forças que você possa me dizer se corresponde ao DNA mitocondrial da Jenna. — Do bolso, tiro o envelope com a unha. — E este também. Se o meu palpite estiver certo, um vai corresponder ao dela e o outro não.

Jenna está de pé do outro lado da mesa de metal. Os dedos de uma das mãos roçam de leve a borda do tecido da camiseta. Os dedos da outra mão estão pressionados sobre sua própria artéria carótida, sentindo a pulsação.

— Eu vou vomitar — ela murmura e sai correndo da sala.

— Eu cuido dela — diz Serenity.

— Não — digo a ela. — Deixe que eu vou.

Encontro Jenna junto à parede de tijolos atrás do prédio onde rimos como bobos na vez anterior. Só que, agora, ela está com ânsia, o cabelo caído no rosto, as faces coradas. Ponho a mão em suas costas.

Ela limpa a boca na manga da blusa.

— Você alguma vez pegou uma virose quando tinha a minha idade?

— Sim, acho que sim.

— Eu também. Não fui à escola. Mas a minha avó tinha que ir trabalhar. Então eu não tinha ninguém para segurar o cabelo fora do meu rosto, ou para

me dar uma toalha, ou me trazer uma ginger ale, nada. — Ela olha para mim.
—Teria sido bom, sabe? Mas, em vez disso, tenho uma mãe que provavelmente está morta e um pai que a matou.

Ela escorrega pela parede até o chão e eu me sento ao seu lado.

— Não sei se é isso — admito.

Jenna se vira para mim.

— Como assim?

— Foi você que disse primeiro que a sua mãe não era uma assassina. Que
o cabelo no corpo provava que ela teve algum contato com a Nevvie no lugar
em que ela foi pisoteada.

— Mas você disse que viu a Nevvie no Tennessee.

— Vi. E acho mesmo que houve uma confusão e que o corpo identificado
como Nevvie Ruehl não era de Nevvie Ruehl. Mas isso não quer dizer que a
Nevvie não estivesse envolvida de alguma maneira. Foi por isso que eu pedi à
Lulu para analisar a unha. Digamos que o resultado do sangue seja correspon-
dente ao da sua mãe e a unha não. Isso me diz que alguém estava lutando com
ela antes que ela morresse. Talvez essa briga tenha saído do controle — explico.

— Por que a Nevvie ia querer machucar a minha mãe?

— Porque — digo — o seu pai não é o único que não teria ficado contente
ao saber que ela ia ter um bebê do Gideon.

* * *

— É um fato universalmente reconhecido — diz Serenity — que não há força
maior na Terra do que a vingança de uma mãe.

A garçonete que vem completar sua xícara de café lhe dá um olhar estranho.

— Você devia bordar isso em uma almofada — digo a Serenity.

Estamos no restaurante perto do meu escritório. Achei que Jenna não iria
querer comer depois de ter vomitado, mas, para minha surpresa, ela está morta de fome. Consumiu um prato inteiro de panquecas, mais metade das minhas.

— Quanto tempo vai levar para o laboratório ter os resultados? — pergunta Serenity.

— Não sei. A Lulu sabe que eu quero para ontem.

— Eu ainda não entendo por que o Gideon teria mentido sobre o corpo —
diz Serenity. — Ele devia saber que era a Alice quando a encontrou.

— Isso é fácil. Ele é um suspeito se o corpo for da Alice. Ele é uma vítima se o corpo for da Nevvie. E, quando *ela* acorda no hospital e se lembra do que aconteceu, ela foge porque tem medo de ser presa por homicídio.

Serenity sacode a cabeça.

— Se um dia você cansar de ser investigador, daria um ótimo falso vidente. Poderia ganhar uma fortuna lendo os sinais dos clientes.

As outras pessoas já estão nos olhando com expressões estranhas. Imagino que seja aceitável falar sobre o tempo e os Red Sox, mas não sobre investigações de assassinato, ou paranormalidade.

A mesma garçonete se aproxima.

— Desculpe por apressar, mas nós estamos precisando da mesa.

Isso é mentira, porque metade do restaurante está vazia. Começo a discutir, mas Serenity levanta a mão e faz sinal para eu parar.

— Que se danem. — Ela tira uma nota de vinte dólares do bolso, suficiente para cobrir a conta com três centavos de gorjeta, e a bate na mesa antes de se levantar e caminhar para a porta.

— Serenity?

Jenna esteve tão quieta que eu tinha quase me esquecido dela.

— O que você falou sobre o Virgil dar um bom falso vidente... E eu?

Serenity sorri.

— Querida, eu já disse antes que você provavelmente tem mais talento paranormal do que imagina. Você tem uma alma velha.

— Você pode me ensinar?

Serenity olha para mim, depois de volta para Jenna.

— Ensinar o quê?

— A ser médium.

— Minha querida, não funciona assim...

— Então *como* funciona? — Jenna insiste. — Você não sabe de verdade, né? Não funcionou mais para você há muito tempo. Então talvez tentar algo diferente não seja uma ideia ruim.

Jenna olha para mim.

— Eu sei que você só quer saber de fatos, números e provas que possa tocar. Mas foi você que disse que às vezes a gente olha dez vezes para uma coisa e ainda precisa tentar uma décima primeira até que, de repente, o que a gente estava procurando salta diante dos olhos. A carteira, e o colar, e até a camiseta com sangue... tudo isso ficou esperando por uma década e ninguém tinha conseguido encontrar. — Então ela se vira para Serenity. — Sabe quando você disse ontem à noite que estava no lugar certo na hora certa todas as vezes que encontramos essas coisas? Bom, eu estava lá também. E se esses sinais não tiverem sido dirigidos para você, mas para mim? E se a razão de você não conseguir ouvir minha mãe for porque é *comigo* que ela quer falar?

— Jenna — Serenity diz, com delicadeza —, isso seria um cego conduzindo outro cego.

— O que você tem a perder?

Serenity solta uma risadinha rouca e frustrada.

— Bom, vejamos... Meu respeito próprio? Minha paz de espírito?

— Minha confiança? — diz Jenna.

Serenity olha para mim por sobre a cabeça da menina. *Socorro*, ela parece estar dizendo.

Eu entendo por que Jenna precisa disso: porque, caso contrário, não é um círculo completo, é uma linha, e as linhas se enrolam e nos mandam em direções em que nunca pretendemos ir. Os fins são cruciais. É por isso que, quando você é um policial e conta aos pais que o filho deles acabou de ser encontrado em um acidente de carro, eles querem saber exatamente o que aconteceu: se havia gelo na pista; se o carro desviou para evitar o caminhão. Eles precisam dos detalhes daqueles últimos momentos, porque é tudo que vão ter pelo resto da vida. É por isso que eu devia ter dito a Lulu que não pretendo nunca mais sair com ela, porque, enquanto não fizer isso, sempre vai haver uma fresta de esperança na porta por onde ela pode se enfiar. E é por isso que Alice Metcalf tem me assombrado há uma década.

Eu sou o cara que nunca desliga o DVD, por mais horrível que seja o filme. Eu trapaceio e leio primeiro o último capítulo do livro, para o caso de morrer antes de terminar. Não quero ser deixado no ar, imaginando por toda a eternidade o que vai acontecer.

O que não deixa de ser interessante, porque significa que eu, Virgil Stanhope, o rei das coisas práticas e o Grande Mestre das provas, devo acreditar pelo menos um pouquinho em algumas das bobagens metafísicas que Serenity Jones vende.

Encolho os ombros.

— Talvez — digo para Serenity — ela tenha razão.

ALICE

Uma razão de os bebês não conseguirem se lembrar das coisas que lhes acontecem quando são muito pequenos é que não têm a linguagem para descrevê-las. Suas cordas vocais não estão equipadas até certa idade, o que significa que eles usam a laringe apenas para situações de emergência. Na verdade, há uma projeção direta que vai da amígdala de um bebê até sua laringe e que pode fazer o bebê chorar muito rapidamente em uma situação de estresse extremo. É um som tão universal que foram feitos estudos que mostram que a maioria dos outros humanos, até mesmo universitários sem nenhuma experiência com bebês, tentarão oferecer assistência.

Conforme a criança cresce, a laringe amadurece e se torna capaz de falar. O som do choro muda quando os bebês atingem dois ou três anos, e, quando isso acontece, não só diminui a probabilidade de que as pessoas queiram ajudá-los como elas até reagem ao som com sentimentos de irritação. Por essa razão, as crianças aprendem a "usar palavras", porque essa é a única maneira de obterem atenção.

Mas o que acontece com aquela projeção original, o nervo que vai da amígdala à laringe? Bem.... nada. Mesmo quando as cordas vocais crescem à sua volta como um heliotrópio, ela permanece onde estava e é muito raramente usada. Quer dizer, até que alguém salte de repente de debaixo de sua cama no meio da noite em um acampamento. Ou que você vire uma esquina em uma viela escura e um rato pule no seu caminho. Ou qualquer outro momento de total e abominável terror. Quando isso acontece, o "alarme" soa. Na verdade, o som que você faz é algo que provavelmente não conseguiria replicar voluntariamente se tentasse.

SERENITY

No passado, quando eu era boa nesse tipo de coisa, se quisesse contatar alguém específico que tivesse feito a passagem, eu recorria a Desmond e Lucinda, meus guias espirituais. Eu os imaginava como telefonistas me conectando a uma linha direta, porque isso era tão mais eficiente do que ter uma casa aberta e procurar no meio das hordas até encontrar o indivíduo com quem eu estava querendo falar.

Este último método é chamado de canal aberto: você põe a placa na porta, dá início aos trabalhos e se prepara. É um pouco como uma coletiva de imprensa, com todos gritando perguntas ao mesmo tempo. Aliás, é um inferno para o médium. Mas imagino que não seja pior do que tatear o terreno discretamente e ninguém aparecer.

Peço para Jenna encontrar um lugar que ela ache que era especial para sua mãe e, então, nós três voltamos para o terreno do santuário de elefantes e caminhamos até um local em que um carvalho gigante com braços como os de um titã reina sobre um trecho coberto de cogumelos roxos.

— Às vezes eu venho ficar aqui — diz Jenna. — A minha mãe me trazia para cá.

É quase etéreo o modo como os cogumelos criam um pequeno tapete mágico.

— Por que eles não crescem por toda parte? — pergunto.

Jenna sacode a cabeça.

— Não sei. De acordo com os diários da minha mãe, aqui é onde o filhote da Maura foi enterrado.

— Talvez seja o jeito de a natureza se lembrar dele — sugiro.

— É mais provável que sejam os nitratos a mais no solo — murmura Virgil.

Olho para ele zangada.

— Sem negatividade. Os espíritos sentem isso.

Virgil está com cara de quem vai fazer um tratamento de canal.

— Será que é melhor eu ir esperar lá? — Ele aponta para a distância.

— Não, nós precisamos de você. Isso tem a ver com energia — digo. — É assim que os espíritos se manifestam.

Então nós todos nos sentamos: Jenna nervosa, Virgil relutante e eu... bem... desesperada. Fecho os olhos e dirijo uma pequena oração aos poderes superiores: *Nunca mais vou pedir meu Dom de volta se me deixarem fazer esta única coisa por ela.*

Talvez Jenna esteja certa; talvez sua mãe estivesse tentando se comunicar com ela todo o tempo, mas, até agora, ela não se mostrara disposta a aceitar o fato de que Alice estava morta. Talvez finalmente esteja pronta para ouvir.

— E então? — Jenna sussurra. — Temos que dar as mãos?

Eu tinha clientes que perguntavam como dizer às suas pessoas amadas que sentiam falta delas. *Você acabou de dizer*, eu respondia. Porque é fácil assim. Então, é isso que falo para Jenna fazer.

— Diga por que você quer falar com ela.

— Isso não é óbvio?

— Para mim. Talvez não para ela.

— Bom... — Jenna engole em seco. — Eu não sei se nós podemos sentir saudade de alguém de quem mal lembramos, mas é como eu me sinto. Eu inventava histórias para explicar por que você não tinha voltado para mim. Você tinha sido capturada por piratas e teve que ficar navegando pelo Caribe em busca de ouro, mas, todas as noites, olhava para as estrelas e pensava: *Pelo menos a Jenna está vendo essas mesmas estrelas.* Ou você teve amnésia e passava todos os dias tentando encontrar pistas sobre o seu passado, como um monte de pequenas flechas que apontariam de volta para mim. Ou você estava em uma missão secreta para o país e não podia revelar quem era sem estragar o seu disfarce e, quando finalmente voltasse para casa, com bandeiras balançando e multidões aplaudindo, eu veria você como uma heroína. Os meus professores de inglês diziam que eu tinha uma imaginação fantástica, mas eles não entendiam que não era fantasia para mim. Era tão real que às vezes doía, como uma pontada na lateral do corpo quando a gente corre demais, ou a dor nas pernas quando você está crescendo. Mas acho que a verdade é que talvez você não *pudesse* vir até mim. Então eu estou tentando chegar até *você*.

Olho para ela.

— Alguma coisa?

Jenna respira fundo.

— Não.

O que poderia fazer Alice Metcalf, onde quer que ela esteja, parar e ouvir?

Às vezes o universo lhe dá um presente. Você vê uma menina, aterrorizada com a ideia de que sua mãe tenha desaparecido para sempre, e finalmente compreende o que precisa ser feito.

— Jenna — ofego. — Está vendo ela?

Ela vira a cabeça para todos os lados.

— Onde?

Eu aponto.

— Bem ali.

— Não estou vendo nada — ela diz, quase chorando.

— Você tem que focar...

Até Virgil está inclinado para a frente agora, apertando os olhos.

— Eu não vejo...

— Então não está tentando o suficiente — declaro. — Ela está ficando mais brilhante, Jenna... aquela luz a está engolindo. Ela está deixando este mundo. Esta é a sua última chance.

O que faria uma mãe prestar atenção?

O choro de sua filha.

— *Mamãe!* — Jenna grita, até sua voz estar rouca, até ela estar curvada para a frente no campo de cogumelos roxos. — Ela foi embora? — Jenna soluça, em desespero. — Ela foi mesmo embora?

Eu rastejo para a frente e ponho o braço em torno dela, pensando em como explicar que nunca vi Alice de verdade, que menti para que Jenna derramasse o coração naquela única palavra desesperada. Virgil se levanta, com a testa franzida.

— É tudo besteira mesmo — ele murmura.

— O que é isto? — pergunto.

Levo a mão ao objeto pontudo que espetou minha panturrilha, provocando uma careta. Está enterrado embaixo das cabeças dos cogumelos, invisível, até eu cavar entre as raízes e encontrar um dente.

ALICE

Todo esse tempo, eu disse que os elefantes têm uma capacidade misteriosa de compartimentalizar a morte, sem deixar que o luto os incapacite permanentemente.

Mas há uma exceção.

Na Zâmbia, uma filhote que ficara órfã por causa de caçadores ilegais começou a andar com um grupo de machos jovens. Da mesma forma como garotos se chocam uns com os outros e dão socos no ombro em cumprimento, ao passo que meninas se abraçam, o comportamento desses elefantes machos era muito diferente do que uma jovem elefanta poderia ter experimentado em outras circunstâncias. Eles a toleravam por perto porque poderiam se acasalar com ela — como a Anybodys de *Amor, sublime amor* —, mas não a queriam de fato ali. Ela teve um filhote com apenas dez anos e, como não tinha mãe para orientá-la e nenhuma prática em ser mãe auxiliar em uma manada, tratou aquele bebê do jeito como havia sido tratada pelos machos. Quando o bebê dormia ao seu lado, ela se levantava e ia embora. O filhote acordava e começava a berrar pela mãe, mas ela ignorava os gritos. Em uma manada, em contraste, quando um bebê grita, pelo menos três fêmeas se apressam em conferir se está tudo bem.

Na natureza, uma jovem fêmea treina a alomaternidade muito antes de ter seus próprios filhotes. Ela tem quinze anos para praticar ser uma irmã mais velha dos filhotes que nascem na manada. Vi filhotes se aproximarem de fêmeas jovens para sugar em busca de conforto, mesmo elas ainda não tendo mamas ou leite. A jovem elefanta punha o pé para a frente, do jeito que sua mãe e tias faziam, e fingia orgulhosamente. Ela sabia agir como mãe sem ter a responsabilidade real até que estivesse pronta. Mas, quando não há uma família para ensinar uma jovem fêmea a criar seu próprio filhote, as coisas podem sair terrivelmente errado.

Quando eu estava trabalhando no Pilanesberg, essa história se repetiu. Lá, jovens machos que haviam sido transferidos começaram a atacar veículos. Eles mataram um turista. Mais de quarenta rinocerontes brancos foram encontrados mortos na reserva antes de percebermos que eram esses machos subadultos que os haviam atacado, em um comportamento altamente agressivo que estava longe de ser normal.

Qual é o denominador comum entre o comportamento estranho da jovem elefante fêmea que não se importava com o próprio filhote e o grupo agressivo de machos adolescentes? Certamente havia uma falta de orientação parental. Mas seria esse o único fator em jogo? Todos esses elefantes tinham visto sua família ser morta na sua frente, como resultado de abate para redução da população.

O luto que estudei na natureza, em que uma manada perde uma velha matriarca, por exemplo, deve ser contrastado com o luto que vem de observar a morte violenta de um membro da família, porque os efeitos de longo prazo são nitidamente diferentes. Depois de uma morte natural, a manada incentiva o indivíduo enlutado a seguir em frente. Depois de um massacre por humanos, não há mais, evidentemente, uma manada para dar apoio.

Até o momento, a comunidade de pesquisa de animais tem se mostrado relutante em acreditar que o comportamento dos elefantes possa ser afetado pelo trauma de ver sua família ser morta. Eu acho que a razão disso não é tanto objeção científica, mas vergonha política: afinal, nós, humanos, fomos os perpetradores da violência.

No mínimo, é crucial que, ao estudar o luto dos elefantes, lembremos que a morte é uma ocorrência natural. O assassinato não é.

JENNA

— É do filhote da Maura — digo a Virgil, enquanto esperamos na mesma sala em que encontramos Tallulah duas horas atrás. Isso é o que continuo falando para mim mesma. Porque é muito, muito difícil pensar na outra possibilidade.

Virgil vira o dente na mão. Isso me faz lembrar das descrições de elefantes esfregando os pés sobre pequeninos pedaços de marfim que li nos diários de minha mãe, aqueles que minha avó tirou de mim.

— É muito pequeno para ser de um elefante — ele responde.

— Há outros animais por ali também. Martas. Guaxinins. Veados.

— Ainda acho que devíamos levar isso para a polícia — diz Serenity.

Não consigo olhá-la nos olhos. Ela explicou seu truque, revelou que minha mãe nunca havia aparecido (até onde ela sabia, pelo menos). Mas, por alguma razão, isso só me faz sentir pior.

— Nós vamos — Virgil concorda. — Depois.

A porta se abre e uma brisa de ar-condicionado passa entre nós. Tallulah entra, parecendo irritada.

— Isso está ficando ridículo. Eu não trabalho exclusivamente para você, Vic. Estou fazendo um favor e...

Ele mostra o dente.

— Juro por Deus, Lu. Se você fizer isto, nunca mais vou te pedir nada. Talvez tenhamos encontrado os restos de Alice Metcalf. Esqueça o sangue na camiseta. Se você puder encontrar o DNA *neste...*

— Não precisa — Tallulah interrompe. — Esse dente não pertence a Alice Metcalf.

— Eu disse que era de um animal — murmuro.

— Não, é humano. Eu trabalhei em um consultório dentário por seis anos, lembra? Este é um segundo molar. Eu saberia disso até dormindo. Mas é um dente decíduo.

— O que é isso? — Virgil pergunta.

Tallulah devolve o dente para ele.

— Era de uma criança. Provavelmente com menos de cinco anos.

A dor que irrompe em minha boca é diferente de tudo que já senti. É uma caverna com lava dentro. São estrelas explodindo onde meus olhos estavam. É um nervo exposto e pulsante.

É o que aconteceu.

* * *

Quando acordo, minha mãe não está lá, exatamente como eu sabia o tempo todo que ia acontecer.

É por isso que não gosto de fechar os olhos, porque, quando a gente fecha, as pessoas desaparecem. E, se as pessoas desaparecem, a gente não pode saber com certeza se elas vão voltar.

Não vejo minha mãe. Não vejo meu pai. Começo a chorar e, então, outra pessoa, alguém diferente, me pega. Não chore, ela sussurra. Olhe. Eu tenho sorvete.

Ela me mostra: é de chocolate em um palito e eu não consigo comer depressa, então ele derrete pelas minhas mãos e elas ficam da mesma cor das mãos do Gideon. Eu gosto quando isso acontece, porque então nós dois combinamos. Ela veste meu casaco e calça meus sapatos. E me diz que nós vamos sair para uma aventura.

Lá fora, o mundo parece grande demais, do jeito como eu sinto quando fecho os olhos para dormir e tenho medo que ninguém nunca mais me encontre em todo aquele escuro. É quando começo a chorar, e minha mãe sempre vem. Ela deita comigo no sofá até eu parar de pensar em como a noite nos engoliu, e, na hora em que eu me lembro de começar a pensar nisso outra vez, o sol está de volta.

Mas, esta noite, minha mãe não vem. Eu sei para onde nós estamos indo. É o lugar onde eu corro na grama às vezes, e onde vamos ver os elefantes.

Mas eu não devia mais entrar aqui. Meu pai fica bravo por causa disso. Um grito cresce em minha garganta e eu acho que ele vai sair, mas ela me balança sobre o quadril e diz: Agora, Jenna, você e eu vamos brincar de um jogo. Você gosta de jogos, não é?

Eu gosto. Eu adoro jogos.

Vejo o elefante nas árvores, brincando de esconde-esconde. Acho que talvez seja esse o jogo que nós vamos jogar. É divertido pensar em Maura sendo o "pegador". Eu rio, imaginando se ela vai nos pegar com a tromba.

Assim é melhor, *ela diz.* Essa é a minha boa menina. Essa é a minha menina feliz.

Mas eu não sou a boa menina ou a menina feliz dela. Eu sou da minha mãe.

Deite, *ela me diz.* Deite de costas e olhe para as estrelas. Vamos ver se você consegue encontrar o elefante nos espaços entre elas.

Eu gosto de jogos, então tento. Mas tudo que vejo é a noite, como uma tigela virada para baixo e a lua caindo. E se a tigela descer e me prender? E se eu ficar escondida e minha mãe não conseguir me encontrar?

Começo a chorar.

Shh, *ela diz.*

A mão dela desce sobre minha boca e aperta. Tento me soltar, porque não gosto desse jogo. Na outra mão, ela está segurando uma grande pedra.

* * *

Por um tempo, acho que estou dormindo. Sonho com a voz de minha mãe. Tudo que vejo são as árvores se inclinando para a frente, como se estivessem tentando contar segredos, enquanto Maura se lança pelo meio delas.

E, então, estou em algum outro lugar, fora, acima, em volta, vendo um filme de mim mesma, como quando minha mãe põe os vídeos em que eu era bebê e eu me vejo na TV, mesmo ainda estando aqui. Estou sendo carregada, e sinto um solavanco, e percorremos um longo caminho. Quando Maura me solta, ela me acaricia com a pata traseira e eu penso que ela teria sido muito boa em esconde-esconde, afinal, porque é tão delicada. Quando ela me afaga com a tromba, é do jeito que minha mãe me ensinou a afagar o bebê passarinho que caiu do ninho na primavera, como se eu estivesse fingindo ser o vento.

Tudo é suave: o segredo da respiração dela em minha face, os ramos cheios de folhas com que ela me cobre, como um cobertor para me manter aquecida.

* * *

Em um minuto, Serenity está de pé à minha frente e, no momento seguinte, não está mais.

— Jenna? — eu a ouço dizer, e a vejo ali em preto e branco, embaçada de estática.

Não estou no laboratório. Não estou em lugar nenhum.

Às vezes a conexão era muito clara, e às vezes era como estar falando no celular nas montanhas, onde a gente só capta uma ou outra palavra, Serenity tinha dito.

Tento ouvir, mas só estou captando pedaços soltos, e então a linha fica muda.

ALICE

Nunca acharam o corpo dela.

Eu o vi com meus próprios olhos, mas, quando a polícia chegou, Jenna tinha desaparecido. Li nos jornais. Eu não podia dizer a eles que a havia visto, deitada ali no chão do recinto. Não podia entrar em contato com a polícia, claro, senão eles viriam atrás de mim.

Então eu ficava atenta a Boone de treze mil quilômetros de distância. Parei de escrever meus diários, porque cada dia era mais um dia em que eu não tinha minha filha. Tinha medo de que, quando chegasse ao fim do caderno, o cânion entre quem eu havia sido e quem eu era agora estivesse tão largo que eu não conseguisse mais ver o outro lado. Fui a um psicólogo por um tempo, mentindo sobre as circunstâncias de minha tristeza (um acidente de carro) e usando um nome falso (Hannah, um palíndromo, uma palavra que significa a mesma coisa mesmo que você a vire ao contrário). Perguntei a ele se era normal depois do desaparecimento de uma criança ainda ouvi-la chorando à noite, e acordar com esse som imaginário. Perguntei a ele se era normal acordar e, por uns poucos segundos gloriosos, acreditar que ela estava do outro lado da parede, ainda dormindo. Ele disse: *É normal para você*, e foi quando parei de ir vê-lo. O que ele *deveria* ter dito é: *Nada jamais será normal outra vez*.

* * *

Em 1999, no dia em que soube do câncer que estava levando embora a vida da minha mãe, saí dirigindo às cegas pela savana, tentando fugir da notícia. Para meu desespero, encontrei cinco carcaças de elefantes com as trombas cortadas — e uma filhote muito arrasada, muito assustada.

Sua tromba estava mole, as orelhas translúcidas. Não podia ter mais de três semanas de idade. Mas eu não sabia o que fazer por ela, e sua história não teve um final feliz.

E nem a de minha mãe. Tirei uma licença de seis meses de minha pesquisa de pós-doutorado para ficar com ela até sua morte. Quando voltei a Botswana, estava sozinha no mundo e me lancei ao trabalho para evitar a dor — e foi quando percebi que aqueles grandes e graciosos elefantes tratavam a morte de modo tão natural. Eles não ficavam pensando em círculos: se perguntando por que não liguei para casa no Dia das Mães; questionando por que eu sempre discutia com minha mãe em vez de lhe dizer quanto a autossuficiência dela servia de modelo para mim; argumentando que eu andava ocupada demais com meu trabalho ou muito sem dinheiro para voltar para casa no Dia de Ação de Graças, no Natal, no Ano-Novo, em meu aniversário. Esses pensamentos em espirais sem fim estavam me matando, cada curva deles me afundando em uma areia movediça de culpa. Quase por acidente, comecei a estudar o luto em elefantes. Dei a mim mesma todo tipo de desculpa para justificar por que isso era de uma importância acadêmica visceral. Mas, na verdade, tudo que eu queria fazer era aprender com os animais, que faziam as coisas parecerem tão fáceis.

Quando voltei à África para me curar da segunda perda em minha vida, foi durante um período em que a caça ilegal tinha aumentado. Os matadores tinham ficado mais espertos. Enquanto antes costumavam atirar nas matriarcas mais velhas e nos machos com as maiores presas, agora alvejavam aleatoriamente um elefante jovem, sabendo que isso faria a manada se agrupar em defesa, o que, claro, tornava muito mais fácil para os caçadores ilegais fazer uma matança. Por um longo tempo, ninguém queria admitir que os elefantes da África do Sul estavam em risco outra vez, mas eles estavam. Os elefantes no vizinho Moçambique vinham sendo caçados impiedosamente, e os filhotes órfãos, aterrorizados, corriam de volta para o Kruger.

Foi um desses filhotes que encontrei enquanto estava me escondendo na África do Sul. Sua mãe, vítima de caçadores, tinha levado um tiro no ombro e caíra com um ferimento infectado. A filhote, que se recusava a sair do lado da mãe, sobrevivia bebendo sua urina. Eu soube, assim que as encontrei na savana, que a mãe precisava de uma eutanásia. Sabia também que isso levaria à morte da filha.

Eu não deixaria isso acontecer outra vez.

* * *

Criei meu centro de resgate em Phalaborwa, África do Sul, seguindo o modelo do orfanato de elefantes Dame Daphne Sheldrick, em Nairóbi. A filosofia é muito básica, na verdade: quando um filhote de elefante perde a família, é preciso lhe dar uma nova. Cuidadores humanos ficam com os bebês vinte e quatro horas por dia, oferecendo mamadeiras, afeto e amor, dormindo ao lado deles à noite. Os cuidadores se revezam, para que nenhum elefante fique apegado demais a uma única pessoa. Aprendi da maneira mais difícil que, se um filhote cria um vínculo muito forte com um único humano, ele pode afundar em depressão se esse cuidador tirar um ou dois dias de folga; o luto por essa perda pode levar à morte.

Os cuidadores nunca batem nos filhotes, mesmo que eles estejam se comportando mal. Uma repreensão costuma ser suficiente, porque esses bebês querem tão fortemente agradar seus cuidadores. Mas os elefantes se lembram de tudo, portanto é importante sempre dar um pouco de afeto extra mais tarde, para que o elefante não ache que foi punido não por ter sido malcriado, mas por não ser merecedor de amor.

Alimentamos os bebês com formula láctea especial, mas também aveia cozida depois dos cinco meses, mais ou menos do mesmo jeito como introduzimos alimentos sólidos para os bebês humanos. Administramos suplemento de óleo de coco para fornecer o conteúdo de gordura que eles teriam com o leite de suas mães. Medimos seu progresso examinando suas faces, que, como as dos bebês humanos, devem estar rechonchudas. Aos dois anos, eles são transferidos para uma nova instalação, com elefantes um pouco mais velhos. Alguns dos cuidadores já terão passado pelo recinto dos bebês, para que os elefantes recém-transferidos os reconheçam. Eles também reconhecem seus ex-companheiros que saíram antes do berçário. Os cuidadores agora dormem separados dos elefantes, mas a uma distância em que possam ouvir o que acontece no galpão. Todos os dias eles levam os elefantes para o Kruger, para que eles sejam apresentados às manadas naturais. As elefantas mais velhas na instalação empurram umas às outras para decidir quem deve agir como matriarca. Elas pegam os novos bebês sob seus cuidados, cada fêmea adotando seu próprio filhote para ser mãe postiça. Os bebês saem primeiro, seguidos pelos elefantes ligeiramente mais velhos. Por fim, eles acabam se integrando a uma manada selvagem.

Em umas poucas ocasiões, tivemos até elefantes que já se tornaram selvagens voltando em busca de ajuda. Uma vez, quando o leite de uma jovem mãe secou e ela estava em risco de perder seu bebê; e de novo quando um macho de nove anos ficou com a perna machucada em uma armadilha. Eles não confiam em todos os humanos indiscriminadamente, porque sabem em primeira mão a destruição que as pessoas podem causar. Mas, aparentemente, também não julgam todos nós por uns poucos.

Os moradores locais começaram a me chamar de Miss Ali, uma abreviação para Miss Alice. E esse acabou se tornando o nome da instalação: *Se você encontrar um bebê elefante, traga-o para Msali*. Se eu trabalho bem, esses elefantes órfãos um dia saem daqui, alegremente associados a uma manada selvagem no Kruger, que é o lugar deles. Afinal, criamos nossos próprios filhos para viverem sem nós, um dia.

É quando eles nos deixam cedo demais que nada faz sentido.

VIRGIL

Você se lembra de quando era criança e achava que as nuvens deviam ser como algodão, e então um dia aprendeu que na verdade são feitas de gotículas de água? Que, se você tentasse deitar em uma delas para tirar um cochilo, passaria através dela e se espatifaria no chão?

Primeiro, eu derrubo o dente.

Mas não é bem isso. Porque derrubar sugeriria que eu o estivesse segurando, e é mais como se já não existisse resistência na minha mão, então o dente simplesmente cai através dela e bate no chão. Levanto os olhos, completamente apavorado, e me seguro na coisa que está mais perto de mim, que por acaso é Tallulah.

Minha mão passa direto através dela, e seu corpo se dissipa e espirala como se fosse feito de fumaça.

O mesmo está acontecendo com Jenna. Ela vem e vai, com o rosto contorcido de medo. Tento chamar seu nome, mas minha voz soa como se eu estivesse no fundo de um poço.

De repente, lembro da longa fila de pessoas no aeroporto que não reagiram quando passei na frente delas, da funcionária que me puxou de lado e disse: *O seu lugar não é aqui.*

Lembro da meia dúzia de garçonetes no restaurante que passou por mim e Jenna sem nos notar, até que uma finalmente nos deu atenção. Seria apenas porque as outras não podiam nos ver?

Penso em Abby, a proprietária do meu escritório, vestida como se tivesse saído de um comício sobre a Lei Seca, o que agora eu percebo que provavelmente é verdade. Penso em Ralph na sala de provas, que já era velho o bastante para ser um fóssil na época em que eu trabalhava lá. Tallulah, a garçonete, a funcionária do aeroporto, Abby, Ralph... todas essas pessoas, elas eram como eu. *Neste* mundo, mas não *parte* dele.

E eu me lembro da batida com o carro. As lágrimas em meu rosto, e a música do Eric Clapton no rádio, e o jeito como pisei fundo no acelerador enquanto fazia a curva fechada. Eu havia enrijecido os braços para não ser um covarde e desviar o carro e, no último minuto, baixei a mão e soltei o cinto de segurança. O momento do impacto ainda foi um choque, embora eu o estivesse esperando: o vidro do para-brisa chovendo sobre meu rosto, o volante afundando em meu peito, meu corpo sendo lançado. Por um segundo glorioso e quieto, eu voei.

* * *

Na longa viagem de volta do Tennessee, eu havia perguntado a Serenity como ela achava que era morrer.

Ela pensou por um instante.

Como você adormece?

Como assim?, eu disse. *Só acontece.*

Exato. Você está acordado, daí fica meio longe por um momento e então apaga, como uma lâmpada. Fisicamente, você relaxa. Sua boca fica mole. Os batimentos cardíacos desaceleram. Você se descola da terceira dimensão. Há algum nível de consciência, mas, na maior parte, é como se você estivesse em outra zona. Animação suspensa.

Agora, tenho algo para acrescentar a isso. Quando você está dormindo, acha que existe todo um outro mundo que parece completamente real enquanto você está sonhando com ele.

Serenity.

Eu me esforço para virar e poder vê-la. Mas, de repente, estou tão leve e sem peso que nem tenho que me mover, eu só penso e já estou onde preciso estar. Pisco e consigo vê-la.

Ao contrário de mim, ao contrário de Tallulah, ao contrário de Jenna, o corpo dela não se dissipou nem tremeluziu. Ela é totalmente sólida.

Serenity, penso, e a cabeça dela vira.

—Virgil? — ela sussurra.

O último pensamento que tenho antes de sumir completamente é que, apesar do que Serenity disse, apesar daquilo em que eu *acreditava*, **ela** não é uma fraude. Ela é uma médium boa pra caralho.

ALICE

Perdi dois bebês. Uma que eu conheci e amei, outro que nem cheguei a conhecer. Eu sabia antes de fugir do hospital que havia sofrido um aborto.

Agora, tenho mais de cem bebês que consomem cada momento que passo acordada em minha vida. Eu me tornei uma dessas pessoas ocupadas e tensas que emergem do sofrimento como um tornado, virando tão rápido que nem ao menos nos damos conta de quanta autodestruição estamos causando.

A pior parte do meu dia é quando ele termina. Se eu pudesse, seria uma das cuidadoras que dormem no berçário com os filhotes. Mas alguém precisa ser o rosto público da Msali.

As pessoas aqui sabem que antes eu fazia pesquisas no Tuli Block. E que morei nos Estados Unidos por um breve período. Mas a maioria não relaciona a acadêmica que eu era com a ativista que sou agora. Faz muito tempo que não sou mais Alice Metcalf.

Para mim, ela está morta também.

* * *

Quando acordo, estou gritando.

Eu não gosto de dormir e, se tenho que fazer isso, quero que seja profundo e sem sonhos. Por essa razão, geralmente trabalho até cair e desmaio por duas ou três horas a cada noite. Penso em Jenna todos os dias, em todos os momentos, mas não penso em Thomas ou Gideon há muito tempo. Thomas, eu sei, ainda está em uma instituição para doentes mentais. E uma pesquisa bêbada no Google numa noite durante a estação das chuvas revelou que Gideon entrou para o exército e morreu no Iraque quando uma bomba caseira explodiu em uma praça cheia de gente. Imprimi o artigo do jornal que falava sobre a Medalha de Honra póstuma que ele recebeu. Foi enterrado em Arlington. Eu achava que, se um dia voltasse aos Estados Unidos, iria visitá-lo para prestar minhas homenagens.

Fico deitada na cama e olho fixamente para o teto, me deixando voltar a este mundo devagar. A realidade é fria; tenho que mergulhar um dedo por vez e me acostumar ao choque antes de entrar.

Meu olhar pousa sobre o único resquício de minha vida passada que eu trouxe comigo para a África do Sul. É um pedaço de madeira de mais ou menos um metro de comprimento, talvez uns vinte e cinco centímetros de espessura. Feito do tronco de uma árvore jovem; a casca foi raspada em espirais e riscas aleatórias. É muito bonito, como um totem nativo, mas, se a gente olhar para ele por tempo suficiente, daria para jurar que há ali uma mensagem a ser decodificada.

O Santuário de Elefantes do Tennessee, que se tornou o lar de nossos animais, tinha um site em que eu podia acompanhá-los, e também conscientizava sobre o trabalho que eles estavam fazendo com elefantes que haviam sofrido no cativeiro. Uns cinco anos atrás, eles fizeram um leilão de Natal para arrecadar fundos. Uma elefanta que havia morrido recentemente adorava passar o tempo descascando árvores nos padrões mais improváveis e delicados; pedaços de suas "obras de arte" estavam sendo vendidos como forma de doação.

Eu soube de imediato que era Maura. Tinha visto ela fazer isso dezenas de vezes, segurando os troncos que lhe dávamos para brincar de encontro às grades de sua baia no galpão e passando as presas para descascar a bétula-branca, o pinheiro duro.

Não parecia estranho que o Orfanato de Elefantes Msali, na África do Sul, quisesse apoiar a causa do santuário. Eles nunca souberam que eu era a mulher por trás do cheque enviado pelo correio; ou que, quando recebi o objeto com uma fotografia da elefanta que havia conhecido tão bem — *Adeus, Maura* escrito delicadamente no alto —, chorei durante uma hora.

Nos últimos cinco anos, aquele cilindro de madeira esteve pendurado na parede na frente da minha cama. Mas, enquanto o observo agora, ele cai da parede, bate no chão e se parte em duas metades perfeitas.

Nesse momento, meu telefone toca.

— Estou procurando Alice Metcalf — diz uma voz de homem.

Minha mão vira gelo.

— Quem está falando?

— Detetive Mills, polícia de Boone.

Acabou. Chegou a minha hora.

— Aqui é Alice Metcalf — murmuro.

— Com todo respeito, a senhora é uma pessoa difícil de encontrar.

Fecho os olhos, esperando ouvir minha culpa.

— Sra. Metcalf — diz o detetive —, nós encontramos o corpo da sua filha.

SERENITY

Em um minuto, estou em uma sala de um laboratório particular com três outras pessoas e, no minuto seguinte, estou sozinha na mesma sala, de quatro no chão, procurando um dente que caiu.

— Posso ajudá-la?

Enfio o dente no bolso e me viro. Vejo um homem de barba com um avental branco. Me aproximo dele, hesitante, e lhe dou um tapa forte no ombro.

— Você está mesmo *aqui*.

Ele recua, passando a mão no ombro e olhando para mim como se eu fosse louca. Talvez eu seja.

— Sim, mas por que *você* está aqui? Quem deixou você entrar?

Não vou contar a ele a minha suspeita: que a "pessoa" que me deixou entrar era um espírito preso à terra, um fantasma.

— Estou procurando uma funcionária chamada Tallulah — digo.

A expressão dele amolece.

— Você era uma amiga próxima?

Era. Sacudo a cabeça.

— Uma conhecida.

— A Tallulah faleceu uns três meses atrás. Acho que foi um problema cardíaco que não havia sido diagnosticado. Ela estava treinando para a sua primeira meia maratona. — O homem põe as mãos nos bolsos de seu avental de laboratório. — Sinto muito por ter que lhe dar essa notícia.

Saio do laboratório aos tropeções, passando pela secretária na recepção, um guarda de segurança e uma garota sentada junto à parede de concreto do lado de fora, dando um telefonema. Não sei dizer quem está vivo e quem não está, então ando de cabeça baixa, me recusando a fazer contato visual.

No carro, ligo o ar-condicionado no máximo e fecho os olhos. Virgil esteve sentado bem aqui. Jenna estava no banco de trás. Eu conversei com eles, toquei-os, ouvi o que falavam com perfeita clareza.

Ouvi claramente. Pego o celular e começo a percorrer a lista de ligações recentes. O número de Jenna deve estar lá, de quando ela me ligou no Tennessee, assustada e sozinha. Mas é fato que os espíritos manipulam energia o tempo todo. A campainha toca e não há ninguém; a impressora entra em pane; luzes piscam sem nenhuma chuva forte.

Pressiono a tecla de rediscagem e ouço uma gravação. O número está fora de serviço.

Mas não pode ser o que estou pensando que é. Não pode, percebo, porque muitas pessoas me viram em público com Virgil e Jenna.

Ligo o carro e saio do estacionamento cantando os pneus, em direção ao restaurante onde a garçonete mal-educada serviu nossa mesa esta manhã. Quando entro, um sininho retine no alto da porta; na jukebox, Chrissie Hynde canta "Brass in Pocket". Estico o pescoço sobre as poltronas altas de couro vermelho, procurando a mulher que anotou nosso pedido mais cedo.

— Oi — digo, interrompendo-a enquanto ela serve uma mesa cheia de crianças com uniforme de futebol. — Você lembra de mim?

— Nunca esqueço uma gorjeta de três centavos — ela murmura.

— Quantas pessoas havia na minha mesa?

Eu a sigo até a caixa registradora.

— Isso é alguma pegadinha? Você estava sozinha. Embora tenha pedido comida suficiente para alimentar metade das crianças da África.

Abro a boca para lembrá-la que Jenna e Virgil tinham pedido suas próprias refeições, mas isso não é verdade. Eles me disseram o que queriam comer e foram ao banheiro.

— Eu estava com um homem de trinta e poucos anos, de cabelo bem curto e usando uma camisa de flanela, mesmo neste calor... e uma adolescente com uma trança ruiva malfeita...

— Escute, moça — diz a garçonete. Ela enfia a mão embaixo da caixa registradora e me entrega um cartão de visita. — Tem uns lugares onde você pode pedir ajuda. Mas aqui não dá.

Leio o cartão: SERVIÇO DE SAÚDE MENTAL GRAFTON COUNTY.

* * *

No Cartório de Registro Civil de Boone, eu me sento à mesa com um Red Bull e uma pilha de registros de 2004: nascimentos, óbitos, casamentos.

Leio a certidão de óbito de Nevvie Ruehl tantas vezes que acho que devo ter decorado.

CAUSA IMEDIATA DA MORTE: (A) Trauma contundente
(B) DEVIDO A: Pisoteamento por elefante
NATUREZA DA MORTE: Acidental
LOCAL DA OCORRÊNCIA: Santuário de Elefantes de New England, Boone, NH
DESCREVA COMO A OCORRÊNCIA ACONTECEU: Desconhecido

A certidão de óbito de Virgil é a que encontro em seguida. Ele morreu no começo de dezembro.

CAUSA IMEDIATA DA MORTE: (A) Trauma penetrante no peito
(B) DEVIDO A: Acidente com veículo motorizado
NATUREZA DA MORTE: Suicídio

Jenna Metcalf não tem certidão de óbito, claro, porque seu corpo nunca foi encontrado.

Até aquele dente.

Não havia dúvida no relatório do médico-legista. Nevvie Ruehl foi de fato a pessoa que morreu no santuário naquela noite, e Alice Metcalf era a mulher inconsciente que Virgil encaminhou ao hospital e que, depois, desapareceu.

Seguindo essa lógica, finalmente sei com certeza por que Alice Metcalf não teria se comunicado comigo — ou mesmo com Jenna. Alice Metcalf, muito provavelmente, ainda está viva.

* * *

A última certidão de óbito que examino é de Chad Allen, o professor com o bebê pouco atraente de quem Jenna me disse que estava cuidando como babá.

— Você o conhecia? — pergunta a funcionária, olhando sobre meu ombro.

— Só de nome — murmuro.

— Foi uma grande pena. Envenenamento por monóxido de carbono. A família toda morreu. Eu estava na classe de cálculo dele no ano em que aconteceu. — Ela dá uma espiada na pilha de papéis sobre a mesa. — Você precisa de cópias disso?

Sacudo a cabeça. Eu só precisava ver com meus próprios olhos.

Agradeço a ela e volto para o carro. Começo a dirigir sem destino, porque, de verdade, não sei para onde ir.

Penso no passageiro no avião a caminho do Tennessee, que enfiou o nariz na revista quando comecei a conversar com Virgil. O que, para ele, deve ter parecido uma mulher louca falando sozinha.

Lembro da vez em que todos nós visitamos Thomas na Casa Hartwick, como os pacientes podiam ver facilmente Jenna e Virgil, mas as enfermeiras e os atendentes só haviam falado comigo.

Penso no dia em que conheci Jenna, quando minha cliente, a sra. Langham, saiu às pressas. O que foi mesmo que ela me ouviu dizer a Jenna? Que, se ela não fosse embora imediatamente, eu ia chamar a polícia. Mas, obviamente, a sra. Langham não podia ver Jenna, clara como o dia, em meu saguão. Deve ter pensado que minhas palavras eram dirigidas a *ela*.

Percebo que entrei em uma área conhecida. O prédio do escritório de Virgil é do outro lado da rua.

Estaciono e saio do Fusca. Está tão quente hoje que o asfalto parece derreter sob os pés. Está tão quente que os dentes-de-leão nas frestas da calçada desabaram.

408

O ar no prédio tem um cheiro diferente também. Mais mofado, mais velho. O vidro na porta está quebrado, mas nunca notei isso antes. Subo para o segundo andar, para o escritório de Virgil. Está trancado, escuro. Na porta, há uma placa: ALUGA-SE. LIGUE PARA IMOBILIÁRIA HYACINTH, 603-555-2390.

Minha cabeça zumbe. É como o início de uma enxaqueca, mas acho que, na verdade, é o som de tudo que eu sei, tudo em que acreditava, sendo questionado.

Sempre achei que houvesse uma grande divisão entre um espírito e um fantasma: o primeiro havia passado com tranquilidade para o próximo plano de existência; o segundo tinha algo que o ancorava a este mundo. Os fantasmas que eu conheci antes eram teimosos. Às vezes não percebiam que estavam mortos. Ouviam os barulhos das pessoas que viviam em "sua" casa e achavam que eram *eles* que estavam sendo assombrados. Tinham planos, decepções e raiva. Estavam presos, então eu assumia a tarefa de ajudá-los a se libertar.

Mas isso era quando eu tinha a capacidade de reconhecê-los pelo que eles eram.

Sempre achei que houvesse uma grande divisão entre um espírito e um fantasma — só não entendia como era pequena a distância entre os mortos e os vivos.

De minha bolsa, tiro o caderno em que Jenna escreveu quando veio pela primeira vez ao meu apartamento. Lá está seu nome, na letra cursiva adolescente, redonda como uma fileira de bolhas. Lá está o endereço: Greenleaf, 145.

A área residencial é exatamente como três dias atrás, quando Virgil e eu viemos procurar Jenna e descobrimos que ela não morava nesse endereço. Agora percebo que é totalmente possível que ela *more* aqui. E os donos atuais não têm como saber disso.

A mesma mãe com quem falei antes atende a porta. Seu filhinho ainda está agarrado como uma craca à sua perna.

— Você de novo? — ela diz. — Já te falei que não conheço essa menina.

— Eu sei. Desculpe incomodá-la outra vez. Mas eu tive uma... notícia ruim sobre ela recentemente. Estou tentando entender algumas coisas.

— Massageio as têmporas com as mãos. — Você poderia só me dizer quando comprou esta casa?

Atrás de mim, ouço a trilha sonora do verão: crianças gritando enquanto deslizam por um escorregador de água na casa vizinha, um cachorro latindo atrás de uma cerca, o zumbido de um cortador de grama. A distância, soa a musiquinha de órgão do carro de sorvete. Esta rua está fervilhando de vida.

A mulher parece prestes a fechar a porta na minha cara, mas algo em minha voz a faz parar e reconsiderar.

— Em 2000 — diz ela. — Meu marido e eu ainda não estávamos casados. A mulher que morava aqui tinha M-O-R-R-I-D-O. — Ela dá uma olhada para o filho. — Não gostamos de falar esse tipo de coisa na frente dele, se você entende o que eu quero dizer. Ele tem uma imaginação fértil, e isso às vezes atrapalha o sono dele à noite.

As pessoas sempre têm medo de coisas que não entendem, então as vestem de maneira que fique compreensível. Uma imaginação fértil. Medo do escuro. Talvez até doença mental.

Eu me agacho e fico cara a cara com a criança.

— Quem você vê? — pergunto.

— Uma vovó — ele sussurra. — E uma menina.

— Elas não vão machucar você — explico. — E são reais, não importa o que as pessoas falem. Elas só querem ficar na sua casa com você, como quando as outras crianças na escola querem brincar com os seus brinquedos com você.

A mãe o puxa para longe de mim.

— Vou chamar a polícia — ela ameaça.

— Se o seu filho tivesse nascido com o cabelo azul, mesmo que nunca tivesse existido cabelo azul na sua árvore genealógica, e mesmo que você não entendesse como um bebê pode ter cabelo azul, porque nunca tinha visto nenhum na vida... você ainda o amaria?

Ela começa a fechar a porta, mas eu estendo a mão e a pressiono para trás a fim de mantê-la aberta.

— Amaria?

— Claro que sim — ela responde, com a testa franzida.

— Isso é a mesma coisa.

De volta ao carro, tiro o caderno da bolsa e o viro para a última página. Muito lentamente, como pontos sendo puxados, as palavras escritas por Jenna desaparecem.

* * *

Assim que digo ao sargento na recepção da delegacia que encontrei restos humanos, sou conduzida depressa a uma sala nos fundos. Passo para o detetive — um garoto chamado Mills, que parece só ter que fazer a barba duas vezes por semana, no máximo — tanta informação quanto posso.

— Se você olhar nos seus arquivos, vai encontrar um caso de 2004 que envolveu uma morte nesse local, na época em que era um santuário de elefantes. Acho que esta pode ser uma segunda vítima.

Ele me olha com curiosidade.

— E você acha isso... por quê?

Se eu disser a ele que sou médium, vou acabar em um quarto ao lado de Thomas na instituição para doentes mentais. Ou isso, ou então ele vai colocar algemas nos meus pulsos, certo de que sou uma lunática pronta para confessar um homicídio.

Mas Jenna e Virgil pareceram completamente reais para mim. Eu acreditei em tudo que eles disseram quando falaram comigo.

Meu Deus, criança, mas não é isso que uma médium faz?

A voz em minha cabeça é fraca, mas conhecida. O sotaque sulista, o jeito como a frase sobe e desce feito música. Eu reconheceria Lucinda em qualquer lugar.

* * *

Uma hora mais tarde, sou escoltada para a reserva natural por dois policiais. *Escoltada* é uma palavra bonita para enfiada no banco de trás de um carro de polícia porque ninguém confia em você. Caminho pela grama alta, fora da trilha tradicional, como Jenna costumava fazer. Os policiais trazem pás e peneiras de terra. Passamos pelo lago onde encontramos o colar de Alice e, depois de andar um pouco em círculos, encontro o local onde os cogumelos roxos cresceram sob o carvalho.

— Aqui — digo. — Foi aqui que eu encontrei o dente.

Os policiais trouxeram um perito forense. Eu não sei o que ele faz — análise do solo, talvez, ou de ossos, ou ambos —, mas examina a cabeça de um dos cogumelos.

— *Laccaria amethystina* — pronuncia. — É um fungo de amônia. Cresce em solos com alta concentração de nitrogênio.

Maldito Virgil, penso. Ele estava certo.

— Só cresce aqui — conto ao perito. — Não tem em nenhum outro lugar da reserva.

— Isso é compatível com uma cova rasa.

— Um filhote de elefante também foi enterrado aqui — informo.

O detetive Mills levanta as sobrancelhas.

— Você tem certeza de que é mesmo só uma fonte de informações?

O perito forense instrui os outros dois policiais, os que me trouxeram para cá, para começarem a cavar com cuidado.

Eles começam do outro lado da árvore, no lado oposto a onde Jenna, Virgil e eu estivemos ontem, sacudindo punhados de terra pelas peneiras para pegar qualquer fragmento decomposto que tenham a sorte de desenterrar. Eu me sento à sombra da árvore, observando a pilha de solo ficar mais alta. Os policiais arregaçam as mangas; um tem que pular no buraco para jogar a terra para fora.

O detetive Mills se senta ao meu lado.

— O que você estava fazendo aqui quando encontrou o dente? — ele pergunta.

— Um piquenique — minto.

— Sozinha?

Não.

— Sim.

— E o filhote de elefante? Você sabe disso porque...?

— Sou uma velha amiga da família — digo. — É por isso que eu também sei que a filha dos Metcalf nunca foi encontrada. Acho que a menina merece um enterro decente, não?

— Detetive? — Um dos policiais chama Mills para perto do buraco que está cavando. Há uma mancha branca no solo escuro.

— É muito pesado para mover — diz ele.

— Então cave em volta.

Fico de pé na borda do buraco observando os policiais afastarem a terra do osso com as mãos, como crianças construindo um castelo de areia enquanto a água volta toda hora para destruir o trabalho. Por fim, uma forma surge. As cavidades oculares. Os buracos onde as presas teriam crescido. O crânio cheio de cavidades, quebrado no alto. A simetria, como um borrão de tinta no teste de Rorschach. *O que você vê?*

— Como eu disse — falei.

Depois disso, ninguém mais duvida de minhas palavras. A escavação avança sistematicamente em quadrantes, em sentido anti-horário. No quadrante 2, eles só encontram um talher enferrujado. No quadrante 3, estou escutando o puxar e jogar do solo sendo levantado e removido quando, de repente, o barulho para.

Olho e vejo um dos policiais segurando o pequeno leque de uma caixa torácica quebrada.

— Jenna — murmuro, mas tudo que escuto em resposta é o vento.

* * *

Durante dias, tento encontrá-la do outro lado. Imagino-a triste e confusa e, pior de tudo, sozinha. Imploro a Desmond e Lucinda para procurarem Jenna também. Desmond me diz que Jenna vai me encontrar quando estiver pronta. Que ela tem muito para processar. Lucinda me lembra que a razão de meus guias espirituais terem ficado em silêncio por sete anos é que era parte da minha jornada acreditar em mim mesma outra vez.

Se isso é verdade, pergunto a ela, por que eu não consigo falar com o único espírito que quero?

Seja paciente, diz Desmond. Você tem que encontrar o que está perdido.

Eu tinha esquecido que Desmond é sempre cheio de criptocitações new age como essa. Mas, em vez de ficar irritada, só agradeço a ele pelo conselho e espero.

Ligo para a sra. Langham e ofereço a ela uma sessão gratuita para compensar minha grosseria. Ela hesita, mas é o tipo de mulher que anda pelo Costco só para comer as amostras grátis em vez de pagar um almoço fora, por isso eu sei que não vai me rejeitar. Quando ela vem, pela primeira vez consigo realmente falar com seu marido, Bert, em vez de fingir. E ele acaba se revelando um imbecil tão grande depois da morte quanto foi em vida. *O que ela quer de mim agora?*, ele resmunga. *Sempre enchendo o saco. Pela Santíssima Trindade. Achei que ela finalmente ia me deixar em paz depois da morte.*

— O seu marido — eu lhe digo — é um idiota egoísta e ingrato que prefere que você pare de azucrinar. — Repito exatamente o que ele disse.

A sra. Langham fica quieta por um momento antes de responder.

— Isso parece exatamente o Bert.

— Ãhã.

— Mas eu o amava — ela diz.

— Ele não merece.

Quando ela volta, alguns dias depois, para receber conselhos sobre finanças e decisões importantes, traz junto uma amiga. Essa amiga chama a irmã. Antes que eu perceba, tenho clientes outra vez, mais do que posso encaixar em minha agenda.

Mas faço um intervalo para o almoço todas as tardes, e passo esse tempo no túmulo de Virgil. Não foi tão difícil encontrá-lo, porque só há um cemitério em Boone. Eu lhe trago coisas de que acho que ele gostaria: rolinhos primavera, *Sports Illustrated*, até Jack Daniel's. Despejo este último sobre o túmulo. Provavelmente vai matar as ervas daninhas, pelo menos.

Converso com ele. Conto que todos os jornais agora me dão o crédito por ter ajudado a polícia a localizar os restos de Jenna. Que a história do fim do santuário apareceu nas primeiras páginas como se fosse uma versão Boone de *A caldeira do diabo*. Digo que fui considerada suspeita até que o detetive Mills mostrou a gravação de um de meus programas e provou que eu estava em Hollywood na noite em que Nevvie Ruehl morreu.

— Você conversa com ela? — pergunto a ele, numa tarde em que o céu está inchado de nuvens de chuva. — Já a encontrou? Estou preocupada com ela.

Virgil também não responde. Quando pergunto a Desmond e Lucinda sobre isso, eles dizem que, se Virgil fez a travessia, talvez ainda não tenha entendido como se faz para visitar a terceira dimensão outra vez. Isso demanda muita energia e foco. Há uma curva de aprendizagem.

— Sinto sua falta — digo a Virgil, e é sério. Tive colegas que fingem gostar de mim, mas, na verdade, são só invejosos; tive conhecidos que queriam andar comigo porque eu era convidada para festas em Hollywood; mas nunca tive de fato muitos amigos verdadeiros. Certamente não um que fosse tão cético e, mesmo assim, me aceitasse incondicionalmente.

Na maior parte do tempo, estou no cemitério sozinha, exceto pelo zelador, que anda por ali com um cortador de grama e fones de ouvido. Hoje, porém, há algo acontecendo perto da cerca. Um pequeno ajuntamento de pessoas. Um funeral, talvez.

Percebo que conheço um dos homens junto ao túmulo. Detetive Mills.

Ele me reconhece imediatamente. É uma das vantagens de ter cabelo cor-de-rosa.

— Sra. Jones — diz ele. — É um prazer vê-la de novo.

Sorrio para ele.

— Igualmente. — Olho em volta e percebo que não há tanta gente aqui quanto eu havia achado a princípio. Uma mulher de preto, mais dois policiais e o zelador, que está aplainando a terra recém-jogada sobre um pequenino caixão de madeira.

— Foi gentileza sua ter vindo hoje — diz ele. — Tenho certeza de que a dra. Metcalf aprecia o apoio.

Ao som de seu nome, a mulher se vira. Seu rosto pálido e contraído é emoldurado por uma juba de cabelos vermelhos. É como ver Jenna outra vez, em carne e osso. Bem mais velha, com um pouco mais de cicatrizes emocionais.

Ela estende a mão, essa mulher que tentei tão desesperadamente localizar, que literalmente aterrissou em meu caminho.

— Eu sou Serenity Jones — digo. — Fui eu que encontrei a sua filha.

ALICE

Não resta muito da minha bebê.

Eu sei, como cientista, que um corpo em uma cova rasa tem mais probabilidade de se decompor. Que predadores levam pedaços do pequeno esqueleto. Que os restos de uma criança são porosos, com mais colágeno e mais chance de apodrecer em solo acídico. Mesmo assim, não estou preparada para o que vejo quando olho para o conjunto de pequenos ossos, como um jogo de pega-varetas. Uma coluna vertebral. Um crânio. Um fêmur. Seis falanges.

O resto se foi.

Vou ser sincera: eu quase não voltei. Havia uma parte de mim desconfiada do que viria em seguida; a sensação perturbadora de que aquilo era uma armadilha para me pegar, que eu seria algemada quando saísse do avião. Mas era a minha bebê. Aquele era o fechamento que eu vinha esperando havia anos. Como eu poderia *não* vir?

O detetive Mills cuidou de todos os preparativos e eu vim de Joanesburgo. Vejo o caixão de Jenna ser baixado dentro da boca escancarada da terra e penso: *Essa ainda não é minha filha.*

Depois de um enterro rápido, o detetive Mills pergunta se quero comer algo. Sacudo a cabeça.

— Estou exausta — digo. — Vou descansar um pouco. — Mas, em vez de voltar ao hotel, vou com o carro alugado para a Casa Hartwick, onde Thomas vive há dez anos. — Estou aqui para visitar Thomas Metcalf — digo à enfermeira na recepção.

— Você é...?

— A esposa dele — respondo.

Ela me encara com espanto.

— Algum problema? — pergunto.

— Não. — Ela se recupera. — É que ele raramente recebe visitas. Seguindo o corredor, terceiro quarto à esquerda.

Há um adesivo na porta do quarto de Thomas, um rosto sorridente. Abro a porta e vejo um homem sentado junto à janela, com as mãos segurando um livro no colo. A princípio, tenho certeza de que houve um engano: esse não é Thomas. Thomas não tem cabelo branco; Thomas não é corcunda, com ombros estreitos e o peito afundado. Mas ele se vira e um sorriso o transforma, e os traços do homem de que eu me lembro ondulam logo abaixo dessa nova superfície.

— Alice — ele diz. — Por onde você *andou*?

É uma pergunta tão direta, e tão absurda depois de tudo que aconteceu, que eu rio um pouco.

— Ah — digo. — Por aí.

— Eu tenho tanta coisa para te contar. Nem sei por onde começo.

Mas, antes que ele possa começar, a porta se abre outra vez e um atendente entra.

— Eu soube que você tem visita, Thomas. Quer descer para a sala comunitária?

— Oi — digo, me apresentando. — Sou Alice.

— Eu disse a você que ela viria — Thomas acrescenta, cheio de si.

O atendente sacode a cabeça.

— Nossa. Eu ouvi *muito* sobre a senhora.

— Acho que a Alice e eu preferimos conversar em particular — Thomas diz, e eu sinto um nó no estômago. Esperava que uma década pudesse aplainar as pontas afiadas da conversa que precisamos ter, mas fui ingênua.

— Tudo bem — responde o atendente, e pisca para mim antes de sair do quarto.

Este é o momento em que Thomas vai me perguntar o que aconteceu naquela noite no santuário. Em que ele vai retomar do ponto elétrico e horrível em que paramos.

— Thomas — digo, sem tentar fugir de minha responsabilidade. — Eu sinto muito, muito mesmo.

— E tem que sentir — ele responde. — Você é coautora do artigo. Eu sei que o seu trabalho é importante, e longe de mim querer te atrapalhar, mas você deveria entender melhor do que ninguém a necessidade de ser o primeiro a publicar, antes que alguém roube a sua hipótese.

Eu pisco, confusa.

— O quê?

Ele me passa o livro que estava segurando.

— Tenha cuidado, pelo amor de Deus. Há espiões por toda parte.

O livro é do dr. Seuss. *Ovos verdes e presunto.*

— Este é o seu artigo? — pergunto.

— Está codificado — Thomas sussurra.

Eu vim aqui na esperança de encontrar mais algum sobrevivente, alguém que pudesse pegar a pior noite da minha vida e me ajudar a me livrar da lembrança. Em vez disso, encontro Thomas tão preso ao passado que não consegue aceitar o futuro.

Talvez isso seja mais saudável.

— Sabe o que a Jenna fez hoje? — diz Thomas.

Meus olhos se enchem de lágrimas.

— O quê?

— Ela tirou da geladeira todos os legumes que não gosta de comer e disse que ia dar para os elefantes. Quando eu falei que os legumes eram bons para ela, ela disse que era só uma experiência e que os elefantes eram o seu grupo de controle. — Ele sorri para mim. — Se ela é tão inteligente assim com três anos, como vai ser quando tiver vinte e três?

Houve um momento, antes de tudo dar errado, antes que o santuário fosse à falência e Thomas ficasse doente, em que tínhamos sido felizes juntos. Ele segurou nossa recém-nascida nos braços, sem fala. Ele me amou, e ele a amou.

— Ela vai ser incrível — Thomas diz, respondendo à sua própria pergunta retórica.

— Sim — digo, com a voz rouca. — Ela vai.

* * *

No hotel, tiro os sapatos e o casaco e fecho bem as cortinas. Sento na cadeira giratória junto à mesa e olho para o espelho. Esse não é o rosto de alguém em paz. Na verdade, não me sinto de jeito nenhum como achei que me sentiria se um dia recebesse um telefonema avisando que minha filha tinha sido encontrada. Isso deveria ser o que eu precisava para deixar de ficar empacada entre a *realidade* e o *e se*. Mas ainda me sinto amarrada. Presa.

A face vazia da televisão zomba de mim. Não quero ligá-la. Não quero ouvir os noticiários me contando sobre algum novo horror no mundo, sobre o ilimitado suprimento de tragédias.

Quando alguém bate à porta, eu me assusto. Não conheço ninguém nesta cidade. Só pode ser uma coisa.

Vieram atrás de mim, afinal, porque sabem o que eu fiz.

Respiro fundo, decidida. Está tudo bem, mesmo. Eu já esperava por isso. E, o que quer que aconteça, sei onde Jenna está agora. Os bebês na África do Sul estão sob os cuidados de pessoas que sabem criá-los. Sério, estou pronta para ir.

Mas, quando abro a porta, a mulher de cabelo cor-de-rosa está de pé à minha frente.

Algodão-doce. É isso que parece. Eu costumava dar a Jenna, que adorava doces. Em africâner, chama-se *spook asem*. Sopro de fantasma.

— Oi — diz ela.

Seu nome. É algo como Tranquility... Sincerity...

— Sou a Serenity. Nós nos encontramos mais cedo hoje.

A mulher que achou os restos de Jenna. Fico olhando para ela, imaginando o que pode estar querendo. Uma recompensa, talvez?

— Eu sei que disse que encontrei a sua filha — ela começa, com a voz trêmula. — Mas eu menti.

— O detetive Mills disse que você levou um dente para ele...

— Sim. Mas a verdade é que a Jenna *me* encontrou primeiro. Pouco mais de uma semana atrás. — Ela hesita. — Eu sou médium.

Talvez seja o estresse de ter visto os ossos de minha filha enterrados; talvez seja por ter percebido que Thomas tem a sorte de estar preso em um lugar onde nada disso jamais aconteceu; talvez sejam as vinte e duas horas de voo e a diferença de fuso horário ainda fazendo efeito. Por todas essas razões, a fúria sobe dentro de mim como um gêiser. Ponho as mãos nos braços de Serenity e a sacudo.

— Como você tem coragem? — digo. — Como tem coragem de fazer brincadeiras com o fato de a minha filha estar morta?

Ela se desequilibra, pega de surpresa pelo meu ataque físico. Sua bolsa gigante cai aberta no chão entre nós.

Ela se ajoelha e começa a recolher o conteúdo.

— Essa é a *última* coisa que eu faria — diz ela. — Eu vim para dizer quanto a Jenna te amava. Ela não tinha percebido que estava morta, Alice. Achava que você a havia abandonado.

O que essa enroladora está fazendo é mortal, perigoso. Sou cientista e o que ela está dizendo não é possível, mas, mesmo assim, pode arrebentar meu coração.

— Por que você veio aqui? — pergunto, amarga. — Dinheiro?

— Eu a vi — a mulher insiste. — Eu falei com ela, a toquei. Não sabia que a Jenna era um espírito; achei que ela fosse uma menina. Eu a vi comer, e rir, e andar de bicicleta, e checar a caixa postal do celular. Ela parecia e soava tão real para mim quanto você neste momento.

— Por que *você*? — eu me ouço perguntar. — Por que ela teria vindo para *você*?

— Porque eu era uma das poucas pessoas que a notavam, acho. Os fantasmas estão a nossa volta, conversando entre si, se hospedando em hotéis, comendo no McDonald's e fazendo o que eu e você fazemos normalmente. Mas as únicas pessoas que os veem são as que conseguem suspender a descrença. Como crianças pequenas. Pessoas com doenças mentais. E médiuns. — Ela hesita. — Acho que ela *veio* até mim porque eu podia ouvi-la. Acho que ela *ficou* porque sabia, mesmo que eu não soubesse, que eu poderia ajudá-la a encontrar você.

Estou chorando agora. Não consigo ver com clareza.

— Vá embora. Fora daqui.

Ela se levanta, prestes a dizer alguma coisa, depois pensa melhor e só abaixa a cabeça e começa a se afastar pelo corredor.

Olho para o chão e vejo. Um pedacinho de papel, algo que caiu da bolsa dela e acabou ficando para trás.

Eu devia fechar a porta. Devia entrar. Em vez disso, agacho e pego o papel: um minúsculo elefante de origami.

— Onde você arrumou isto? — sussurro.

Serenity para. Ela se vira, para ver o que tenho nas mãos.

— Com a sua filha.

Noventa e oito por cento da ciência é quantificável. Você pode fazer pesquisas até ficar exausto; pode contar comportamentos repetitivos, ou de autoisolamento, ou agressivos, até sua visão embaçar; pode comparar esses comportamentos, como indicadores de trauma. Mas nunca vai poder explicar o que faz um elefante deixar um pneu que ele adora no túmulo de sua melhor amiga, ou o que finalmente faz uma mãe se afastar de seu filhote morto. Esses são os dois por cento da ciência que não podem ser medidos ou explicados. Isso não significa, no entanto, que não existam.

— O que mais a Jenna disse? — pergunto.

Lentamente, Serenity dá um passo em minha direção.

— Muitas coisas. Que você trabalhou em Botswana. Que tinha tênis iguais aos dela. Que a levava aos recintos dos elefantes e que o pai dela ficava bravo com isso. Que ela nunca parou de procurar você.

— Entendo. — Fecho os olhos. — E ela também contou que eu sou uma assassina?

* * *

Quando Gideon e eu chegamos ao chalé, a porta da frente estava escancarada e Jenna tinha desaparecido. Eu não conseguia respirar, não conseguia pensar.

Corri para o escritório de Thomas, achando que talvez ele tivesse levado a bebê para lá. Mas Thomas estava sozinho, com a cabeça apoiada nos braços, confetes de comprimidos espalhados e uma garrafa de uísque pela metade na mesa à sua frente.

Meu alívio por vê-lo desmaiado sem minha filha por perto desapareceu quando me dei conta de que ainda não tinha ideia de onde Jenna estava. Exatamente como antes: ela acordou e não me encontrou lá. Seu pior pesadelo, agora se transformando no meu.

Foi Gideon quem traçou um plano; eu não conseguia pensar com clareza. Ele chamou Nevvie, que estava na ronda noturna, pelo rádio, e, quando ela não respondeu, nós nos separamos para procurar. Ele foi para o galpão das asiáticas e eu corri para o recinto das africanas. Era um déjà vu, tão similar à última vez que Jenna tinha desaparecido que não me surpreendi quando vi Nevvie do lado de dentro da cerca das africanas. Você está com a bebê?, gritei.

Estava muito escuro e as nuvens moviam-se sobre a lua, então o pouco que eu conseguia ver era prateado e errático, como um filme antigo cujos quadros já não se encaixam bem um no outro. Mas notei o modo como ela congelou quando eu disse a palavra bebê. *O modo como sua boca se curvou em um sorriso tão afiado quanto uma lâmina.* Como é a sensação, *ela perguntou,* de perder a sua filha?

Olhei em volta como louca, mas estava escuro demais para ver além de alguns passos à minha frente. Jenna!, *gritei, mas não houve resposta.*

Agarrei Nevvie. Diga o que você fez com ela. *Tentei sacudir as respostas para fora dela. E, o tempo todo, ela só sorria e sorria.*

Nevvie era forte, mas finalmente consegui pôr as mãos em volta do pescoço dela. Fale, *gritei. Ela ofegou, se contorceu. Se já era perigoso andar nos recintos durante o dia, por causa dos buracos que os elefantes cavam em busca de água, aquilo se tornava um verdadeiro campo minado à noite. Mas eu não me importava. Só queria respostas.*

Cambaleamos para a frente; cambaleamos para trás. E, então, eu tropecei.

Deitado no chão, estava o pequeno corpo ensanguentado de Jenna.

O som que um coração faz quando está se partindo é áspero e medonho. E a angústia, ela é uma cachoeira.

Como é a sensação de perder a sua filha?

A raiva se despejou por dentro de mim, percorreu meu corpo, me levantou, e eu me arremessei contra Nevvie. Foi você que fez isso com ela, *gritei, mesmo enquanto, silenciosamente, pensava:* Não. Fui eu.

Nevvie era mais forte que eu e estava lutando pela vida. Eu estava lutando pela morte de minha filha. E, de repente, eu estava caindo em um velho buraco de água. Tentei me agarrar em Nevvie, em qualquer coisa, antes de o mundo todo escurecer.

Da parte seguinte, não consigo me lembrar. E Deus sabe quanto eu tentei, todos os dias, nos últimos dez anos.

Quando recuperei a consciência, ainda estava escuro e minha cabeça latejava. Havia sangue escorrendo pelo meu rosto e minha nuca. Rastejei para fora do buraco em que havia caído, tonta demais para ficar em pé, tentando me orientar, de quatro sobre as mãos e os joelhos.

Nevvie me fitava com olhos arregalados, o topo do crânio rachado.

E o corpo de minha filha havia desaparecido.

Gritei, recuando, sacudindo a cabeça, tentando nunca ter visto o lugar vazio onde Jenna havia estado. Levantei como pude e corri. Corri porque havia perdido minha filha, duas vezes seguidas. Corri porque não conseguia lembrar se havia matado Nevvie Ruehl. Corri até que o mundo inteiro virou de cabeça para baixo e eu acordei no hospital.

* * *

— Foi a enfermeira que me disse que a Nevvie estava morta... e que a Jenna estava desaparecida — digo a Serenity, que está na cadeira giratória, enquanto eu me sentei na beira da cama. — Eu não sabia o que fazer. Tinha visto o corpo da minha filha, mas não podia contar para ninguém, porque eles iam saber que eu tinha matado a Nevvie e teriam me prendido. Achei que talvez o Gideon tivesse encontrado a Jenna e tirado ela de lá, mas então ele também teria visto que eu tinha matado a Nevvie... e eu não sabia se ele já havia chamado a polícia.

— Mas você não a matou — Serenity me diz. — O corpo foi pisoteado.

— Depois.

— Ela pode ter caído, como você, e batido a cabeça. E, mesmo que tenha sido você que fez isso acontecer, a polícia teria compreendido.

— Até descobrirem que eu estava tendo um caso com o Gideon. E, se eu mentisse sobre isso, estaria mentindo sobre tudo. — Baixo os olhos para o colo. — Fiquei em pânico. Foi ridículo fugir, mas foi o que eu fiz. Eu só queria clarear as ideias, pensar no que fazer. Tudo que eu via era como tinha sido egoísta e quanto isso tinha me custado: o bebê. Gideon. Thomas. O santuário. Jenna.

Mãe?

Estou olhando para além do rosto de Serenity Jones, para o espelho sobre a mesa do quarto de hotel. Mas, em vez de ver seu penteado cor-de-rosa, o reflexo embaçado é uma trança ruiva malfeita.

Sou eu, ela diz.

Puxo a respiração.

— Jenna?

A voz dela dá pulos, triunfante. *Eu* sabia. *Eu sabia que você estava viva.*

Isso é tudo de que preciso para admitir do que eu fugi uma década atrás, o que fez com que fosse possível eu fugir, antes de qualquer outra coisa.

— Eu sabia que você *não estava* — murmuro.

Por que você foi embora?

Lágrimas enchem meus olhos.

— Naquela noite, no chão, eu vi o seu... Eu sabia que você tinha partido. Eu nunca teria ido embora se não fosse isso. Teria passado a vida inteira tentando te encontrar. Mas era tarde demais. Eu não podia salvar você, então tentei me salvar.

Eu achei que você não me amava.

— Eu amava você. — Puxo o ar. — Muito, muito. Mas não muito bem.

No espelho sobre a mesa do hotel, atrás da cadeira em que Serenity está sentada, a imagem se cristaliza. Vejo uma blusinha de alças. As pequenas argolas douradas em suas orelhas.

Viro a cadeira giratória, para que Serenity fique de frente para o espelho.

A testa dela é larga e o queixo é pontudo, como os de Thomas. Tem as sardas que foram a praga da minha existência em Vassar. Seus olhos são exatamente do mesmo formato que os meus.

Ela cresceu linda.

Mãe, ela diz. *Você me amou perfeitamente. Você me manteve aqui por tempo suficiente para te encontrar.*

Poderia ser tão simples assim? Poderia o amor não ter a ver com gestos grandiosos ou votos vazios, nem promessas para serem quebradas, mas, em vez disso, uma trilha de perdão? Um caminho de migalhas feito de lembranças, para levar você de volta à pessoa que estava esperando?

Não foi sua culpa.

É então que eu desabo. Acho que, até ela dizer essas palavras, eu nem sabia como precisava tão desesperadamente ouvi-las.

Eu posso esperar você, minha menina diz.

Eu encontro seus olhos no espelho com os meus.

— Não — digo. — Você já esperou muito. Eu amo você, Jenna. Sempre amei e vou amar para sempre. Quando você deixa alguém, isso não significa que você a abandona. Mesmo quando você não podia me ver, sabia lá no fundo que eu ainda estava aqui. E, mesmo quando eu não puder ver você — digo, minha voz falhando —, vou saber também.

No momento em que digo isso, não vejo mais seu rosto. Apenas o reflexo de Serenity, ao lado do meu. Ela parece chocada, vazia.

Mas Serenity não está olhando para mim. Ela está com os olhos fixos em um ponto de fuga no espelho, onde Jenna está agora andando, magra e angulosa, toda cotovelos e joelhos que ela nunca vai preencher. Conforme ela vai ficando cada vez menor, percebo que não está se afastando de mim, mas indo em direção a outra pessoa.

Não reconheço o homem que a está esperando. Ele tem o cabelo muito curto e usa uma camisa azul de flanela. Não é Gideon; nunca vi essa pessoa antes. Mas, quando ele levanta a mão para cumprimentá-la, Jenna acena de volta, entusiasmada.

Reconheço, no entanto, o elefante que está ao lado dele. Jenna para na frente de Maura, que envolve minha bebê com a tromba, lhe dando o abraço que não posso dar, antes de todos eles se virarem e irem embora.

Fico olhando. Mantenho os olhos muito abertos, até não conseguir vê-la mais.

JENNA

Às vezes eu volto para visitá-la.

Vou naquele horário intermediário, quando não é noite e não é manhã. Ela sempre acorda quando eu venho. Ela me conta sobre os órfãos que chegaram ao berçário. Fala da palestra que fez para o serviço de proteção à vida selvagem na semana passada. Conta de um filhote que adotou um cachorrinho como amigo, como a Syrah fez com a Gertie.

Penso nessas coisas como as histórias antes de dormir que eu perdi.

Minha favorita é uma história verdadeira sobre um homem da África do Sul chamado de Encantador de Elefantes. Seu nome real era Lawrence Anthony e, como minha mãe, ele não acreditava em abandonar os elefantes. Quando duas manadas particularmente selvagens iam ser abatidas por causa da destruição que tinham causado, ele as salvou e as levou para sua reserva, para serem reabilitadas.

Quando Lawrence Anthony morreu, as duas manadas viajaram pela savana de Zululand por mais de meio dia e se postaram do lado de fora do muro que cercava a propriedade dele. Fazia mais de um ano desde a última vez que haviam estado perto da casa. Os elefantes permaneceram lá por dois dias, em silêncio, presentes.

Ninguém sabe explicar como os elefantes sabiam que Anthony tinha morrido.

Eu sei a resposta.

Se pensar em uma pessoa que você amou e perdeu, você já está com ela.

O resto são apenas detalhes.

NOTA DA AUTORA

Embora este livro seja ficção, a tragédia dos elefantes no mundo todo, infelizmente, não é. O número de caçadores ilegais ligados ao comércio de marfim vem aumentando, devido à pobreza disseminada na África e ao mercado crescente para o marfim na Ásia. Há casos documentados de caça ilegal no Quênia, Camarões e Zimbábue; na República Centro-Africana; em Botswana e na Tanzânia; e no Sudão. Há rumores de que Joseph Kony teria financiado seu exército de resistência em Uganda com a venda ilegal de marfim obtido com a caça na República Democrática do Congo. A maior parte dos carregamentos ilegais é enviada, através de fronteiras mal regulamentadas, para portos no Quênia e na Nigéria e transportada para países asiáticos como Taiwan, Tailândia e China. Embora as autoridades chinesas digam que baniram o comércio de produtos de marfim, autoridades de Hong Kong apreenderam recentemente dois carregamentos de marfim ilegal da Tanzânia, no valor total de mais de dois milhões de dólares. Não muito tempo antes de este livro ser escrito, quarenta e um elefantes foram mortos no Zimbábue por envenenamento do lago em que bebiam, resultando em 120 mil dólares de marfim.

Dá para saber que uma sociedade de elefantes está sofrendo caça ilegal quando a dinâmica da população se altera. Aos cinquenta anos, a presa de um elefante macho pesa sete vezes mais que a de uma fêmea, por isso os machos são sempre os primeiros alvos. Depois, os caçadores vão atrás das fêmeas. A matriarca é a maior e com frequência tem as presas mais pesadas — e, quando as matriarcas são mortas, não são as únicas baixas. É preciso incluir no cálculo o número de filhotes deixados órfãos.

Joyce Poole e Iain Douglas-Hamilton estão entre os especialistas que trabalharam com elefantes na natureza e se dedicaram a acabar com a caça ilegal e difundir a conscientização sobre os efeitos do comércio ilícito de marfim, que incluem a desintegração da sociedade dos elefantes. As estimativas atuais são de que 38 mil elefantes são assassinados a cada ano na África. Nesse ritmo, os elefantes nesse continente terão desaparecido em menos de vinte anos.

No entanto, os caçadores ilegais não são a única ameaça para os elefantes. Eles são capturados para serem vendidos a safáris em dorso de elefantes, zoológicos e circos. Na década de 90 na África do Sul, quando a população de elefantes cresceu demais, aconteciam abates sistemáticos. Famílias inteiras eram alvejadas de helicópteros com dardos de suxametônio, que paralisava os animais mas não os deixava inconscientes. Portanto, eles estavam plenamente conscientes quando os humanos aterrissavam e se moviam pelo meio da manada atirando atrás da orelha de cada um. Os caçadores acabavam percebendo que os filhotes não deixariam o corpo da mãe, então eles eram presos aos corpos enquanto os caçadores os preparavam para o transporte. Alguns eram vendidos para circos e zoológicos no exterior.

São esses elefantes que às vezes têm a sorte de encerrar sua vida de cativeiro em lugares como o Santuário de Elefantes, em Hohenwald, Tennessee. Embora o Santuário de Elefantes de New England de Thomas Metcalf seja fictício, o do Tennessee felizmente é real. Além disso, os elefantes fictícios que criei foram todos baseados nas histórias verdadeiras e dolorosas de elefantes do santuário no Tennessee. Como Syrah neste livro, a elefanta Tarra tinha uma companheira canina constante. A equivalente na vida real de Wanda, Sissy, sobreviveu a uma inundação. Lilly foi inspirada em Shirley, que enfrentou um incêndio em um navio e um ataque que a deixou com uma fratura grave na pata traseira, que ainda a faz se mover com dificuldade. Olive e Dionne, que aparecem juntas em todo o livro, são pseudônimos para as inseparáveis Misty e Dulary. Hester, a elefanta africana cheia de atitude, baseia-se em Flora, que ficou órfã no Zimbábue como resultado de um abate em massa. Essas moças são felizardas — habitantes de um dos poucos santuários no mundo dedicados a permitir que elefantes que viveram e trabalharam em cativeiro se aposentem em paz. Suas histórias são apenas uma minúscula amostra dos incontáveis elefantes que ainda estão sendo maltratados em circos ou mantidos em condições adversas em zoológicos.

Aconselho fortemente todos os amantes de animais a visitar www.elephants.com — o site do Santuário de Elefantes, em Hohenwald, Tennessee. Além de observar elefantes ao vivo pelas elecams (cuidado, você vai perder horas de valioso tempo de trabalho), você pode "adotar" um elefante, ou fazer uma doação em memória de um amante de animais, ou alimentar todos os elefantes por um dia — nenhuma quantia é pequena demais, e todas as doações são extremamente bem-vindas. Visite também o Santuário Global de Elefantes (www.globalelephants.org), que está ajudando a estabelecer santuários de elefantes naturais e holísticos no mundo inteiro.

Para os que quiserem saber mais sobre caça ilegal e/ou elefantes na natureza, ou que quiserem contribuir com iniciativas que lutam para tentar impor restrições internacionais para evitar a caça ilegal, sugiro que visitem: www.elephantvoices.org, www.tusk.org, www.savetheelephants.org.

Por fim, eu gostaria de apresentar as fontes que foram úteis para mim enquanto escrevia este livro. Boa parte da pesquisa de Alice foi baseada nos notáveis estudos e descobertas destes homens e mulheres da vida real.

ANTHONY, Lawrence. *The Elephant Whisperer.* Thomas Dunne Books, 2009.

BRADSHAW, G. A. *Elephants on the Edge.* Yale University Press, 2009.

COFFEY, Chip. *Growing Up Psychic.* Three Rivers Press, 2012.

DOUGLAS-HAMILTON, Iain; DOUGLAS-HAMILTON, Oria. *Among the Elephants.* Viking Press, 1975.

KING, Barbara J. *How Animals Grieve.* University of Chicago Press, 2013.

MASSON, Jeffrey Moussaieff; MCCARTHY, Susan. *When Elephants Weep.* Delacorte Press, 1995.

MOSS, Cynthia. *Elephant Memories.* William Morrow, 1988.

MOSS, Cynthia J.; CROZE, Harvey; LEE, Phyllis C. (orgs.) *The Amboseli Elephants.* University of Chicago Press, 2011.

O'CONNELL, Caitlin. *The Elephant's Secret Sense.* Free Press, 2007.

POOLE, Joyce. *Coming of Age with Elephants.* Hyperion, 1996.

SHELDRICK, Daphne. *Love, Life, and Elephants.* Farrar, Straus & Giroux, 2012.

E dezenas de artigos acadêmicos escritos por pesquisadores que continuam a estudar elefantes e sociedades de elefantes.

Houve muitos momentos, enquanto eu escrevia este livro, em que pensei que talvez os elefantes sejam ainda mais evoluídos que os humanos: quando estudei seus hábitos de luto, e suas habilidades maternas, e suas lembranças. Se você levar alguma coisa deste romance, espero que seja a consciência sobre a inteligência cognitiva e emocional desses belos animais — e o entendimento de que cabe a todos nós protegê-los.

AGRADECIMENTOS

É preciso uma manada inteira para criar um filhote de elefante. Da mesma forma, muitas pessoas são necessárias para completar um livro com sucesso. Agradeço a todas essas "mães postiças" que ajudaram a criar meu livro até sua publicação.

Obrigada a Milli Knudsen e à promotora pública distrital adjunta de Manhattan, Martha Bashford, pelas informações sobre casos antigos pendentes; ao detetive sargento John Grassel, da Polícia Estadual de Rhode Island, pelo extenso tutorial sobre o trabalho de detetives e por sempre responder às minhas perguntas frenéticas. Obrigada a Ellen Wilber pelas curiosidades sobre esportes e a Betty Martin por saber (entre outras coisas) sobre cogumelos. Jason Hawes, de *Ghost Hunters,* que era meu amigo muito antes de ser um astro da TV, me apresentou a Chip Coffey, um médium notável e talentoso que me impressionou com sua percepção, compartilhou suas experiências e me fez entender como a mente de Serenity funcionaria. Qualquer um de vocês, descrentes, que me leem: uma hora na presença de Chip os fará mudar de ideia.

O Santuário de Elefantes é um lugar real em Hohenwald, Tennessee: onze quilômetros quadrados de refúgio para elefantes africanos e asiáticos que passaram a vida se apresentando em shows ou em cativeiro. Sou muito grata por terem me dado acesso às suas instalações para ver o trabalho magnífico que eles fazem para curar esses animais, física e psicologicamente. Conversei com pessoas que ainda estão trabalhando lá ou que já estiveram associadas ao santuário: Jill Moore, Angela Spivey, Scott Blais e uma dúzia de cuidadores atuais. Obrigada por apoiarem minha ficção na realidade e, mais importante, pelo trabalho que vocês fazem todos os dias.

Agradeço a Anika Ebrahim, minha relações-públicas sul-africana na época, que não hesitou quando eu lhe disse que precisava de um especialista em elefantes. Obrigada a Jeanetta Selier, cientista sênior da Divisão de Pesquisa em Biodiversidade Aplicada do Instituto Nacional de Diversidade da África do Sul, por ser um poço de conhecimento sobre elefantes selvagens, por me apresentar pessoalmente às manadas do Tuli Block, de Botswana, e por checar a exatidão deste livro. Agradeço a Meredith Ogilvie-Thompson, da Tusk, por me apresentar a Joyce Poole, que é o mais perto que se pode chegar de uma rock star no mundo da pesquisa e conservação de elefantes. Poder conversar diretamente com alguém que escreveu algumas das obras mais seminais sobre comportamento de elefantes ainda me deixa extasiada.

Tenho que agradecer a Abigail Baird, professora associada de psicologia do Vassar College, por ser minha fonte de pesquisa, por me falar sobre cognição, memória e artigos acadêmicos de maneira que eu pudesse compreender e por ser capaz de usar um casaco preto de lãzinha em um clima de quarenta graus como ninguém: não há outra pessoa com quem eu gostaria mais de montar um esqueleto de elefante. Também parte da Brigada Botswana: minha filha, Samantha van Leer, a assistente de pesquisa — obrigada por receber ordens, por documentar a pesquisa com mais de mil fotografias, por chamar seu revestimento de volante azul peludo de Bruce e por sempre ter exatamente o que eu precisava escondido em algum lugar de suas calças volumosas. Na natureza, a mãe elefante e sua filha ficam próximas a vida inteira; espero ter essa mesma sorte.

Este livro marca o início de um novo lar para mim na Ballantine Books/ Random House. É uma honra ser parte dessa equipe incrível, que vem trabalhando nos bastidores há um ano com uma animação explosiva por este livro. Obrigada a Gina Centrello, Libby McGuire, Kim Hovey, Debbie Aroff, Sanyu Dillon, Rachel Kind, Denise Cronin, Scott Shannon, Matthew Schwartz, Joey McGarvey, Abbey Cory, Theresa Zoro, Paolo Pepe e às dezenas de outros soldados de infantaria de seu exército invencível. Seu entusiasmo e criatividade me impulsionam a cada dia; nem todos os autores têm tanta sorte. Obrigada à equipe dos sonhos de RP: Camille McDuffie, Kathleen Zrelak e Susan Corcoran. Melhores. Cheerleaders. Do. Mundo.

Trabalhar com um novo editor é um pouco como um casamento ortodoxo no velho mundo: você confia nas pessoas para escolherem seu parceiro, mas, até levantar aquele véu, não sabe na realidade o que está levando. Bem, Jennifer Hershey é, por esses padrões, uma editora de cair o queixo. Seu insight, sua graça e sua inteligência brilham em cada comentário e sugestão. Acho que o coração de Jen sangrou tanto em cada página deste romance quanto o meu.

A Laura Gross — o que posso dizer, exceto que minha vida não seria o que é sem seu apoio e sua tenacidade? Adoro você.

A Jane Picoult, minha mãe — que foi minha primeira leitora, quarenta anos atrás, e ainda é minha primeira leitora hoje. É por causa da relação e do amor entre nós que pude escrever Jenna.

Por fim, ao restante de minha família — Kyle, Jake, Sammy (de novo) e Tim. Este é um livro sobre manter as pessoas que amamos perto de nós; vocês são a razão de eu saber por que essa é a coisa mais importante na Terra.

Impresso no Brasil pelo Sistema Cameron da Divisão Gráfica da
DISTRIBUIDORA RECORD DE SERVIÇOS DE IMPRENSA S.A.